Henriette Hanke

Die Schwägerinnen

Roman

Henriette Hanke: Die Schwägerinnen. Roman

Erstdruck: Hannover, Verlag der Hahn'schen Hofbuchhandlung, 1835 (Erster Teil) und 1836 (Zweiter Teil).

Neuausgabe
Herausgegeben von Karl-Maria Guth
Berlin 2016

Dieses Buch folgt in Rechtschreibung und Zeichensetzung obiger Textgrundlage.

Umschlaggestaltung von Thomas Schultz-Overhage unter Verwendung des Bildes: Giovanni Boldini, Zwei Frauen beim Nähen, 1874

Gesetzt aus der Minion Pro, 11 pt

Verlag: Henricus - Edition Deutsche Klassik GmbH
Mörchinger Str. 33, 14169 Berlin, info@henricus-verlag.de
Druck: Libri Plureos GmbH, Friedensallee 273, 22763 Hamburg

ISBN 978-3-86199-834-1

Bibliografische Information der Deutschen Nationalbibliothek

Die Deutsche Nationalbibliothek verzeichnet diese Publikation in der Deutschen Nationalbibliografie; detaillierte bibliografische Daten sind im Internet über www.dnb.de abrufbar.

Erster Theil

Ein hohes Wort! wenn uns die Schickung werth
hält, nicht für uns, für Andere zu seyn.
... Es wendet sich der Zeiten Blatt. Laßt uns
fröhlich sä'n, im Nebel auch: die Ernte kommt gewiß.

Herder.

Wir versetzen unsere Leser bei dem Anbeginn dieser Geschichte in ein weites Gemach des aufgehobenen Stiftes der Cisterzienserinnen zu Sanct Capella, nahe dem Städtchen Leidthal. Dieses Zimmer, viel zu colossal in seinen Verhältnissen um wohnlich zu seyn, bietet eine himmlische Aussicht dar, und zeigt noch die Spuren klösterlicher Pracht. Seltsam vereint werden hier die religiösen Begriffe aller Zeiten anschaulich; doch mit gemischtem Gefühl siehet man: die Gegenwart herrscht vor. An dem Plafond rollet der feurige Wagen des Elias. Wie zu vielen tausendmalen mogten seit dieser Himmelfahrt die Sonnenrosse ihren Lauf vollendet haben! aber jene Flammen sind erloschen, und der Prophet erscheint nur noch als ein grauer Schattenriß seiner Zeit. Scenen des römischen Cultus geben den leeren Wänden ein sinnvolles Interesse, und über erblaßten Martern der eifrigsten Bekenner ihres Glaubens hängt Doctor Martin Luthers Bildniß gloriös in einem Rahmen von echter Bronze. Die erhabene Arbeit über dem Kamin von schwarzem Marmor versinnlicht ein Autodafé, und die darunter lodernde Glut, welche die Jahreszeit und der Raum des Zimmers erfordert, dient dazu, dies Relief zu beleuchten, mit einem Schauer für die Phantasie, der fast die Wohlthat der empfundenen Wärme vernichtet. Die Möbeln sind theils veraltet und doch pomphaft, theils von neuer Brauchbarkeit und Simplicität. Das hochlehnige Canapee, welches gradauf strebend und in der Mitte altarförmig zugespitzt, sich gegen die Wellenlinien einer modernen Bergère etwa verhält, wie die feierliche Anständigkeit der Etiquette zu der nachlässigen Ruhe der Schönheit – nimmt sich in dem überladenen Zierrath geflügelter Kinderköpfe sogar kirchlich aus. Über den Häuptern der Cherubim prangt der Erzengel Michael in goldnen Waffen, und der gerissene Sammet auf dem Sitze dieser kleinen Engelsburg erinnert mit leiser Beziehung in der Farbe verblühter Violen an den Purpur der Eminenz. – Der venetianische Spiegel erreicht seine ungemeine

Breite und Höhe durch eine Einfassung von Tritonen und Delphinen, welche in kunstreichen Verschlingungen um die glänzende Fläche spielen, worin mancher geistliche Vollmond aufgegangen war. – Oben thronen die Meergötter ersten Ranges, und im Frontispice – so zu sagen – steigt Anadyomene aus der klaren Masse an den silbernen Bord. Das Auge des Reformators grade auf diesen Punkt gerichtet, scheint finster an dem heidnischen Unwesen zu haften, indeß ein kaum merklicher Zug frommer Ironie den Ernst des Mundes mildert, der wohl stärkere Pfeiler erschütterte als den, der die reizende Gestalt der Liebe in den Mauern der Entsagung trägt. Die Morgensonne des eilften Novembers ging eben auf, und bestrahlte mit blendendem Licht die Abtei, welche ihren majestätischen Schatten über die öden Felder ausbreitete. Der Reif der kalten Nacht schimmerte wie Candis an den falben Resten der Weide, und die herbe Miene des heiligen Bernhard von Clairvaux, dessen Statue am Rande einer dunkeln Cisterne stand und tiefsinnig hinab schauete, war wie mit Zucker bestreut. – An einem Fenster des beschriebenen Zimmers saß eine Frau, von der wir sagen müssen, daß sie über die Jugend hinaus und weit entfernt von jener gefälligen Anmuth sey, die unter keinem Gesetz der Zeit steht, ohne sie deshalb dem achtsamen Interesse unserer Leser entrücken zu wollen. Der häusliche Anzug, beinahe matronenhaft bescheiden, paßte den Formen einer Figur nett an, die in ihrer Haltung Charakter verrieth. Das Häubchen, ohne die mindeste Genialität dieses Putzartikels, der einen guten weiblichen Kopf seltner beschattet, als in das vortheilhafteste Licht setzt, und sich oft in dem kleinsten Kniff sichtbar macht – schloß sich dicht an ein Oval von regelmäßigem Schnitt. Die Beschäftigung dieser Frau schien mit der bewußten Strenge, welche sich in ihrem Äußern offenbarte, in keiner Verbindung zu stehen. Sie wand eine Guirlande von Immortellen, die aufgehäuft in einem flachen Körbchen, in bunter Menge und Mannigfaltigkeit zur Auswahl vor ihr lagen. Sie schien so ganz in sich und in diese feiernde Früharbeit versenkt zu seyn, daß selbst der Sinn des Gehörs ihre Seele nicht auf das lenkte, was ein junges Mädchen an ihrer Seite aus der Bibel vorlas. »*Wirst Du dafür die Schmerzen eines Betrübten haben –*«: diese verkündenden Worte des Jesaia sprach die klare süße Stimme mit einem schüchternen Beben der Ahnung, und hielt inne. Die Sonne blitzte herein und warf lange herbstliche Strahlen durch die Scheiben. Der blonde Scheitel des Mädchens erglänzte, die metallne Brüstung am

Fenster funkelte wie gediegenes Gold, und die trocknen Blümchen der Dauer badeten sich in diesem ewigen Glanze.

Das Mädchen erhob das Auge blau und tief wie der Himmel, um einen Blick in die Perspective zu richten, welche in der schönsten Morgenbeleuchtung im melancholischen Reiz der sterbenden Natur sich in das Unabsehliche verlor; und der Mund, auf dem noch die traurige Voraussagung des israelitischen Sehers schwebte, lächelte so entzückt, als sähe dieser Blick in eine verklärte Welt.

Da öffnete sich die Thüre, und ein feines jugendliches Gesicht, dem ein schlanker Körper folgte, schauete mit hellen braunen Augen herein. Ein leichtes Abschrecken bei dem Hinblick auf die schweigsame Gruppe am Fenster, und die spöttische Unlust, an dieser stillen Betrachtung und an dem Winden todter Kränze Theil zu nehmen, sprach sich in diesen beweglichen Zügen aus.

Wie leise dies Geräusch nun auch gewesen war: die ältere Frau hatte es dennoch vernommen. Sie wendete das Auge, und ein flüchtiges Roth überlief ihre Wange; zweifelhaft, ob als Wiederschein der Lohe des Kamins, oder durch die Erscheinung in der Thüre erregt. Diese huschte mit zarten Füßen über das Getäfel der Diele, blinzelte hinter dem Rücken des Mädchens in das heilige Buch und sprach zwischen Schalkheit und Pathos: »hebet Eure Häupter auf – thut Euer böses Wesen von Euch – o! ich weiß auch, was hierin steht.« Dabei legte sie eine seidenweiche Hand, der man keine Distellese im Garten der Ehe ansah, obwohl ein Trauring an ihrem Goldfinger blinkte – unter das gesenkte Kinn der Älteren und sprach: »bist Du mir noch böse, Fabia? Sey gut! ich kann Dich nicht schmollend wissen, und so lasse ich meine Idee fallen.« Bei diesen nähernden Worten beugte die hübsche junge Frau sich mit versöhnender Anmuth herab, so daß ihr warmer Athem wie ein schmeichelndes Lüftchen Diejenige anwehete, welche sie frostig aufnahm.

Fabia hob den Kopf ein wenig und erwiederte: »ich dachte es wohl, daß Du zur Vernunft kommen würdest –« und indem ihr Auge die weiblich-optische Kunst übte, die da scheel sieht, ohne einen offnen Blick zu gönnen – setzte sie hinzu: »daß Du Dich nicht erkältest, Therese! Du gehest so bloß. –« Sie reichte ihr eine Nadel, zugleich stach der Blick, doch nicht in das kleine Schalytuch, welches den wunderschönen Hals und Busen lose umflatterte, sondern in diese Blöße selbst. –

Therese steckte die Nadel verloren ein, aber nicht diese Antwort, welche sie sichtlich zu verdrießen schien, und nun auch die Stimmung ihrer gutmüthigen Abbitte um einen tiefen Grad fallen machte. Erglühend sprach sie: »es ist schon geschehen. Du irrest, Fabia, Du irrest, sage ich Dir, wenn Du Deine hartnäckige Weigerung, in einen harmlosen Scherz einzugehen, für vernünftig hältst. Und wenn ich es zu vergessen suche, daß Du mir und dem Bruder eine Freude verdirbst: so geschiehet es nur, weil ich Dich dieses abtödtenden Eigensinnes wegen am meisten bedauere.« Fabia erröthete sehr. Sie lös'te schnell ein kleines Schlüsselbund von ihrem Gürtel, und gab dem Mädchen einen entfernenden Auftrag. Dann sprach sie, und ein krampfhaftes Zucken unterdrückten Zornes flog um ihre Lippen: »diese Äußerung ist ganz in Deinem Geiste. Spare Dein Mitleid für Dich selbst, Therese, Du wirst es einst brauchen. Herr der Güte! muß ich mich so behandeln lassen in Gegenwart des Kindes? hast Du keine Achtung für mich und meine Sinnesart, so solltest Du doch Josephinens Jugend schonen. Willst Du das Mädchen auch verderben?«

Theresens Stirn flammte. In größter Aufregung entgegnete sie: »verderben? *auch?* Wer ist verdorben? ich muß bitten, daß Du Dich in Deinen Ausdrücken mäßigest. Ein verderbtes Herz trachtet nach Schaden, ist feindselig und mißgünstig; ich aber gönne der ganzen Welt ihr Vergnügen, wenn sie mir nur das meine läßt.«

Fabia stand auf. Mit einem gewissen Hervortreten ihrer Meinung, doch das innerste Gefühl noch immer bezwingend, sagte sie: »ich hasse nun einmal jede Falschheit, und halte Verstellung, von welcher Art sie auch sey, für Sünde. Und Comödie spielen ist eine solche.«

»O! die schlimmste ist es nicht –« entgegnete Therese: »es ist nur eine kleine ergötzliche Lust.« Und indem dieser verwehrte Genuß in allem Schimmer der Einbildungskraft vor ihrer Seele stand, so daß es ihr vor den Augen flimmerte, in welche Thränen des Verdrusses drangen, rief sie verblendet von Schmerz und dem Reiz jener zerrinnenden Illusion aus: »der arme Cölestin! es würde ihm ein köstlicher Spaß gewesen seyn! Du aber wirst ihm mit tiefsinnigem Ernste einen Kuchen backen, und ein Capitel aus der Bibel lesen.«

Fabia erbleichte. Sie sagte schneidend: »dies dürfte ihm heilsam seyn, wie Dir. So höre nun dies: Die Du in Wollust lebest und so sicher sitzest, und sprichst in Deinem Herzen: ich bin's, und Keine mehr. Ich werde keine Wittwe werden –« die Hand, welche Fabia auf diese Stelle legte, zitterte stark, und ihre Stimme wankte, als sie das Wort: »*Wittwe*« aussprach, als läge in diesem Verhältniß jene erschütternde Beseitigung, die dem Unglimpf freies Spiel erlaubt.

Aber mit einem Lächeln unsterblichen Leichtsinns wies Therese den Vorwurf der biblischen Prophezeihung von sich ab. Sie kannte die Selbständigkeit der frommen Fabia und ließ sich nicht irren. Statt des unnützen Gezänks um eine bereits aufgegebene Sache, warf sie die Last dieser Scene über die Seite, und sprach: »genug des Ärgers. Nochmals, ich verzeihe Dir, was Du auch gegen mich denken mögest. Du thust mir leid: denn Du kannst nicht anders.«

Dieser Ton der Überlegenheit eines Gemüths, welches die schroffe Fabia so tief unter sich glaubte, steigerte ihre Erbitterung aufs Äußerste. Sie wollte sprechen – aber Therese wendete den Fuß, und prallte an einen jungen Mann, der unbemerkt von den streitenden Parteien eingetreten war, und nun als Schiedsrichter vor ihnen stand. – Es war Herr Prälat, der Administrator des Stiftes, dessen Schwägerinnen wir in den beiden Damen vorläufig kennen gelernt haben. Der Zufall hatte es seltsam gefügt, daß ein Mann, der so hieß, Vorsteher dieses weiland geistlichen Hauses würde; allein ein Blick auf seine Persönlichkeit reichte hin, ihn selbst von dem Begriff seines Namens zu unterscheiden. Diese Gestalt, der eines Großwürdenträgers der Kirche durchaus nicht ähnlich, ragte über das gewöhnliche Maß hinaus, und schien von innerer Thätigkeit zu sehr angeregt, um völlig zu seyn; das schmale etwas blasse Gesicht hatte mehr den Anschein einer kränklichen und deshalb enthaltsamen Constitution, als den eines klosterherrlichen Lebens in *bona pace*, und dieses gebietende Auge, obgleich getrübt – war voll Feuergeist einer andern Tiefe, als des kühlen dunkeln Lagers, wo die Sonnenkräfte alter Jahre verschlossen glühen.

Er schlang seinen Arm mit brüderlicher Traulichkeit um Theresens schlanken Leib, sie aufzuhalten, und sprach: »wohin so eilig? Was ist's? Du schweigst, Fabia? und Dein Auge verbirgt Thränen? ich will nicht fürchten, daß ein Zwist – stehe Du mir doch Rede, Therese!« Mit diesen dringenden Fragen flog der betroffene Blick des Administrators von einer Schwägerinn zur andern.

Therese aber strebte fort. Als wünschte sie der weitern Verantwortung nun los und ledig zu seyn, entwand sie sich ihm und sprach flüchtig: »es war so wichtig nicht – lasse es Dir nur von Fabia erzählen.« Vielleicht war es eine kleine Rache, daß Therese im sichern Gefühl, für Wessen

Sache der Schwager sich entscheiden würde, den Vortheil des Vortrags Jener überließ.

»Nein, bleib!« forderte der Administrator: »so sprich doch, Fabia! ich will es wissen! werde ich es nicht erfahren?«

Mit niedergeschlagenen Augen und gekränkter Stimme sprach Frau Fabia: »ich muß Dich ersuchen, mein Bruder, daß Du mich in Zukunft vor Beleidigungen schützest, die ich länger weder ertragen kann noch darf. Meine stille Weise will ich immerhin verspotten lassen; aber das Heiligste soll man mir nicht antasten. Das greift mich an die Seele.« Sie brach in heißes Weinen aus, und Fabia weinte selten oder nie. Des Schwagers Auge traf Theresen. Diese aber hielt den zürnenden Blitz aus, der nicht zündete, zuckte vornehm mit den runden Achseln als beklage sie die Erbärmlichkeit der Anklage, hob den Blick zu den Wolken der Decke und sprach: »welch ein Aufheben um Nichts! ich will es Dir in Kürze sagen. Wir waren am Sonntag Abend bei Gottschalks drüben fröhlich, führten Sprichwörter, Charaden auf –« – »Erlaube!« fiel hier Fabia ein, mit einem Tone, der nicht im Klange einer abhängigen Bitte an die Wortführerin erging, »das ganze Gebiet üblicher Gemeinplätze reichte nicht aus für dieses muthwillige Treiben – denn Narrenspiel will Raum haben – man suchte ihn auf kirchlichem Boden. Die reiche Sprache mußte, schnöde genug, eine Benennung hergeben, um die geistig Armen lächerlich zu machen. Sie spielten: Wiedertäufer, und das heilige Sacrament ward an dem Töchterchen der Gerichtshalterinn verhöhnt.«

»Ich sehe nichts Übles dabei«, sagte der Administrator begütigend nach einer kleinen Pause, »jene rasende Rotte hat die Taufe auf eine frevle Art gemißbraucht.«

»Ach!« sagte Therese lachend, »von irgend einem Frevel konnte ja überhaupt die Rede gar nicht seyn. Wir waren nur lustig, ich versichere Dich, lieber Cölestin, und der alte Halderich brachte jenes Wort in Vorschlag. Bei den Sylben: Täufer, sah Gottschalk als Vierfürst so fürchterlich possirlich aus, daß wir Alle vor Lachen sterben zu müssen glaubten. Ich, die Tochter der Herodias, tanzte kosackisch vor ihm – der starke Punsch war mir ein wenig in den Kopf gestiegen. Dann costümirten wir uns schweizerisch, die Gerichtshalterinn brachte eine zinnerne Barbierflasche, ein Urerbstück – zur Taufkruke herbei, und an Helene trieb ihr Vater den Teufel der Widerspenstigkeit und des Muckerns aus, der die Kleine bisweilen plagen soll. – Wem, ich frage Dich, geschah nun hierbei ein Leides?«

»Fabia!« sprach ihr Schwager sanften, tiefen Tones; er hätte die höchste Vernunft, den Gott des Friedens selbst mit keiner andern Stimme anrufen können. Doch Fabia antwortete mit erzwungener Ruhe: »höre nur weiter! es kommt noch besser.«

»Ja«, rief Therese leidenschaftlich, »höre nur weiter! es kommt noch *schlimmer*. Es ward immer hübscher, bei Gottschalks nämlich. Wir kamen mehr und mehr in den Zug, und endlich auf den Einfall, Dir zu Deinem Geburtstage künftigen Monat, ein kleines Schauspiel zu veranstalten. Dieser Plan, einstimmig aufgenommen, machte uns unsägliches Vergnügen in der Idee. Doch Fabia, als Schlüsseldame des Hauses, verweigerte uns zur Ausführung das Local und ihre Theilnahme. Wir wünschten das grüne Bogenzimmer für diesen Zweck, und baten, daß sie eine kleine alte anspruchslose Rolle übernähme.«

Ein Schatten jugendlicher Prätension veränderte hier die Züge der ernsten Fabia, welche kalt und schweigend wie eine Büste zuvor gewesen. Sie warf einen Blick unaussprechlicher Verachtung auf ihre Schwägerinn und sprach: »freilich, mit einer Inamorata warst Du so gütig, mich zu verschonen – die spielst Du selbst.«

Therese hielt es vermuthlich nicht für nöthig, darauf zu antworten. Sie wendete sich zu dem Schwager, und sagte wie zum Schluß: »Du weißt nun, worüber wir in Streit geriethen – *mir* war er abgemacht.«

»Und warum warst Du dagegen?« fragte der Administrator beklommen die Unversöhnte, und abermals nach einer kleinen peinlichen Pause.

»Es läuft wider meine Grundsätze«, erwiederte Fabia finster, und trocknete die Thränen, welche in einzelnen Tropfen, wie nachfallend einem schweren Wetter, über ihr Gesicht flossen.

»O, gute Fabia! Deine Grundsätze sind sehr streng!« sagte Herr Prälat mit bitterm Lächeln, »wenn wir solch einen Maßstab an die kleinen Freuden des Lebens legen wollen, so wird der arme Mensch zu kurz kommen. Ich sehe nichts Verwerfliches in der ganzen Sache, wohl aber ein gestörtes Vergnügen, für dessen Absicht ich dankbar seyn muß. Der Geschmack am Schauspiel ist ziemlich so alt wie die Welt, und der Trieb, sich anders zu zeigen, wie er ist, dem Menschen angeboren.«

»Leider!« sprach Fabia, »deshalb ist es nothwendig, daß man ihn bekämpfe. Wir sollen wahrhaft seyn in Wort und That.«

»Dies dürfte doch tiefer gemeint seyn, liebe Schwägerinn –« versetzte der Administrator etwas leise, wie wenn er die Wirkung dieses Widerspruchs mildern wolle, »als was man unter der Mummerei einer kleinen

Posse, ja selbst unter dem Versuch begreift, die Geheimnisse der Schmerzen, die Blöße der Leidenschaften und der Wunden, die das Schicksal schlägt, in dem Gewande dramatischer Poesie darzustellen. Der wahre Gott hüllt sich in die Natur, und wir erkennen ihn im Innersten unseres Gemüths.«

»Ja«, fügte Therese mit einem leichten Übermuthe hinzu, der wie Champagnerkork auf dem Oberwasser schwamm, welches sie durch den Beistand ihres Schwagers gewonnen, »Jesus Christus selbst, ich wette! würde nichts Arges an unserm Scherz gefunden haben; die Scheinheiligkeit nur war ihm verhaßt.« – »Und ich erkenne nun«, sagte Fabia, während sie mit bebenden Fingern eine Immortelle zerpflückte, »daß es an der Zeit für mich sey, ein Haus zu verlassen, dessen Freuden ich verkürzte, und dem ich nur in seinen Vergnügungen störend bin. Ich tauge zu weiter nichts, als einen einfältigen Kuchen mit Bedacht zu backen, wie Therese mir vorwarf, und ein Capitel aus der Bibel zu lesen, deren Sinn ich nicht einmal verstehe, wie mir so eben bewiesen worden. Ein armseliges Talent, das meine, gegen die Vorzüge Anderer! – So will ich denn gehen. Es wird doch irgendwo ein stilles Plätzchen für mich geben, wo man mit Arbeit und Gebet Ruhe finden kann für seine Seele.«

»Gott des Lebens!« rief der Administrator außer Fassung, »muß es dahin kommen? Wer ist's, der unter diesem Zwiespalt leidet, als ich? Fabia! hättest Du Dich jemals über mich beklagen können? – ich achte jede Individualität, und ehre die Deinige nach Verdienst. Therese! biete die Hand zuerst, Dir kommt es zu, Du bist die Jüngere.« – »Ich habe es gethan«, sagte Therese etwas eingeschüchtert von diesem Ausgange, »ich kam mit gutem Herzen hierher; der Himmel und Josephine ist mein Zeuge!«

Der Administrator schien dieser identischen Berufung Glauben zu schenken. Er sprach: »Du hast Fabia gewiß nicht kränken wollen. Auf die Comödie verzichte ich gern; aber liebe Schwestern, laßt das Band der Eintracht mein Angebinde seyn, so werde ich mich heute schon wie neugeboren fühlen.« – »Es würde doch nur ein kleines Schauspiel werden«, antwortete Fabia mit entschlossnem Lächeln, »und Du weißt, mein Bruder, ich bin ungefügig dazu.«

»Gehe, Therese!« sagte Herr Prälat, und es schien, als ob nur größere Zutraulichkeit zu dieser Schwägerinn sie verweise, »lasse mich mit Fabia allein.« Therese ging. Alsbald faßte der junge Mann die runden Arme Fabiens so fest, daß sie an diesem Drucke die innere Bewegung empfand, in der er sprach. »Fabia! das konntest Du mir thun? muß ich Dich an Deine zärtliche Sorge für mich erinnern? – Sieh! wolltest Du mich verlassen, ich könnte Dich nicht halten; genug, daß ich mich an das Bewußtseyn hielte, ich hätte es nicht um Dich verdient.« Fabia war ergriffen, dennoch sagte sie: »Du behältst ja Theresen –«

»Ja«, antwortete ihr Schwager, »und ich werde, was auch geschehe, mein Wort nicht brechen, welches ich dem Bruder gegeben.«

Die Entschiedenheit eines Mannes verfehlt nie ihrer Wirkung auf die Frau, selbst wenn sie verschroben, oder in minderem Grade weiblich wäre. Die Erklärung des Schwagers hatte das Eis von Fabiens starrem Sinne gebrochen. Sie zerschmolz in Thränen, und sprach: »muß es mich nicht schmerzen, daß Du ihr alles gut heißest, selbst das, was mich empört? vergeht wohl ein Tag, ohne daß ich über sie seufzen müßte? kommt je ein gottesfürchtiger Gedanke in ihre Seele? kannst Du mir den geringsten reellen Nutzen nennen, den ihr Daseyn hier hat?«

»Sie giebt Dir Gelegenheit«, antwortete Herr Prälat wie mit düsterm Spotte auf die vorwurfsvollen Fragen seiner Schwägerinn, »Dich in einer der schönsten christlichen Tugenden zu üben: der Duldung. Gönne ihr die Luft dieses abgeschiedenen Aufenthaltes; betrachte sie wie eine Blume, die für kurze Zeit zwischen diese Mauern verpflanzt ist, und von der man nichts verlangt, als daß sie ihre Stelle einnimmt.«

»Man wird keine Trauben lesen von den Dornen –« entgegnete Fabia tiefathmend. »O! diese Blume ist giftig –«

»Nein, gute Fabia! höchstens nur ein wenig betäubend –« sprach der Administrator und lächelte zerstreut. »Sey doch nur billig!« fuhr er in ernsterem Tone fort, »und überlege, wie verschieden von Dir, Therese ihrem Naturell, ihrer früheren Lebensweise nach, denken muß, und ungerecht wäre es von Dir, wenn Du deshalb mit ihr rechten wolltest. Im Geräusch der Welt erzogen, entbehrt sie hier alle Freuden, an welche ihre Jugend gewöhnt war. Sie ist nicht geeignet, sich an irgend eine Pflicht zu binden, und unter so precairen Umständen erst gar nicht. Dies hat der Himmel wohl gewußt, und so ist ihre Ehe seltsam genug ohne Zusammenhang dieses Verhältnisses. – Ihren kleinen Speculationen stehet landwirthschaftliche Industrie entgegen; vor den Maschinen, die den öden Raum von Sanct Capella füllen, kommen die Neigungen einer jungen lebendigen Frau nicht an das Brett – und wollte Therese auf Eroberungen ausgehen: so sähe sie sich von einem invaliden Kreise umschlossen, der in der schläfrigen Ruhe des Klosters von seinen Siegen träumt.«

Fabia antwortete: »o! Therese besiegt auch wachsame Leute – und übt ihre coquetten Künste vor sehenden Augen.«

Ein wundes Lächeln zuckte über das Angesicht Dessen, welcher der Gegenstand jener feindseligen Bemerkung war. Er seufzte, legte wie unbewußt die Hand auf seine linke Seite, als fühle er dort Schmerz, und sprach: »Fabia! laß uns dies Gespräch enden; doch vernimm zuvor meine Bitte: mache Theresen Deine Frömmigkeit liebenswürdig! versuche es einmal mit freundlicher Güte. Ist nicht Friede mit sich und Andern die weiche Blüthe der Religiosität? – Denkst Du nicht, daß es mich betrübe, wenn Jemand gezwungen wäre, Deinen Werth zu verkennen und Deinen Glauben dazu, dessen Früchte für ihn zeugen sollen? flöße Theresen, diesem Kinde an Vernunft – sanftmüthigen Geistes, die Milch einer besseren Liebe ein, als welche vielleicht die Nahrung ihrer eitlen Wünsche gewesen, und stärke sie für das Leben der Seele. Dann stärkst Du auch mich – und wahrlich, Fabia! ich bedarf es. Als ich krank war – diese Zeit, deren ich mich nicht gern erinnern mag, weil mich mein Befinden noch täglich daran mahnt – hat mich Dir auf ewig verpflichtet. Du lauschtest, mir alles an den Augen abzusehen, was mich laben könnte – willst Du, da ich kaum – kaum genesen bin, härter gegen mich seyn? erquicke mich durch Eure Verträglichkeit! ich wollte sonst, ich läge im Grabe.«

Diese Worte, in überwallendem Unmuth gesprochen, waren von zureichendem Einfluß. Fabia reichte dem brüderlichen Schutzherrn die Hand, und sah ihn mit bangen Mienen an. Sie sagte besänftiget: »mißkenne auch Du mich nicht, mein lieber Bruder. Es ist wohl schwer, in nächster Gemeinschaft auszukommen mit Dem, der das grade Gegentheil von uns ist, wie Therese von mir. Was hilft ihr sogenanntes gutes Herz? es ist nur Temperament. Sie denkt an nichts Ernstes und Edles; ihre Zeit, dies Capital, was uns der Herr der Ewigkeit geliehen, wird in Tand verschwendet. Sie wuchert nur mit ihren Reizen. Am häuslichen Heerde brennen ihr die Sohlen. Sie fängt – was ich nun vor den Tod nicht leiden kann – hundert Arbeiten an, ohne eine zu vollenden. Der Fleiß erscheint ihr wie eine Frohne, gegen die sie einen Freibrief zu haben meint. Alle Ordnung ist ihr lächerliche Pedanterie – jüngst hat in einer kostbaren Wollestickerei, die sie in den Winkel geworfen, die Katze Junge gehabt.« Den Administrator wandelte das Lachen an, aber sein Blick grollte in

Wehmuth, die den Komus dieser Anschuldigung entkräftete. Er hatte, während ihm Fabia Theresens Fehler aufzählte, ein paarmal schwer geseufzt, über die Unart der Frauen, nachdem ein vernünftiger Mann sie überzeugt zu haben glaubt, ihre Beschwerde immer wieder zu erneuen. Diese Verdammniß manch häuslicher Hölle ist gleich der Strafe des Sisyphus. –

»Und was mir am meisten Kummer verursacht«, fuhr Fabia fort: »ist, daß ihr Beispiel endlich dem Kinde, der Josephine, nachtheilig werde, um so mehr, da es ihr nicht an verführerischen Gaben fehlt. Josephine spricht ihr, wie wenig sie redet, beständig das Wort; das ist schon ein übles Zeichen.«

»O Fabia!« sagte ihr Schwager mit innigem Tone: »es ist das Zeichen eines heiligen Gemüths, in dessen Reinheit alle Flecken des Nächsten verschwinden, einer himmlischen Demuth, die nur an die eigene Fehle denkt. Die Unschuld beschützt sich selbst. Und sollte ja durch den nahen Umgang Theresens eine schädliche Einwirkung auf Josephine zu befürchten seyn: so wird Deine *Strenge*« – Herr Prälat betonte, was er sagte, und es lag ein leiser Vorwurf in seiner Accentuation –: »dieser möglichen Gefahr schon zu begegnen wissen.«

Fabia erwiederte hierauf: »man kann nicht strenge genug seyn in Sachen des Gewissens, und das Bewahren dieses Mädchens ist eine Gewissenssache für mich.«

Der Administrator wollte sprechen, da kam ein Bote, der ihn abrief. Er zögerte zu gehen. Noch einmal faßte er ihre Hand, sah ihr freundlich ins Gesicht und sprach: »Du bist also wieder gut? wir scheiden als Freunde, oder vielmehr wir scheiden nun nicht? Und Therese?«

Fabia lächelte. »Ich werde sie versöhnen –« sagte sie versichernd. Da zog er ihre Hand an seine Brust, drückte mit heißen Lippen einen Kuß darauf, und enteilte auf den Ruf seiner Pflicht.

»Wie stark sein Herz klopfte!« sagte Fabia leise und ängstlich zu sich selbst, und diese Besorgniß galt mehr der fieberhaften Wallung des erhitzten Blutes, als der nervösen Störung, welche diesen Umlauf beschleunigte. Fabia hatte den zartesten Sinn für den krankhaften Zustand ihres Schwagers, und zugleich eine stumpfe Härte in Betreff alles dessen, was seiner Seele wohl thun könnte. Das kleinste körperliche Übel regte ihre wohlwollenden Kräfte ihm abzuhelfen auf, während sie in kalter Gleichgültigkeit verharrte, wo sein Inneres litt, wenn es auch in ihrer Macht gestanden hätte, dieses tiefere Weh zu lindern. Sie erschöpfte sich in dienstlicher Beflissenheit, indeß es ihr ein Leichtes gewesen wäre, die bittere Quelle zu verstopfen. – In diesem Widerspruch lag all der Egoismus, durch welchen Frauen solcher Art die Wirkung einer pietistischen Moral verkümmern, wogegen die Liebe in ihren Fehlern sogar – heilbringend wird.

Es klopfte sacht an die Thüre, und als Frau Fabia: »herein!« gesagt, erschien eine ehrwürdige Gestalt, die einzige noch übrig gebliebene Nonne von der Gesammtschaft des aufgelös'ten Ordens, welche die Vergünstigung nachgesucht und empfangen hatte, in Sanct Capella den Rest ihrer Tage beschließen zu dürfen. Das fromme Stillleben der Nonne hatte sich wenig geändert, seit jener Catastrophe, welches die Verfassung des reich fundirten Klosters stürzte, und in dem Muth, womit sie als eine einsame Ruine unter den geweihten Trümmern ihrer Welt begraben zu werden wünschte, bewährte sich eine wahrhaft hohe Seele. Schwester Veronica verzehrte hier ihre Pension, in wunderlicher Zusammenstellung mit einer Anzahl Offiziere, die eben so die Mittel zu ihrer Subsistenz in einem Gnadengehalt aus der Staatscasse erhielten. Der Administrator, ein guter Cameralist, hatte die glückliche Idee gehabt, einen Theil dieser Zuflüsse in die Einkünfte des Stiftes zu leiten, worin die kleineren Wohnzimmer und größeren Säle des weitläuftigen Gebäudes für solch einen Zweck zu benutzen wären, und seit Herr Prälat mit Genehmigung der Behörde dies in öffentlichen Vorschlag gebracht, hatten sich zwölf ausgediente Krieger gefunden, welche alle unter einander bekannt, dies Anerbieten mit Freuden ergriffen, und den politischen Streit weltlicher Interessen gegen die friedliche Geselligkeit eines Invalidenhauses aufgaben, das ihnen kaum reizender gelegen seyn konnte. So mischte sich denn das Geräusch manch welken Lorbeers mit den stillen Schatten der klösterlichen Palme von Sanct Capella. – Dieser militärische Club bestand nun neben dem Familienleben des Administrators, neben der Clausur der geistlichen Jungfrau, ohne daß diese verschiedenartigen Verhältnisse durchaus umgänglich geworden wären. Zwar hatte der junge Prälat unter den alten Offizieren Einige, die seine Achtung von den Übrigen sonderte, auch einen Freund –; aber diese Auszeichnung that weder dem guten Vernehmen mit Allen, noch der Zurückhaltung Eintrag, die er im Ganzen beobachtete. Auch war sein Wirkungskreis sehr groß und forderte all seine Zeit, und für die wenigen Stunden der Muße, welche ihm vergönnt waren, sprach das Bedürfniß mächtig in ihm an, sich wissenschaftlich zu beschäftigen. Und mitten unter diesem invaliden Ruhestande, der doch zuweilen, alter Gewohnheit nach, ein lärmender Aufstand wurde, wenn auch der renommirende Säbel in friedsamer Scheide stack – mitten unter der rastlosen Geschäftslosigkeit des Administrators und seiner Leute – war die Wohnung der Schwester Veronica, gleich einer Einsiedelei zu betrachten, worin sie, wie die Schutzheilige des Hauses, Segen durch ihre fromme, lautlose Gegenwart verbreitete. Sie hatte sich den Schwägerinnen des Herrn Prälaten herzlich befreundet, wie dem Stiftsverweser selbst, Josephine war ihr Liebling – dennoch geschah es nur selten, daß ihr Besuch in dem Flügel gesehen wurde, den der Administrator mit den Seinen bewohnte. Doch so oft Jemand in dieser Familie krank war, ob am Leibe, oder an der Seele – und es war, als ob die Nonne es durch Inspiration erführe, wo ihr Rath, ihr Trost nöthig sey – kam sie ungerufen, und man war daran gewöhnt, das milde Gefühl der Theilnahme an ihr Erscheinen zu knüpfen. Dazu trug selbst ihr *Äußeres* bei. Schwester Veronica hatte mit Ergebung die ihr liebgewordene Tracht der Ordensregel aufgegeben; aber ihr einfacher Anzug näherte sich derselben so sehr als möglich. Ein Schleier der Weltentsagung wallte unsichtbar nieder an dieser Gestalt, welche, trotz der Bürde von siebenzig Jahren und mancher beugenden Erfahrung, sich vollkommen aufrecht erhalten hatte. Ihre Stimme tönte rein und sanft, wie in leisen Nachklängen der Hora – und in dem Tiefblick ihrer Augen glomm noch ein schwacher schwärmerischer Funken jener ewigen Lampe, womit sie einst in nächtlicher Stunde dem himmlischen Bräutigam entgegen gegangen war. Lichtvolle Klarheit war über die Züge der Nonne ausgegossen, wie wenn blasser Mondschein einen stillen Abend erhellt. Und wie die Zeit dieses langen Lebens in gleichförmiger Ruhe vergangen war: so hatte sie auch nur unmerkliche Spuren nachgelassen. Zwei Reihen wohlerhaltener Zähne stützten wie eine elfenbeinerne Doppelmauer den Mund, dem nie ein liebloses Wort entschlüpfte, und der noch eines heitern Lächelns fähig war, gegen den Einfall des Alters. Wenn Schwester Veronica mit sachtgewöhntem Fuß durch die wüsten Gänge schlich, und ein bestiefelter Schritt ihr dröhnend begegnete: dann salutirte der Offizier in kirchlicher Ehrerbietung, und wechselte gewiß ein paar Worte, welche die Nonne immer freundselig, ja oftmals scherzend erwiederte.

Wir wenden uns nun wieder zu dem Eintritt der Nonne. »Guten Morgen, Frau Fabia!« sagte die Conventualinn, und es bleibt zu errathen, ob sie die trauliche Benennung des Vornamens in klösterlicher Sitte beibehalten, oder als Vorrecht der Freundschaft für die beiden jüngeren Frauen angenommen hatte. – Über Fabiens verdüsterte Züge flog ein bewillkommendes Lächeln. Sie nahm den guten Geist mit Freuden auf; nur der Blick, der noch naß glänzte, ward dem Gruße vorenthalten, daß Schwester Veronica die thränengeschwollenen Augen nicht sähe.

»Ein goldener Tag!« sagte die Nonne, und ihre feine Wange brannte wie glimmende Kohlen, »die Sonne scheint so schön und blaß wie eine Braut. Man fühlt sein Herz ordentlich erwärmt. Doch – sehe ich recht? warum denn so betrübt, Frau Fabia? ich will nicht fürchten, daß ein Unglück – –.«

Bei diesen antheilvollen Worten schüttelte Fabia leise mit dem Kopfe. Sie antwortete mit wehmuthzitternden Lippen: »es giebt zuweilen etwas; kein Himmel ist so hell, daß er nicht einmal weinte – und den Himmel auf Erden – glauben Sie es mir, Schwester Veronica! den habe ich grade nicht.«

»Wer hätte den!« erwiederte die Nonne mit aufwärts gehobenem Blicke, der in die Tiefe menschlicher Erfahrungen schauen ließ. »Wir können nur darnach ringen. Und diese Kraft kommt auch von Gott. Thränen fallen wie Thau in der Nacht: sie erfrischen. Der Kummer, auch der längste, gehet endlich vorüber – Ich kenne nur ein Elend, welches bis in Ewigkeit dauert, und das ist der Unfriede.«

Fabia nickte; erschauernd wie im Frösteln eines verweinten Gefühls und dieser Vorstellung sprach sie: »warum sollte ich es Ihnen nicht sagen? ich hatte mich mit Theresen verzürnt, der Bruder ward in den Streit gezogen, er war wie gewöhnlich auf ihrer Seite. Das kränkte mich. Wer ist's, der für ihn sorgt? ihn pflegt und sein Bestes wahrnimmt? – Therese nimmt keine Notiz von diesen Pflichten einer rechtschaffenen Schwägerin und ihn nur durch flatterhaften Leichtsinn für sich ein. Ich wollte fort – man säet ja doch nur auf den Wind.«

»Der Dank, Frau Fabia«, entgegnete die Nonne, »ist eine Ernte, die man unbewußt ausstreut, ein Lohn, auf den man nie rechnen darf, eine überraschende Freude, wie eine Blume auf dem Felsen: denn sie wurzelt nur in starken Herzen. Der wackere Administrator scheint mir jedoch sehr wohl zu erkennen, was er an Ihnen hat, wenn er sich auch der jungen Frau seines Bruders gleichfalls zuneigt. Bin ich doch selbst der lieben Therese herzlich gut. Ach! ich betrachte sie nie ohne Mitleid.«

»*Mitleid*?« fragte Frau Fabia mehr mit einem Anfluge von Kälte, als der Verwunderung: »und worin wäre Therese zu bedauern?«

»Solch glücklichem Leichtsinn«, versetzte die Nonne mit weicher Stimme, »ist häufig ein schweres Schicksal zu tragen beschieden. Sie thut mir leid, die holde, hübsche Frau! es ist keine böse Ader in ihr, wenn auch die Pulse hüpfen.«

Fabia schwieg, und Schwester Veronica, als ob sie mit sich selbst redete, fuhr fort: »es ist seltsam, Jeder wünscht sich etwas Anderes, als was er besitzt, tadelt nebenher fremde Eigenthümlichkeit: und wir Alle haben, was wir brauchen. Ausgerüstet für unsere Bestimmung, treten wir in den Kampf der Welt, und an dem Keime unserer Neigungen und wie sich diese entwickeln: daran wäre die Frucht unseres Lebens, ach, die bittere oft! zu erkennen, wenn wir fleißiger nach Innen blickten. Die beschauliche Stille des Klosters führt auf solche Betrachtungen.«

»Der Klosterzwang hatte auch sein Gutes«, sagte Fabia mit einem Seufzer über die Willkür, unter der sie zu leiden wähnte, »und was man immer davon sagen mag, bis auf einen gewissen Punkt hält er doch zusammen. Wo aber die Meinungen so durchaus verschieden sind in Sachen der Seele und Seligkeit, auf der Höhe der wahre Gott angebetet wird, unten aber dem Baal geopfert –« Fabia stockte und sprach nicht vollends aus.

Wie lächelte die Nonne bei dieser Rede! Sie antwortete mit verhaltenem Tone: »unser Kloster ist nicht mehr – sein Altar steht nur noch in meinem Herzen; dennoch Frau Fabia, wenn ich der Wahrheit die Ehre geben will: so muß ich bekennen, der Friede ward hier nicht gefunden, sondern nur gesucht, und höchstens *gelernt*. Wir Alle müssen Geduld mit einander haben. Und wie von den tausendmal tausend Ehen, die auf Erden geschlossen werden, jedes Mägdlein sich den Verlobten aus eigener Liebe oder besondern Gründen nimmt: so ist auch der Herr jedweder Seele, die sich ihm weiht, ein Anderer. Der Schleier hüllt nicht immer das Heil derselben ein – viel öfterer ein Herz voll Wunden – und die einsame Zelle verbirgt zuweilen einen Stachel, der sich selbst zu Tode trifft. Wenn die Menschen große Prüfungen herbei ziehen wollen: so dürfen sie nur Zank und Zwistigkeit über ein Geringes erheben. Manchmal dachte ich: es muß ein Unglück kommen, und es kam. Da fühlten wir das Band unserer Verbindung, und der Riß ging durch das Leben.«

Während Schwester Veronica also sprach, hatte Frau Fabia sich mit der nun fertigen Guirlande, die sie wie ein Feston schwebend trug, dem Bilde Martin Luthers genähert, um diesen Schmuck daran zu befestigen.

Das Blumengewinde, von seiner eigenen Wucht niedergezogen, glitt abwärts, ehe Fabia es dem Rahmen anpassen konnte, und die Nonne daneben leistete ihr mit freundlicher Toleranz Beistand, den Mönch von Wittenberg zu bekränzen. Diese Huldigung ward von Seiten Fabiens emsig, doch schweigend dargebracht. Auch Schwester Veronica verstummte, und richtete den Blick starr auf das Portrait, welches einer andern Erinnerung aufhalf, als der, die sie großmüthig zu vergessen schien.

»Warum ich eigentlich gekommen bin –« sagte sie mit einem gastlichen Geheimniß in der Miene: »man geräth ins Plaudern und ein altes Gedächtniß wird schwach. Sie haben mir versprochen, mich zu besuchen, Frau Fabia, mit Josephine – und Theresen! So lade ich Sie hiermit ein, auf eine Schale Thee, um fünf Uhr, wenn Sie so gütig seyn wollen. Ich bin am Feuer gewesen, Sie sehen es mir noch an. Meine lieben Gäste, auf die ich hoffe, zu bewirthen, habe ich Olyppen gerollt und mürbe Schneetörtchen ausgesetzt, mit Kirschmuß gefüllt, weil ich weiß, Sie mögen dies Gebäck gern.«

»Kirschmuß?« fragte Fabia zerstreut doch dankbar, und der schwarze Groll in ihrem Herzen war unterdessen in Süßigkeit zergangen. Der Gedanke rührte sie, die Nonne wolle ihr, ob auch verschwiegenermaßen, doch nach echtcatholischer Weise, den Namenstag des Reformators feiern – eine Selbstverleugnung, der die lutherische Fabia schwerlich fähig gewesen wäre. Sie antwortete demnach: »Ihre Güte beschämt mich, Schwester Veronica; ich nehme, was mich betrifft, die Einladung mit Vergnügen an, doch würde ich auch zu jeder andern Zeit – – –.«

»Nein«, erwiederte die Nonne sanft beharrend: »warum also nicht heute? Sanct Martin will auch sein Recht haben. Es hat große Männer dieses Namens gegeben. Papst Martin der Fünfte ritt ein weißes Roß – daher vielleicht das volksthümliche Sprüchwort: Sanct Martin kommt auf dem Schimmel; was so viel sagen will, als: daß oftmals zu Martin der erste Schnee fällt. Von meiner Kindheit her war dieser Tag mir immer eine kleine winterliche Vorfeier des heiligen Abends; ich jauchzte, wenn die ersten Flocken die stille Luft einschleierten; dann ward es mir so traut und heimlich düster im Zimmer, ich schmiegte mich in meinen Winkel, spielte Kloster und betete das Christkind an, vor dem ein Paar kleine Lichter brannten. Die Mutter schenkte mir deshalb stets den angemalten Wachsstock voraus.«

Bei dieser Rückerinnerung lächelte die alte Nonne fast kindlich. Sie glich in diesem Augenblicke einem Wachsbilde.

Frau Fabia aber fragte nachdenklich: »war jener Papst, dessen sie erwähnen, mit dem heiligen Martin, den Ihre Kirche verehrt, Eine Person?«

Schwester Veronica verneinte es und sprach: »der sogenannte heilige Martin war ein Muster aller Tugend, ob zwar ein geborner Heide. Er schenkte einst einem Armen, der ihm in erbarmungswürdiger Blöße unter den Thoren von Amiens begegnete, die Hälfte seines eigenen dürftigen Kleides. In der folgenden Nacht erschien ihm der Heiland, und der göttliche Leib war bedeckt mit diesem halben Gewande. Doch dieses dünne düstere Grau hing in den schönsten Farben zusammen geflossen über der Schulter des Gekreuzigten, wie ein Regenbogen am Himmel; Glanz erfüllte das Gemach –« die Augen der Nonne schimmerten.

»Der mildthätige Mann«, entgegnete Frau Fabia, »wird an die Worte der Verheißung gedacht haben: was dem Geringsten meiner Brüder geschieht, soll mir gethan seyn.«

»Noch war er nicht getauft; aber es geschah alsbald«, antwortete die Conventualinn, welche ihren frommen Wunderglauben durch diese biblische Erklärung angegriffen sah. Der Gedanke an den Unterschied ihrer religiösen Meinungen drängte sich in die Lücke des Gesprächs, dann fügte Schwester Veronica hinzu: »auch Martin von Amboise war ein berühmter Mann –.«

Frau Fabia erstaunte nicht wenig, diesen Namen, der in den tiefsten Saiten ihres Herzens Anklang fand, aus diesem Munde zu hören.

Die Nonne war im Begriff zu gehen, vielleicht fürchtete sie auch nur abzuhalten. Personen, welche die meiste Zeit haben, machen in der Regel die kürzesten Besuche und sind überall eilfertig. »Um fünf Uhr, Frau Fabia, ich bitte!« sagte sie, bereits an der Schwelle, »und Therese?«

Mit dieser Frage schien sich heute jede Unterredung für Fabia zu schließen. Sie sprach: »ich werde ihr die Einladung mittheilen und meinen Wunsch, daß wir als gute Freunde zu Ihnen kommen.«

Schwester Veronica lächelte friedselig zu diesem Versprechen. Sie nickte noch einmal und verschwand.

Während dieser Unterhaltung war der Administrator, sobald das Geschäft welches seine Gegenwart erfordert fordert hatte, beseitiget worden, mit starken Schritten allein in seinem Zimmer auf und nieder gegangen. Da trat Major Feldmeister bei ihm ein, Einer der pensionirten

Offiziere, ein Hausgenosse des Stiftsverwesers, und diesem der liebste. Nicht der Krieg hatte den wackern Ingenieur zum Invaliden gemacht, oder die höhern Jahre, in denen er stand; er war bei einer Übung der Artillerie gelähmt worden.

»*Bon jour*, Freundchen! störe ich?« rief der alte Feldmeister, indem er sich langsam durch die Thür schob; dicht neben ihm drängte sich sein großer Pudel von infernalischer Schwärze, heran: gleichsam der Dritte in diesem Bunde.

Der Administrator begrüßte den Besuch wie einen gern gesehenen, und streichelte den Faust, so hieß der Hund – der Täufling eines Kraftgenies, das weder an Göthe noch Klingemann, oder irgend einer Klinge Anstand genommen hätte, den Schwarzkünstler in seiner Art, also zu benennen. »Schön, aber verteufelt kalt heute!« bemerkte der Major, und glitt ein wenig wankend und mit einem Zuge von Schmerz um den eingekniffenen Mund in einen nahen Sessel.

»Ich wollte nur –« sagte er tiefathmend, »ich hatte mit Ihnen zu sprechen, ehe ich am Ende sitzen bleibe im Winterquartier: denn seit gestern, wo ich, wie Sie wissen, noch in Leidthal war, verspüre ich Gichter im Knöchel.« Der Pudel entzog sich der Liebkosung des Administrators, und lagerte sich zu den Füßen seines Herrn, den zottigen Umhang des Ohres an die kranke Stelle geschmiegt, als wolle er das leiseste Necken heraus hören, und mit einem drohenden Blicke höllischer Melancholie in den röthlichumzogenen Augen knurrte er vor sich hin, als wolle er dem Weh, welches der Major männlich verbiß, rathen, nicht allzu nahe zu kommen: denn ein Funken himmlischer Treue belebte diese hündische Seele.

»Es wird hoffentlich nur ein wenig Rheuma seyn«, erwiederte der Administrator tröstend auf jene Klage, »ein gelinder Schweiß hilft es heben«, dabei trocknete er sich die Stirne, und verbarg eine verstörte Miene in dem feinen Tuche.

»Wie es scheint, Freundchen«, sagte der Major und lächelte: »sind Sie selbst in Transpiration – oder in Angst? das verhüte Gott!«

»Die Weiber haben mir den Kopf warm gemacht« – sprach Jener heftig: »es kostet Kampf, mit ihnen fertig zu werden.« Bei diesen Worten rückte er ein Kästchen mit Cigarren dem Gast zur Hand, und drehete den Hahn an der Maschine von Wasserstoffgas wie mit zürnender Vollkraft, daß der Strahl erschrocken heraus sprang. Es geschah dies mit unbewußtem Nachdruck des Gedankens, er sehe sich genöthiget, ihnen den Daumen aufs Auge zu drücken.

»Glaub's gern«, antwortete der Major gleichmüthig, und schickte sich ohne Umstände zum Rauchen an. »Man hat mit Einer zu thun. Sie stecken mir da wahrhaftig in jedem Sinne ein Licht auf. Oft schon habe ich gedacht, wie Sie nur Friede erhalten mögen unter den Frauen? Feuer und Wasser sind nicht so verschieden wie diese Beiden, und Josephine« – der Blick des Majors streifte den gläsernen Globen – »ist ein Kind des Lichts, eine Tochter der Lust, so zu sagen: denn man weiß nicht, woher? von wannen? genug, die Kleine ist Gott Vaters Ebenbild – und die Frau Schwägerinn eine wackere Stiefmutter.«

Herr Prälat schien das Letztgesagte nicht vernommen zu haben. Er starrte vor sich hin, als dächte er diesem zweideutigen Lobe nach. Der Major fuhr fort: »wenn es denn irrdischen Eigenschaften nachgeht: so muß Frau Fabia einst Schaffnerinn im Himmel werden. Sie ist eine treffliche Wirthinn, das muß wahr seyn. Und diese Ordnung, diese Stille – aber Freundchen, der Mensch lebt nicht von Brod allein. Wenn Sie nun heirathen? wird eine Frau sich dies Regime gefallen lassen? und eine so hübsche Mitregentinn wie Therese dazu? schwerlich. Sie dächte wohl, Jene führte den Scepter im *Hause*, Diese trüge die Reichs-Insignien im *Herzen* des Mannes, und so wäre sie nur gleichsam eine Schattenköniginn.«

»Es wird nicht geschehen«, versetzte der Administrator halblaut, ohne sich deutlicher zu erklären, ob er das Heirathen, oder diese Vertragsamkeit meine.

»Es taugt nicht«, fuhr, nun im Zuge, der alte Feldmeister fort: »sich vor der Zeit mit Familien-Verhältnissen zu befassen. Frei muß der Mann seyn, ehe er freit! eine ganze Sippschaft Vettern und Basen rückt ihm mit dem Hochzeittage auf den Hals. Meine selige Frau hatte keine Geschwister, und kaum war ich ein Jahr mit ihr verheirathet: so däuchte es mir, ich hätte das leibliche Kind der Mutter Eva zum Weibe genommen: denn das Menschengeschlecht kam, und wollte mit mir verwandt seyn.«

»Mein Schicksal ist ein Schlangenknoten, schon um meine Wiege geschürzt«, entgegnete der Administrator düster: »und wenn ich den Lauf meines Lebens überdenke: so scheint es mir, ich sey bestimmt, unter falschen Maximen zu leiden. Urtheilen Sie selbst!«

Herr Prälat war in einer jener Stimmungen, welche dem nächsten Zufall den Schlüssel giebt, auch ein verschlossenes Herz zu öffnen. Zumal war dies Herz gepresst wie noch nie; er kannte den Major als einen wackern Mann, und so genügte er dem Bedürfniß des Vertrauens. Indem er eine Tabackpfeife ergriff und lächelnd den Kopf des Mustapha, genannt der Fahnenträger, betrachtete, sagte er: »kein Unterschied des Glaubens, kein religiöses Vorurtheil, und was aus dieser oder jener Gattung für das Leben hervorgeht, ist mir fremd geblieben, den Islam ausgenommen –« hier knurrte Faust, und schnappte wie nach dem Schall dieses Wortes.

Der Administrator setzte sich dicht an die Seite des Majors und sprach: »Mein Vater soll ein Freigeist gewesen seyn – ich will es nicht bezweifeln: denn der Gott in meiner Brust war kein kindliches Erbe, sondern der Segen der Natur. Ziemlich jung noch hatte er eine Wittwe geheirathet, die bedeutend älter war.«

»Taugt nicht, Freundchen«, schaltete der Major ein, und Jener fuhr fort: »diesmal taugte es wirklich nicht, obwohl ich sonst schon gesehen habe, daß dessenungeachtet das Glück einer Verbindung bestehen kann. Ein wesentliches Mißverhältniß entgegengesetzter Art machte diese Ehe unglücklich. Die Frau war coquett und lebenslustig für ihre Jahre, mein Vater weltsatt und ungesellig für die seinigen. So gab es keinen Einklang zwischen ihren Meinungen, und endlich nur den einer Scheidestunde. Sie trennten ein Band gesetzlich, was bereits unauflöslich war: denn meines Vaters Frau sollte nach längerer Zeit ihrer Verheirathung jetzt Mutter werden. Der Verdacht der Untreue, der meinen Vater bestimmte, sich unter diesen Umständen von seiner Gattinn loszusagen, muß durch dringende Beweismittel unterstützt worden seyn: denn er ward von Seiten der Behörden nicht verpflichtet, sich ihrer weiter anzunehmen, oder für das Kind zu sorgen. In öder Vereinzelung ging ihm nun ein langer Zeitraum hin. Er war ein ältlicher Mann geworden, da kam ihm der Gedanke, sich wieder zu verehlichen, und er wählte ein blutjunges Mädchen, meine liebe Mutter.«

Der Administrator hielt inne und seufzte tief.

»Taugt wieder nichts«, brummte der Major sich in den Bart: »hätte ihn nicht nehmen sollen, die arme Kleine.«

»Mein Vater war wohlhabend – und meine Mutter eine abhängige Waise«, versetzte ihr Sohn mit gebundenem Athem: »Gott trat in's Mittel – meine Geburt gab ihr den Tod.«

»Armer Freund!« sagte der Major weich: »so haben Sie das Treueste auf Erden nicht gekannt.«

Der Administrator schwieg einen langen Moment und fuhr dann fort: »mit einer wahren Todesverachtung wiederholter Trennungen heirathete mein Vater alsbald zum drittenmal. Ich war als ein schwächliches Kind, was mühsam behandelt werden mußte, zu der Schwester meines Vaters gekommen, der Frau eines Predigers auf dem Lande. Einst ward ich aus einem harmlosen Spiel empor gerissen, es hieß: der alte Schreiber meines Vaters wäre da, mich zu holen; mein Vater läge im Sterben, und wolle mich noch *einmal* sehen. Lieber Gott! er hatte mich noch *niemals* gesehen, seit ich denken konnte. Man kleidete mich an, ein ärmlicher Flechtenwagen hielt vor der Pfarre; ich ward hinein geworfen. Die verschrumpfte Gestalt des Schreibers saß neben mir, oder lag vielmehr wie eine faule Birne auf dem Stroh. Er schlief den ganzen Weg, ich wachte mit regen Sinnen, Bäume und Berge flogen an mir vorüber – die Reise war mir wie ein wüster Traum. – Die Scene meines Empfangs schwebt auf jede Weise dunkel vor meinem Gedächtniß. Das Krankenzimmer öffnete sich mir. Eine spanische Wand verbarg das Bett, worin der Vater lag, und dem Sterbenden einen bittern Anblick. Eine hochbusige Frau probirte eine schwarze Florhaube vor dem Spiegel, der dieses eitle Bild der Trauer verdoppelte. Ein schöner etwa dreijähriger Knabe saß auf dem Boden und stieß, als ich eintrat, in eine kleine Trompete von Blech, als wolle er der Herold meiner Ankunft werden, und als fände nicht die geringste Berücksichtigung Statt, welche die Achtung der Stille erheischte. Welche Macht über die Erinnerung üben Kleinigkeiten aus! glauben Sie es wohl, Major? vor jenem gellenden, schrillenden Hall sinken, wie einst zu Jericho – noch heut die Mauern meiner Seele ein, und ein Gedanke dieses Augenblicks voll Grauen, voll Schmerz, durchdringt mich.«

Der Major nickte zweimal, als kenne er das und Ähnliches.

»Ich trat verdutzt« erzählte Herr Prälat weiter: »an das Lager meines Vaters, mit einer dumpfen Empfindung von Mitleid, Angst und Ehrfurcht, nicht unähnlich der, womit man sich zum erstenmal dem sogenannten heiligen Grabe nähert. Er lag wie ein *Ecce homo* darin. Seine Augen waren umflort, und ruhten schon in der tiefen Höhle des Todes, seine Glieder ohne Leben wie von bleichem Holz. Er reichte mir mit letzter Anstrengung die feuchte schwere Hand. Am andern Morgen sagte man, mein Vater wäre gestorben. Es war ein großes Begräbniß, ich ging unbetrübt hinter seinem Sarge, kindlich stolz, das erstemal öffentlich aufzuziehen. Meine Verwandten waren auch gekommen; des andern Tages war ein großer Zank; ich erinnre mich, daß meine Tante ein niederschlagendes Pulver nahm. Sie war eine robuste Frau und stets gesund, nie kam ein Arzt über die Schwelle des Pfarrhauses: so gab dies unschuldige Präservativ mir den Begriff einer ungeheuern Alteration. Mein Oheim besaß mit seiner Pfarrstelle eine Widmut, auf der ich mir die ersten Kenntnisse der Ökonomie spielend erworben habe. Meine Tante war mit Leib und Seele Landwirthinn; das liebe Vieh gehörte gleichsam zu unserer Familie. Sie hatte ein eigenes Idiom, sich jedem Geschlecht ihrer Hofhaltung verständlich zu machen. Es heißt gewiß ihrer Sorgfalt für mich den größten Ruhm beilegen, wenn ich sage: sie habe mich mit diesen Pfleglingen in eine Cathegorie gestellt. Das ist deine Amme gewesen, Cölestin! sagte sie und deutete auf eine schwarz und weiß gefleckte Kuh, die vergessend ihrer Segnung, an mir vorüber schwenkte. Ein ägyptischer Schauer rieselte dann durch meine junge Seele; die Tante, obgleich sie eine wackere Christinn war, hätte es, glaube ich, gutgeheißen, wenn man den Sultan Wampum der Heerde auf Knieen verehrt hätte. Standen wir an lauen Sommerabenden am Wasser, und eine Henne lief mit dem Glucken der Angst vor Gefahr am Ufer hin und her, weil die zarten Entlein, die sie ausgebrütet, ihre ersten Schwimmversuche machten – so sagte die Tante: das ist eine bessere Stiefmutter als Deine, armer Junge! – Dann ward mir so sonderbar weh zu Muthe, und ich wünschte mich hinab in den dunkeln Teich, wo er am tiefsten ist. Mit welcher Empfindung belauschte ich, ein Knabe noch! die geheimnißvolle Zärtlichkeit in einem Schwalbenneste! das Zwitschern des mütterlichen Vogels war mir wie der magische Laut einer Welt, aus der ich verstoßen wäre; das geringste Geschöpf schien mir neidenswerth, welches mir Kunde geben könnte von jener Heimath, nach der ich mich sehnte, ohne sie zu kennen. Das Gefühl *schützender Liebe, wie die Natur sie lehrt*, wurde zu einer Grundidee in mir, zu einem Princip, welches später meine Handlungen leitete.«

»Armer Freund!« sagte der Major abermals mit Blicken voll rauhen Mitleids, und ein leiser Ingrimm zuckte in seinen Mundwinkeln, als er eine neue Cigarre abknirschte, »so hatte die Tante kein Herz für Sie?«

»Ein Herz wohl«, antwortete Jener, »aber nur für meinen Leib, nicht für meine Seele. Der äußere Bedarf galt ihr alles, wie das häufig bei Frauen dieser Art der Fall ist. Sie hatte eigene Kinder gehabt; vielleicht war die Stelle dieses Verlustes zu lange schon vernarbt – und Narben werden Härten.«

»Nun, und der Oheim?« fragte der Major theilnehmend weiter.

»Mein Oheim«, erwiederte der Administrator mit sinnendem Auge, »war ein liebenswürdiger Greis von einer wahrhaft patriarchalischen Einfalt der Sitten. Seltsam! wie ein so schlichter charakterfester Mann sich in die künstlichen Folgerungen eines Systems verwickeln können, so daß er mit sich selbst im Kampfe lag. Er war ein geheimer Anhänger Mesmers, und ging im Forschen der wunderreichen Kräfte, welche dieser Producent zum Wohl der Menschheit darthat, weit genug, um bis an die Quellen der christlichen Offenbarung zu dringen. So hielt er den Messias für einen außerordentlichen Magnetiseur, den Tod am Kreuze für Somnambulismus, die Jünger für Hülfsärzte pro Secundo – und jede That des Heils für eine Wirkung dieser mysteriösen Kraft. – Wohin verirrt sich oftmals ein reger, nicht genugsam beschäftigter Geist! Das Consistorium mogte schwerlich eine Ahnung davon haben: denn mein Oheim galt für ein Muster lutherischer Seelsorge und des unverfälschten Glaubens. Doch um die Göttlichkeit seiner Lehre war es gethan. Der Schmerz des Wissens, der Durst nach Wahrheit gab seinen Vorträgen eine Inbrunst, die sich seinen Zuhörern mittheilte. Das Zutrauen, dessen er genoß, grenzte an Wundergläubigkeit und erstreckte sich weit über die Feldmarken seiner Diöcese hinaus. Er ward verfolgt vom Neide seiner Amtsbrüder. Nach seinem Tode fanden wir ganze Bündel Schmähschriften der benachbarten Geistlichen an ihn, die er mit ordnender Ruhe unter Rubriken der Gehässigkeit gebracht hatte. Ein kleiner Auftritt ist mir eingedenk geblieben. Eines Sonntags nach dem Gottesdienst kam eine Fischersfrau, die zwei Meilen von unserm Dorfe am Ufer des Flusses wohnte, weinend zu meiner Tante. Der Mann wartete draußen. Diese Leute scheueten den langen Weg nicht, um eine Predigt in der hiesigen Kirche zu hören, wo sie ermüdet oftmals nur mit knapper Noth ein Plätzchen zum Sitzen fanden. So wären sie auch, erzählte die Frau, seit geraumer Zeit hierher zur Communion gegangen, und mein Oheim hätte die fremden Gäste am Tische des Herrn geduldet. Nun aber habe der Pastor des Ortes, wohin das Ufer eingepfarrt sey, sie kommen lassen, mit Vorwürfen empfangen, und hart bedroht, daß er ihnen den Beichtgroschen entzögen. Er wolle eine grobe Epistel an meinen Oheim schreiben und sich dies in Zukunft verbitten. Was sagen Sie zu diesem Hirtenbriefe? jener Geistliche war ein communer Neidhammel. Die Fischerinn schluchzte und sagte: nun habe der Herr Pastor, (mein Oheim nämlich) sie heute freundlich ermahnt, ihm fürder keinen Verdruß zu machen; dann setzte sie entschlossen hinzu: ehe ich aber das heilige Abendmahl wo anders halte, so lasse ich es ganz und gar, es muß ja nicht seyn.«

»Blitz! da schlage doch das Wetter drein!« rief der Major mit Indignation: »über die Pfaffen! die lutherischen auch – es ist all Eins. Einer armen Seele den Trost Gottes vorzuenthalten, weil sie ihn, wie billig, nicht aus einer schnöden habsüchtigen Hand empfangen will! – Da wird ja der protestantische Altar zu einer Tetzelsbude, einer Kleinkrämerei von Nichtswürdigkeiten. Unter uns gesagt, Freundchen! ich kann die Schwarzröcke nicht leiden. Der Teufel hole den geistlichen Hochmuth!«

Der Administrator lächelte still. Er sah ein stummes Weilchen mit seitwärts gesenktem Kopfe auf den Turban des Muselmannes nieder, der umwunden von dem Dampfe seiner Pfeife nur bläulich schillerte, wie eine gestorbene Perle. Dann fuhr er in seiner Erzählung fort: »solchergestalt ward mir die Theologie verleidet, die ich nach dem Wunsche meiner Verwandten studiren sollte. Es mischte sich mir ein fixer Gedanke von Haß, Hader und ekler Widersacherei in diesen Stand des Friedens. Die Widmut theilte anderer Seits mein Interesse für den geistlichen Beruf, und schadete demselben in gleichem Grade, worin sie nützte. Wo blühet auf solchem Mistbeet die Lilie des ungefärbten Glaubens? die Rose zu Saron stehet nur im tiefen Thale des Gemüths, einsam und heilig. Den Haushalter über die Geheimnisse Gottes dachte sich meine scheue Hochachtung abgesondert in Gedankenstille von der gemeinen Menschenclasse und ihrem niedrigen Bedarf. – Meine Meinung entschied sich für den Landbau. Die Gleichnisse und Parabeln der Schrift, in deren Worten ich von frühester Kindheit an geathmet, waren wie ein Element religiöser Poesie für jene natürliche Beschäftigung geworden. Die Bilder vom Sämann, vom Waizenkorn, das in die Erde gelegt wird – von der Ernte, den Garben und Schnittern, vom guten Hirten, der das verlorene Schäflein unablässig sucht: faßte ich im Geiste der Natur. Diese fromme Weihe, wenn ich so sagen dürfte – mein christliches Gedächtniß bewahrte mich vor jener Rohheit, die man oft bei dem Betrieb der Ökonomie findet, und welche ein wilder Sproß unveredelter Kraft ist. – Ein blöder Schüler der Welt, kannte ich nichts Süßeres, als frei wie der Vogel in blauer Luft nach meiner Weise zu leben. – Mein Oheim starb – und mit diesen zwei Augen schloß sich der erste Act meiner Jugend.«

»Es ist mir lieb, daß sich das Blatt nun wenden wird, wie?« sagte der Major mit voraussetzender Frage und rauchte stärker: »die Erziehung in den Pfarrhäusern taugt nichts.«

Der Administrator hatte keinen Widerspruch für das Sprüchwort seines alten Freundes; vielleicht gab er ihm schweigend die Ehre der richtigen Anwendung. Nach einer kleinen Erholungspause fuhr er fort: »ich kam nun zu einem Verwandten mütterlicher Seite, der mein Vormund war: dem Stiftscanzler von Sanct Capella, der als practicirender Jurist in M–. wohnte. Im Actenstaube grau geworden, war jeder Lebenstrieb in ihm vertrocknet – er war ein Hagestolz. Die Gesetze standen leserlich auf dem brüchigen Pergament seiner Stirne geschrieben, der Blick seines kleinen Auges, dessen Pupille wie in einem galligten Gelbei ruhete, hatte eine Profundität, die ihm oftmals den Vortrag seiner Clienten ersparte – seine Miene drückte stets auch in ihren wohlwollendsten Modificationen eine Sentenz zu gemäßigtem Zuchthaus aus, und auf den geklemmten Lippen wechselte das Urtheil zu Einbuße oder Leibesstrafe; sie öffneten sich fast nie ohne einen Verlust anzukünden, selbst der Glückwunsch zu einem gewonnenen Prozesse ward durch den Grimm seines juridischen Dämons zu einer Drohung. Und dennoch war dieser wunderliche Mann nicht böse. Er hatte einen ausgebreiteten Ruf, seine Rechtlichkeit war gefürchtet. Die Beamten auf den Klostergütern zitterten vor ihm, die guten Nonnen liebten ihn mit Furcht und schmiegten sich in seinen weltlichen Arm – er war der Donnergott der Abtei. – Ein Geschwisterkind von meinem Vormund und somit auch mir verwandt – führte ihm daheim die Wirthschaft; ein liebes altes blasses Mädchen, an das ich nur mit dankbarer Rührung denken kann. Die gute Beatrix hatte eine kleine heimliche Hauscanzlei, wo stille Gesetze ausgeschrieben wurden, und mein Vormund stand unter diesem Kammergericht, ohne daß er ein stummes Wörtchen davon wußte. – Beatrix, trotz ihrer subalternen Anspruchslosigkeit, war die Justitia des Canzlers. Sie that so simpel, daß man ihr die Gerechtigkeitspflege eines so rabiaten Juristen nimmermehr zugetraut hätte. Sie konnte nicht anders mit Federn umgehen, als daß sie beständig welche rupfte oder schließ – als gälte es das ewige Brautbett des alten Junggesellen. –

Mein Vormund empfing mich mit logischer Kürze, und wies, weil er eben dringend beschäftigt war, mich an die Muhme. Sey mir nicht bange, lieber Cölestin! sagte Beatrix so lind und leidsam, daß ich die künftige Angst wie im Voraus vergütet fühlte: wenn es Dir auch Anfangs nicht bei uns gefällt. Der Herr Vetter ist nicht gar so schlimm. Man muß ihn nur kennen. Einiges will ich Dir aber doch zur Warnung sagen: widersprich ihm nicht! Du kannst Dir ja Einwand und Rechtsmittel vorbehalten. Ich mußte lächeln, so jung ich war, über diese Brocken von der Brodwissenschaft des Vetters, welche die haushälterische Muhme gesammelt. Dann, sprach sie weiter: hüte Dich, mit dem Stuhle zu wackeln, wenn Du bei ihm sitzest! ein Erdbeben würde wohl weniger beachtet, als dies. Endlich lasse nie die Putzscheere unvorsichtig vom Leuchter gleiten. Ich sage Dir: der liebe Gott läßt eher die Sonne aus seiner allmächtigen Hand fallen, und schaut großmüthig drein, ehe der Herr Vetter diesen Fehler vergiebt. – Ich bebte; welch ein Wütherich mußte mein Vormund seyn! – Wir aßen ein kleines vortreffliches Abendbrod zu Dreien, der Canzler schenkte mir liberal Wein ein, um mir Muth einzuflößen. Ich saß unbeweglich auf meinem Stuhle und sah ängstlich hin, so oft Beatrix das Licht putzte. Sie that es jedoch mit fester Hand und winkte mir zuweilen mit den Augen, wenn ich ein Wort sagte, was ihr unpassend schien. Nun, Du willst ein Bauer werden, wie ich höre? fragte der Herr Vetter zwischen dem Essen, und die Frage klang wie Spott. Beatrix zwinkerte schon wieder verneinend. Du hast dreschen sehen, da ist Dir die Lust dazu angekommen, mein Junge. Diese Analogie mit dem Flegel versetzte meiner ökonomischen Liebhaberei einen tüchtigen Schlag. Studiere nur fleißig! sprach er dictatorisch: es wird sich alsdann schon finden, was aus Dir werden soll. Nur kein Jurist! dagegen protestire ich. Bei der Rechtspflege bliebe auch ein Eisenfresser nicht gesund. Man ärgert sich tagtäglich und lebenslang *ex officio*. Ich warf einen mitleidigen Blick auf die hagere gekrümmte Gestalt des Vetters, und glaubte ihm. – Zu meinem Erstaunen sah ich, daß dieser unwirsche Mann auch jovial seyn konnte, und dies besonders im Umgange mit seinen Collegen. Es fand das beste Vernehmen zwischen ihnen Statt, und nie ward ihm eine Streitsache zu persönlichem Groll. Ich konnte nicht umhin, dies sehr achtungswerth zu finden und dabei an die unaufhörlichen Zänkereien der theologischen Herrn Brüder zu denken.«

»Ja, die Juristen sind cordial!« fiel der Major ein, »aber die beste Cammeradschaft bestehet doch unter dem Militair. Da, wo der Tod Hauptmann ist, schließen sich die Glieder eng zusammen – und Gewalt geht vor Recht.«

»Ich fragte mein Mühmchen einst«, setzte Herr Prälat fort, »warum der Vetter denn nicht geheirathet hätte? – Das sey Gott zu danken – meinte Beatrix und lächelte mit Gleichmuth. Sie ertrug schon ein halbes Säculum seine hypochondrischen Launen. Er habe so viele Ehescheidungen amtlich behandeln müssen, daß ihm ein Abschmack – *Abscheu* wollte sie vermuthlich sagen – vor dem Ehestand angekommen sey.«

»Taugt nichts«, unterbrach hier der Major seinen Freund, »mit einer Sache zu genau bekannt seyn, die Illusion fordert. Köche haben in der Regel den wenigsten Appetit. Jeder prüfe sein Selbstwerk! – die Unerfahrenheit ist auch manchmal gut.«

Ohne sich durch diese eingestreuten Bemerkungen aufhalten zu lassen, fuhr der Erzähler fort: »wirklich überzeugte ich mich, welche üble Meinung der Canzler von dem weiblichen Geschlecht hätte. Er nahm mich zuweilen mit nach Sanct Capella – die Äbtissinn vergünstigte es. Als wir einst ein wenig illuminirt das Kloster verließen, der ganze versammelte Convent Kopf an Kopf gedrängt uns nachsah, mein Vetter noch einmal zurück grüßte, wendete er sich von dieser Verbeugung zu mir, und sprach listig: gut für manchen wackern Mann, daß Ihr hier aufgehoben seyd im christlichen Harem, Ihr verschleierten Engel! das Stift, glaube es mir, Cölestin! ist eine wahre Büchse der Pandora. Sollten sich diese goldnen Thüren einmal öffnen: Hu! welch ein Heer von Plagen würde da in die weite Welt herausstürzen! – Ich habe dieser Worte später gedacht. Es war ein Seherblick gewesen, den der Canzler damals auf die verschlossenen Pforten warf. Auch war jene kleine frivole Tücke gegen die gutherzigen Cisterzienserinn nicht etwa der Ausdruck eines Spötters in Glaubenssachen. Die Religiosität meines Vetters – er war Catholik – war der geheimnißvolle Respect vor einer himmlischen Gerichtsbarkeit, an die er in terriblen Augenblicken appellirte und: *gerechter* Gott! sein höchster Ausruf.

Ich lebte eine Reihe Jahre in der That glücklich im Hause meines Vormunds, und danke ihm viel. Dieser strenge Geschäftsmann gab mir privatim ein Beispiel der Toleranz, was mir damals eben nöthig war. Er haßte alles Absprechen nicht nur an Andern, er vermied es auch an sich selbst. Ich äußerte ihm einmal ehrerbietiges Bewundern und ein Wörtchen mit Bezug auf meine früheren Erfahrungen entschlüpfte mir. Er lächelte und sprach: Du mußt wissen, mein Söhnchen, daß diese Eigenschaft einen wesentlichen Unterschied zwischen den Facultäten bemerklich macht, und unsern Beruf gewissermaßen austauscht. Die

Theologen sind in der Regel Richter, was sie nicht sollten; – *wir* dagegen vertreten nach Christenpflicht und von Amtswegen die Fehler und Fährlichkeiten des Nächsten. *Sie* lassen ihr Licht leuchten vor den Leuten – *wir* gebrauchen es nur, um auch dem finstersten Falle eine Seite der Entschuldigung abzusehen.«

»Wahrhaftig in Gott! da hat er Recht!« rief der Major aus überzeugtem Drang des Herzens.

Der Administrator schwieg, als wäre diese Mittheilung nun abgebrochen, und sah lange weitschauenden Blickes vor sich hin. Dann hob er mit verändertem Tone an: »ich studirte Cameralia – ging auf Reisen – welch eine Welt liegt zwischen diesen schmalen Grenzen auf der Charte meines Lebens! – Ich hatte einen Freund – –« ein tiefer, schwerer Odemzug, wie wenn dies Wort sich nur mit Ketten aus dem Born der Seele wände.

Der Major besaß bei einer rauhen Außenseite den zartesten Sinn der Freundschaft. Er sagte: »falscher Conjunctiv, Freundchen! Sie *haben* einen, der nicht alles zu wissen braucht. Lassen Sie ruhen, was sich nur mit Seufzern heben läßt. Taugt nichts, erschöpftes Vertrauen. Ich wünsche nur noch zu erfahren, wie Sie eigentlich zu der weiblichen Drei-Uneinigkeit gekommen sind? Josephine, das friedsame Täubchen! ist nicht in diesem Zwiespalt begriffen. Sie ist auch hier als der heilige Geist die schwächste Person dieser Trinität und eine wahre Vergebung der Sünden. Wie?« fuhr der Major abstrahirend fort: »ists nicht so? werden nicht dem heiligen Geist selbst im Glauben nur flüchtige Honneurs gemacht?«

Der Administrator lächelte wie ein Leidtragender, dem ein zerstreuender Tröster von den Verhältnissen des Himmelreichs vorspricht. Er antwortete: »ich habe meine Geschichte so weit angelegt, daß ich schwerlich damit an das Ziel gelange. – Meine hiesige Umstellung knüpfte sich an Fäden, welche noch mit der vormaligen Einwirkung meines Vetters, des Exkanzlers, zusammenhingen. Er starb bald darauf. Die gute Beatrix war längst todt. Man fand sie eines Morgens entseelt, mit dem Angesicht in eine Wolke von Flaum gesunken. An den starren Wimpern hingen die zarten Federn; aber sie bewegten sich nicht mehr vor dem verschlossenen Munde: es schien, als ob sie ohne einen Hauch der Todesangst verschieden sey. Dieses sanfte plötzliche Sterben in weicher Pflicht, wie wenn der Schlaf einen Müden überrascht, war die schönste Gabe ihres armen harten Lebens. So oft mein Vetter mir das erzählte, und des Anblicks jener befiederten gestorbenen Augen gedachte, die so treu auf seinen Vortheil gesehen, gingen ihm die seinigen über. – Meine Lage als Administrator gefiel mir wohl; sie war gewissermaßen das Resultat der Ergebnisse meiner früheren Jugend. Hier konnte ich ein Landwirth seyn im weiten Felde der Industrie, nicht beschränkt auf die Hufe eines engen Besitzthums, und zugleich ein Diener des Staats, dem ich mit all meinen Kräften zu nützen wünschte. Meine Vorliebe für diesen Ort war sich gleich geblieben. Wie oft hatte der catholische Gesang von Sanct Capella, die heilige Nonnenstille, der Weiheduft andächtiger Mysterien, den lutherischen Jüngling in mittelalterliche Träume gewiegt! ich war nun erwacht, und Alles war anders und wirklich. Doch noch jetzt schlägt die große Glocke mit jenem romantischen Klange tiefe Saiten in mir an, und wenn Fabia mit dem großen Schlüsselbunde durch den Kreuzgang geht, muß ich der Pförtnerinn gedenken und jenes kleinen klingelnden Geläuts in ihrer Hand, welches, meinem Gefühl nach, den Chor seliger Geister in einem Himmel öffnete, den die Welt fälschlich für ein Grab der Lebendigen hielte. – Wie öde reformirt war nun das schöne Stift, wie profan geworden! – ich schützte mit Pietät, was noch aus dem Umsturz jener Verhältnisse zu erhalten war. Die Hand, welche leise und achtsam an das heilige, das genommene Recht rührte, war desto eifriger, wo es den Ertrag der Grundstücke galt. Man sprach davon: es sey im Werke, das pompöse Gebäude zu einer Strafanstalt, einem Spinnhause, herabzuwürdigen; diese Möglichkeit empörte mich. Dann sollte es zu einer Seidenfabrik benutzt werden, endlich wolle man, hieß es, eine chirurgische Pepiniére daraus machen. Ich kam den Behörden mit einer Proposition von meiner eigenen Idee zuvor. Solle es denn nun einmal hier gesponnen oder geschnitten seyn: wohl! so gebe man den Parzen Wohnung, und lasse verdiente Offiziere hier leben und sterben. Dann zieht die Ehre ein und nicht die Schmach, und statt Mühe, Plage und Schmerz webt in diesen Mauern das Seidenleben der Ruhe. – Es wurde provisorisch zugestanden.«

Major Feldmeister reichte dem Administrator mit einem gerührten Blicke die Hand und sagte kein Wort. Er dampfte nur einen unendlichen Qualm aus, als wollte er sagen: »bis an meinen letzten Athem werde ich Dir dies danken.«

Und der bürgerliche Prälat der einst gefürsteten Abtei sprach: »ich orientirte mich nunmehr. Das Drängen der ersten Einrichtung ließ mich wenig zu mir selbst kommen. Es waren Rückstände zu bearbeiten, mein

Vorgänger hatte lange darnieder gelegen – auf den versäumten Gütern lag mehr als ein Feld der Nutzung brach. An geselliges Bekanntwerden in der Nachbarschaft zu denken, hatte mir noch keine Zeit geübrigt. Es war in einer Geldangelegenheit von Belang, wo ich gesprächsweise den Oberförster zu Rathe zog. Das wird Ihnen ihr Vetter, der Rentmeister in Bühle, am besten sagen können – meinte er. Mein Vetter? fragte ich befremdet; ich wußte von keinem. Nun ich dachte nur, antwortete Jener, weil er eben so heißt, Sie wären mit einander verwandt. – Dies gab mir ein Interesse mehr, dieser Weisung zu folgen, und den Mann meines Namens kennen zu lernen. Ich ritt desselben Tages noch hinüber. Es war im Mai. Ein Gewitter schauerte über die quellenden Saaten; doch sah ich wohl, es würde vor der Nacht nicht kommen. Ein eigenes Gefühl von Schwermuth oder Ahnung preßte mir die Brust, als laste ein nie getragenes Gewicht mir auf der Seele. So kam ich an den englischen Garten von Bühle. Die Sonne schoß eben einen goldrothen Pfeil auf das steinerne Windspiel, welches am untern Ende des Parks auf einem Postamente ruht. Es blickte mit todten Augen in den flammenden Köcher – ich weilte einen Moment an dieser Stelle und dachte: da liegt der Hund begraben! Gott weiß, durch welche Association der Ideen mich der Gedanke geisterhaft ergriff: es läge unter den dunkeln Schatten dieses Ortes irgend ein Geheimniß verborgen, was meiner Theilnahme angehöre! – Das große gothische Schloß, die Colonnade vor den Wohnungen der Beamten, schien mir schön aber düster, und ich gab dies Clair-obscure meiner innersten Auffassung der frühlingstrüben Atmosphäre Schuld. Innerhalb der Gehöfte war es auf die bängste Weise still, nur der Brunnen machte ein kühles Geräusch und die Wasserkufe schäumte über. Ich sah Niemand, den ich nach dem Rentmeister fragen konnte. Da öffnet sich leise eine Thüre hinter der Colonnade, ein Mädchen, kaum jungfräulich erwachsen, tritt hervor, ein feines Glas in der zarten weißen Hand, und wirft einen schüchternen Blick auf mich, den Mann zu Pferde. Es liegt etwas Poetisches, Major, in dem Anblick eines schönen Kindes am Brunnen; der Durst des Herzens, worin er auch bestehe, wird dadurch gelöscht. – Ich fragte höflich, ob ich den Rentmeister zu Hause anträfe? die Kleine nickte – es war Josephine.« Jetzt nickte auch der Major.

»Ich band mein Pferd an eine Säule und folgte ihr. Sie bat, daß ich einen Augenblick verziehen mögte, denn der Vater wäre krank, und sie müsse es ihm erst sagen, daß ihn Jemand zu sprechen wünsche. Ich wartete vor der Thüre zu ebener Erde; drinnen entstand ein ungastfreund-liches Gemurmel, dazwischen hörte ich Josephinens Stimme wie vorbit-tend. Endlich winkte sie mir. Ich trat in ein tristes Zimmer. Grüne wollene Vorhänge verdunkelten es, und warfen noch bleichere Schatten auf einen kranken Mann, der bei diesen schwülen Wärmegraden in Betten eingehüllt auf dem Sopha saß. Eine Frau rückte ihm die Kissen zurecht, und schien, mit Sorgfalt um ihn beschäftigt, sich nicht um den Eintritt eines Fremden zu kümmern. Der Anblick dieses Kranken er-schütterte mich. Ich stellte mich ihm vor, und fragte beklommen: ob unser Gleichname vielleicht Grund in einer entfernten Verwandschaft hätte! – Der Rentmeister lächelte – o! furchtbar lächelte er. Seine Ant-wort lautete: verwandt? nein, Herr Administrator, wir sind nur *Brüder*. – Mein Blick sah ihn mit – Entsetzen, mögte ich es nennen, auf die Wahrheit dieser Aussage an; dunkel hatte es mir vorgeschwebt, dieser Mann könnte der Sohn meines Vaters seyn. Er war gegen mich ein Greis, eine ganze Lebenslänge schien sich zwischen uns hinzuziehen; doch der verknüpfende Faden blieb und zerriß in jener Minute mein Herz. Jetzt wußte ich, warum mir so ahnungsvoll zu Muthe gewesen, was dieser Weg mir aufgebürdet hatte. Meines Vaters Freiheit hemmte mich wie eine Kette, deren tausendstes Glied noch getragen werden muß. Mein Bruder! und mir so todesfremd! – Getrennte Ehen sind es, welche eine Weltverbrüderung unmöglich machen, und das Band der Menschheit auflösen. Mit diesem stillen Bekenntniß legte ich mir selbst das Gelübde ab: scheiden lasse ich mich nimmer! – Ich wagte ein brü-derliches Wort an den Rentmeister. Er nahm es nicht auf, und nannte mich *Sie*. Ihr Vater, Herr Prälat, sagte er, als ginge ihn dieser Name gar nichts an, verstieß mich im Mutterleibe, und wer einmal unter der Bank geboren ist, kommt nie auf. – Diese Worte deuteten mir langes Unglück an und einen zerbrochenen Geist. Eine Thräne schlich über die Wange seiner Gattin, welche sie verstohlen abwischte; Josephine schlich leise hinaus. Ich hatte nicht den Muth, nach seinen früheren Verhältnissen zu fragen. Spät ritt ich nach Hause. Der Donner rollte krachend, die Wolken waren Feuerschlünde, es regnete wie mit Giesbächen. Ich empfand wenig von der empörten Natur. Meine Seele bebte noch unter stärkeren Schlägen, und die einzige Thräne meiner Schwägerinn hatte mich mehr erweicht, als dieses Sturzbad. Sie werden leicht denken, daß ich nicht säumte wieder nach Bühle zu kommen; doch nur langsam gelang es mir, mich meinem Bruder zu nähern und Eingang in sein

Vertrauen zu finden. Seine Frau, ob zwar auch zurückhaltend, war dennoch freundlicher mit mir. Ich merkte bald, daß sie zu den Stillen im Lande gehöre, und eben so, wie oft der Unmuth ihres Mannes über eine Frömmigkeit laut werde, die ihm doch in der Geduld, womit sie seine Leiden ertrug, zum Seegen gereichte. Aber mein Bruder war menschlichen Ansehens nach ein Mann des Todes, und sein Gemüth schien mir noch kränker. Wie viel die Frau für seine Pflege that: eine größere Kraftanstrengung entwickelte sie, seine Seele zu retten. Sie ließ seinen Eigensinn und die Natur gewähren, wenn er den Arzt nicht wollte; aber sie quälte ihn partout mit dem lieben Heiland.«

Der Major schüttelte den Kopf und sprach: »taugt nichts, daß solch heilige Liebschaft aufdringlich werde; der Mann muß dem besten Freunde die Thür des Hauses und Herzens selbst aufmachen.«

»Einst kam ich dazu«, fuhr der Administrator fort, »als Beide in streitendem Gespräch über die verstörende Ursache seiner jetzigen Leiden waren. Mein Bruder schwieg sogleich; aber Fabia, gestützt auf die Autorität ihrer Gottseligkeit, konnte nicht abbrechen, ohne weiblich das letzte Wort zu behaupten. Sie sprach: Sey nur getrost! es wird uns im Himmel wohl belohnet werden, so man uns um Gerechtigkeit willen verfolgen sollte. Da fuhr mein Bruder heftig auf. Um *Gerechtigkeit* willen? Frau, Du faselst! eine Schändlichkeit ist es, die ich werde verantworten müssen; ich sage Dir: es ist kein größerer Betrug erfunden worden. Der *Glaube* an eines Menschen Wort ist mein Unglück gewesen und mein Elend geworden – ich will Gott nun nicht mehr versuchen. Es lag eine Resignation darin, die mich mit kalter Hand durchgriff. Fabia entfernte sich; ihr Mann fiel erschöpft in einen fieberhaften Schlummer, ich ging seiner Frau nach. Sie stand im Gärtchen, begoß ein Blumenbeet mit ihren Thränen und rang in christlicher Verzweiflung die Hände über den weißen Lilien. Ich redete ihr zu. Fabia verklagte den unbeugsamen Sinn ihres Mannes, der jedem Gnadenmittel widerstände und nicht arbeiten möge an seinem Heil. Ein Luftzug führte die leise ängstliche Frage von ihren Lippen: *ob er nur selig werden wird*? Die Lilien nickten. Ich sagte, was ich dachte: daß diese Kinder ihres Schöpfers auch nicht arbeiteten im reinen Glanz ihrer Heiligkeit, und dennoch erständen zur Frühlingsfreude der verjüngten Erde. –

Fabia schien nicht einzugehen in diesen natürlichen Trost. Sie sagte: seine Mutter ist lediglich Schuld daran. Diese war ungewiß über den Vater – *seinen* Vater – darum zweifelt nun der Sohn an Gott! – So schob meine Schwägerinn ihren Scrupel, ob ihr Mann das ewige Leben haben werde, Denen zur Last, die ihm das irdische gegeben. Bald darauf ward es schlechter mit dem Bruder. Kurz vor seinem Tode übergab er mir die Sorge für seine Witwe, für sein Pflegekind, legte den Schlüssel zu einem wichtigen Geheimniß in meine Hände – dann drückte ich ihm die Augen zu. Das Recht eines Gestorbenen zu vertreten, darf ich keinen eigenmächtigen Schritt thun noch gestatten, eine schwere Verpflichtung hält mich an Fabia fest. Sie sehen also, wie viel mir daran gelegen seyn muß, Einigkeit unter den beiden Frauen zu erhalten: denn auch Therese – –« hier summte die elfte Stunde vom Klosterthurme. Der Major fuhr elektrisch zusammen, wie von diesem Schlage gerührt. »Elf! ich muß nun fort, und es wird mir den ganzen Tag seyn, als stäcke ich mit *einem* Arme nur im Ärmel des Rockes. Ich habe dem Hauptmann Moorhausen eine Parthie Piquet vor dem Essen versprochen, und halte Wort, wenn auch ihm kein wahres Wort aus dem Munde geht. Das Genie dieser Art muß in den Endsylben dieses Namens wohnen: Moorhausen! Münchhausen! – Wie hat er uns vorgestern wieder belogen! er sprach von seinem Gute in P. – Wir lachten unvernünftig. Er nahm es nicht übel – das war honett. Aber – Ihre Geschichte, Freundchen ist mir in Wahrheit interessant; der Schutz, den Sie der Frau Fabia angedeihen lassen, hat seinen gediegenen Grund, ich bin nur curios, welcher Wind Ihnen die flatterhafte Therese zugewehet haben mag? – allzugroßmüthig seyn, taugt nichts.«

Das Reitpferd, worauf der Administrator täglich um diese Zeit die Ronde zu machen pflegte, ward vorgeführt. Der Major erhob sich mit steifem Gelenk, Faust schüttelte den schwarzen Mantel. Im Begriff zu gehen, sagte der Major: »da fällt mir ein, ich habe ganz vergessen, weshalb ich eigentlich gekommen bin. Ich wollte ihnen auch ein Geschichtchen erzählen, was fabelhaft klingt: das Mährchen vom gläsernen Pantoffel. Mein Neffe – doch jetzt ist's zu spät; wo werden wir nur all' die Zeit zu den vielen Reden hernehmen?«

»Wir sprechen uns bald wieder –« vertröstete Herr Prälat, und griff nach seinem Hute. Er hatte sich die Brust doch etwas freier gesprochen. Es ist gut, wenn sich die Menschen zuweilen des Warums ihrer Bürden bewußt werden; die Nothwendigkeit, sie zu ertragen, wird ihnen alsdann klar und leichter.

Sanct Martin war und blieb gegen seine Gewohnheit hell und schön. Sonst hat an diesem Tage der Himmel Baumwolle feil, und die Luftgeister sind geschäftig, der Natur eine weiße warme Schlafmütze daraus zu weben. Doch heute schritt der Herbstheilige, der sonst winterrüstig erscheint, in heiterer Luftigkeit einher, und grüßte mit dem gelben Sommerhute so herablassend freundlich, daß die schläfrige Welt munter aufwachte und träumerisch hoffte, der Sommer wolle noch einmal wieder kommen. Hier und da zwitscherte ein schlaftrunkener Vogel, robuste Bäuerinnen verbauten die kleinen Fenster mit Moos, um im Grünen zu arbeiten – der klösterliche Invalidenstamm rückte lustig ins Feld.

Schwerlich dürfte der glänzendste *Thé dansant* im schönsten Salon der Residenz eine wichtigere, wenn auch andere, Beklommenheit der Erwartung erregen, als bei den Damen des Stiftes der simple Nonnenthee in Veronicas kleiner Zelle, wohin sie geladen waren. So sind die Vergnügungen der Geselligkeit, wie verschieden auch gestaltet und bedingt, sich doch in ihrer Wirkung überall gleich. Zudem machte der seltene Schritt aus dem engen Kreise heiliger Regel diese Einladung zu etwas Außerordentlichem, und die stille Geschäftigkeit der priesterlichen Jungfrau, der Opferrauch ihrer Küche oder *Küchel*, wie Veronica sie nannte – legten einen unbewußten und geheimnißvollen Altarwerth auf den kleinen Theetisch der Nonne.

Als es nun in den gewölbten Räumen des Klosterhauses zu düstern begann, die Schatten des Abends längs den kalten Wänden hinschlichen, flimmerte es schon lichterhell in Veronicas Stübchen. Mit dem Glockenschlage Fünf standen die Schwägerinnen und Josephine an dieser geweihten Thür, hier wußte man nichts davon, oder wollte nichts davon wissen – daß ein verspätetes Erscheinen für bedeutend gelte. Schwester Veronica empfing ihren Besuch erhitzten Angesichts und mit einer gewissen gastlichen Feierlichkeit. Die Zelle, noch immer ein geistliches Betstübchen, hatte nur einen Anstrich von Häuslichkeit bekommen, die jedoch in ihrer einfachen Beschränkung dem religiösen Charakter der Einrichtung nicht zu nahe trat. In einer Nische sah seit manchem Jahr die Mutter Gottes mit dem Kinde auf das jungfräuliche Bett herab; das Waschbecken und die Wasserflasche von englischem Zinn blinkten in Formen wie Geräthe der Sacristei, in die blendende Serviette über dem aufgeklappten Tisch war das Lämmlein mit der Kreuzesfahne gewebt, die Lichter von gelblichem Wachs warfen kirchlichen Schein, und bei jeder der drei Tassen lag ein kleiner Blumenstrauß, bei Josephinens aber der schönste. –

Therese, durch den gehabten Zwist und die spät erfolgte Versöhnung empfänglich gestimmt für den Eindruck solch einer Umgebung, sagte: »wie heimlich ists hier! wie hübsch! ich könnte gern hier wohnen, einzig und allein.« Josephine wußte hier Bescheid. Wie mit dem Vorrecht eines Kindes zog sie die grünen Bettvorhänge auseinander, schmiegte die warme Mädchenwange an die gesteppte Decke, schlug das blaue Auge gegen die dunkle Madonna auf – in diesem Wechselblicke lag eine Welt der Ahnung – und flüsterte: »wie traut! wie lieb! ich mögte ewig hier schlafen! –«

Frau Fabia sagte nichts der Art. Sie bewunderte das Compendiöse dieses Locals, lobte die Nützlichkeit des kleinen Sparofens, und sah dieser frommen Clause die häusliche Seite ab. Die Bouquets gaben dieser Winterstunde einen schwachen Hauch von Sommerduft, und die Damen freuten sich daran. Man wunderte sich, wie Veronica diese Blümchen so spät noch erhalten könne.

»Ich war von Kindheit an eine glückliche Gärtnerinn«, erwiederte die Nonne hierauf, »und schleppte mich mit Pflanzen hin und her, woraus mein Vater die Folgerung zog, ich würde eine treufleißige Mutter werden, die da Segen mit der Erziehung ihrer Kinder hätte.« Sie lächelte wundersam, wie über einen zerronnenen Traum.

»Schade!« sagte Fabia leise. Veronica hatte dies Wörtchen nicht gehört. Sie machte mit sichtlich gutem Willen, wenn auch nicht mit der Übung einer Weltdame, die Wirthinn, schenkte Thee ein, warf Zucker in die Tassen, und besann sich alsbald, daß sich das nicht schicke, und das Maß der Süßigkeit dem Geschmack eines Jeden selbst überlassen bleiben müsse. – Dann präsentirte sie das lockende Backwerk, von den Schwägerinnen als trefflich gerühmt. Man bat um die Recepte, inzwischen las Josephine schon Eines. Sie hatte dies Papier an dem für sie bestimmten Platze unter dem Sträuschen liegend gefunden; es lautete: »nimm fünf Loth *Ernst*, zehn Loth *Geduld*, zwanzig Loth *Sanftmuth*, und hundert fünf Loth *Demuth*, dieses alles stoße wohl unter einander im Mörser des *Glaubens*, mit dem Stempel der Stärke, rühre ein Viertelpfund *Hoffnung* dazu, schütte es in die Pfanne der *Gerechtigkeit*, und lasse es bei dem Feuer der *christlichen Liebe* gar kochen. Alsdann bewahre es wohl, damit der Schimmel der *Eitelkeit* nicht ansetze. Mit dieser Salbe streiche Dich des Morgens und des Abends: es ist ein Mittel gegen die Hölle.«

Therese seufzte, als wäre der Athem ihres Busens mit all diesen Gewichten beladen. Die Nonne aber sprach: »ein Arcanum, der künftigen Hausfrau zu Nutz und Frommen! meine Mutter hielt es für probat.«

»Sagen Sie, Schwester Veronica«, fiel hier Therese ein: »sind Sie wirklich aus wahrem Klosterberuf Cisterzienserinn geworden? ich wüßte kaum, wie ich mir dies als möglich denken sollte.« Ihre Miene zweifelte. Die Nonne sah die lebenslustige junge Frau mit einem Blicke an, worin sich die schweigende Entgegnung aussprach: »Christum lieb haben, ist besser, denn alles Wissen –« und nach einem kleinen Besinnen antwortete sie: »die innersten Triebfedern kennt nur Gott allein, und das Herz mag sich zu tausendmalen eine sich der Welt entschwingende Seele bewegt haben; doch – wenn ich einen Rückblick auf mein langes Leben werfe, und auf den Gang meines Schicksals, der sich in diesen stillen Mauern endet, so mögte ich doch glauben, es sey des Himmels Wille gewesen, daß ich mich ihm weihe, und die frühesten Eindrücke des Gemüths, alle Umstände meiner Jugendzeit hätten dazu dienen müssen, daß meine Bestimmung erfüllt werde. – Im Keim der Zukunft ist die verhängnißvolle Blume eingeschlossen, und der Mensch entwickelt sich mit ihr. Unserer heiligen Märtyrer Einige, die in den Flammen gestorben, fingen damit an, den Finger in das brennende Licht zu halten, um zu versuchen, wie lange sie Feuerschmerz aushalten könnten. – Warum sollte ich es ihnen nicht erzählen? ist doch nun Alles überwunden.« Die beiden Frauen bezeigten ein neugieriges Interesse an dem, was ihnen Schwester Veronica mitzutheilen hätte, und setzten sich zum Hören zurecht; nur über Josephinens Gesicht glitt ein Schatten zarter Furchtsamkeit, als scheue sie es, daß ihre ehrwürdige Freundinn zur bloßen Unterhaltung Narben enthülle, die einst vielleicht schmerzlich geblutet hätten. Sie zog die schneebleiche Hand, welche keinem Mann angehört, sacht und seitwärts an ihre Lippen und küßte sie mit Ehrfurcht.

»Mein Vater«, begann die Nonne, »war ein gelehrter Mediziner und Arzt am Jesuiter-Collegio in B–. Sein einnehmendes Betragen, äußerst verbindliche Manieren, so weit ich mich deren erinnern kann – seine stattliche Gestalt und großen Kenntnisse, gewannen ihm aller Menschen Gunst und Zutrauen, weshalb er denn eine verbreitete Praxis besaß. So dächte man nun, meine Mutter müßte eine glückliche Frau gewesen seyn. Doch nicht also. Sie weinte oft still und bitterlich. Ich schmiegte mich dann als ein kleines Kind in die nassen Falten ihres Kleides, ohne zu verstehen, was sie so betrübe – späterhin ist mir die Quelle ihrer

Thränen wohl klar geworden. Manche Zähre aus dem Auge der Gattin, was nicht blind war für die Abwege des Mannes, ist damals auf mein Haupt gefallen –: *dies war die erste Salbung zur Klosterfrau.* – Meine Mutter«, fuhr Schwester Veronica fort, »soll in ihrer Blüthe ausnehmend hübsch gewesen seyn.«

Die drei Zuhörerinnen sahen die Nonne auf den kindlichen Ruhm jener Schönheit an, die längst schon Staub war, im Einverständniß der Meinung, daß dies glaubhaft sey, und noch aus den dunkeln Umrissen des Alters ihrer Tochter erhelle.

»Mein Vater«, so war der weitere Verlauf der Erzählung, »hatte sie aus heftiger Zuneigung geheirathet, er scherzte zuweilen im Beiseyn der Freunde meiner Eltern oder Fremder über seine Bräutigams-Thorheiten – wie er sie nannte – die Mutter aber ging nie in diesen Ton ein. Sie blickte ernst und bekümmert dazu. Ich entsinne mich genau, daß dies eine Empfindung in meine Seele legte, *als wäre die Liebe eines Mannes kein Glück, mindestens kein dauerndes Glück.* Das Einkommen meines Vaters setzte sein Haus in Wohlstand. Wir sahen oft Gäste bei uns. Die elterliche Güte für mich, das einzige Kind, überschüttete mich mit kleinen Schätzen, ein unerfüllter Wunsch fand nicht Raum unter den angehäuften Spielsachen; dankbare Kunden meines Vaters beschenkten mich kostbar, *und dieser Überfluß machte mich gleichgültig gegen den Besitz.* – Meine Mutter hatte einen ältern Bruder, der war ihr Beichtvater und Erzpriester an der Stadtkirche. Niemand sah ich so gern kommen, als ihn, den freundseligen lieben Mann, dem der Trost unsichtbar zur Seite ging. Stets brachte er mir Etwas mit, woran ich besondern Gefallen fand, und immer war die Mutter ruhiger, wenn er einmal da gewesen. Diese Freude, dieser Frieden mischte sich in meine dämmernden Begriffe vom geistlichen Stande. Der Vater mogte ihn nicht leiden, und dies kränkte meine Mutter sehr. Einst zog mein Ohm, nachdem er mich lange hatte rathen lassen, was er in der weiten Tasche seines Rockes trüge, eine Puppe hervor, eine allerliebste Nonne von unserm Orden, und mein Entzücken darüber war unbeschreiblich. Ich küßte die Farben von dem kleinen Gesicht, daß es todtenweiß ward, und drückte die wächserne Brust mit solcher Innbrunst an die meine, daß sie zerspringen mußte. Am liebsten spielte ich Kloster, sang tiefe Weisen wie Choräle, was der Vater manchmal mit einem Fluche untersagte, indem er glaubte, ich spiele Begraben. – Er war, beiläufig gesagt, nicht von allem Aberglauben frei, hinsichtlich auf seinen Beruf.«

Therese unterbrach die Geschichte der Nonne mit den Worten: »man sagt, es soll von wesentlichem Einflusse auf das Geschick der Kinder seyn, an welchen Gegenständen sich ihr Liebessinn übe. Sie selbst, Schwester Veronica, liefern einen Belag zu dieser Erfahrung. Hätte ich einst ein Püppchen, ich ließe es nur mit Engeln spielen.«

Frau Fabia konnte nicht umhin zu erwiedern: »dann würde es nicht lernen, *Menschen* zu ertragen.«

Wir lassen es, der Wahrheit dieser Bemerkung unbeschadet, dahin gestellt, ob weiblicher Neid gegen das ihr versagte Mutterglück, oder verletzte Verehrung für die höhern Kinder Gottes, sie in Anregung gebracht habe.

»Die gute Mutter«, nahm die Erzählerinn den abgerissenen Faden wieder auf, »ließ mir ein kleines Sprachgitter machen, und lehrte mich in ahnungsloser Zärtlichkeit, wie ich mich dabei benehmen sollte. Gewiß ist es, daß diese kindische Spielerei mein Sinnen und Trachten richtete. – Doch hören Sie nur weiter. Zuvor aber noch eine Tasse Thee, ich bitte! er ist nicht stark.« Zeitweiliges Nöthigen. Das Geklirr der Tassen, der leise Guß des goldgelben Wassers, das Geprassel der mürben Brezeln und Mandelplätzchen, ein dankendes oder ablehnendes Wort, füllte die Pause der Geschichte, bis Veronica sie fortsetzte. »Das Haus meiner Eltern, worin meine Mutter geboren wurde, stand am Marktplatze, dicht neben dem sogenannten Rathskeller, den die Gebrüder Posca, ein paar Italiener, in Pacht hatten. Dort fanden sich die Patrizier der Stadt ein, und mein Vater ging jeden Abend – kaum machte der *heilige* Abend eine Ausnahme von dieser leidenschaftlichen Gewohnheit – in diese Tabagie, ein Gläschen Montefiascone zu trinken. Nur Geschäfte hielten ihn ab, doch nie Liebe für die Seinigen. Meine Mutter saß wie eine verwittwete früh und spät mit mir allein; es war dann so traurig und waisenhaft still um uns her, und die Uhr schlug manchmal schauerlich die zwölfte Stunde, ehe der Vater heimkehrte. –

Die Mutter ertrug zwar duldsam, was sie nicht ändern konnte, ich habe nie gehört, daß sie dem Vater deshalb Vorwürfe machte; dagegen nährte sie einen seltsamen Groll gegen die Menschen, die ihrer Meinung nach daran Schuld wären, daß sie so hintangesetzt würde, und ihr Haß erstreckte sich über ganz Welschland. Von einem italienischen Salat hätte sie nimmer einen Bissen angerührt; ich würde nur Gift und Galle essen – sagte sie einmal zu mir, als ich sie in Gesellschaft bat, von solch einer Schüssel ein wenig zu nehmen. – Mir war diese Nachbarschaft unbeschreiblich anziehend. So oft ich mit meiner Mutter im Dunkeln von einem Gange nach Hause kam, bat ich sie, vor den geöffneten Thüren dieser Unterwelt einen Augenblick stehen zu bleiben. Die Lampe, welche die feuchten Stufen erleuchtete, hatte einen zauberischen Schein, es zog mein Herz hinab – ich wußte nicht, wie? das fremdartige Rufen der dienstbaren Geister, die Glocke, welche geläutet wurde, wenn Einer der Weingäste etwas begehrte, brachte meine junge Seele in eine ganz eigene Schwingung. Die Mutter mußte mich mit Gewalt fortziehen, und ich erinnre mich, daß sie einst seufzend sagte: der Rathskeller hat Dir's angethan, wie Deinem Vater. – Einer der Brüder Posca hatte seine Familie noch in Verona, und nie ist dies sonderbare Verhältniß mir deutlich geworden. So war ich herangewachsen. Einst kam mein Vater in nächtlicher Zeit etwas benebelt heim – dies war sonst sein Fehler nicht. Ich lag zwischen Schlafen und Wachen mit dem Kopfe auf meiner Mutter Schoße und hörte das Gespräch der Eltern. Mein Vater erzählte, wie er diesen Abend dem Peter Posca die Hand darauf gegeben habe, daß, wenn sein Sohn, der das Geschäft fortführen sollte, nun käme, was zu erwarten, und hätte seinen Beifall: so solle er auch die einzige Tochter haben und sein Eidam werden. – Ich fühlte, wie meine Mutter erschrak, und elektrisch zuckte der Schlag dieser Worte durch meine Glieder. Du wirst doch unsere Clara – so hieß ich in der Welt – nicht einem Weinwirth geben? fragte sie mit bebender Stimme; solch ein Italiener, wenn er noch nicht gebleicht ist und kaum ein Wort Deutsch versteht, kommt mir vor wie ein Bandit. – Es gab eine feine Linie für meinen Vater, wo seine angetrunkene gute Laune in Jähzorn überging; auf dieser Linie schwankte sein Ton, womit er erwiederte: verlaß Dich darauf, mein Schatz! Clara wird den jungen Posca heirathen, und weder an seinem Kauderwelsch, noch an der schwarzbraunen Farbe seines Angesichts sterben. Wir haben mancher Flasche den Hals gebrochen, um dies Verlöbniß zu besiegeln. – Meiner armen Mutter mogte wohl das Herz dabei brechen. Es war mir, als hätte ich dies zu hören nur geträumt. Als ein Mägdlein von funfzehn Jahren, wußte ich mich die Braut eines Unbekannten, und dachte ich an die Vorstellung meiner Mutter, so durchbohrte ein ahnungsvoller Schmerz mir die Brust. Ich verlautete aber in jungfräulicher Schüchternheit nie eine Sylbe, daß ich davon Wissen hätte. Das Geheimniß, welches ich bewahrte, war jedoch nicht darnach, meine Aufmerksamkeit für die Nachbarschaft zu schwächen. Ein Geräusch am Rathskeller bewegte mich wie das Blatt der Espe, jede brünette Mannsperson brachte mich in Schrecken. Doch ging eine Zeit still hin. Ich hatte es von jeher geliebt, wenn die Frachtwagen mit den welschen Waaren kamen, dem Auspacken der Früchte und Delikatessen zuzusehen. Es geschah dies gewöhnlich in einem Hofraume, den das Fenster einer Hinterstube unsers Hauses bestrich. Die Atmosphäre vom Dunst feuriger Weine, die sich hier niemals verzog, betäubte mich angenehm, während sie meiner Mutter Kopfweh verursachte. Wenn ich die Citronen, sinesischen Äpfel, Datteln und Limonien aus Blätterschichten hervor nehmen sah und der südliche Duft herüber wehete: so war mir so sehnsüchtig zu Muthe, als wären diese Früchte vom Baum des Paradieses gepflückt; aber immer stand etwas Trauriges wie eine dunkle Gestalt mir vor der Seele. Beinahe war meiner Mutter so wie mir eine vergessene Sache, was ihr der Vater gesagt, als er eines Tages in das Zimmer trat, einen jungen Mann an seiner Hand, den er uns als den Sohn des Herrn Peter Posca vorstellte. Meine Mutter ward bleich wie der Tod, ich aber erröthete, daß mir die Stirn flammte. Der sah nicht aus, als könnte er Menschen berauben oder ermorden! ein wenig bräunlich nur war seine Gesichtsfarbe, wie ein schönes Ölgemälde, dem man es bewundernd verzeiht, daß der Künstler sich in etwas starken Schatten gefiel. Seine glänzend schwarzen Augen ruhten wie der höchste Gewinn eines Würfels auf mir – und der Wurf meines Schicksals schien mir ein erstaunenswerthes Glück.«

Bei dieser begeisterten Schilderung einer männlichen Persönlichkeit, im Munde einer alten Nonne, hustete die kühle Fabia, und sah bedenklich nach Josephinen hin, die gesenkten Blickes an ihrem Strickzeug eine Masche aufhob, welche ihr tief entfallen war. Therese aber rief erregt: »o das ist prächtig! der Gedanke des Vaters war so übel nicht. Mir däucht, die Frau eines Mannes, der offne Tafel hält, ohne daß sie sich mit Kochen und Backen plagen darf, und ein Lager für Gäste: müßte es gut mit haben und eine immer fröhliche Ehewirthinn seyn. Ich brenne vor Begierde zu erfahren, ob Sie den hübschen Jüngling noch genommen haben.«

Der schwache Schein einer längst gedämpften Flamme, wie wenn Asche ausglimmt, röthete Veronicas Wangen, als sie sprach: »was Sie äußern, schmeichelt dem Interesse meiner einfachen Erzählung. Sie vergessen jedoch, Frau Therese, daß ich eine Braut Christi geworden bin. – Überdies theilte meine Mutter Ihre Meinung nicht. Als der Besuch fort war und ich schweigend blieb, redete sie mich mit händeringender

Geberde an: so ist es doch wahr! ich dachte schon, jener mir verhaßte Gedanke wäre mit deines Vaters Rausch verflogen, und hütete mich wohl, ihn daran zu erinnern. Mein armes Kind! jammerte sie, eine Kellerspinne sollst du werden, die hurtig hin und her läuft und darauf lauert, eine lose Fliege in das Netz zu bringen. Maria und Joseph! soll ich meine Tochter in den Keller betten? – Obgleich das mütterliche Herzeleid mich rührte und jenes Bild mir widrig war: so mußte ich doch lächeln, wie meine Mutter ein Sprüchwort anwendete, worin ihre tiefste Abneigung sich ausdrückte. – Von dieser Zeit an, besuchte uns der junge Nachbar zuweilen. Nie blieb er einen Tag länger aus, oder verweilte eine Minute über die gewöhnliche Frist. Diese Regelmäßigkeit ängstete mich heimlich; ich wußte selbst nicht warum? überhaupt war etwas in diesem Verhältniß, was mich wie ein leiser Zwang drückte. Von einer Heirath zwischen uns war die Rede nicht, und daß wir Brautleute wären, hätte uns Niemand angesehen. Ich leugne nicht, daß ich meinem Zukünftigen sehr gut war, und mir mit Vergnügen bewußt, wie ich zu ihm stände, wenn ich auch das Vorurtheil meiner Mutter schonte. Ludovico sollte sich erst in seine Lage eingewöhnen – hatte sein Vater gesagt. So saßen wir einander blöde gegenüber; ich fühlte ein ängstliches Bedürfniß, ihn zu unterhalten, als ob ich *seine* Langeweile empfände. Hatte ich auf sein Kommen gehofft: so sah ich nicht minder gern dem Augenblick entgegen, wo er aufbrechen würde – wußte ich ihn doch voraus. Manchmal preßte mir der Druck einer innerlichen Beklommenheit Thränen aus, die dann flossen, wenn er fort war. Dabei tröstete ich mich, daß er nicht recht fort könnte mit der Sprache – ich hoffte ohne Hoffnung –« die Nonne lächelte trübe: »die Liebe hilft auch einem Stummen aus.«

Eine Solche ward jetzt redend. »Aber liebe Veronica«, sprach Josephine, die ihren Mund noch nicht aufgethan, »was man am tiefsten fühlt, läßt sich oft am wenigsten sagen – der junge Herr kann auch aus Liebe geschwiegen haben.«

»Schweige Du, voreiliges Kind!« herrschte Fabia mit leiser Strenge ihrer Pflegetochter zu: »Du kannst hierüber noch gar nicht urtheilen.«

»Ich dächte doch!« meinte Therese, und ihr Lächeln nahm Partei für diese.

Veronica blickte das verschüchterte Mädchen zärtlich dankbar an. Sie wußte wohl, welchen Glauben Josephinens Worte ansprächen.

»Oft ist es so, mein bestes Kind«, sagte die Nonne zu dem Liebling ihres Herzens: »allein hier war es nicht der Fall. So oft Ludovico kam, beschenkte er mich mit einer artigen Kleinigkeit. Ich durfte nur etwas lobend erwähnen, so dauerte es nicht lange, es war mein Eigenthum. Dieser aufmerksame Sinn, mir eine Freude zu machen, täuschte mich in dem Gedanken, er wolle mein Glück. Ludovico trug einen Ring an seinem Finger, der mir in die Augen stach; er war vom feinsten Golde, mit dem Bildniß einer *Mater dolorosa* in Mosaik ungemein künstlich gearbeitet. Dieser Ring war das Einzige, was er meinem sichtlichen Wunsche vorenthielt, und zufällig sagte er einst, daß es ein Andenken von seiner verstorbenen Mutter wäre. – So war länger als ein Jahr vergangen, und jetzt äußerte mein Vater, daß unsere Verlobung in einiger Zeit vollzogen werden würde. Doch ehe ich mich meinem Ziel nähere, muß ich zuvor noch etlicher bedeutsamen Umstände erwähnen. Vielleicht war es in Folge der Unruhe meines Gemüths, daß ich mich damals etwas kränklich befand. Mein Vater glaubte nicht recht daran, wie denn Ärzte in der Regel Übel, woran die Ihrigen leiden, für unerheblich halten. Die hochselige Gräfinn Frankenstern beehrte meinen Vater mit ihrem Zutrauen. Wenn sie mit ihrem Gemahl auf den hiesigen Gütern war, bediente sie sich seines Rathes, eines Schadens wegen, der, wie mein Vater meinte, leicht in ein Krebsgeschwür hätte ausarten können. Auch in jenem Herbste kam sie nach B–. Sie fand mein Aussehen verändert, und erkenntlich für geleistete Hülfe, forderte sie meinen Vater auf, mich ihr auf ein paar Wochen mit nach Bühle zu geben, zur Zerstreuung, wie die Gräfinn sagte. Mein Vater war zu höflich, um der vornehmen Dame diese gnädige Bitte abzuschlagen, meiner Mutter flehender Widerstand, mein eigenes Wollen oder Weigern kam dabei nicht in Betracht. Indessen gefiel es mir doch ganz wohl in Bühle. Die Gräfinn war die Leutseligkeit und Liebe selbst, eine wahre Seele von einer Frau! – Morgen, mein Clärchen, sagte sie am zweiten Abend, wird eine Novize in Sanct Capella eingekleidet; hast Du das schon gesehen? Wir werden hinüber fahren. Ich verneinte; es war mir unbeschreiblich lieb, daß es sich so träfe, und ich konnte den folgenden Tag kaum erwarten. Die geistliche Hochzeit wurde mit größter Pracht vollzogen. Die Nonne, welche Profeß that, war eine reiche Erbinn von Hardt. Die Sage ging, sie hätte sich die Untreue eines Geliebten zu Gemüth gezogen. Das wunderschöne Frauenbild von edlem Wuchs, im vollen Brautschmuck, flimmernd von Geschmeide, darin die Kerzen der Altäre widerstrahlten, die Gestalt des hochwürdigen Bischofs –: alles, was ich sah und hörte, machte einen mächtigen Eindruck auf mich. Wie nun die Orgel erbraus'te und bebte, lös'te sich mein Wesen in erschütternden Gefühlen auf. Ich wurde hingerissen von dem heiligen Strom. Alles Irdische versank, ich sah in den offnen Himmel der Kirche und in meiner Brust rief es: *De profundis!*«

»Schwester Veronica«, sagte Fabia, indem sie die Hand der Nonne faßte, als wolle sie ihr mit dieser Bewegung Einhalt thun, »werden diese Erinnerungen Sie auch nicht allzusehr angreifen? ich dächte –« sie redete nicht aus. Vielleicht war dem Protestantismus Fabiens jene Schilderung noch ungleich aufregender, als dem stillbegeisterten Gemüth der klösterlichen Jungfrau. Diese schüttelte den Kopf und sprach: »nein, nein! lassen Sie mich nur ruhig auserzählen. Ich sah das Kleid von Goldbrocat fallen wie eine verachtete Zier – die blonden Haare – der Bischof schnitt mir in das Herz – und das Fräulein aller Eitelkeit baar, der Welt absterben. – Während dieser ergreifenden Ceremonie wurde eine Glocke geläutet. Mir summte es schwer vor den Ohren, ich war einige Secunden ohnmächtig. Wenn ich an den Blick dachte, den die junge Nonne, ehe sie, von dem Convent in die Mitte genommen, auf das gefüllte Schiff der Kirche warf, und dann durch die Thüre verschwand, welche nach dem Innern des Klosters führt; so schwamm ihr Bild vor meinen Augen. Als ich am Abend jenes denkwürdigen Tages mich allein befand, und meine Haare auflösete, bemerkte ich, daß sie genau von derselben Farbe wären, wie die des Fräuleins von Hardt, welches knieend vor dem Bischof das stolze Haupt in seinen Schoß beugte, daß es seines Schmuckes beraubt würde. Während sich diese Scene meinem Gedächtniß wiederholte, entflocht ich die langen Zöpfe, und ließ sie wellenartig durch meine Finger gleiten. Da fällt etwas mit leisem Geklingel zu meinen Füßen – es war eine silberne Scheere, die ich unversehens vom Tisch gestreift hatte. Eine innere Stimme raunte mir zu, daß dieser kleine Zufall vorbedeutend wäre, und unter einem Nervenfrösteln legte ich mich zur Ruhe. – Bei dieser Gelegenheit kann ich nicht umhin einzuschalten, wie es mir vorkommt, als ob in jedem öffentlichen Opfer eine geheimnißvoll anziehende Kraft zur Nachahmung läge, welche verschwistert ist mit dem Reiz der Traurigkeit und der Gefahr. Und wie verschieden es auch sey – mein Heiland bewahre mich vor dem Vergleich! ein reines Herz am Hochaltar den Lockungen der Welt zu entziehen – oder ein verbrecherisches Leben auf dem Hochgericht in die Hände seines Schöpfers zurückzugeben: eine ähnliche Tiefe der menschlichen Seele ist es gleichwohl, darin es liegt, daß Todesstrafen weniger abschrecken als sie sollten. – Bei meiner Nachhausekunft fand meine Mutter, daß eine Veränderung mit mir vorgegangen wäre. Sie suchte mich durch allerhand erheiternde Mittel zu zerstreuen. Am Andreas-Abend gossen wir üblicher Weise geschmolzenes Blei. Der Geist Gottes, den wir solchergestalt versuchten – schwebte über dieser kleinen Wasserfläche. Ich zeigte der Mutter die Form, welche sich meinem Guß gebildet hatte. Nun das ist ja ganz natürlich wie eine Abtei mit Thürmen und Kreuzen – sagte sie: Du wirst uns doch nicht ins Kloster gehen wollen, Kind? und da die gute Mutter hinsichtlich meiner Zukunft keines Scherzes fähig war, der nicht ein wenig bitteres Salz gehabt hätte, so setzte sie lächelnd hinzu: viel eher hätte ich gedacht, Du würdest kleine Tönnchen, worin man Sardellen und Kapern voraussetzte, oder ein kugelrundes Weinfaß fischen. – Ich betrachtete schweigend mein bleiernes Schicksal. Doch genug hiervon; meine Erzählung mögte sonst ihre Geduld ermüden. Das Jesuiter-Collegium besaß ein uraltes Gebäude vor dem Thore, welches, seiner schönen Lage wegen, theilweise in wohnlichen Stand gesetzt worden war. Der schöne Garten daran, mit tropischen Gewächsen bepflanzt, war zu einem wissenschaftlichen Zweck eingerichtet worden, und mein Vater, der die Botanik leidenschaftlich liebte, durfte ihn gewissermaßen als den seinigen betrachten. Hier verlebten einige Familien der Professoren die wärmere Jahreszeit, zumeist solche, die ein kränkliches Mitglied hatten. Auch uns waren des Anrechts wegen, welches sich mein Vater an dem Garten erworben, ein Paar der besten Zimmer eingeräumt, und ich freuete mich stets auf den Tag, wo wir unser Sommerlogis beziehen würden. Unter dem Dache dieses Hauses wohnte ein Sprachmeister, Namens Tamdio, hoch genug, daß die hectische Brust des ungesunden Mannes, hier Luft des Himmels trinken konnte. Mein Vater hatte dem armen Tamdio dies bescheidene Plätzchen ausgewirkt, wo er gleichsam einen Thurmwart vorstellte, der, ob auch mit kurzem Athem, gegen Jedermann das Lob seines Arztes und Wohlthäters ausposaunte. Dieser hatte ihm den Unterricht verbieten müssen, weil das viele Sprechen seine kranke Brust angriff; nur einige wenige Stunden setzte seine Tochter fort, die allgemein für ein wackeres Mädchen, und für eine nette Stickerinn galt. Er hätte sonst ohne diese Sprachfertigkeit seiner Tochter und den Fleiß ihrer kunstreichen Nadel, verhungern müssen. – Wie groß nun auch der Abscheu meiner Mutter gegen meine heranrückende Verbindung war: so vergaß sie doch nichtsdestoweniger alle die kleinen und größeren Besorgungen, welche ein Brautstand *in optima forma* erheischt. Zwar hatte Ludovico bis jetzt noch kein Wörtchen gegen mich fallen lassen; aber eine Heirath war damals nicht das Recht gegenseitiger Zuneigung, sondern lediglich die Angelegenheit elterlicher Autorität und eine Pflicht des kindlichen Gehorsams. Sie lachen, Frau Therese? ja, und doch gab es zu jener Zeit weniger unglückliche Ehen als jetzt. Eines Tages sprach meine Mutter mit mir über die Geschenke, welche dem künftigen Bräutigam zu machen wären, und führte unter ihnen auch eine Verlobungsweste auf. Ich dächte, wir nehmen paille Atlaß, sagte sie, und ließen die Klappen und Taschen mit einer Borde sticken, und zerstreute Blümchen in die Mitte. Was meinst Du? – Wir wollen des Sprachmeisters Tochter herunter bitten lassen. – Die junge Tamdio kam. Ihr Äußeres war mir sonst nie aufgefallen; da sie nun jetzt vor uns stand, erschien sie mir sehr *interressant* – wie man heut zu Tage zu sagen pflegt. Man hätte sie nicht schön nennen können, vielleicht kaum hübsch; aber es lag ein Ausdruck in ihrem Gesichte, der unbeschreiblich rührte. Was sie sprach, klang wie traurige Musik, und wendete mir das Herz im Busen. Meine Mutter redete im Tone ruhigen Bestellens über diese Arbeit, welche sie der äußersten Mühsamkeit der Stickerinn dringend empfahl, weil es ein Brautgeschenk werden solle. Bei diesen Worten ward das Mädchen todtenblaß, und ihr Auge erlosch, wie ein Licht ausgeht. Sie sind wohl unpaß, armes Kind, vielleicht vom vielen Sitzen? fragte meine Mutter, unbekümmert, daß sie diese Anstrengungen vermehre. Wie geht es denn mit ihrem Vater? Er hustet stark, antwortete das Mädchen mit schwankender Stimme, und meine Hoffnung wird täglich schwächer. Diese Nacht hat er wieder ein wenig Blut ausgeworfen – meine Mutter versprach, den Vater hinauf zu schicken, sobald er käme. Sie verlangte nun, ich solle die Blumen und das Dessein bestimmen. Mir that das Mädchen sehr leid, und so äußerte ich: wir könnten es ja noch lassen. Nein, sagte meine Mutter, es stehet geschrieben: was du thun willst, das thue bald. Ich wählte also ein Muster von Vergißmeinnicht. In dem niedergeschlagenen Blicke des Mädchens ging ein Schein von Beifall auf, die Mutter aber tadelte mich und sprach: Vergißmeinnicht! das hätte wohl keine Art, und sähe aus wie ein Andenken. Du vergissest jedoch, daß Dich der Bewußte so gut wie in der Tasche hat – womit sie darauf anspielte, daß ich mich nach dem Willen des Vaters heimlich für ihn malen ließe, und mein Bild ihm in die Westentasche gesteckt werden sollte. Das Mädchen griff rasch in die ihrige, und zog ein Tüchelchen hervor, mit welchem sie sich die Stirn trocknete. Ich achtete dessen nicht, es war sehr warm an jenem Tage. Eine Woche mogte seitdem vergangen seyn«, fuhr Schwester Veronica tiefathmend fort, »als eines Abends ein schweres Wetter aufzog. Auch der Odem meiner Seele war schwül; Ludovico war mir seit einiger Zeit sehr trübe vorgekommen. Ich legte mich ans Fenster, um in den Kampf der Wolken zu schauen; meiner Mutter schwache Augen vertrugen den Blitz nicht. Sie setzte sich in ihr Schlafgemach hinter verschlossene Läden und betete. Grade unter meinem Fenster war eine Mauerblende mit einem eisernen Gitter und steinernen Sitzen nach Außen. Ein breiter Ahorn wölbte sich schirmend um diesen kühlen Versteck. Ich starrte in die Finsterniß hinaus, mit Gedanken an meine Zukunft, die nicht viel heller waren. Da war es mir, als sähe ich bei dem schwachen Leuchten der Blitze den Schatten eines Mannes um die Blende wanken, und alsbald vernehme ich ein klagendes Geflüster, wie von Innen. Es dauerte nicht lange, daß ich in der antwortenden Stimme die meines mir zugedachten Bräutigams erkannte. Er nannte Diejenige, mit der er zu dieser unheimlichen Stunde Zwiesprach hielt, *seine* Clara, und an dem Tone, womit er diesen meinen Namen aussprach, der zu jener Zeit so allgemein war, daß ihn die meisten Töchter unserer Stadt führten, an diesem Tone hörte ich, daß ich seine Clara nie gewesen, noch werden würde. Schrecken und Eifersucht bewaffneten mein Gehör, so daß mir keine Sylbe entging, obgleich jede mein Herz durchdrang. Ludovicos Gegenstand mogte ihn bitten, sich bei dem näher kommenden Sturm nicht zu verweilen, denn er sagte, die Gewitterwache stände am Thor, und dieses bliebe offen, bis sie abziehen könnte. Dann schien er sich gegen zärtliche Vorwürfe zu vertheidigen. Er nannte mich ein liebes gutes Mädchen, welches er aber nicht lieben könne, weil es ihm aufgedrungen werde, und nur nehmen müsse, gezwungen durch den Willen seines Vaters, der den meinigen für einen Crösus halte. Er sprach sein Sträuben gegen diese Heirath aus, und wie er den Tag der Verlobung so lange als möglich zu hintertreiben suchen werde. Er betheuerte: die Mutter Gottes solle ihn in Angst und Noth verlassen, so er jemals Der vergäße, die einzig und allein seine Liebe besitze. Ich bin unglücklich, so lange ich lebe, sagte er, doch ewig werde ich Dein gedenken. – Reiche mir Deine Hand aus dem Gitter, bat Ludovico, daß ich Dir diesen Ring an den Finger stecke, das Liebste, was ich habe. So sind wir verlobt für den Himmel, jenes Gelöbniß hat nur irdische Dauer. – Ach! der Mensch sollte nie weder so bestimmt, noch so vermessen reden! Gott ists allein, der da bindet und lös't. Ein fürchterlicher Donnerschlag schlug ein, ich wünschte, dieser Blitz mögte mich zum Tode getroffen haben. Meine Seele war zermalmt, und betäubt taumelte ich hinweg. Diese Nacht war die schrecklichste meines Lebens. Ich rang zu Gott, daß er mich stärken möge zu einem Entschluß; denn Ludovicos Frau konnte ich nun nicht werden.«

»Arme Veronica!« rief Therese mitleidig, »es ist entsetzlich, aus einer hoffnungsvollen Täuschung so zu erwachen! –«

»Und doch war es gut, daß es nicht später geschah«, sprach Frau Fabia mit prädominirender Vernunft und Erfahrung. Nur Josephine wagte leise zu sagen: »ach! und auch der Ludovico dauert mich. Er ist doch wohl am unglücklichsten daran.«

»Das dachte ich auch!« äußerte die Nonne, und fuhr mit bewegter Stimme fort: »wie nun der Morgen tagte, der schönste Frühlingsmorgen! da fühlte ich, daß meine Blüthen gefallen wären, für immer. Die Natur war erfrischt, die Vögel sangen lustig in den Zweigen – wie *mir* zu Muthe gewesen, ich mögte es nicht schildern können. Es war sehr zeitig, die Eltern schliefen noch – da ging ich nach der Stadt auf den Pfarrhof, um mit meinem Ohm zu sprechen. Die wenigen Leute, welche mir begegneten, strichen gespensterisch an mir vorüber, meine Schritte wankten, wie über einem Abgrunde; ich hatte kaum Kraft die Klingel zu ziehen, die in der nüchternen Stille so nächtlich laut hallte, daß mir ein Grauen ankam. Mein Fuß zögerte, über die Schwelle zu schreiten, als gäbe es kein Entrinnen mehr für mich. Der gute Erzpriester war schon auf und im Garten beschäftiget, Ranken und Reben anzubinden, die der Sturm der verwichenen Nacht wild auseinander gerissen hatte. Sein Gesicht war voll Sonnenglanz. – Dieser traute Anblick überwältigte mich – ich sank an seine Brust, und weinte laut. Er hielt mich bestürzt in seinen Armen; kein Unglück war so groß, daß er es nicht in meiner Verstörung, in der schmerzbewegten Fluth von Thränen gesucht hätte, die an den Blumen seines Schlafrocks niederfloß. – Ich sagte ihm nun, wie, nachdem ich lange mit mir gekämpft, ich nun gewiß wäre, daß ich den jungen Posca nicht heirathen könnte, indem ich eine unbezwingliche Neigung in mir fühlte, den Schleier zu nehmen, und nur fürchtete, die Eltern würden mir ihre Einwilligung versagen. So bäte ich ihn denn inständigst, meines Wunsches Wort bei der Mutter zu führen. Was den Vater anbeträfe, so wollte ich erst Vertrauen und Muth fassen, da ich von seiner Seite auf starken Widerstand gefaßt seyn müßte; weshalb ich denn auch so zaghaft wäre.« –

Mein Ohm schüttelte den Kopf und sprach: »wäre mir dies doch nicht im Traume eingefallen! ist es auch nicht etwa nur eine flüchtige Einbildung von Dir? besinne Dich, liebe Clara! Nonne werden, und allen Freuden des Lebens absterben, ist kein Kinderspiel, und ich mache mir einen Vorwurf daraus, daß ich Dir vielleicht mit jener Puppe die erste Idee dazu an die Hand gegeben habe. Ist es mir doch nie so vorgekommen, als ob Du Deinem Liebsten abgeneigt wärest! ich fürchte, Du verschweigst das Wichtigste hierbei! – Doch um keinen Preis hätte ich meinem Ohm die Wahrheit entdecken können. – Wenn Gottes Absichten vollführt werden sollen: so muß es sich wunderlich schicken. Wer meinen Vater gekannt hätte, seinen Haß, o, daß ich es sagen muß! gegen die Geistlichkeit im Allgemeinen und gegen die klösterliche insbesondere – seine Überschätzung alles Eitlen, sein Trotz, wie er den Glücklichen dieser Welt eigen ist, womit er einen einmal gefaßten Vorsatz fest hielt: Der würde es für ein Unmögliches gehalten haben, daß er meinem Wunsch sich nicht nur füge, sondern ein williges und willkommenes Sühnopfer für sich selbst darin sähe. Und dennoch mußte ein gewaltsamer Umstand mir dazu behülflich seyn.« Hier hielt Schwester Veronica lange inne, und ein tiefer Seufzer ihrer Brust säuselte durch die hochgespannte Stille. Dann fuhr sie mit unterdrückter Stimme fort: »die Heiligen segnen die Seele meines Vaters! ich weiß nicht, ob es mir als Tochter wie als Nonne ziemt, daß ich einer Geschichte erwähne, die einen Schatten auf sein Grab wirft, obgleich die Zeit von funfzig Jahren Gras darüber wachsen lassen! Wenn ich es thue, so geschieht es in dem Vertrauen, daß die Ruhe seiner Asche nicht dadurch gestört werde. Sie mögen sich selbst überzeugen, wie es möglich war, daß ein Mann von so sanguinischen Meinungen, wie mein Vater, plötzlich so erschüttert werden können, daß sein ganzes Wesen eine totale Umwandlung erlitt. – Mein Vater hatte sich der Wittwe eines Chirurgen thätig angenommen. Die Frau stand nicht im besten Rufe und mogte auch leichtsinnig genug seyn; ihr seliger Mann, dessen Geschäft sie fortsetzte, in seinen niedrigsten Functionen wenigstens – hatte sie barbieren gelehrt, auch über den Löffel – zur Ungebühr, wie mir däucht; denn sie verstand es sehr von selbst, den Männern um den Bart zu gehen. Die arge Welt legte der

Betriebsamkeit meines Vaters für das Beste dieser Frau, der Pünctlichkeit, womit er sie besuchte, und dem weichen Polster ihres Wittwenstuhls, eben keine bewegende Feder unter, die von gediegenem Golde gewesen wäre. – Dies Verhältniß war der stille Schmerz meiner guten Mutter. Als mein Vater eines Abends wie gewöhnlich zu dieser Wittwe geht und in die unverschlossene Stube tritt, ist es dunkel darin, nur der Mond scheint auf die Gestalt der Frau, welche schweigend mit verhülltem Kopf hinter der Thüre lehnt. Mein Vater, der da glaubt, sie habe Versteckens mit ihm spielen wollen, eilt scherzend auf sie zu – doch welcher furchtbarer Ernst schreckt ihn zurück! seine Freundinn hängt an ihrem Schürzenbande, und mein Vater – *er selbst*! muß sie mit einem Rasirmesser losschneiden.«

Die Zuhörerinnen schauderten – Josephine legte beide Hände vor ihr unschuldiges Gesicht. Und Schwester Veronica sprach! »ja, mein Kind, wir müssen wohl den Blick schonend bedecken, der auf solch einen tiefen Fall trifft! nie ist der Grund aufgefunden worden, warum die Frau sich ein Leides gethan. Mein Vater mußte, da der Kreisphisikus erkrankt war, der gesetzlichen Section ihres Leichnams beiwohnen, und diese Amtspflicht, der er sich nicht entziehen wollen, um sich vor den Augen der Menschen keine Blöße zu geben, hatte seine innersten Lebenskräfte angegriffen. Dieses unglückselige Ereigniß hatte sich an jenem Abend begeben, wo ich auf andere Weise Todesweh empfand. – Auch mir war es aus reinerer Schaam Bedürfniß, mich in der Achtung des Einen herzustellen, der mich höchstens bemitleiden können. Die Geschichte machte ein ärgerliches Aufsehen, es war, als ob der böse Würgengel vor meinem Vater herginge, und, um sein Unglück zu vollenden, starben ihm damals mehrere seiner bedeutendsten Patienten. Meine Mutter hatte in eben der Stunde, wo ich vom Pfarrhof zurückkam, die erste Kunde von dem Geschehenen erhalten. Sie würde es daher kaum gemerkt haben, wenn ich als eine Gestorbene aus dem Grabe wiedergekehrt wäre, und so bleich ausgesehen hätte, wie ich nun wirklich vor ihr stand. Wir finden es daher gewiß ihrer Stimmung angemessen, und auch folgerichtig, wenn wir ihr eingewurzeltes Vorurtheil gegen die Heirath mit dem Italiener bedenken, daß sie, als ich nach einigen Tagen ihr im Beiseyn des Erzpriesters meinen Wunsch eröffnete, mir zur Antwort gab: ich segne Deinen Entschluß, meine Tochter. Viel lieber will ich Dich im Schoß der Kirche, oder auch in den Mauern der Gruft aufgehoben wissen, als in den Armen eines Mannes. Willig reiße ich die Blume meiner Freuden aus dem mütterlichen Herzen, wenn ich weiß, daß Dir die Dornen der Ehe erspart bleiben. – In dieser Aufregung meiner Eltern unterdrückte ich möglichst den Tumult meiner eigenen Gefühle, nur das Verlangen sprach laut in mir an, zu wissen: Wer das Mädchen sey, dem Ludovico seine Liebe geschenkt, ich meinte ruhiger zu seyn, wenn ich es wüßte. Wie aber sollte ich es erfahren?«

»Ja«, rief Therese, und rückte unruhig auf ihrem Stuhle hin und her, »diese Neugier hätte mich auch gemartert, und ich würde jedem Mädchen im Hause auf die Finger gesehen haben.«

»Das that ich auch«, erwiederte die Nonne lächelnd, »aber leider fand ich wenig Gelegenheit dazu. Zu jener Zeit herrschte auch unter Hausgenossen eine gewisse Zurückhaltung des Umgangs; die Töchter der Professoren hielten zusammen und mich für stolz, womit so oft der Sinn für Einsamkeit verwechselt wird, und die Fähigkeit, sein eigener Freund zu seyn. Indem ich nun Tag und Nacht darüber nachsann, Wen ich mir zum Fürsprecher bei meinem Vater erwählen könnte, und – da die Zeit drängte, ich mit unschlüssiger Angst bald an die Gräfinn Frankenstern dachte, bald in Überlegung nahm, ob ich mich an den alten Posca selbst wenden sollte, der als ein bigotter Mann Scheu getragen haben würde, die Rechte seines Sohnes gegen den Herrn Jesum Christum geltend zu machen, war mir der Ring, und wer ihn trüge, wirklich ein wenig ins Vergessen gekommen. Den Ludovico hatte ich seitdem nicht wieder gesehen. Nach einigen Tagen kommt des Sprachmeisters Tochter und bringt die fertige Weste. Das Muster blühete nur so, und war mit dem reizendsten Gusto ausgeführt. Meine Mutter breitete den Atlas vor mir aus, und als ich die Vergißmeinnicht sah, die ich ahnungsvoll gewählt: da schwellten meine Augen und ein großer Tropfen fiel auf die abgezeichnete Tasche, die mein Bildniß hatte bergen sollen. O weh! sagte meine Mutter betroffen, was hast Du da gemacht? – O das schadet nicht, versicherte das Mädchen, *die* Farbe ist ächt, Sie werden es sehen. Darauf nahm die junge Stickerinn den äußersten Zipfel des Seidenzeugs, und rieb damit fadengleich die feuchte Stelle. Auf dem reibenden Finger aber – erblickte ich Ludovicos *Mater dolorosa*, und fühlte ihre sieben kleinen Schwerter in *meiner Brust*. – Ich besann mich, daß Ludovico bei dem Sprachmeister Unterricht genommen, ich wußte auch, daß seine Clara italienisch spräche. Dies arme, geringgeachtete Mädchen mit der kummervollen Leidensmiene stand vor mir, so glückbegünstigt, als ob ein Königreich an ihrem Finger funkelte. – Ich weiß nicht, in welche

Verbindung ich es setzen soll, daß mir bei dem Lichte, was mir nunmehr über den ganzen Zusammenhang der Dinge aufging, jeder Schatten von Furcht vor meinem Vater verschwand. Noch an demselben Tage redete ich mit ihm. Ich unterstützte die getroste Bitte durch Alles, was meiner Meinung nach wirksam auf ihn seyn könnte, als zum Beispiel: daß ich aus guten Gründen glauben müsse, Herr Peter Posca halte ihn für unermeßlich reich, und solch ein Rechnungsfehler bei einem Kaufmann, ergäbe kein verläßliches Facit. Dann würde er wohl als Arzt bemerkt haben, wie dessen Sohn zum Heimweh hinneige, und wenn der Alte einmal das Zeitliche gesegnet, könnte es kommen, daß ich mit Ludovico über Berg und Thal in ein fremdes Land werde ziehen müssen. – Daß mein Vater mit den Italienern seit einiger Zeit nicht mehr auf dem alten Fuße stand, daß ihm die Idee unserer Verbindung selbst leid geworden, davon wußte ich nichts, als ich mit dringender Beredsamkeit an dem verknüpften Bande lockerte, als ob ich es Wunder! wie unauflöslich hielte. Sieh da! der Faden war schon gelös't. – Mein Vater ließ mich ausreden, tödtlich stumm. Dann sagte er: thue, was Du nicht lassen kannst! ich will Dich weder hindern noch zwingen. Dieser leichte Sieg war über mein Erwarten. Ich schlang meine Arme um seinen Hals und rief: lieber Herr Vater! ist dies auch wahrhaftig wahr? – So will ich Gott mein Herz weihen, daß er Ihnen seinen Segen dafür gebe, lebenslang für Sie beten, und als Ihr treues Kind ersterben. – Diese Freude schien ihn zu erschüttern; thue es – sagte er mit erstickter Stimme; und zum erstenmale sah ich seine Augen benetzt. Mir aber hatte sich eine Compresse vom Herzen gelös't, und es blutete aus tiefen Wunden. Ich bat meinen Vater, daß er mir noch eine Bitte gewähre. Wenn der alte Tamdio ausgelitten haben würde, was nicht mehr lange dauern könne, dann mögte er die Clara an Kindesstatt aufnehmen, daß dies verlassene Mädchen elterlichen Schutz, und meine Mutter eine Tochter hätte, die ihres Alters Trost und Pflege würde. – Er versprach es mir. Nun übrigte mir noch das Schwerste. Kaum eine Stunde nachher kam mein zukünftiger oder gewesener Bräutigam, und warb in einer entschlossenen Rede um meine Hand. Ich bebte an allen Gliedern, da ich sprach: Herr Ludovico! ein langer Irrthum hat zwischen uns gewaltet: ich bin Willens, des Himmels Braut zu werden und keines Mannes. Hätte ich Einen gewählt, Sie würden es gewesen seyn, denn ich schätze Sie sehr hoch! – Hier ergriff er meine Hand – ich fühlte einen heftigen Druck, und mit gepreßtem Athem fuhr ich fort: ich habe meinen Eltern eine Nachfolgerinn gegeben, die an meine Stelle träte, Clara Tamdio – ein braves Mädchen, welches das beste Glück verdient. Wenn Sie künftig das freundschaftliche Verhältniß zu unserm Hause fortsetzen: so gedenken Sie auch meiner. – Ich wagte es, in sein Angesicht zu schauen; es sah aus wie von Marmor, sein Blick war gebrochen – und *Freude* war es nicht, was seine Züge versteinte. *Clara*, rief er, ist dies möglich? mein Name in seinem Munde, hatte bei dieser Frage einen andern Klang als sonst – dieser Augenblick war mein glücklichster.«

Die Nonne verstummte in bewegter Erinnerung. Alle schwiegen. Nach einer Pause fuhr Schwester Veronica fort: »an dem Tage, wo ich mein Noviziat antrat, begrub man den Sprachmeister. Seine Tochter zog in meiner Eltern Haus und in mein Zimmer. Sie trug meine Kleider mit Liebe, und die Schwächen meiner Mutter mit kindlicher Geduld. Die paille Atlaßweste mit Vergißmeinnicht aber hat der Ludovico an seinem Hochzeittage getragen. – Im Begriff, eine geistliche Jungfrau zu werden, war es mir gelungen, meine Eltern gleichsam noch einmal zu trauen. Ich genoß die unaussprechliche Beruhigung, daß sie die letzten Jahre ihrer Ehe einmüthig lebten. Mir aber war wohl – das mögen Sie mir aufrichtig glauben. Ich erkannte meine Bestimmung, und daß die Welt meiner Wünsche Ziel nicht gewesen wäre; in ihr würde meine Liebe mir verloren gegangen seyn, die ich mir nun wie ein werthes Kleinod gerettet hatte. Wenn ich den Ludovico heirathen müssen – und dem würde ich nicht haben entgehen können – ach! und eine *ungeliebte* Frau ist die unglücklichste von allen – dann würde ich in seinem Besitz zu beklagen gewesen seyn, und außer Stande, meine Pflichten mit Vertrauen zu erfüllen, nachdem ich wußte, Wem sein Herz gehöre, und daß ein armes verwaisetes Mädchen durch mein Glück leide. So dachte er gewiß mit Wohlwollen an die Clausur, welche ich gewählt, auf daß er frei wäre in seiner Wahl. Die *Nothwendigkeit* meiner Entschließung leuchtete mir also ein, wenn es doch dann und wann einen Augenblick für mich gab, wo ich meinte, es hätte vielleicht ein anderer Ausweg für mich ermöglicht werden können. Allmählig schloß ich die Augen meiner Seele für solche Rückblicke. Mir war wie Einem, Den mitten am hellen lichten Tage eine Sehnsucht nach Ruhe ergreift, der er nicht zu widerstehen vermag; der Sonnenschein da draußen blendet ihn nicht, und das Getümmel der Welt regt ihn nicht auf an der stillen Stelle, wo er Frieden träumt. – Gebet und Arbeit füllten meine Zeit, ich zog viel Blumen, welcher Neigung ich durch mein ganzes Leben treu geblieben bin.

Mehrere botanische Werke aus der Bibliothek meines Vaters, waren mein fortgesetztes Studium. Auch lernte ich den Generalbaß und Latein – was – wie ein classischer Schriftsteller sagt: ein gutes Mittel gegen die Wollust seyn soll –« ein klares Lächeln, worin die Reinheit einer gottgeheiligten Seele schimmerte, ergoß sich über Veronicas Züge, da sie erläuternd hinzusetzte: »als worunter jener Autor vielleicht die Lust zum Wohlleben und schlaffe Unthätigkeit verstanden wissen will. Auch muß ich ihm gewissermaßen Recht geben, und es ist wirklich wahr, daß jene anstrengende Schule ein empfindsames Frauenzimmer sehr erkräftiget, und keinem weichlichen Versinken in sich selbst Raum giebt. Beide Kenntnisse, nachdem ich sie mit unsäglicher Mühe erworben, waren mir über die Maßen lieb. Ich konnte die Väter unserer römischen Kirche lesen, die heiligen Legenden – und der Generalbaß – der ist der Schlüssel zu aller Harmonie, und gleichsam das Thor zu der Welt der Töne. Man geht erst ein in das Geheimniß der Musik, wenn man ihn kennt. – So waren mir fünf Jahre still verrauscht. Als ich einst nach der Vesper vom Chore kam, die Violine im Arm, die ich zu einer Übung mit auf meine Zelle nehmen wollte – ward mir gesagt, ein fremder Herr, der einen Auftrag an mich hätte, wünsche mich zu sprechen. Ein *Herr*! ein *Fremder*! dies sind Worte, welche ein Frauenkloster in Aufruhr bringen. Der ganze Convent sah mich mit Neid und Neugier an, und die Äbtissin bewilligte es, daß ich das verlangte Gehör gäbe. Es war im Herbst, zur Zeit des Zwielichts; der Mond schien schon blaß durch die hohen Fenster, die Reben daran wankten in der Abendluft, so daß sich Licht und Schatten zitternd in dem düstern Sprachzimmer mengten. Mein Blick fiel auf die Gestalt eines Mannes, der am Pfeiler lehnte, und dessen bleiches, verhärmtes Gesicht ich nicht sogleich erkannte. Um Gott! Ludovico! rief ich so erfreut als bestürzt, da ich ihn tieftrauernd sah; ich *fühlte* die Scheidewand zwischen uns – den Bogen ließ ich tönend auf die Saiten fallen und konnte mich des Instruments nicht geschwind genug entledigen. Sein Auge strich an meinem Ordensgewand und dann an der Violine herab, da er sprach: liebe *Clara* – nie werde ich Sie bei einem andern Namen nennen – und ich mißverstand ihn wohl, denn ich dachte, um seiner Gattinn willen – also setzte er hinzu: ich mußte Sie doch einmal wieder sehen. – Ich drückte ihm meine Freude darüber aus, und durfte ihm nun die Fülle der Liebe zeigen, die keinen Abbruch gelitten, als ich mir mit dem Grundstein seines Glückes eine Stufe in den Himmel bauete, denn er war ja einer Andern, und ich war Gottes. Das Herz war mir so voll – ich wußte nicht, wonach ich zuerst fragen sollte. Was mußte ich vernehmen! – Seine Frau war todt, in einem schweren Kindbett gestorben, und Ludovico Willens, mit seinen Kindern nach Italien zu gehen. So wollte ich denn Abschied nehmen, auch komme ich nicht mit leerer Hand – sagte er mit zermalmender Wehmuth, und bat, daß ich ihm die meinige reichen mögte. – Und durch das Gitter, wie es damals geschah – steckte er mir *den* Ring an meinen Finger, den er der Geliebten gegeben, den seine Ehefrau getragen, den Ring der Schmerzensmutter! – Empfangen Sie dies zum Andenken von mir und ihr! sagte er, dieses gottselige Bild darf eine Braut des Himmels tragen, ohne ihrem Gelübde treulos zu seyn. Und erinnern Sie Sich in frommer Fürbitte Eines, der mit einem Herzen, darin der Harm wühlt, und ein Wurm, der nicht stirbt, vergangener Tage gedenkt. – Ich weiß nicht, ob das meinige mehr leidvoll als entzückt war; ich hatte ein Gefühl von Verlöbniß, und doch nicht von irrdischer Art. Wir trennten uns auf immer – und doch nicht für ewig. Ich besaß ein Pfand, was den armen Leidenden an mich bände, und der Freund meiner Seele, mein Herr und Heiland! hatte nichts dagegen. Auch die Äbtissinn erlaubte, daß ich den Ring trüge. – Nach Jahresfrist erhielt ich eine Cremoneser Geige wohl verpackt, von Ludovico zugeschickt, die mir unbeschreibliches Vergnügen machte. Es war, als ob seine frühere Gewohnheit, mich zu beschenken, seit dem Tode der Frau wieder ihren alten Platz eingenommen hätte. Vor einigen Jahren«, so endigte Schwester Veronica ihre Geschichte, »zerbrach mir der Ring – ich konnte mich jedoch nicht entschließen, ihn einem Goldschmied zu geben. Wie bald – dachte ich, bricht nicht auch der Tod das Auge, das zu viel tausendmalen darauf geruhet! so möge er denn ruhen. Hier liegt er nun.« Bei diesen Worten zog die Nonne ein kleines Schubfach auf, nahm ein Döschen von Perlenmutter, in Form einer Muschel heraus, öffnete es, und drinnen schlief das Bild der allerseligsten Jungfrau auf ein wenig Watte. Die blanke Glätte des Goldes, und ein kleiner Bug am Ringe, zeigten, wie lange er getragen worden sey. Die Damen betrachteten ihn mit einem, obgleich verschiedenartigen, doch gemeinschaftlichem Interesse.

Frau Fabia hielt ihn lange vor ihr ernstes Auge, und seine Farben spielten unter mystischen Gedankenblitzen. Sie dachte an die geheimnißvolle Verkettung der menschlichen Schicksale, wovon dieser Ring als ein Glied anzusehen wäre – und daß selbst so winzige Steine reden müßten, als die, welche den kleinen Altar reinster Mütterlichkeit zusammenbauten, wenn es darauf ankäme, daß der Unerforschliche seinen Willen offenbare. Theresens Blick spiegelte sich leuchtend im hellen Golde dieser Fassung – unter Regungen des Flattersinns wie des Vergnügens, dachte sie: wie solch eine traurige Treue wohl möglich wäre? und nur ein leiser catholischer Schauer versenkte ihr Anschauen etwas tiefer in die durchbohrte Brust der kleinen Madonna. Josephine, als die jüngste, bekam den Ring zuletzt, und durfte ihn am längsten behalten; ihr war er eine Reliquie. Der todte Schmerz darin – das Leben und Leiden der Nonne – bewegte ihre junge Seele. Die Mutter Gottes, fest gefügt, schwankte, und ihr starrer Jammer lösete sich in der Thräne auf, die dem frömmsten Kinde der Christenheit in den klaren Augen funkelte. Josephine empfand, daß solch ein Ring den Schmuck der ganzen Erde aufwöge. Sie fühlte die Heiligkeit der Liebe, und den unvergänglichen Werth eines Herzens, das sich zu opfern vermag, auf daß die Welt selig würde, die es umfaßt.

Während dieser Theestunden war der Administrator bei dem Major Feldmeister gewesen, der ihm sagen lassen, es ginge schlimmer mit dem Bein, und er mögte ihm doch ein wenig Gesellschaft leisten auf seinem Zimmer.

Jener, der in der Abwesenheit der Frauen eine schwache Anwandlung von dem Unbehagen eines Ehemanns spürte, welcher den Zusammenkünften der Damen und ihrer gesetzgebenden Tyrannei nachstehen muß – hatte der Einladung augenblicklich Folge geleistet. Das Gespräch vom Morgen ward fortgesetzt, und der Major brachte die Frage wiederum in Anregung, wie der Erstere zu seiner zweiten Schwägerinn gekommen sey. Da es sich nun der Allgegenwärtige allein vorbehalten hat, aller Orten zugleich zu seyn, und, wie Einer sagt, der nach dem ersten Erschaffenen heißt: Adam im Dorfbarbier –, ein einzelner Mensch nicht an Alles denken kann, so müssen wir uns das Vergnügen versagen, unsere Leser als Zeugen dieser Unterhaltung einzuführen, *weil* und *so lange* wir in Veronicas Zelle verweilen. Indem wir nun den Inhalt derselben nachträglich mittheilen, ist uns der Vortheil gegönnt, auch das, was dem Erzähler selbst verschlossen geblieben, kraft des magischen Schlüssels, den wir dazu besitzen, unsern Lesern zu eröffnen. – Die Stiefmutter des Administrators hatte sich nach seines Vaters Tode mit ihrem Söhnlein in die Hauptstadt des Landes begeben, welches der Schauplatz dieser einfachen Geschichte ist. Die Dame mogte ihre guten

Ursachen haben, so fern als möglich von ihrem ehemaligen Wohnorte zu leben, um persönlichen Vorwürfen zu entgehen, und die Früchte eines erlisteten Testaments unter dem Schutze der Unbemerktheit genießen zu können. Und wie es denn nun häufig geschieht, daß ein ungemeines Glück auf den Schmutz ungerechten Besitzes, und in befleckte Hände fällt, so waren ihrem Kinde seltene Gaben geworden. Der kleine Constanz war ein Ausbund in jedem Sinne, und unter keine Regel zu bringen. Er wuchs in genialer Wildheit auf, und seiner Mutter, wie Jedem, der an ihm erzog, über den Kopf. Seine Fähigkeiten überflügelten frühzeitig die Erwartungen der Lehrer, die nicht wußten, in welche Classe sie ihn setzen sollten. Seinen Mitschülern war er ein Abstractum – und mit einer wohlwollenden Seele sah Constanz sich nirgend verstanden, denn es fehlte selbst der Mutter an dem Maßstab der Liebe, den Geist ihres Kindes zu messen. Die Mutter befand sich nicht wohl, und zog, eine Frühlingscur zu gebrauchen, vor das Thor. Dicht neben dem Hause, darin sie wohnte, war das Hotel des ***schen Gesandten, mit einem prächtigen Garten. Der Knabe blickte zuweilen sehnsüchtig aus dem engen grünen Bezirk, den seine Eigenthümer ein Gärtchen nannten, und dessen Beete in seine strebsamen Wünsche hemmend einschnitten, in die freien Räume hinüber, wo die Söhne des Gesandten, etwas älter als er, unter hohen Schatten sich nach Willkür belustigten, und unter dem gesenkten Auge des Hofmeisters, der nicht weit davon in einem Buche las und mit vornehmer Ruhe seine Eleven gewähren ließ – ein wenig turnten. Es prickelte den Constanz oft in allen Gliedern, das Glück dieser Ungebundenheit zu theilen, denn die Mutter schrie schon ängstlich auf, wenn er einen Purzelbaum schoß, oder, die langsame Treppe zu umgehen, sich über das Geländer hinaufschwang. Jede solche Kraftübung ihres Söhnleins setzte ihren schwachen Kräften zu. Das Verlangen nach diesem Spielraum ward ihm denn nun auch erfüllt. Die Lebendigkeit des Kindes, was sich den stolzen Söhnen des Gesandten auf ihren Wunsch und Wink zugesellt, etwas Hinreißendes in seinem Wesen, die Art und Weise, wie der freundliche Knabe seinen Willen stets gegen den hochmüthigen Trotz der Andern durchsetzte, schienen dem Hofmeister bemerkenswerth. Er sagte dem Gesandten davon, und als dieser einst Gelegenheit hatte, den kleinen Constanz selbst zu beobachten, fand sein feiner diplomatischer Blick ein Talent an dem Knaben aus, was wohl der Mühe verlohnte, für *seine* Zwecke entwickelt zu werden. Der Gesandte ließ sofort die Wittwe artig ersuchen, ihren Sohn, der ihm lieb geworden sey, an dem Unterricht seiner Kinder Theil nehmen zu lassen. Es geschah, und mehr noch. Als der Sommer zu Ende ging, war auch die Mutter des kleinen Constanz an ihrem Ziele – und der Gesandte nahm den verwaiseten Knaben nun ganz zu sich. Die Söhne folgten ihrer Bestimmung, Constanz blieb das Kind des Hauses. Er ward Privat-Secretair des Gesandten. Diese Stellung machte ihn mit den geheimsten Staatsverhältnissen vertraut, er arrondirte die Rechte der Familie gegen einander, und ihr Oberhaupt setzte ein ungemessenes Vertrauen in die Klugheit seines Günstlings. Nur dessen Geschlechtsname war ihm zuwider, aus einem angestammten Vorurtheil gegen klösterliche Machthaber, und da nun Constanz von früher Kindheit an *so* und nicht anders genannt worden war, behielt er diese Benennung später und für immer bei, so daß man kaum mehr wußte, wie er eigentlich heiße. So ward es dem Constanz nicht schwer, die Prälation seines Namens gegen jenen aufzugeben, der im Hause mit französischem Accent ausgesprochen ward. Seine Persönlichkeit ging in der Bedeutung des Gönners unter, dem er Kopf und Feder lieh. Es war bekannt, daß der Secretair die rechte Hand des Gesandten wäre; doch die Frau desselben tadelte diesen Vorzug, wenn auch nicht laut. Sie liebte den Jüngling nicht gleicherweise, theils aus ein wenig Mutterneid, theils aus einem dunkeln Gefühl von Eifersucht auf die Gunst ihres Gemahls, endlich, weil er sehr verschwiegen war. Diese erforderliche Eigenschaft stand im Conflict zu einem Fehler der Dame: dem Mißtrauen. Sie argwöhnete, das Cabinet, dessen Geheimnissen der Secretair verpflichtet wäre, enthielte auch solche, welche nicht in anderer Herren Länder, sondern über die Grenzen des ehelichen Bereichs, in das Gebiet *fremder Frauen*, verhandelt würden. Und in wie weit dieser Verdacht begründet gewesen, wird die Folge lehren. So war das Verhältniß des begünstigten Constanz gegen die Dame des Hauses etwa das eines natürlichen Sohnes.

Wenn der Gesandte, was er oft zu thun pflegte – rühmte, wie expedit Constanz sey, wie er darin das Unmögliche leiste, dann bestrafte seine Gemahlinn ihn für den Ärger dieses Lobes, indem sie weniger mit einer Miene des Tadels, als übler Weissagung, entgegnete: »ich fürchte sehr, Constanz übertreibt Alles, und Sich zumeist. Solche Leute leben nicht lange. –« Dies Prognosticon, mit pflegmatischer Ruhe gesprochen, jagte den Gesandten in Furcht. Einst hörte er seine Frau zu dem Secretair sagen: »wenn Sie nur nicht immer so *en carrière* wären, Constanz! ich mag es nicht gern, wenn der Mensch weder Rast noch Ruhe hat. Denken

Sie an mich, Sie werden einmal wie ein Wirbelwind heirathen, der den Leuten Staub in die Augen streut – und mit Extrapost gen Himmel fahren. –« Der Jüngling lächelte der Drohung, die ihn zügeln sollte, und sprach: nichts könnte ihm lieber seyn, denn alles Langsame wäre sein Tod. –

Der Gesandte dachte darauf, wie er den Constanz, ohne ihn zu verlieren, entfernen könnte, und alsbald traf dieser Wunsch mit den Interessen seiner Charge, wie mit denen seiner eigenen Angelegenheiten auf das Genaueste zusammen.

Es war um die Zeit der Aufstände in Polen, wo er den Secretair mit einem Auftrage von größter Wichtigkeit an einen entlegenen Hof sendete. Es war eine Courierreise. Doch zu Einem Auffenthalt erhielt der junge Mann geheime Instruction, und Constanz muthmaßte schlau, diese mache nicht den unbeträchtlichsten Theil seiner Sendung aus. An der polnischen Grenze lebte eine Freundinn des Gesandten, um die er in Sorgen war. Constanz sollte sich von der Lage dieser Dame und ihrer Tochter in Kenntniß setzen, und wie es Beiden in den kriegerischen Unruhen ergangen sey; dann ihnen Depeschen überreichen, welche der Gesandte ihm, unter dem Siegel der tiefsten Verschwiegenheit, übergab. Er versprach dagegen, wenn die Ausführung jenes Geschäfts – vielleicht meinte er auch *dieses* – den Beauftragten bewähre, so solle Constanz einer seinem Verdienst entsprechenden Versorgung im diplomatischen Corps gewiß seyn. – Es war, als ob der Landsturm jener Revolution eine alte Erinnerung in dem Herzen des Gesandten aufgestört, und seinen gleichmüthigen Bestand aufgelöset hätte. Dieser Protector, getäuscht von der innern Bewegung, wähnte, seinen äußern Zustand verändern zu müssen, und indem er die Anstrengung im Auge hatte, sich auf den Gipfelpunct seiner Wünsche zu schwingen, ging er von der Idee aus, den Protegé für diese Absicht zu nützen, bevor er ihn poussire.

Freudig, wie ein Vogel den goldenen Käfig hinter sich läßt, darin er eingeengt gewesen, flog Constanz durch die blauen Lüfte. Er war ganz in seinem Elemente; eine weite Aussicht that sich vor seinen Blicken auf. Er schwelgte gleichsam im Genuß einer pflichtmäßigen Eile. – Doch indem er der Ferne zustrebte, war er unversehens an die Marken seines Schicksals gekommen; und hier war es, wo der Horizont seiner Hoffnung Erde und Himmel für ihn abgrenzte.

Als Constanz sich den Wäldern Polens näherte, drängte sich ein düsterer Ernst ihm auf. Überall traf er auf Spuren wilden Kampfes und verzweiflungsvoller Schritte. Die Zerrissenheit dieses Volkes dauerte ihn, er sah betrübt zu Boden, den so viel edles Blut besprengt, und jeder Ton dieser sarmatischen Mundart schlug dumpf und traurig eine tiefe Saite seines Herzens an.

Constanz sprach sehr geläufig polnisch, was ihn jenen heimathlosen Flüchtlingen naturalisirte, in deren rauhen Mienen ein Strahl vaterländischen Sonnenscheins bei seiner Anrede aufging. Man wies ihn überall freundlich zurecht; doch nicht in einen erfreulichen Port. Der kleine Edelsitz, auf dem die Freundinn des Gesandten residiren sollte, war eine wüste Brandstätte, ein trauriges Bild gänzlicher Verödung. Es war um die Mittagsstunde, als Constanz auf dem weichen Estrich dieser polnischen Wirthschaft anhielt. Diese verkohlten Gebälke schienen noch zu dampfen; doch kein Rauch stieg aus der Esse des Gemäuers, des einzigen auf dem Höfchen, was den Anstrich hatte, bewohnt zu seyn. Ein alternder Mann, in der Livree der Armuth, welche ein lustiges Bunt giebt und freie Schnitte – doch besseren Ansehens als Die, welche sie gewöhnlich tragen – stand in der niedern Thür, und sah tiefsinnig auf das leere Häuschen einer Hundehütte nieder, deren Kette gelös't daneben lag, und den Wächter frei gegeben hatte. Der Mann schrak zusammen, als das leichte Fuhrwerk schnell wie ein Pfeil von der Senne, durch den offnen Thorweg prallte, und gleichsam sein Herz zu treffen schien. Der junge Reisende trat wohlwollend auf ihn zu, und fragte nach der Herrin des Ortes. »Meine Dame schläft –« sagte der vermuthliche Diener, indem ein Seufzer seiner Rede voranging, welcher sie der Theilnahme des Zuspruchs anempfahl, »und ungern mögte ich sie wecken. Auch würde es« – meinte der Getreue, »wenig nützen. Seit den erschrecklichen Vorfällen allhier«, fuhr der Alte fort, »hat meine Dame das Gedächtniß verlohren, und kann sich auf nichts mehr besinnen.«

»Nun, vielleicht doch! wir wollen sehen –« erwiederte Constanz lächelnd auf diesen Bescheid, der beinahe abweisend lautete.

»Sogleich!« sprach der Alte in der reizbaren Empfindlichkeit seiner Nation und eigenen Unglücks, von diesem Lächeln, diesem Zweifel beleidigt, und stieß leise ein zersprungenes Fenster nach Innen zu auf, was nur angelehnt war. Der junge Fremde sollte Einsicht in die Wahrheit seiner Aussage bekommen. Constanz trat vor die Öffnung, und als Schatten vor die Sonne, welche wie zum Spott Verhältnisse beleuchtete, deren Glücksstern untergegangen war. Welch ein Anblick! das nackte Sparrwerk der Wände war mit Teppichen behangen, die augenscheinlich einer besseren Bestimmung angehörten. Auf einem verstümmelten Pfeilertisch von Marmor stand eine massive Eßschale, trübe verblindet, darin ein Rest ärmlicher Speise war. Tausend Kleinigkeiten, darunter die meisten vom Überfluß, lagen – ein Quodlibet – wirr durcheinander, und eine Anzahl kleiner abgetragener Schuhe, wie vertretne Kinderschuhe – nahm den Fußboden ein. Alles schien nur für den Nothbehelf zu seyn. In einem Großstuhle, der schräg gegen das Fenster gerückt, voraussetzen ließ, er stände nur derweilen da – lag eine ältliche Frau mit geschlossenen Augen. Ein echter Schawl, an den der matte Kopf sich schmiegte, hing nachlässig über die Lehne geschlagen, und der Chinese des Gewirks, hielt seinen Schirm über diese eingesunkene Wange. Vielleicht war dieser phantastische Schutz der einzige, dessen die schlummernde Dame genoß. – Um ihren feinen Mund schwebte ein Lächeln – das Todeslächeln unbewußter Beruhigung; ihre rechte Hand lag auf dem Arme des Sessels. Eine zartere Hand, gewebt aus der feinsten Seide des Müßiggangs, hatte Constanz nie gesehen; aber er gewahrte jenes Nervenhüpfen daran, welches auf krampfhafte Zustände, und nicht selten auf eine nahe Auflösung schließen läßt. Im lebendigsten Contrast dieses abgespannten und verblichnen Bildes, saß ein junges schlafendes Mädchen zu den Füßen der Dame. Diese Sieste war eine andere; dieser volle Athemzug war ein trunkenes träumerisches Schöpfen aus der Ruhe süßestem Quell. Constanz ward berauscht vom Zusehen. Für einen jungen Mann giebt es keine größere Gefahr, als die Schönheit, wenn sie schläft, und die gesenkten Waffen blinkender Augen. – Doch nach einigen Secunden, die sein Leben wendeten – es giebt Momente, welche alle Verhältnisse der Zeit aufheben – trat Constanz zurück, denn der Anzug des Mädchens däuchte ihm nicht für die Nähe eines Mannes berechnet. Er wollte warten; doch jetzt regte sich die Dame, und der alte Diener führte ihn an die Thüre. Constanz mußte sich bücken, und sein Herz beugte sich, als die Dame ihre Augen aufschlug, und erschrocken fragte: ob wieder Feinde da wären? – Constanz versicherte ehrerbietig: er käme als ein Bote der Freundschaft. Die Dame legte die schneeweiße Hand an ihre Stirne, wie Jemand, der sich besinnt, und sprach: »Freundschaft – ?« Es war, als wäre der Begriff dieses vielsagenden Wortes ihr tief entfallen.

Während dessen war das Mädchen auch erwacht. Angesichts des jungen Fremden trat es vor den alten Mann, und ließ sich ungenirt das Kleid von ihm zuhäkeln. Diese polnische Unschuld verwirrte den entzückten Constanz, dem der kleinste Dienst weiblicher Toilette bisher wie das Werk geheimnißvoller Verwandlungen gewesen – so daß er mit Mühe nur seinen Auftrag auszurichten vermogte.

Es war eine helle Stunde für die Mutter, in der sie die Depeschen des Gesandten las. Und während sie wie aus den Wolken fiel – sehr dunkle hatten den Lebenstag dieser unglücklichen Frau verfinstert – daß jener Freund sich ihrer *jetzt*, und auf diese Weise erinnere, fiel das Rosenlicht einer schöneren Vergangenheit auf jede Zeile. –

Das Lesen geschah indeß so langsam, daß Constanz unterdessen völlig Muße hatte, sich der Tochter zu befreunden. Er bat um die Vergünstigung, bis zum andern Morgen hier verweilen zu dürfen. Die Mutter war über jede Verlegenheit ihrer Lage hinaus – das Fräulein bewies sich nur in so fern gastfreundlich, indem es bei der Sorge für die Bewirthung dieses angenehmen Botschafters doch nicht das Vergnügen über seine längere Anwesenheit verleugnete.

»Bonaventura –« so hieß der alte Kämmerer – »wird schon Rath schaffen«, sagte Therese – unsere Leser wissen ihren Namen doch. »Wir wollen die Mutter nur ganz außer Acht lassen –« flüsterte Therese ihm traulich zu. »Sie lies't zwei Stunden an dem Briefe – ich kenne das. Wäre es Ihnen vielleicht gefällig, eine Parthie Schach mit mir zu spielen? Sie mögen Rußland seyn – ich bin Polen.«

Constanz erstaunte über die Vortheile, welche Therese sieggewiß ihm vorausgab; doch nicht minder, daß er fände, wie dieser harmlose Leichtsinn vermengt wäre, mit patriotischer Tücke. – Nach wenigen Zügen war seine Niederlage entschieden, und nebenbei verlor er sein Herz.

Nachdem Theresens Mutter gelesen, versank sie in eine Apathie, welche ihre Gegenwart den ganzen Abend hindurch unwirksam machte. Und dieser Abend, er reichte hin, die flatterhafte Neigung der beiden jungen Leute unauflöslich zu knüpfen. Auf Constanz Seite stand unsichtbar sein treibender Genius, der ihn immer und überall drängte. »Spute Dich!« raunte dieser beflügelte Geist ihm zu, »wir haben Eile, und die Zeit entflieht.« Wie verwirrend die zarten Seile nun auch waren, die sich leise um dieses flüchtige Naturell legten, wie verworren das Verhängniß dieses Hauses vielleicht: Constanz blieb zum Aufmerken frei, wie zu einer und der andern Frage, die ihm sein Gönner an das Herz gelegt, bevor er die an das Fräulein richtete, welche ihn selbst betraf. Es geschah dies gesprächsweise. Therese stand auf, rüttelte sacht an der schwachen Mutter, und weckte ihre schlafende Seele mit den Worten: »sage einmal, habe ich Verwandte?«

»So viel ich weiß: nicht;« antwortete die Dame mit Resignation, und bat, daß ihre Tochter sie in dieser traumhaften Stille lassen mögte. Ein kühner Wurf des Gesprächs brachte es auf Religion, und Constanz begehrte zu wissen: zu welcher das Fräulein sich bekenne? »Eigentlich zu keiner«, antwortete Therese mit liebenswürdiger Freigeisterei, »ich habe meinen Glauben gern für mich, und meine Liebe auch. Doch bin ich mit Salz getauft –« Constanz lächelte gelinde.

Therese, die es zweifelnd ansah, stand abermals auf, ging zu dem Großstuhl, neigte sich über die blasse Gestalt, und sprach: »Mütterchen, bin ich catholisch?«

»Etwas –« antwortete die Dame kaum hörbar, »Du frägst mich viel. –« Therese stand beschämt. »Die Mutter hat eigentlich Recht –« sagte sie und nickte dazu. »Fasttage halte ich gar nicht, und auf die Beichte nicht viel; sie müßte denn freiwillig seyn, wie zum Beispiel jetzt. Wenn ich es Ihnen ehrlich gestehen soll –« fuhr Therese fort: »die Religion ist mir ein bischen zuwider. Erstens: des vielen Krieges und Streites wegen, den sie verursacht hat, und ich liebe es sehr, daß man sich freundlich begegne; dann habe ich einige Fromme kennen gelernt, die mir außerordentlich gehässig waren. – So kann ich auch nicht anders, als mir unsern Herrgott unter dem Bilde eines wohlwollenden alten Mannes denken, der eine großmächtige Schlafmütze trägt – als Symbol der ewigen Ruhe. Und in dem Himmel stelle ich mir eine ehrsame, aber höchst langweilige Gesellschaft vor.«

Für Constanz waren diese Äußerungen, um der Anmuth und anspruchslosen Offenheit ihres Vortrags willen, Bekenntnisse einer schönen Seele. Ein aufrichtiges Herz schätzte er über Alles, und er wünschte, sich dieses arglose zuzueignen.

Was Therese dem Gast im Laufe des Abends erzählte, dürfte ohngefähr folgendes Ergebniß seyn. Therese war, seit ihrer frühesten Kindheit von ihrer Mutter getrennt, in einem großen Hause erzogen worden, ziemlich sich selbst und ihrer natürlichen Gutartigkeit überlassen. Jene Familie aber lebte, verwandtschaftlicher Verhältnisse wegen, wenig daheim, und so konnte sich auch kein weibliches Gefühl der Stille und Stetigkeit in Therese entwickeln. Dieser auswärtige Aufenthalt entfremdete sie der Mutter wie der Muttersprache, und eine fanatisch protestantische Bonne vermischte den catholischen Geist des Fräuleins so lange mit dem

Wasser der reinen Lehre, bis Theresen das religiöse Element der Seele vom Überfluß schien. – Als die Gährungen in Polen ausbrachen, lös'te jene Familie sich theilweise auf; eine heimathliche Sehnsucht erwachte zum erstenmale in Theresen. Sie verlangte nach ihrer Mutter, und man hielt das Mädchen in der waldigen Steppe des mütterlichen Witthums besser aufgehoben, als im Mittelpunct einer wildbewegten Stadt. –

»Aber es war nur um so schlimmer –« sagte der alte Bonaventura, als er am Abend spät Constanz in dem dürftigen Verschlage bediente, wo sein Nachtlager bereitet war, und auf die warmen Erkundigungen des Gastes mit traurigem Bericht Theresens Aussage vervollständigte: »die Ankunft des Fräuleins war entsetzlich. Die Mutter sah ihr schönes Kind bei dem Feuerscheine seiner Habe wieder, und die Kraft meiner Dame ward davon verzehrt, wie unser weniges Heu von der Flamme. Nur der Entschlossenheit eines jungen feindlichen Offiziers verdanken wir persönliche Berücksichtigung und das, was wir aus diesem Wirrsal retten konnten. Ein lieber Mensch! die Andern waren nur wie reißende Wölfe gegen ihn; aber Gott haucht Milde ein, da, wo sie Noth thut, und mäßiget den Wind für das Lamm einer geschorenen Heerde.«

Constanz hatte jenes Offiziers auch von Theresen erwähnen gehört, und mit einem so bedeutsamen Interesse, daß dieser Antheil eine eifersüchtige Regung in ihm erweckte. –

»Seit jenem Tage nun«, fuhr Bonaventura fort, »vergißt meine Dame Alles! wohl ihr! das Gedächtniß verlieren ist für den kein Unglück, der nichts als Kummer zu vergessen hat. Jeder Augenblick, wo sie nun schläft, erquickt mein eigenes Herz, was ihr die Ruhe gönnt, und mit Freude werde ich ihr die Augen zudrücken, welche nicht viel gute Tage gesehen haben.« Die des alten Mannes standen voller Thränen, als er dies sagte. Diese treuherzige Gesinnung rührte Constanz und flößte ihm Achtung für den Diener wie für die Herrin ein. Er fragte, er wollte vornehmlich wissen, warum Therese ihrer Mutter entrissen worden sey? –

Bonaventura zuckte die Achseln. Er erzählte eine Geschichte jugendlicher Verirrungen, welche seine arme Herrschaft unter die Despotie ehelicher Tyrannei gebracht hätten. Dabei gerieth er in ein Labyrinth der Darstellung, verlor den leitenden Faden – und wußte am Ende nicht, wo aus noch wo ein? da es ihm zur Unzeit einfiel, ob es nicht verrätherische Geschwätzigkeit sey, die zarten Leiden seiner Dame einem fremden Ohr Preis zu geben? – Jene Geschichte gehört nicht in unsern Plan. Wir lassen ihren Stoff daher unter der großen Masse menschlicher Schwachheit und menschlichen Unglücks auf sich beruhen. –

Constanz wußte die gewissenhafte Ängstlichkeit des redlichen Mannes zum Schweigen zu bringen. Er entdeckte sich ihm ganz, und Bonaventura nannte ihn einen Gesendeten Gottes, und nicht des Gesandten.

Am Morgen mußte Constanz fort. Die Werbung um die Braut war bald geschehen und mit Erfolg: die Mutter befand sich fähig, ihn anzuhören. Constanz legte ihr einfach seine Verhältnisse wie seine Wünsche dar. Er wollte Theresen bei seiner Retour mit sich nehmen, unterdessen den Consenz des väterlichen Gönners dazu nachsuchen, und daß dieser seine Anstellung beschleunige. Doch war er eines weigernden Grundes der Dame von Seiten ihrer Kränklichkeit gewärtig. Aber nichtsdestoweniger war die Mutter bereit, sich ihrer kindlichen Stütze zu begeben. Sie sagte mit einem gewissen Heroismus, der für eine rettende Idee froh, wenn auch einsam, sterben lehrt: »grüßen Sie den Gesandten tausendmal von mir – wenn Sie ihm Theresen bringen, wird Ihr Glück ihm bestens empfohlen seyn. – Ich verlasse das Leben gern, da ich meine Tochter unter dem Schutze ihres natürlichsten Freundes weiß. Der da –« (sie wies auf Bonaventura) »begräbt mich schon.« Therese weinte wohl, allein nicht allzusehr. »Dann bleibt Dir Alles, guter Bonaventura!« sagte sie, reich in Hoffnung.

»Alles!« wiederholte Bonaventura, und lächelte traurigbitter wie der Verlust zu der Erbschaft: dieses Alles war so viel als Nichts. – Der gute Alte wußte nicht, daß die Liebe jeden Strohhalm zu den Mitteln des Glückes zählt, wenn auch nur als Medium die bunten Seifenblasen der Täuschung in die leere Luft zu hauchen. –

Als Constanz, der Verlobte Theresens, nun mit aufgeregten Gefühlen den öden Ort verließ, wo unter Schutt und Trümmern seines Lebens schönste Blume blühete: da dachte er an die verheißenden Worte der Gesandtinn, er würde einmal im Fluge die Braut heimführen. –

Im höchsten Schwunge seiner geistigen Kräfte legte Constanz die weite Reise zurück, und erreichte mit dem Ziel auch die Absicht. Er erstaunte selbst, wie leicht ihm alle Schwierigkeiten zu beheben gewesen; ein Gott hatte ihm Flügel geliehen, und den Schlangenstab der Klugheit. Er glaubte die Zufriedenheit des Gesandten bestens verdient zu haben, und in diesem kühnen Vertrauen fügte er daher seiner Meldung dessen, was er ausgerichtet, die Bitte bei, daß der Gesandte seine Verbindung mit Theresen genehmigen und die schriftliche Zusicherung ihm ohne

Säumen entgegen senden möge. In der gewissen Voraussetzung, daß dies unverweigerlich geschehen werde, kam Constanz nach Polen zurück. Er fand eine so leidenschaftliche Aufnahme bei seiner Braut, als wäre seine Wiederkehr ihr dennoch zweifelhaft gewesen. Mit Thränen sagte sie ihm, er komme zur rechten Zeit, denn seit dem vorigen Tage lag die Mutter im Sterben und konnte nicht enden.

Bonaventura hatte indessen mit treuer Umsichtigkeit alles vorbereitet. Ein Weltgeistlicher in der Nähe war durch seine einfache Überredung gewonnen, die jungen Leute zu copuliren. Er war eben anwesend, und vertrat die Stelle eines Arztes für Leib und Seele zugleich. »Mein werther Herr«, sagte der Priester höflich zu Constanz, »ich verstoße gegen ein Staatsgesetz, wenn ich Sie ohne vorhergegangene Proclamation traue; aber – *inter arma silent leges* – sagen wir Lateiner, und ich verhoffe, Sie werden mich in so fern gegen alle Verantwortung sichern, daß Sie mir einen Schein ausstellen, worin Sie Sich verpflichten, jeden Einwand vertreten zu wollen, welcher möglicher Weise dieser Heirath mit Fug und Recht gemacht werden könnte. – Unter dieser Bedingung will ich mein heiliges Amt zu Gunsten Ihres Wunsches üben.« –

Constanz, im Gefühl, von Seiten des Gewissens völlig frei zu seyn zu diesem Schritt, verstand sich gern dazu, und der Geistliche beschied sie für den nächsten Morgen in eine kleine Capelle auf der Hälfte des Weges. Bis dahin, meinte der todeskundige Mann, – würde die Mutter des Fräuleins ausgelitten haben.

Aber als der Morgen erwachte, lag die Hochzeitmutter noch in Agonie. Es war eine schauerliche Stunde, die der Einsegnung. Der Sturm sausete unheimlich durch den Wald, das morsche Kirchlein wankte, die Lichter wollten verwehen, der Regen rauschte herab, die Braut schwamm in Thränen –, kein Zeuge war zugegen, als der Meßner und Gott! –

Sie kamen nach Hause; kein fröhliches Mahl war ihnen bereitet. Constanz sah ängstlich nach der Uhr, deren Zeiger, gleichgültig gegen die bange und dringende Erwartung umher, unaufhaltsam weiter rückte, und fand, daß seine Zeit abgelaufen sey. Nur jene Körner wollten nicht ausrinnen. Da bat Bonaventura, daß man ihm eine Vorstellung erlauben möge. »Meine Dame«, sagte er, »kann nicht sterben, so lange Sie hier gleichsam auf dem Sprunge stehn. Ist es doch mit einer Frau in Kindesnöthen gerade so. Die kann auch nicht genesen, wenn darauf gewartet wird, und der Tod soll ja eine neue Geburt seyn. – Überlassen Sie die Verscheidende mir; ich bleibe bei ihr, *ich!* es ist mein letztes Geschäft auf Erden.« Der gute Alte legte das ganze Gewicht seiner treuen Gegenwart in einem zitternd aushaltenden Accent auf dieses Wörtchen.

Constanz fand, daß er Recht hätte. Er gab ihm eine volle Börse und unbedingte Vollmacht. Dann beugte er sich weich über das stille Lager der Mutter, die langsam zwischen schweren Pausen athmete, und keinen Blick des Segens für ihren Eidam hatte. Therese küßte schluchzend ihre schlaffe Hand, fühlte aber auch nicht den leisesten Druck der Liebe mehr – und nun rollte der Wagen vor und fort. Kaum waren sie an ein steinern Kreuz gekommen, eine Viertelstunde von dem Örtchen und so gelegen, daß es einen Rückblick darauf gewährte, so sahen sie ein weißes Tuch vom Giebel wehen. Constanz bemerkte es zuerst. Er sagte ernst: »Bonaventura giebt uns ein Zeichen, die Mutter wird verschieden seyn. – Denke nur, sie schläft etwas tiefer wie bisher, und hat alles Leid auf ewig vergessen.« Und Therese dachte wirklich so. Die junge Frau nahm also über die Grenze ihres zerrissenen Vaterlands, wenn auch grade kein zerrissenes Herz – dazu war der natürliche Verband mit ihrer Mutter nicht innig genug gewesen – doch ein völlig aufgelös'tes Familien-Verhältniß, und keine andere Mitgift, als frühe Gewöhnungen, wie sie den Damen dieser Abkunft eigen sind. Es war, als hätte ein günstiges Geschick dies harmlose Wesen in die Arme der Liebe vor den Schauern des Grabes und der Pflicht zu trauern, retten wollen.

Seltsam genug bemächtigte sich des jungen Ehemanns jetzt, in der gesicherten Erfüllung seiner leidenschaftlichen Wünsche, der Zweifel, was der Gesandte zu dieser Heirath sagen werde? Vorher war Constanz der Zustimmung, ja des Beifalls seines Gönners gewiß gewesen. So verändern sich unsere Ansichten Anderer mit jedem unserer eigenen Schritte. Es gereichte ihm wie zum Trost, daß die Macht der Umstände ihn zu diesem, den er rasch gethan, gedrängt hätte. Er fühlte sich in einer geheimnißvollen, aber um so bindenderen Verwandtschaft zu seinem väterlichen Freunde, und bedurfte nur – so däuchte es ihm – das Siegel der Bestätigung zu erblicken, um Theresen mit jedem Recht als Gattin an seine Brust zu drücken. Doch kein Brief gab Antwort auf diese Frage, und mit wachsender Unruhe eilte Constanz einer endlichen Entscheidung entgegen. Eine leichte Unpäßlichkeit Theresens hielt die Reise um ein paar Tage auf, und ihr Gemahl fühlte, daß eine Frau Rücksichten erfordere, welche den Mann nicht fördern.

So waren sie in das Städtchen Leidthal gekommen und hielten an der kleinen Posthalterei daselbst. Constanz hatte auf dem letzten großen

Postamte abermals kein Schreiben angetroffen. Er war jetzt resignirt – es mußte etwas von besonderer Wichtigkeit vorgefallen seyn; nichts war ihm dringender, als nur so bald als möglich an Ort und Stelle zu gelangen. Therese theilte diese Ungeduld indeß nicht. Die reizende Lage der kleinen Expedition, eine vollblühende Jelängerjelieber-Laube, welche den ländlichen Vorplatz schmückte – eine Pilgerruhe der Passagiere – entlockte ihr den Wunsch, hier einige Stunden ausruhen zu können, und Constanz zeigte sich gefällig dafür. Er trat zu dem Postmeister, als dieser im Begriff stand, das Felleisen auszupacken. Da sprang die ersehnte Handschrift ihm in die Augen, ein Brief an ihn vom Gesandten. Constanz beglaubigte sich, als den Empfänger. Er riß hastig in das Papier – aber der Inhalt zerriß das Blatt seiner Hoffnung noch heftiger. Sein Gönner schrieb ihm: ein Ereigniß von größter Bedeutung habe ihn genöthiget, seinen Standpunkt zu verlassen und nach dem Süden zu gehen. Er werde die Tour über B. – nehmen, woselbst er seinen Secretair erwarte, der ihn auf dieser Reise begleiten müsse; die Dauer dieser Reise wäre vorläufig nicht zu bestimmen, und hinge von Umständen ab, welche schwebten. Constanz sollte daher sein Eintreffen dort, so viel als möglich beschleunigen, der Gesandte harre sein. Was die fragliche Parthie anbeträfe, so werde dieser Punct zu gelegener Zeit zwischen ihnen zur Sprache kommen. –

Dieser Brief war in dem Tone jener Superiorität abgefaßt, die stets ein Vorbehalt Derer bleibt, welche in ihrer Persönlichkeit die Freundschaft mit der Protection für uns verbinden. Constanz war durch die frühesten Eindrücke für diesen vornehmen Ausdruck empfänglich geworden. Er war dem Gesandten in den zartesten Beziehungen verpflichtet: denen der Dankbarkeit. Auch war gewissermaßen das Wohl des Staates diesem Zusammenhange verknüpft, so konnte er sich seiner Pflicht nicht entziehen. Theresen mitzunehmen, daran durfte ihr Gatte nicht denken, denn so wie er den Gesandten kannte, war der Anhang, die Heirath betreffend, als abweisend anzusehen. So mußte dieser erst durch die Überredungsgabe seines Lieblings für Etwas gewonnen werden, was bereits geschehen war.

Constanz stand äußerst betroffen. Er theilte Theresen mit, was sie so nahe anging, und erklärte ihr diesen Ruf des Schicksals als unabweislich. »Nur diese Reise noch«, tröstete er die bestürzte Frau, indem das Gefühl der Selbständigkeit in ihm ansprach, »dann trennt uns nichts mehr, Du Liebste! – Erfüllt der Gesandte sein Versprechen nicht, mich zu versorgen, so reicht mein Vermögen hin, ihn entbehren zu können. Doch jetzt darf ich ihn nicht im Stiche lassen; ich muß die Resultate meiner Sendung in seine Hände niederlegen. Wer konnte dies voraussehen? wüßte ich nur, wo ich Dich einstweilen aufhöbe!« Er starrte nachsinnend in die blaue Weite, als wolle er einen Ausweg erspähen. Da trug ein Hauch der Luft einen Glockenton von ferne über die Mittagsstille der Felder; und dieser leise silberne Laut schlug an sein Gehör und klopfte an sein Herz. – Seine Augen folgten der Richtung dieses Schalles, und sahen die Thürme von Sanct Capella im senkrechten Strahl der Sonne verblendend blinken. Constanz fragte nach jenem Ort. Der Postmeister nannte das Kloster, und erwähnte gesprächig der gegenwärtigen Verhältnisse des Stiftes. Aber Der, zu dem er redete, hatte nichts Weiteres davon vernommen, und war einer eigenen Gedankenreihe gefolgt.

»Schade!« sagte Constanz, »daß die Klöster aufgehoben sind. Was man auch dagegen sagen konnte, sie waren doch immer ein schicklicher Aufenthalt für unbeschützte Frauen. Und Du bist ja ein *wenig* catholisch.« Er blickte seine Frau mit einem schmerzlichen Lächeln an, welches sie ermuthigen sollte. Therese aber hatte jetzt keinen Sinn für tragikomische Reminiscenzen, und keinen Glauben als den, daß sie sehr unglücklich wäre. –

Wie aus einem Traume erwachend, und in großer Zerstreuung, fragte Constanz den Postmeister, der sich abseits gewendet hatte: ob er recht vernommen, daß der Prälat dieses Ordens noch dort wohne? Jener berichtigte das Mißverständniß, und was er von dem Administrator zu sagen wußte, ließ dem Secretair des Gesandten kaum einen Zweifel übrig, daß er sich in der Nähe seines Bruders befinde. Von einem raschen Entschluß durchblitzt, forderte er Feder und Dinte, und schrieb in Hast ein französisches Billet an ihn, des Inhalts: ein Fremder wünsche den Stiftsverweser von Sanct Capella so dringend als unverweilt im Posthause zu Leidthal zu sprechen. Die Chiffre des Namens Constanz war so charakteristisch verschlungen, daß sie schwerlich von Jemand, der sie nicht kannte, zu enträthseln gewesen wäre.

Nach anderthalb Stunden, in deren Verlaufe Constanz sein Weibchen zu beruhigen gesucht hatte, kam ein stattlicher junger Mann neben dem reitenden Boten daher gesprengt, und der Postmeister rief: »da ist er schon, der Herr Prälat!« Constanz sah unter einem Freudenschauer auf, und Therese zog sich in einer kindischen Furcht der Erwartung, in die Laube zurück, und einen Behang von Blüthen über ihr reizendes Gesicht.

Constanz gab sich seinem Bruder herzlich zu erkennen, und in dem Anmuthen, Theresen so lange unter seinen Schutz zu nehmen, bis er sie abholen würde, einen brüderlichen Beweis. Diese Minute drängte stark an das Herz des Administrators. In dem Wesen seines jüngern Bruders lag bei freundlicher Offenheit etwas ersichtlich Vornehmes, ein gewisser Succeß des Zutrauens, was Jenem imponirte, der mitunter zurückhaltend, ja sogar blöde war. Unwillkürlich stellte er die finstere verschlossene Strenge des ältern Bruders daneben; er dachte leise an Fabia – und mit dem beengten Gefühl eines Ehemanns, der da Scheu trägt, die häusliche Kette der Gewohnheit um ein Glied zu erweitern. Um seinen schweigenden Mund spielte ein Lächeln gutmüthiger Ironie, daß er bestimmt seyn sollte, die Frauen seiner Brüder zu beschützen. »Wenn es der jungen Dame nur bei uns gefällt –« sagte der Administrator bedingungsweise, »es geht still zu, im Stift. – Die Wittwe unseres ältesten Bruders, die ich sammt ihrer Pflegetochter bei mir habe – ist – unseres ältesten Bruders«, unterbrach er sich selbst –: »Der, Du weißt ja –« aber Constanz sah den Administrator an, als hätte dieser fremd und romantisch vom Bruder Graurock gesprochen.

»Ich weiß von nichts –« antwortete Constanz, entschlossen, sich mit keinem weitläuftigen Verhältniß zu befassen, und seine cosmopolitische Seele streifte das Band der Natur sogar im Begriffe ab: »als – wir Menschen sind hier alle Brüder –« ein rüstiges Mägdlein, das kleinste Kind der Postmeisterinn an die Brust gedrückt, welche ein knappes Mieder von Leinewand umschloß, strich bei diesen Worten hurtig an ihnen vorüber, und eine schnelle Association der Ideen, in richtiger Folge jener Strophe und dieses Blickes, ließ ihn an den Bruder mit dem Ordensband denken, der er einst so dankbar als einflußreich diesem schlichten Schutzfreund seyn werde, wenn die Zeit dazu gekommen. »Sieh meine Frau nur selbst!« sagte Constanz, indem er auf die Laube zuschritt. Er bog ihre Zweige auseinander, und die schönere Blüthe von Theresens Angesicht lächelte durch das weiche Grün, und ihre Augen funkelten in Thränen, wie die Sonne im Thau. – Die Schönheit hat das Eigenthümliche, daß sie jedem Manne Muth einflößt. Das Herz des Administrators öffnete sich den gastfreundlichsten Gefühlen. Zudem behandelte Constanz die Sache so ganz in seinem Geiste, das heißt, so flüchtig, daß Herr Prälat glauben mußte, mit dem Asyl zu Sanct Capella sey es nur durchaus precair gemeint, und auf ein längeres Bleiben nicht abgesehen. So bewilligte er daher die Bitte seines Bruders, wenn auch nur mit einer gewissen widerstandlosen Passivität. Er sah dies Ereigniß für ein Fatum an, dem auf keine Weise zu entgehen gewesen wäre. Das leichte Gepäck war bald getheilt, ein Postwagen, worin Therese nach dem Kloster fahren sollte, geschirrt. Der biegsame Leib der schönen Gestalt, schwankte von ihrem Manne umschlungen, im Sturm des Abschieds. Zwei Ströme flossen von ihren Wangen – zwei Wochen waren erst und wie auf Rosen verflossen, seit Constanz der Ihrige war. – Mit gemischten Empfindungen ritt der Administrator neben der Chaise her, darin die noch weinende junge Frau saß. Er warf zuweilen einen mitleidigen Blick auf Theresen; die Jugend dieser Ehe rührte ihn, ihre gegenwärtige Trennung und der Zukunft ungewisses Loos. Nebenbei gedachte er und eben nicht leichten Herzens an die nächste Stunde – und hätte gern ein wenig älter seyn mögen.

Frau Fabia hatte heute nicht den guten oder schönen Tag ihres Geschlechts. Eine Nachtigall, welche sie sehr liebte, und die in einem dunkeln Thurmhäuschen wohnte, das, nicht unähnlich einer kleinen Kirche, an ihrem Fenster empor hing, war an diesem Morgen ihrer Haft entschlüpft. Das arme kleine Nönnchen sang die Hora der Nacht und Natur im vergitterten Chor ihres Kerkers so himmlisch klagend, als seufze der Engel der Melodie aus dieser befiederten Brust. Josephine hörte es mit süßem Erbarmen. Frau Fabia aber, die sich selbst zu den Gefangenen Zion zählte, hatte nicht Lust, die klösterliche Philomele zu Gunsten irdischer Liebe in Freiheit zu setzen. Nun war sie entflohen, und auf dem Mädchen ruhte ein scharfer Verdacht, daß es mit lindem Urtheil, wie diesem kleinen Gottesgeschöpf himmelschreiendes Unrecht geschähe, seine Erlöserinn geworden wäre. – Es gab einen Lärmen der Entdeckung, und Josephine, die sich nie gegen einen Vorwurf vertheidigte, schwieg auch diesmal, und die Schuld blieb auf ihr haften, so wie auf Fabien der Mißmuth über diesen Verlust, geschärft durch ein zweifelhaftes Gefühl der Versündigung an dem lieben Kinde. Dieser Stimmung sich erinnernd, hätte der Administrator gewünscht, seine Schwägerinn vorbereiten zu können – aber da stand Fabia ganz gegen ihre Gewohnheit schon an der Thür, und ihr Gesicht – eine totale Sonnenfinsterniß – warf keinen Schein festlicher Empfängniß nach dem anrollenden Wagen. Dem Reiter ward es schwarz vor den Augen. Er sprang vom Pferde, der jungen Dame beizustehen, welche den schönsten Fuß, der jemals über diese Erde gegangen, hell und seiden beschuht, auf den schmutzigen Tritt der Postchaise setzte. Theresen an seiner Hand, trat der Administrator vor die Domina seiner Häuslichkeit und sprach: »liebe Fabia! ich bringe Dir hier eine werthe Verwandte, die Frau meines Bruders Constanz, und also Deine Schwägerinn, so wie Du mir. Lasse die gute Therese Dir herzlich empfohlen seyn, da sie einige Zeit bei uns verweilen wird.«

Frau Fabia brachte mühsam ein fremdes Lächeln der Bewillkommung auf; der Administrator war desto freundlicher. Die eisige Kälte dieses Empfangs versetzte ihn durch die natürlichste Gegenwirkung in einen Wärmegrad, der unter allen Launen dieser christlichen Juno dem Quecksilber der zweiten Schwägerinn Stand und Stange hielt. – Am Abend spät versuchte der Stiftsverweser jenes üblen Eindrucks Herr zu werden. Er sagte daher in einem Tone, der scherzhaft seyn sollte, aber doch anzüglich war: »nun Fabia! Du warst heute absonderlich schweigsam – Du bist es noch. Ist es Verdruß, daß Dir das Vögelchen entgangen? o gönne ihm die Freiheit, das edelste Gut! oder zürnst Du, daß ich Dir ein anderes eingebracht? –«

»Wenn Dich nur nicht selbst ein loser Vogel etwa angeführt hätte –« antwortete Fabia mit furchtbarem Ernste, »woher weißt Du denn, daß jener Constanz Dein Bruder war? und diese Therese wirklich seine Frau?«

»Großer Gott!« rief ihr Schwager, »welch ein Gedanke! woher ich es weiß? dieselbe Stimme hat es mir versichert, die mir sagte, daß Dein seliger Mann mein Bruder sey, und mir Bürgschaft leistete für die Wahrheit seiner Aussage. Es giebt eine innerste Gewähr dafür, Fabia!«

»Nicht jeder Stimme muß man glauben –« erwiederte Fabia, indem sie sich entfärbte, und unwissend, daß sie eine classische Stelle recitire, »der Lügengeist kann alle nachahmen. – Und wäre denn solch ein Betrug etwa unerhört? könnte jener junge Mann nicht ein Abenteurer gewesen seyn, der seine sogenannte Frau gern los seyn wollen? – Wie manches Kind –« Fabia stockte, immer mehr verblassend – »wie manches Kind, wollte ich sagen – ist durch höllische Spiegelfechterei arglosen Menschen als eine lebenslängliche Last aufgebürdet worden? Denke nur an mich! wir werden die Dame sobald nicht wieder los werden, und jedes fremde Einschreiten sollte wohl bedacht seyn. –«

Herr Prälat sah seine Schwägerinn mit leiser Beängstigung an; es war, als ob ein dunkler Schatten von Furcht an ihm vorüberschwände. »Fabia!« entgegnete er um so heftiger, als er sich von ihrem Tone ergriffen fühlte, »welch ein Geist des Mißtrauens und übler Weissagung ist heute in Dich gefahren? Du wärest im Stande, mich zweifelhaft zu machen, Wer ich selber sey. – Dein Betragen war nicht schwesterlich, auch nicht gegen *mich*. Du bewirthetest die arme Therese, an deren Stelle mir der Appetit zu diesem Auffenthalt vergangen wäre, mit kurzen Redensarten, einer sauersüßen Sauce, wie man sie zu einem Kalbskopf giebt, für den Du mich hältst. – Was meinst Du denn, das ich hätte thun sollen? dem Bruder etwa meine Hand weigern, da er mir die seinige zum erstenmale entgegen reichte? seine Bitte abweisen, oder warten, bis er mir den Taufschein zeigen könne? – Fabia! Fabia! Gastfreundschaft ist eine Blume der Humanität, welche auch von Horden und Heiden gepflegt wird. Jüngst las ich – und es hat mich innigst gerührt – in den ungeheuern Flächen Nubiens sind kleine Zelte gesteckt, darunter die Einwohner des nächsten Ortes ein Gefäß mit Wasser füllen, daß die Reisenden nicht verschmachten dürfen im heißen Sande – und dieser Gebrauch wird heilig gehalten von jenen Negern. Sollte denn die goldne Kuppel des Klosters, was man ein Gotteshaus nannte, einem matten Blick der das Nächste nicht absieht, nur ein Blendwerk seyn, und weniger probehaltig, als das Dach von geflochtenem Bast, womit der Wind der Wüste spielt? – Du sprichst den Ruhm einer guten Christinn an – besinne Dich, wie oft die Apostel die geheiligte Pflicht einer gastfreien Aufnahme den Bekennern ihrer Lehre empfehlen. Herberget gerne! Seid gastfrei ohne Murren – doch Du kennst die Vorschriften der Bibel besser, als ich. So gleiche denn der Wittwe von Sarepta, deren gesegneter Ölkrug nie erschöpft wird. Sey gelinde, Fabia! doch gieße nicht Öl ins Feuer. Du schlägst mir die Hoffnung nieder, daß Therese eine Schwester an Dir finden würde – doch schlägst Du mich damit nur zu ihrem Ritter, und zwingst mich, sie gegen Dich zu vertheidigen.«

Diese letzteren Worte ihres Schwagers wirkten am schlagendsten auf die Zweiflerinn. Sie hoffte, der Bruder ihres Mannes, auf den Frau Fabia ein mütterlich-eifersüchtiges Auge hatte, werde sich in der Anfechtung behaupten – und der Friede ward zwischen ihnen geschlossen.– Dieser erste Abend gab den Ton an, der sich während der Anwesenheit Theresens im Stifte nie in Harmonie auflös'te. Unsere Leser finden ihn in der Dissonanz, womit die Geschichte dieses Buches anhebt. Seltsam war es jedoch, daß die Vorhersagung der Frau Fabia sich als richtig bewährte, es ist traurig – aber es *ist* in Wahrheit, daß der Erfolg das Mißtrauen öfterer rechtfertigt, als die Zuversicht. Constanz schrieb nach langer Zeit – es mußten Briefe verloren gegangen seyn – aus weiter Ferne. Er war dem Interesse des Gesandten verkettet, und konnte die Fessel nicht sprengen; doch vertröstete er sich und sie wie ein Liebender. So hatte zweimal schon die Laube der Posthalterei zu Leidthal geblüht, und Therese, die sich behaglich in Sanct Capella eingerichtet hatte, und deren Sinn in harmloser Lebensphilosophie der Gegenwart angehörte, dachte je länger, je *leiser* an jenen Tag des Abschieds. Nur in bösen Stunden wünschte ein banges Gedenken ihres Mannes ihn zurück, und ein Gefühl, daß sie hier nur gelitten sey, und deshalb leide – kam über sie. Therese hatte mehr ein Gemüth für die heitere Lust des Lebens, die jeden Augenblick genießt, als für der Liebe tiefe Sehnsucht. Das letztere Schreiben hatte eine nahe Rückkehr hoffen lassen, die nur noch von einigen Ausgleichungen abhänge. Seitdem aber bestätigte kein Weiteres diesen Abschluß und daß auf seine baldige Ankunft zu rechnen wäre. Dies Alles hatte, in eine präcise Mittheilung gedrängt, der Administrator, dem wir vielleicht die schweigende Kürze der Erzählung ablernen mögten – dem Major Feldmeister vertraut. Und dieser erwiederte jetzt: »ich sehe wohl, Freund! Sie konnten füglich nicht anders – Sie können weder dafür, noch etwas ändern, obzwar, ich behaupte es redlich, solch ein Zusammenleben *nichts taugt*. Verlangen soll es mich aber doch, ob der Herr Bruder kommen wird? *ad vocem! kommen!* es kommt noch Jemand, Freundchen! mit Ihrer Genehmigung, versteht sich. Diesen Morgen schon wollte ich es Ihnen sagen; aber die lieben Schwägerinnen hatten mich in Mitleidenschaft ganz confus gemacht, und das Bein hier hat mir das Gedächtniß abwärts gezogen.« –

Der Major fuhr mit der Hand sacht an dem gichtischem Knöchel nieder, streichelte den Faust und hob an: »es giebt eine Sympathie der Erfahrung. Gestern früh erhalte ich ein Billet vom Obrist Milch; ein Name für ein Wochenkind, und nicht für einen Soldaten, nicht wahr? dieser mein alter Freund sollte *Feuer* heißen, denn er hat den Teufel der Bravour im Leibe. Also: er thut mir schriftlich seinen Wunsch kund und zu wissen, mich in der Posthalterei in Leidthal zu sprechen, da die Zeit ihm nicht erlaube, den Umweg über Sanct Capella zu nehmen. Er kam mit seiner Frau von D–. und hatte den Reitknecht von der letzten Station aus zum Behuf der Eile voraus gesandt. Ich machte mich alsbald auf. Die Obristinn saß, weil es draußen so hübsch und drinnen dunstig heiß war, in derselben Laube, und, ich wollte wetten, nicht einen Zollbreit weiter auf der Bank, als Therese. Ihr Gesicht war hochroth von der Herbstluft, der Obrist aber fror ein wenig, und trank ein Glas Wein;

die offne Flasche stand auf dem Tische. Wir waren die Alten. Der Obrist scherzte über die Glut seiner Frau, und sagte, sie hätte meinetwegen wie auf Kohlen gesessen. Du könntest von uns sagen, setzte er hinzu, wir sähen aus wie Milch und Blut – das giebt ein zartes Bouquet, Du darfst es nur binden. Und dabei umarmte er mich derb und herzlich. Er ist so dick geworden, daß man ihn wie ein Faß binden mögte – taugt nichts, solche Corpulenz. Unterdessen verduftet dies Bouquet hier – antwortete ich, und steckte den Stöpsel in die Flasche. Du bist recht hübsch geworden in der Carthause, spöttelte der Dicke, das wird deinem Neffen drollig vorkommen. Er empfiehlt sich, und will Winterquartier bei Dir machen. Ist der Junge toll? platzte ich heraus; doch es wird wohl nur Dein Spaß seyn. Die Obristin lachte wie Dame Kobold. Nein, nein! versicherte ihr Mann, es ist dem Lieutenant voller Ernst damit, und daß Du es nur weißt, er will einer hoffnungslosen Leidenschaft entfliehen. Der Obrist machte eine seriöse Miene. Ich gerieth in Harnisch und sprach: das wäre mir gemüthlich, daß ich ihm Zuflucht gäbe vor einer dummen Liebschaft, die nichts taugt. – Er hat sich um einer Dame willen geschossen – entgegnete mir Jener kleinlaut: gönne ihm daher die Hospitalität Deines Klosters, daß er in dieser Abgeschiedenheit Ruhe habe, und an Seel und Leib genese. – Mögte Einem nicht gleich der Schlag vor Ärger rühren! rief ich entrüstet, und der Schrecken war mir wirklich in alle Glieder geschlagen; ich hielt den Rudolph für vernünftig. Erzürne mir den Major nicht – sagte die Obristinn begütigend, und erzählte mir nun eine närrische Historie, die den Lieutnant forttreibt und Ursach seyn wird, daß er um Versetzung anhält. In seiner Garnison lebt eine alte adelige Dame von wunderlicher Art. Ihre Wohnung ist ein Antiquitäten-Cabinet, sie selbst geht schlumpig einher, und stets wie ein Kinderspott der Redoute. Man hält sie für reich, doch auch für geizig, denn außer der Fliege, der sie das Leben schenkt, kann sich kein lebendes Wesen einer Gabe von ihr rühmen. Ihr Anblick muß etwas Unheimliches haben. Wer sie sieht, weicht ihr aus –, die Fee Fanferlüsche, diesen Namen führt sie. Und doch ist dies verrufene Mütterchen ein alter Überall. Vor Kurzem ist zu Ehren einer städtischen Feier großer Ball, und alle Honoratioren sind geladen. Alles ist im höchsten Glanz, die Damen im allerschönsten Putz sitzen wie am Faden gereiht. Da tritt jene Alte in den erleuchteten Saal, wie eine gespenstische Mode des vorigen Jahrhunderts – sagte die Obristin. Es entsteht ein Aufsehen, die kleine Gnädige kommt ins Gedränge, wird abseits geschoben und verliert einen

Schuh. Doch was für einen? Frau von Milch hatte die Güte mir das *corpus delicti* zu beschreiben. Ein Pantöffelchen von geblümten Silbermoor, mit einer Schleife vorn von gesponnenem Glase. Ist es nicht, sagen Sie Freund, als ob man in der blauen Bibliothek aller Nationen läse?« Der Administrator nickte lächelnd. »Ein allgemeines Gelächter!« fuhr Major Feldmeister fort, »die Offiziere zerren den Schuh hin und her – da schwankt die Alte, wird bleich wie Asche, als würde sie auf der Stelle zusammensinken. Mein Neffe – ein braver Junge ist der Rudolph doch! stürzt wie ein Satan herbei, spricht davon, wie wenig Ehre dabei sey, eine kindische Matrone bloßzustellen – reißt den Pantoffel von der Säbelspitze, womit ein Jäger-Offizier ihn aufgespießt hat, hebt die Alte in einen Sessel, und zieht ihr vor vielen hundert Augen ihren Schuh wieder an.« Der Major athmete tief.

»Dies ist ein hübscher Zug vom Lieutenant Feldmeister«, fiel hier der Freund seines Oheims ein, »der mir sehr gefällt. Es gehört meines Bedünkens ein größerer Muth dazu, diesen kleinen Pantoffel zu fangen, als einen feindlichen General; und es mag dem braven Artilleristen leichter geworden seyn, sich einer tüchtigen Salve auszusetzen, als dem Arsenal des Spottes. Das Gefühl, was einen jungen Mann seines Gepräges gegen die Schmach einer schutzlosen alten Frau bewehrt, ist wahrhaft gloriös.«

»Das meine ich auch –« sagte der Major, und seine Augen funkelten. »Mein Neffe«, fuhr er fort, »war der Held des Abends, tanzte aber keinen Schritt. Jener Offizier hatte sich für beleidigt gehalten, und den Rudolph auf Pistolen gefordert. Er ward in die Achsel verwundet, aber nicht schwer. Sein Gegner kam auch nicht ungehuscht davon. Man witzelte leise: des Lieutnants Dame hätte einen Schuß, und er nun auch einen; doch Niemand wagte mehr ein lautes Wort an ihn; denn wie verträglich der Junge auch ist, er hätte sich mit dem ganzen Offiziercorps gerauft. Die gnädige Alte rauft sich die eisgrauen Haare aus, als sie erfährt, der junge Mann hätte ihretwegen mit blauen Bohnen gespielt. Die Geschichte machte Furore. Wie nun der arme Rudolph des Abends allein liegt, meint er, das Wundfieber stelle sich ein, und glaubt ein Phantom zu sehen. Vor seinem Bette bewegt sich ein Quantli, die Kammerfrau der Dame Fanferlüsche, klein und krüppelhaft wie ein verdorrter Zwergbaum. Sie sagt: wie es der Gnädigen doch so jämmerlich leid thue, daß der Herr Lieutnant sich Unannehmlichkeiten zugezogen hätten. Sie bitte ihn durch den Mund ihrer Dienerinn, seines jungen Lebens zu schonen, und beifolgende Kleinigkeiten zur Linderung seiner Schmerzen von ihr anzunehmen. Dabei packt sie aus. Binden, fein wie Battist, Charpie, Eingemachtes in Tassen, vom Superlativ einer Porzellain-Fabrik, wie sie der Kaiser von China von seinem Ahnherrn geerbt haben mag, Tamarinden zum Beispiel, deren eingesottner Zucker versteinert war, und die, wie mir die Obristin sagte, eine wirksame Kraft haben sollen, das Fieber zu vertreiben. Zugleich schickt sich die uralte Zofe an, meinen Neffen zu pflegen und die Nacht über bei ihm zu bleiben, und thut wie zu Hause. Darüber wird nun der Rudolph beinahe grob. Er sagt, sein Bursche halte Wacht bei ihm und auf Ordnung: so bedürfe er Niemandes. Nichtsdestoweniger bleibt die Servante freundlich und höflich, und kommt von nun an alle Morgen, die Gott der Herr giebt, um sich nach dem Befinden meines Neffen zu erkundigen, und immer bringt sie etwas zugeschleppt, eine Nachtlampe sogar, einen kleinen Fußteppich vor das Bett, damit er nicht hart auftrete, und hundert Kleinigkeiten, auf die ein Garçon nichts giebt. Der Regiments-Chirurgus sieht es, lächelt und schweigt – und dieses Lächeln schneidet dem Patienten tiefer ein, als sein wundärztliches Messer. Einmal nur sagt Jener: Sie scheinen die Wunderlampe überkommen zu haben, die dem Aladin verloren ging – nehmen Sie nur Ihr Glück besser in Acht – lieber Feldmeister. Aber dem Rudolph ist der Gedanke unerträglich, daß auf der Kugel, auf die er sein Leben gesetzt, solch eine gräuliche Fortuna stände. – Und als nun die Geschäftsträgerinn kommt, und ihm, Namens ihrer Dame, ein schönes Logis im Hause derselben anbietet, auf daß die Gnädige ihm ihre Dankbarkeit nahe und anders noch beweisen könne – da schüttelt er sich, und dies überhäufte Vergelten eines kleinen Dienstes, den er am liebsten vergessen mögte, wird ihm über allen Ausdruck widrig. So trägt der arme Junge, dem es in seinen Verhältnissen so wohl gefiel, darauf an, daß er versetzt werde, und einstweilen will er hierher kommen. Was meinen Sie nun dazu?«

»Ich kann es dem Lieutnant Feldmeister nicht verdenken –« antwortete der Administrator, »und würde in seinem Falle vielleicht eben so denken und handeln. Diese Erfahrung liefert wieder einen Beweis, daß man Jemand durch die stärkste Nothhülfe nicht halb so sehr verpflichtet, als wenn man ihn einer kleinen Verlegenheit überhebt. Und dann auch, daß die Ritterlichkeit im Benehmen eines Mannes das Geheimniß jedes Sieges über eine Dame enthält, sie möge nun eine Methusala an Jahren, und so geizig und hartnäckig seyn, wie sie nur wolle. Solcher Courtoisie widersteht Keine. –«

»Der Rudolph würde«, sprach der Major, »dem Verdacht der Erbschleicherei, dem niedrigsten, der auf einem ehrenwerthen Menschen haften kann – auf keine Weise entgangen seyn. So ist es gut, daß er Reißaus nimmt. Diese Retirade lasse ich mir gefallen. Sie haben als Vorstand unseres Invaliden-Hauses also nichts dawider, daß der wackere Junge für einige Monate meine Wohnung theile? –«

»Es wird für ein apartes Zimmer gesorgt werden«, sagte Herr Prälat, »und daß ihr Neffe sich hier so gemächlich als möglich fühle. Ist doch Raum bei uns da – wie im Himmel; und sollten wir alle Diejenigen aufnehmen, welche ihrem Vortheile entfliehen, so würden wir noch Gelaß übrig behalten.«

Des Majors Gesicht verklärte sich. Er blickte in helle Abende und sprach: »Wir spielen das l'Hombre alsdann mit dem Moor – der Moorhausen scheint mir in Eine Ihrer Schwägerinnen verliebt, denn er quält mich beständig, ihm Entree bei den Damen zu verschaffen. Nun – mit Dem hat es keine Gefahr. Aber – Hm! wird auch der Rudolph Unheil anrichten im Stifte? Frau Therese ist ein entzündbarer Stoff, und die Kleine wahrhaftig hübsch genug.«

»*Die* bewacht Fabia –« versetzte der Administrator mit trüber Ruhe.

»Was das betrifft –« entgegnete der Major, »meine Frau sang ein altes Lied, was ich immer gern hörte; es hatte einen Refrain: denn wenn ich nicht selbst mein Herz bewache, o so hilft kein Argus und kein Drache. Mit allem Estime gegen die Frau Schwägerinn gesprochen. Josephine ist ein stilles Wässerchen –«

»Und *tief*!« fiel Herr Prälat ein, »aber im reinsten und höchsten Sinne. Sie gleicht einem jener lichtentfloßenen Ströme, die Swedenborg entzückten Geistes fließen sah.«

Der Major sah seinen Freund nachdenklich an und sprach: »auch wünsche ich von Herzen, daß dies Bächlein in das Bette eines Flußgottes geleitet werden möge, der es nie in Thränen fließen läßt, sie müßten denn vor Freude geweint seyn. –« Jener schwieg.

Einige Wochen waren seitdem den Bewohnern von Sanct Capella gleichförmig vergangen. Jetzt war der Christmonat da, und mit ihm jene winterheimliche Stille, selbst in der Natur, wie sie um das heilige Dunkel dieser Zeit webt, die häuslichen Verbindungen enger schlingt, und die kleinen Geheimnisse der Freude und Liebe an das große Geheimniß der Weltbeseligung knüpft. Die Frauen beschäftigten sich einsam, vergnügliche Überraschungen zu bereiten, sogar Schwester Veronica fertigte einige klosterkünstliche Gaben in verschlossener Zelle an, zu Weihnachtsgeschenken für ihre Freunde. Dessenungeachtet fehlte es an geselligem Verkehr nicht, und mancher lichterfreundliche Abend ward traulich plaudernd, hier oder da, hingebracht. Bei dem Gerichtshalter Gottschalk – einer liberalen Familie, welcher, wie unsere Leser sich erinnern wollen, zu Anfange dieser Erzählung erwähnt wird – und der nicht im Kloster, sondern in einem dazu gehörigen Gebäude wohnte, waren die Staabsoffiziere von Sanct Capella freundlich aufgenommen, und auch Fremde öfters da zu finden. Therese gefiel sich sehr dort. Ihr Schwager hingegen nahm selten Theil an diesen muntern Zusammenkünften, und Frau Fabia gar nicht. Der Administrator hatte es aus Neigung wie mit Absicht vermieden, um vornehmlich Fabiens strengen stillen Geist nicht zu beleidigen, sein Wohnzimmer zu einer militairischen Ressource zu machen. Major Feldmeister gehörte nicht in jene ausschließende Regel; doch dachte er zart genug, um nur bescheidenen Gebrauch von einem Gunstrecht zu machen, das ihm zu jeder Zeit und Stunde den Eintritt in den weiblichen Hauskreis seines Freundes gestattete. So geschah es auch nur ausnahmsweise, wenn Einer oder der Andere der Offiziere ihn dahin begleitete. Das l'Hombre, wovon der Major redete, ward zumeist auf seinem Zimmer gespielt, und Hauptmann Moorhausen, ein Mann von lebhafter Phantasie und kühner Darstellungsgabe, war der Dritte von dieser Parthie. Deshalb stand der Letztere zu dem Stiftsverweser in etwas näherer Beziehung als die Übrigen. Auch fühlte Herr Prälat, oft abgespannt und ermüdet von Geschäften, es als eine gesunde Wohlthat, daß sein Zwergfell erschüttert werde. Man hatte jeden Gedanken an eine kleine gesellschaftliche Überraschung zu dem Geburtstage des Administrators fallen lassen. Von jenem Streit an, der die Schwägerinnen entzweite, schien die Stimmung der beiden Frauen ausgewechselt zu seyn. Fabia gab sich alles Ernstes Mühe, Theresen den kleinen Vorfall vergessen zu machen, und sich ihr freundlich zu erweisen; so wie Therese ihrerseits sich hütete, Fabien zu nahe zu treten. Wenn nun jedes Wohlwollen heiterer macht und auch liebenswürdiger, so gewann Frau Fabia am meisten bei diesem Bestreben, auch in den Augen ihres Schwagers, da hingegen Therese durch leisen Bedacht eines ihres natürlichsten Reizes beraubt ward, jener Hingebung an die Freude, an das Vertrauen, daß alle Menschen von ihrer guten Gesinnung überzeugt seyn müßten, weshalb sie sich denn auch ganz unbefangen gehen ließ. Jetzt war sie in sich gekehrt, eine sehnende Stille hatte dies regsame Wesen beschwichtiget. Sie sprach davon, wie ihr eine innere Stimme sage: Constanz werde nun nächstens kommen, und nur den Wunsch damit aus, daß es geschehe. So oft ein Wagen vor das Kloster rollte, fuhr Therese mit der Hand nach dem Herzen, weil es hochauf klopfte – und dem Munde des Majors entfuhr gleichzeitig ein gelinder Fluch, wo der Rudolph nur bleiben möge? denn Zögern und Zaudern, meinte sein Oheim –, dies tauge nichts. –

Schwester Veronica beschenkte den Administrator zu seinem Wiegenfeste mit einer Rose, die sie mit unsäglicher Sorgfalt für ihn gezogen hatte. Als er sich in das Anschauen der Blume versenkte, wehete ihn ein Hauch aller Frühlinge an, die er gelebt, ein Auferstehungs-Athem gestorbener Freuden – und er äußerte, wie es doch nur möglich gewesen, dem starren Winter dies weiche zarte Leben zu entlocken? –

Schwester Veronica lächelte und sprach: »der Liebe und Freundschaft ist alles möglich; und ein warmes Herz ist ein gutes Treibhaus für die Blumen jeder Zeit. Diese Rose ist gekommen, wie ich es wünschte, auch das Knöspchen daran war mir lieb. – Heute, gerade *heute*, hatte sie ihren Kelch erschlossen, es rührte mich, da ich es sah – wie man die Brust öffnet einem frohen Tage: trinken Sie den göttlichen Odem der Freude daraus!«

Der Administrator drückte gerührt die Hand der alten Nonne und dankte ihr; ein stilles Bedauern ging durch seine Seele, daß diese treue Hand nur *Rosenkränze von schwarzen Perlen* umschlungen hätten.

Schwester Veronica hatte auf dringendes Bitten versprechen müssen, den Abend bei ihren Freunden zuzubringen. Auch Major Feldmeister und Hauptmann Moorhausen waren eingeladen. Josephine deckte den großen runden Tisch; der Wirth desselben brauete eine Bowle. Therese kleidete sich an, die Männer zu berauschen, Fabia schaltete in der Küche. Er sah das Mädchen geräuschlos hin und her weben; alle Bewegungen Josephinens waren leise und harmonisch wie ihr Sprachton, so daß, als sie aus einem Körbchen Gläser und Teller nahm, und achtsam niedersetzte, nur ein sanftes Klingen, doch kein Klirren, das, was sie that, verrieth. Herr Prälat verlangte die Citronenpresse, Josephine reichte sie ihm. Er forderte darauf ein Messer, und nahm es aus ihrer Hand. Er sah mit heißem Blick in die schönen Augen des lieben Kindes, der Gedanke an den reinen Himmel, der darin schimmerte, war diesem Blicke nicht fern. Und er sprach: »weißt Du wohl, was Abraham a Sancta Clara sagt? Ein Mädchen soll seyn wie eine Citrone, und auch nicht wie eine Citrone, es soll einen Stern im Herzen tragen, und doch Niemandem das Leben sauer machen. Das thust Du nicht, mein süßes Kind! Du bist biegsam – voll Kern – ein Zuckerrohr –« der Administrator warf im Verhältniß zu diesem Lobe ein blitzendes Randstück feinster Raffinade in die starke Mischung. Josephine lächelte, als hätte sie den Geist derselben oben weg geschöpft getrunken. Sie antwortete: »ach Onkel! dieses Urtheil giebt nur die Güte ab. Die Mutter klagt doch manchmal über mich! und tadelt mein träumerisches Wesen; so sagt sie oft, ich ginge so zerstreut umher, als wisse ich vom hellen Tage nichts, und könne nicht bis auf Drei zählen.«

Herr Prälat hatte, während Josephine diese Worte sprach, einen Löffel vom Eßtisch gelangt, ein schwarzes Pünktchen, was in der goldenen Fläche schwamm, damit zu fischen. Sein Auge umzirkelte im Nu die gastliche Tafelrunde, und er antwortete im Tone schmeichelhafter Mißbilligung: »da thut sie Dir nicht Unrecht, meine Kleine. Du hast acht Couverts gelegt. Wie viel sind Unserer? auf *Sieben* wenigstens kannst Du nicht zählen. Doch das ist auch eine böse Zahl, – dieser Irrthum, diese Achte geht in der Achtung Deiner lieben Seele für das Gute auf.«

Josephine erröthete und nahm das Gedeck hinweg. Sie erwiederte: »es wird ein Gast kommen, auf den wir nicht gerechnet haben. So oft ich einen Stuhl zu viel setzte, geschah es.«

»Nun, so möge es denn Constanz seyn –« sagte sein Bruder, »denn es will mich bedünken, als sehne Therese sich nun fort.«

Eben trat sie ein. Auch die Andern kamen. Man aß, trank, und war vergnügt. Auf einmal stieß Therese einen hellen Schrei aus, und fuhr mit der Hand nach dem Munde. Alle schrieen erschrocken auf, so daß auch Faust mit Geheul empor sprang. Sie hatte sich an einem Rebhühnerbeinchen die Spitze eines Seitenzahns ausgebissen, und zeigte mit weinender Wehklage den kaum sichtbaren Makel und das abgesprengte Stückchen Emaille. Man tröstete und spöttelte wirr durch einander; aber Therese lamentirte dessenungeachtet, als wäre ihr eine unersetzliche Perle aus der Krone des Lebens gebrochen. »Man bemerkt es gar nicht, ich schwöre es Dir!« betheuerte ihr Schwager, als Therese gestand, ihr zitterten alle Glieder. »Es ist ein hübsches Zähnchen und mehr nicht«, sagte der Major, »lassen Sie es geknikt seyn. Wie wollten Sie thun, wenn Ihnen das Herz bricht? – Um das Bischen Glasur so zu verzweifeln! das Zerbrechliche allzusehr lieben –, taugt nichts.«

Und die Nonne versicherte in einer Theilnahme, welche allein in der Stimme des Trostes sprach, Therese wäre ja noch schön genug.

»Beruhigen Sie Sich, meine Gnädigste«, sagte Hauptmann Moorhausen, »ich wünsche, ich könnte Ihnen Ersatz geben, auf Ehre! und mithin ein wenig von meiner Constitution. Das Naturell meiner Landsleute ist so vegetativ, daß es gar nichts Seltenes ist, wenn gesunde Personen drei bis viermal Zähne bekommen. Wie Sie mich hier sehen, sind das meine fünften.«

Er fletschte das Gebiß, dies gab seiner Physiognomie einen so affenartigen Ausdruck, daß die Damen anstatt zu bewundern, sich davor entsetzten. Theresens Thränen standen still. Der Major rief: »Sechser, Moorhausen, Sechser!« Der Hauptmann stutzte einen Augenblick, ließ sich aber, einmal im Zuge, nicht stören und sprach: »ich bin überhaupt mit einer gewissen Unzerstörbarkeit geboren. Als die Schlacht bei *** vorüber war –« – »nun sind wir geschlagen –« murmelte der Major seinem Nachbar zu, »er rückt ins Feld –« – »wir hatten den ganzen Tag hindurch gemetzelt –« die Nonne faltete die frommen Hände, und über Josephinens Gesicht lief ein banger Schatten, das gute Kind vergaß, daß jene erschlagenen Feinde auch nur Schatten wären –, »fühlte ich mich der Ruhe bedürftig. Man wird vom Todtmachen zuletzt mit todt;« redete der Hauptmann weiter. »Ein Stündchen nur hätte ich schlafen mögen; ich streckte mich auf einen ländlichen Kirchhof hin, und dachte, ich hätte brav gethan, und könnte mir nunmehr auch eine Güte thun. Das Schießen dauerte fort – ich hörte es dumpf im Traume. Als ich am folgenden Morgen erwachte, meinte ich, der jüngste Tag wäre gekommen. Zerstreute Glieder lagen um mich her, hier war eine Granate zerplatzt, dorthin eine Bombe geflogen: in meiner offnen Hand hatte sich eine kleine Kugel gefangen, und nur einen rothen Fleck nachgelassen.«

»Das war doch Münze, Alterchen?« rief der Major.

»Wie meinst Du das, Herr Bruder?« fragte der Hauptmann verblüfft, »glaubst Du vielleicht, ich flunkere? auf meine Ehre! die Kugel war noch *lau*!«

»Jeder Achill hat seine Ferse –« fiel hier der Administrator ein, dem diese Versicherung zu warm war, und der da wußte, daß der Major auch hitzig werden konnte, »der Ihrigen, Herr Hauptmann, verdanken wir das Glück, Sie zu besitzen.«

Der martialische Moorhausen, seiner unempfindlichen Natur getreu, beachtete den empfangenen Stich nicht. Durch einen geschickten Wurf schleuderte der Major den tapfern Hauptmann vom Champ de Bataille auf den Boden seiner Heimath, dessen ungemeine Ergiebigkeit ein Lieblingsthema seiner Rede war. Er sprach: »die Seeluft Eurer Provinz stärkt die Natur dort so riesenhaft – ist's nicht so, Moorhausen? was Du mir davon erzählt, ist wirklich zum Erstaunen.«

Der Hauptmann lächelte wie ein schaffender Gott. »Überall hervorbringende und ergänzende Kraft –« sagte er, unendlich glücklich. »Nach einem fruchtbaren Gewitterregen war in einer Nacht auf meinem Gute das Getreide um ein und eine halbe Elle gewachsen – auf Ehre!«

»Das wissen sich die ältesten Leute keiner Zone zu erinnern –« sprach der Administrator mit duldsamer Ironie, und der Major konnte sich nicht enthalten, zu bemerken: »wenn das in der Progression so fortgegangen wäre, so hätten die Engel im Himmel die Früchte Deines Feldes einsammeln können, während die Bauern das Korn an der Wurzel schneiden dürfen.« Alle lachten.

Dieser beispiellos gesegnete Gutsherr fühlte, ungekränkt, auf welche Weise er zu einem erheiternden Mittel für die Gesellschaft würde. Angeregt durch ihren Beifall fuhr er fort: »ein andermal hätte der Schaden eben so groß seyn können. Bei einem ungeheuern Sturme entstand ein gläsernes Krachen in der Luft – als wenn die Giganten Zank bekommen hätten, und sich Gletscher an den Kopf würfen. Es hatte geschloßt – die Felder lagen voll Eisklumpen, wovon der kleinste im Unfang dieser crystallnen Butterglocke war. Ich ließ das Eis auf Wagen an das Seeufer schaffen. Alles, was Hände hatte, mußte dran; es war eine Lustparthie, wie in den Gefilden von Nova-Zembla. Ein armer Mensch erfror sich die rechte Hand dabei, sie mußte abgenommen werden, und er erhält noch jetzt eine kleine Pension von mir. Und grade in diesem Jahre war es, wo mein Weizen schöner blühete als je! – Ich stand mit Resignation an jener Eiswüste, und dachte es nicht. Die Sonne schien wie in einen zersprungenen Weltspiegel, ich trug eine Augenentzündung davon.«

Die Damen schlugen die Augen nieder, der Major blinzelte, als sähe er selbst in Sonne und Eis – es herrschte eine große Stille, als wäre ein Engel durch das Zimmer geflogen, der Engel der Wahrheit aber war es nicht. – Hauptmann Moorhausen empfand dies Schweigen. Er wollte einen mildernden Schatten auf jene glänzende Weizenbreite fallen lassen, und sagte nach einer kleinen Pause: »es däuchte mir selbst ein Wunder.

Von Mißwachs wissen wir in meiner Provinz gar nichts; doch eben so unbekannt – und das wird Ihnen nicht weniger unglaublich vorkommen – ist dort die Christfeier und das Osterfest. An eine Bescheerung denkt Niemand; weder vom heiligen Abend, noch vom heiligen Grabe, nimmt eine Seele Notiz. So erinnere ich mich, am Charfreitage auf einem brillanten Ball en masque gewesen zu seyn.«

»Heiliger Gott!« seufzte Fabia; ein mitleidiges Lächeln umspielte die Lippen der Nonne. Sie hielt den Hauptmann für verrückt.

Major Feldmeister hob seinen Blick an die Decke, und hielt sich die Seite. Selbst Therese vergaß ihre Betrübniß und sprach: »da machten Sie wohl den armen Schächer, Herr von Moorhausen? oder den Kriegsknecht mit der Lanze etwa? der Major bekommt schon Seitenstechen von diesem Gedanken – oder den Pilatus mit einem Täfelchen auf der Brust, worauf die Frage stand: *was ist Wahrheit*?«

Der kühne Moorhausen war doch vor sich selbst erschrocken, und vor dem Tone tiefster Indignation in Fabiens Ausruf. Dieser Seufzer zu Gott galt nicht der Verleugnung Christi, sondern dem Glauben an den Frevel der Lüge, den der Hauptmann ihnen zumuthete. Er fuhr auf, als empöre ihn der Gedanke, etwas Unrichtiges gesagt zu haben, »nicht am Charfreitage – wie ist mir denn? ich bitte tausendmal um Verzeihung! nein – da hatten wir einen andern Spaß – am Tage Charitas, den achten October, zum Anbeginn der Wintervergnügungen, war jene glänzende Redoute.«

Schwester Veronica athmete bei diesen Worten so erleichtert auf, als hätte ihr Jemand das Kreuz des Herrn von Brust und Schulter genommen, auf der sie es getragen – und Jener fuhr fort: »doch um noch einmal auf das Vorige zu kommen, Sie könnten leicht durch meine Schilderung einen falschen Vorbegriff von den Bewohnern meiner Heimath fassen. Denken Sie Sich nicht etwa ein Völkchen von barbarischen Sitten, Gott bewahre! es sind so charmante, humane Leute, selbst unter der gemeinen Classe – die Öfen im Schlosse – es fehlt an Töpfern in der Gegend, und an feinem Thon – hat mir ein *Freimaurer* gesetzt.«

Hier gab Herr Prälat, um Fabiens und der Nonne willen, dem Gespräch eine Wendung. Man gerieth in das Gebiet der Geheimnisse, und kam auf Träume, Ahnungen und dergleichen. Allen war dieser Stoff anziehend, Jedes gab seinen Beitrag.

»Es ist ein schöner Glaube«, sagte die Nonne, »daß es Geister giebt, die auf eine gottmögliche Weise dem blöden Auge des Menschen sichtbar werden können. Schutzengel giebt es gewiß; ich weiß ein Beispiel. Schwester Hedwigis, eine geistliche Jungfrau unseres Stiftes – sie ruhet längst – besucht als ein lebenslustiges Fräulein eine verwandte Familie. Sie liegt im ersten Schlafe, und fest, wie die Jugend schläft, nach einem ermüdenden Tage. Da hört sie sich bei ihrem Namen rufen, ängstlich und dringend. Sie wacht auf, und Niemand ist zu sehen. Kaum wieder eingeschlummert, wird dieselbe Stimme laut, und flehentlicher als zuvor: sie solle das Lager sogleich verlassen. Dem Fräulein kommt ein Grauen an; es springt aus dem Bett, und sieht bei hellem Mondschein eine lichte Gestalt die Urne des Ofens umklammern. Oft hat mir Hedwigis versichert, und ihrem Munde entging gewiß kein unwahres Wort – die Flügel dieser Erscheinung hätten geschimmert. Das Haus erbebt in einem fürchterlichen Getöse. Ein Theil der Decke, und der altfränkische Ofen war eingestürzt, und Hedwigis wäre im Schlafe erschlagen worden, wenn jene Stimme ihres Schutzgeistes sie nicht gerettet hätte. Man fand das Fräulein ohnmächtig im Nachtgewande auf den Stufen; alle Bewohner verließen, erschüttert von diesem Vorfall, das Haus, welches überhaupt schon baufällig gewesen seyn mag. Durch Hedwigis Seele bebte diese Erinnerung fort und fort. Sie dachte, daß der Himmel ihr Leben sichtbar beschützt hätte, und weihete es ihm.«

Josephinens Blick schimmerte auch, und hing noch an den Lippen der Nonne, als diese sich schon wieder geschlossen hatten, um einem Andern das Wort zu vergönnen.

»Auch ich wüßte eine merkwürdige Vorbedeutung zu erzählen –« sagte Frau Fabia mit tiefgesenkten Augen, denn sie schauten in die Geheimnisse der Gräber –, »die mich überzeugt, daß wir mit seligen Geistern, mit den Todten in naher Verbindung stehen. –« Aller Blicke richteten sich auf Fabia, kein Athem ward laut, und diese horchende Stille schien um die Mittheilung zu bitten. Sie begann leisen und langsamen Tones: »ich war noch im Hause meines Vaters, der auch Beamter des Grafen Frankenstern war, als der Justitiarius desselben starb. Er hinterließ schönes Vermögen, und eine einzige Tochter, den Abgott der Mutter, die noch lebte. Wir waren ein Herz und eine Seele, und wenn Minna einige Jahre mehr als ich zählte, und mir an Geistesbildung wie an Talenten überlegen war, so hatte ich häusliche Kenntnisse und den Starkmuth voraus, den eine christliche Erziehung mir gegeben, und war sonach dem Leben, wie es nun einmal ist, voll Angst und Mühe – besser als meine Freundinn gewachsen. Minna konnte sich nicht fassen, da ihr

Vater der Welt Valet gab. Sie bedeckte seinen Leichnam mit Küssen und Thränen, wie sehr wir sie auch baten, ihm die Ruhe zu gönnen; denn es ist nicht gut, wenn man über einen Todten weint. Er nimmt dann heißen Schmerz mit in die kühle Erde – und geht vom Himmel aus, ihn zu stillen. – Meine Minna hatte sich einige Zeit vorher einem jungen Edelmanne verlobt, zwar mit Genehmigung der Eltern, aber der Vater sah diese Verbindung doch nicht ganz gern. Nicht, daß er etwas Wesentliches gegen den künftigen Eidam gehabt hätte, sondern, weil er aus mehr als *einem* Grunde ein Mißverhältniß darin fand. So war der Geliebte Minnas fast in gleichem Alter mit ihr, und noch abhängig von seiner Mutter, die ein kleines Rittergut besaß: dann konnte kaum ein Brautpaar, seinem Äußern nach, so ungleich wie dieses seyn. Er, ein baumlanger Mensch, eine wahre Athleten-Gestalt; sie, ein zartes Heimchen, eine kleine Psyche, die ihm kaum bis an die Rocktasche reichte. – Ein Spötter sagte: Minnas künftiger Gatte werde seine junge Frau, wenn sie einst guter Hoffnung sey – in einem Kästchen mit sich auf Reisen nehmen können – wie in einem hübschen Mährchen zu lesen. – Wie nun das Testament des Justitiars eröffnet wird, findet sich, daß er als unumstößliche Bedingung der väterlichen Erbnahme den Punct gestellt hat, die Heirath der Tochter solle erst nach dem Ablauf dreier voller Jahre – er bestimmt sogar den Tag, denn dieser Vater war ein sehr determinirter Mann – vollzogen werden. Hieran war nun kein Jota zu ändern, und Alles wohl verclausulirt. Der Braut war dies Gebot ihres Vaters heilig; die Wittwe aber, die es nicht erwarten konnte, ihre Tochter als gnädige Frau zu sehen, war damit sehr unzufrieden. Sie hatte Respect vor ihrem Manne bei seinen Lebzeiten gehabt; seinen letzten Willen scheute sie weniger. – Eine Pietät, bei der dies in umgekehrtem Verhältniß Statt gefunden hätte, legte dieser Frau zarte Pflichten auf. Sie dachte, wie sie den Verstorbenen und selbst den Gehorsam seines Kindes überlisten könnte – und zog die Mutter des Bräutigams in ihr Interesse, der damals auf Reisen war. Was aber ein rechter Mann ist, meine Herren –« hier lächelte die ernste Fabia, und das männliche Kleeblatt lächelte mit, »der drückt auch mit der todten Hand einer widerspenstigen Frau den Daumen auf's Auge, und der Wittwe des Rechtsgelehrten lief eine schmerzliche Zähre heraus. – Ein Jahr fehlte noch zum Ablauf der festgesetzten Frist, da wollte nach einem schriftlichen Übereinkommen zwischen beiden Müttern die Edelfrau ihrem Sohne das Gut übergeben, die Acte war schon fertig – und den Bräutigam heimlich zurückrufen – Minna und ihre Mutter dahin einladen, und dort sollten die jungen Leute am Geburtstage der Braut mit der Trauung überrascht, und gleichsam zu ihrem Glücke gezwungen werden. Alles war dazu vorbereitet. Nun hören Sie, was geschah! – Der Justitiarius hatte ein eigenes Haus auf dem gräflichen Gute, was seiner Frau als Witthum verblieben war. Eines Tages besucht mich Minna. Sie sah sehr blaß aus, und besorgt fragte ich um die Ursache. Du wirst mich ein Kind schelten, sagte sie, aber ich kann einen ergreifenden Traum nicht los werden. Ich brachte meinen Schreibtisch in Ordnung, verschloß alle Schübe – da trat mein Vater ein, mit raschem Schritt, wie er kam, wenn er sich eine Minute für mich abmüßigte, ganz in der Manier seiner lebendigen Eile. Ach Fabia! sagte sie, und Thränen flossen über ihre Wangen, ich habe ihn leibhaftig gesehen; aber seine Miene war bekümmert. Er sprach: daß er mich nun nächstens abholen werde. – All' meine Sehnsucht nach ihm ist mit mir erwacht. – Ich suchte es dem lieben Wesen auszureden. Einige Wochen waren seitdem vergangen, das Wetter fing an, frühlingsschön zu werden, und jener einladende Brief, der die ahnungslose Braut an den Altar lockte, war gekommen. Da kam Marie, und vertraute mir, daß jener Traum sich seltsam wiederholt hätte. Sein Auge zürnte, so erzählte sie von der Erscheinung ihres Vaters, als er den Brief meiner Schwiegermutter liegen sah. Er verlangte, daß ich ihm sogleich folgen sollte. Ich entschuldigte mich, daß ich ja nicht angezogen wäre. Er erwiederte: frägt *darnach* ein Retter? und verschwand. Ich muß gestehen, daß mich diese Worte sehr ängsten; es ist mir, als werde ich von irgend einem Unglück bedroht, und als wolle mein treuer Vater mir von Jenseits herüber ein treuer Warner seyn. Wüßte ich nur, was ich zu thun, oder zu lassen hätte! – Mich selbst bestürzte diese Aussage, wenn ich es auch verbarg, da Minna ohnedies verstört war. Acht Tage waren wiederum verflossen, binnen deren Verlauf wir uns wenig gesehen hatten – da – ich weiß es wohl noch wie heute – räumte ich meine Bodenkammer auf, und die Sonne ging unter, als ich mit diesem ermüdenden Geschäfte im Reinen war. Ich komme eben aufgeschürzt die Treppe herab, da steht Minna, weiß wie eine Taube, und bittet mich mit kranker Stimme, ein wenig mit ihr spazieren zu gehen. Gern, meine Minna, wollte ich das, gab ich ihr zur Antwort; aber Du siehst selbst, wie eingestäubt ich bin. So muß ich zunächst an ein Waschfest gehen, und dann mögte wohl die Feierstunde ausgeläutet haben. Es dürfte auf lange das letztemal gewesen seyn –

sagte sie: den Donnerstag geht es fort – lieber Gott! auf das Gut, meinte
sie. Ich muß mich zerstreuen, Fabia, sagte Minna mit einem krampfhaften Lächeln; denke nur, diese Nacht hat mich mein Vater wirklich abgeholt. Er trat eilfertig, in einen Pelz gehüllt, in mein Stübchen, seine
Taschenuhr in der aufgehobenen Hand. Nun ist es Zeit – sagte er, und
hielt mir die Uhr vor die erschrockenen Augen: sie stand stille. Ich eilte
im Schlafrock an seiner Seite von hinnen. Vor der Thüre stand ein
Schlitten, der Schnee lag wie ein Leichentuch – als ich einsteigen wollte,
verlor ich einen schwarzen Schuh – er sank tief ein. Den Führer sah
ich nicht; aber der Schlitten sausete auf den Kirchhof zu. – Mich überlief
es kalt«, fuhr Fabia fort, und auch ihre Zuhörer schien ein Frösteln zu
durchrieseln. »Am folgenden Tage«, redete die Erzählerinn seufzend
weiter, »kehrten wir erst spät von einer kleinen Ausflucht heim; ich
schlief daher den nächsten Morgen etwas länger als gewöhnlich. Der
Vater stand vor meinem Bette, im blendenden Schein der Frühsonne,
und ich sah nicht bald, wie betrübt sein Auge war. Du hast sanft geschlafen, Fabia! sagte er, das hat Dich denn für eine traurige Nachricht ge-
stärkt. – Minna ist recht krank – – ich blickte in sein Gesicht und rief:
o Gott! sie ist schon todt! – Er nickte schmerzlich-still. – Sie war in der
verwichenen Nacht an einem Scharlachfieber gestorben, was nicht zum
Ausbruch kam, und unsere kleine Promenade war ihr letzter Gang gewesen; denselben Abend noch hatte Minna sich gelegt. – Den Donnerstag, der zu ihrer Abreise bestimmt gewesen, wurde meine Freundinn
begraben. Als der Sarg, mit Kränzen behangen, die jungfräuliche Ehren-
krone von silbernen Zitterblumen zu seinen Häupten, aus dem Hause
schwankt, kommt ein Reisewagen angefahren. Es war der unglückliche
junge Edelmann, der seine Braut abholen wollen auf das Gut der Mutter.
Er kam nur gerade zurecht, ihr das letzte Geleit zu geben. Mit welchem
herzzerreißenden Schmerze – davon will ich schweigen. –«

Hier schwieg Fabia, und eine lange Pause feierte diese Erzählung,
welche bei der einfachen Ruhe ihres Vortrags von um so größerer
Wirkung gewesen war. Man wußte, und mit Achtung wußte man es –
wie wahrhaft Frau Fabia sey, und mit gewissenhaftem Stolze sogar den
Schmuck der kleinsten Zuthat verschmähe. Sie glaubte dessen nicht zu
bedürfen, um das Interesse Anderer für jene wehmüthige Erinnerung
in Anspruch zu nehmen.

Endlich unterbrach der Administrator die allgemeine Stille und sprach:
»ich würde den Versuch bedauern, solch eine Thatsache *natürlich* erklä-

ren zu wollen; hier tritt das geistige Element hervor, und wir können nur verstummen. *Was*, in aller Welt, wäre denn nicht wunderbar, oder ahnungsvoll? – Nur unsere Sinne sind stumpf. Und ein Schutzfreund, wie er dort ein gefährdetes Leben aus dem Schlafe weckt, hier Eines in den längsten Schlaf lullt, wohnt gewiß in eines Jeden Brust, wenn dieser Engel nur nicht so oft irdisch verbaut wäre. In einer für das Höhere erweiterten Seele findet er gewiß Freiheit, zur rechten Zeit an das Herz zu pochen.«

Der Major, der vielleicht aus einem zu weichen Gefühl das Tragische nicht liebte, und als ein tüchtiger Mann auf ebenem Boden eine Scheu vor metaphysischen Dissertationen hatte, ging nicht auf die Äußerung seines Freundes ein, und dachte vielmehr bei Minnas verlornem Schuh an den Pantoffel, der seinen Neffen aus dem Felde schlug. Er hatte die Gewohnheit *laut* zu denken, und so sagte er: »nun sollte eine Sandale an die Reihe kommen.«

»Meinst Du ein Fahrzeug, Herr Bruder?« fragte Hauptmann Moorhausen: »wohl ist dieser Stoff ein unerschöpfliches Meer.«

Und Josephine sagte: »die Sandalien der Jungfrau Maria in der Capelle sind wunderprächtig mit Gold und Perlen gestickt.« Die Kleine stockte beklommen; doch Frau Fabia gab heute Preßfreiheit für Lügen wie gedruckt, wie für die Legende des Hauses, und so entblätterte sich die Blume dieses Herzens, und Josephine sprach: »In dem blassen Mondschein, den die kleine Lampe wirft, schimmern die Sandalien so traurig und doch so heilig! daß man gläubig wird, dieser Fuß müsse den Thron des Himmels besteigen. Oft schon habe ich ihn geküßt – und dabei gedacht, wie manches bekümmerte Angesicht mag seine Thränen darauf geweint haben! die sind denn zu Perlen geworden. Sogar der Staub, der darauf ruht, hat mir etwas Rührendes, denn er erinnert mich, wie dieser beständige Fuß seine Stelle verlassen, und wandelbar geworden, das Liebste zu suchen.«

»Recht, mein Kind«, erwiederte die Nonne erregt, »unsere Jungfrau von der Capelle, von der das Kloster den Namen führt, gehört ganz eigentlich hierher, und es ließe sich Manches von dieser Wunderthäterinn erzählen, wenn auch keine Wallfahrt sie verehrt hat.«

»Das kenne ich ja nicht –« sagte Herr Prälat, erstaunt, sein Schutzkind so bewandert in der Geschichte der Patroninn dieses Hauses zu finden; und der Major fragte: »was ist's mit der Jungfrau?«

Die Nonne sprach: »nach den Urkunden des Stifts ist die kleine dunkle Capelle dahinten seine erste Gründung gewesen. Man sieht es auch an der Bauart, wie viel älter sie ist, als die des Klosters. Nun steht in der Nische des Altars eine Mutter Gottes mit dem Kindlein an ihrer Brust. – Das Bild ist nur von Wachs und nicht sonderlich schön, es hat aber einen zarten Ausdruck von Erbarmen in der Miene, daß man gleichsam Trost fühlt, wenn man es anblickt. Die rechte Hand hält es bedeutsam in die Höhe, mit aufgehobenem Zeigefinger, als ob warnend oder winkend. Die Sage erzählt: eines Schäfers Wittwe, der man aus Mitleid die Hut der Heerde gelassen, habe sich den Verlust ihres Mannes dermaßen zu Gemüth gezogen, daß alle Kraft ihr entschwunden sey, zumal das arme junge Weib einen Säugling stillen müssen, mit dem Grame ihrer Brust. – Da man die Schäferinn oftmals schlafend gefunden, am Berge unter einem Baum, so ist sie vom Orte aus bedroht worden, ihr, wenn sie nicht achtsamer seyn werde, den spärlichen Dienst zu entziehen. In dieser Bedrängniß hat die betrübte Wittwe ihre Zuflucht in die Capelle genommen und voll Einfalt und Inbrunst gefleht, die Heilige des Himmels mögte die ärmste Mutter der Erde vertreten in ihrer großen Schwachheit. Und als dennoch täglich um die Stunde der Vesper die stillende Mutter von einem Schlummer bezwungen wird, dem sie nicht widerstehen kann, wollen glaubhafte Leute jener Zeit die Jungfrau Maria gesehen haben, wie sie bleichen Angesichts die Lämmer gehütet, auf daß die Schäferinn der Ruhe pflegen möge. Sie ist erkannt worden an dem Kleide von perlfarbnem Moir, dessen schillerndes Gewässer nun wie mürber Zunder ist – an der aufgehobenen Hand, womit sie die Heerde stumm gelenkt – im andern Arme hat sie das göttliche Kind getragen, wie Jene das dürftige Kleine. In der Nähe des Baumes hat Maria ein leises Lied gesungen, ein Wiegenlied – so himmlisch! daß der Wind geschwiegen und die Vögel in den Zweigen gelauscht. Auf dem Heimwege hat das Geläut der Heerde geklungen, wie die Glöckchen beim Hochamt, und die Sandalien haben in der Abendsonne goldne Strahlen verbreitet über den grünen Klee. – Niemand wagte mehr, der Wittwe ein Wort zu Leide zu sagen. Kein Lamm geht verloren – aber eines Tages das Kind vom Schoße der Mutter, als sie auch einmal schläft. Ein Engel soll es ihr sacht und sanft entzogen haben, weil der Born der Nahrung nun versiegt gewesen, und das Würmchen am Verschmachten. Die Frau kommt wie von Sinnen. Sie rennt in der Irre umher, ihr Kind zu suchen, was sich nirgends findet. Man entbindet sie ihrer Pflicht, und fristet mit kärglichen Almosen ihr Leben, das der Jammer verzehrt. Sie ringt die Hände wund und fleht: die heilige Jungfrau mögte sie ihr Kind wiederfinden lassen, ohne das sie keines Bleibens habe auf der Welt. Aber Maria bleibt unbeweglich, und blickt traurig nieder, daß Der, welcher ihre himmlische Güte sich sichtbar angenommen – der Glaube fehlt. – Da nun die unglückliche Mutter nicht Zeichen noch Wunder sieht, wird sie eines Tages von verzweiflungsvollem Wahnsinn erfaßt. – Sie sagt: Du magst wohl schwerlich wissen, wie einer Mutter zu Muthe ist, die ihr Einziges eingebüßt; sonst würdest Du auf mein Herzeleid merken und Dich meiner erbarmen. Wer nicht hören will, muß fühlen! – Und damit hebt sie das Kind vom Arme der Madonna, und drückt es mütterlich an ihren Busen, als ob das kalte Wachs an dieser heißen Angst zerschmelzen müßte. Daheim legt sie es in eine kleine Lade, auf das weiche Vließ von einem ungeborenen Lämmlein. Sie selbst liegt im Fieber. Als nun der Morgen tagt, steht Maria vor dem Bette der Armen, rührt sie an, und fordert ihr Kind zurück. Da sagt die Kranke, wo sie es hingethan, und spricht: gieb mir nun auch das meine wieder und zeige mir, wo ich es finde. Maria hebt den Zeigefinger gen Himmel – – darauf ist die Mutter gestorben. – Seitdem nun«, schloß Schwester Veronica diese Tradition, »hat Mancher, der etwas vermißt – ach mein Heiland Du! Wessen Leben wäre ohne Verlust? Trost und Erstattung an dieser Stelle gesucht und – gefunden: denn die heilige Jungfrau giebt erhörend ein Zeichen mit dem Finger, was noch nie trüglich gewesen.«

»Es gehört ein starker Glaube dazu –« sagte Hauptmann Moorhausen, er, der den stärksten in Anspruch nahm –, »und eine deutsame Einbildungskraft, um die Weisung der Jungfrau Maria zu verstehen, denn sie kann doch nur Rechts, Links!« (diese Worte wurden im exercirenden Tone gesprochen) »nach Oben oder Unten zeigen, und das kommt mir ohngefähr so vor, wie jene Adresse: an meinen lieben Sohn in der Armee.«

»Dem Zweifler ist nichts beschieden –« antwortete Therese spottend, »wenn Sie einmal das Gedächtniß verlieren, *mon Capitain*, wird Sanct Maria es Ihnen nicht suchen helfen.«

»O! mein Gedächtniß ist gut!« erwiederte der Hauptmann prahlerisch sicher. »Das muß es auch –« versetzte die muthwillige Frau und lächelte ihn an, so daß ihm die kleine Bosheit ihrer Replik nur wie ein schalkhafter Liebesblick einleuchtete.

»Es ist doch viel«, fiel hier der Administrator ein, »daß bei der Aufhebung des Klosters die Capelle unangetastet geblieben.«

»*Viel*?« fragte die Nonne und ihre Wange röthete sich bei dieser aufregenden Erinnerung, »wenig war es, werthester Freund! sehr wenig. Was ist denn Kostbares darin? Ein paar arme Bilder – morsche Bänke – die Jungfrau selbst ist alles Schmuckes baar, die Fußbekleidung etwa ausgenommen, und für diese habe ich Alles hingegeben, was ich an Pretiosen noch besaß. Die goldne Taschenuhr meines Vaters – ein köstliches Werk! wog der Commissair in seiner Hand, die gerade keine Wagschale der Gerechtigkeit war – und dabei fiel der kleine Uhrschlüssel klingend auf die marmorne Schwelle, wo wir standen, und mir gleichsam auf das Herz, denn ich dachte, wie so tausendmal ich diesen Schlüssel in der Hand meines Vaters gesehen! ich sah die Miene, womit er ihn drehte – – ich mußte meine Augen abwenden. Da sagte der Commissair: wir wollten einen christlichen Tausch abschließen. Er zog den großen Schlüssel aus dem Schloß der Capelle, reichte mir ihn und sprach: diese solle fortan als mein Heiligthum zu betrachten seyn. Die Uhr mogte er dagegen als *sein* Eigenthum ansehen. Er steckte sie sich in die Tasche, nachdem er den kleinen Schlüssel fest gemacht. –«

Der Major murmelte ein vernichtendes Wort, und schluckte den Ärger in einer Neige Wein hinunter. Herr Prälat aber schlug in stillem Grimm das umgekehrte Ende des silbernen Messers auf den Tisch, als hätte er den Commissair damit auf die Finger schlagen mögen. – Aber friedlich sprach die Nonne: »dies Alles ist nun überwunden; ich wollte nur sagen: ich hätte mir gewissermaßen ein Anrecht an die Capelle erworben. Die schönsten Blumen fülle ich in die kleinen Krüge zu beiden Seiten des Altars; dort duften sie Weihrauch. Und das ewige Licht nähre ich aus meinen geringen Mitteln, und müßte der Winter meines Lebens finster für mich seyn, wie eine lange Sterbestunde.« Der Blick der Nonne leuchtete bei diesen Worten auf, wie ein Flämmchen vor dem Verlöschen. Alle waren gerührt.

»Und dieses liebe Geschäft«, sagte Josephine in holder Geschwätzigkeit, wie von einem Lieblings-Gegenstand hingerissen, »gönnt mir die gute Schwester Veronica bisweilen, wenn meine Zeit es erlaubt. Es ist für mich ein kleiner Tempeldienst, den ich nie ohne ein andächtiges Gefühl verrichte. Ich komme mir dann vor wie eine Vestalin, von denen Du neulich erzähltest, Onkelchen. Es ist wirklich etwas Heiliges um das Licht. Man denkt sich eines Sünders Seele dunkel. – Ich fürchte mich auch nicht ein Bischen allein, und sitze oft in der Dämmerung in dem verwitterten Beichtstuhl. Da flüstert es neben mir, die feuchten Wände wispern, ich höre den Holzwurm picken – und denke, es sey Veronicas Uhr, und *wo* dies Herz der Capelle wohl schlüge? – Und wenn ich sinnend in die wehende Lampe blicke, ist mir Manches schon hell geworden. Jüngst beschlich mich ein sehnsüchtiges Weh, ich mußte weinen und trüber Zeit gedenken. Da fragte ich laut, und erschrak vor meiner eigenen Stimme: wo ist – wo ist mein lieber Vater, den ich verloren? – – Ein Seufzer –« der Athem in Josephinens Brust stockte vor dem Blick, womit Frau Fabia sie ansah. Das Mädchen verstummte. Hauptmann Moorhausen haschte alsbald den letzten Laut von diesen Lippen und sprach cathegorisch: »Ahnungen giebts! ich selbst habe –« jetzt stieß der Major einen tiefen Seufzer aus, der die Gedankenreihe seines Cameraden auf einige Momente unterbrach. »Ja, das war ein Abenteuer«, setzte er seine Rede fort und festen Fuß in weichenden Boden –, »was Muth erforderte. Als wir im Jahr 18– an der Grenze standen, ward ich mit einem Commando nach dem Gebirge detachirt, wo eine aufrührerische Rotte zu bändigen und nach Umständen zu bestrafen war. Die Unruhen waren bald gehoben, die Empörer fest genommen, und wir beeilten uns, aus jenen unwirthbaren Hürden zu kommen. Es war tief im Herbst, der Paß verschneit – kein Wunder, daß wir uns verirrten. So gelangten wir bei Nacht und Nebel an ein adeliges Schloß, das Gott weiß! wie weit abseits von unserm Wege lag. Sie können wohl denken, meine Verehrtesten! daß wir als Gäste zu so später Zeit nicht gerade die willkommensten waren; aber man muß nur die Leute zu behandeln wissen. Nach einer Stunde saß ich mit dem Förster, der in Abwesenheit der Herrschaft den Wirth vorstellte, ganz cordial bei einer Flasche Wein. Ein Wort gab das andere, er erzählte von den Verhältnissen der Familie, die fast nie hier wohne, ohngeachtet die Gegend entzückend sey, und als ich nach der Ursache fragte, äußerte der Förster: es wäre nicht geheuer im Schlosse. Ich lachte und glaubte, der Schalk wolle mir das Nachtquartier verleiden – da versicherte er mich sehr ernsthaft, es wäre gar nicht zum Lachen. Der Erbe jenes Gutes, ein junger Graf – St – der Name ist mir entfallen – sey vor mehreren Jahren gestorben, an einer Erweiterung des Herzens, was nach seinem Tode ein Gewicht von zwanzig Pfund ergeben hat.«

Vor dieser Möglichkeit sanken alle Begriffe, die Damen faßten unwillkürlich an ihre linke Seite, und der Major sprach: »Potztausend! über den Zwanzigpfünder! – Dem ist das Herz schwer gewesen. –«

»Auch im moralischen Sinne –« antwortete Hauptmann Moorhausen: »ein Freund des Grafen, seine zweite Seele gleichsam – hatte einen wichtigen Auftrag, eine Geliebte betreffend, von ihm bekommen, und säumte zu erscheinen, und das ganze Haus sah diesem Zuspruch sehnlichst entgegen. – Der Kranke konnte nicht sterben und fristete sein Daseyn elendiglich. So genoß er nur täglich einen kleinen Apfel, und auch dieser machte ihm Wallungen. Er konnte kein geheiztes Zimmer vertragen, weshalb seine Pfleger zur kalten Jahreszeit in dem rauhen Klima jener Gegend häufig wechseln mußten. In der einen Nacht wacht der Jäger, der Graf liegt stille, da öffnet sich die Thüre und ein junger blasser Offizier tritt ohne Geräusch herein. Der Büchsenspanner erkennt den Freund des jungen Herrn und verhält sich ruhig. Der Offizier beugt sich über das Bette, flüstert tief in die Kissen hinein – da wird dem Jäger unheimlich, er ergreift die Kerze, wagt einige Schritte, obgleich sich sein Haar sträubt, und wie er hinzu leuchtet, ist der Offizier verschwunden, und der Graf verschieden. –«

Ein Schauer der Furchtsamkeit, der hörbar die kleine Gesellschaft durchfröstelte, befriedigte den Hauptmann. Dieser kühne Geisterseher lächelte kaltblütig, und schickte sich zum Verfolg der Geistergeschichte an. Herr Prälat aber war auffallend bleich, und Therese rückte sich ihrem Schwager noch näher und umschloß seinen Arm mit ihren beiden Händen. »Es taugt nichts«, sprach der Major, »daß wir uns jetzt zu nächtlicher Stunde mit solchen Geschichten den Kopf erhitzen; ich dächte, wir höben uns das Ergebniß für ein andermal auf.«

»Nein«, sagte Therese, »es fürchtet sich hübsch unter Mehreren und ich lasse es mir nicht nehmen, die Bravade des Hauptmanns zu bewundern; fahren Sie fort!«

Moorhausen gehorchte diesem Befehl und sprach: »den Freund des Grafen hatte ein plötzlicher Tod abgehalten zu kommen, aber ein treuer Freund hält sein Versprechen todt oder lebend, das ist Parthie egal. – So oft nun Jemand seit jener Zeit in dem Zimmer und Bette des seligen Grafen schläft, erscheint er und bringt die verspätete Kunde; aber einer Frage hielte dieser zuverlässige Schatten nicht Stich. – Er soll mir Stand halten auf meine Ehre! erwiederte ich dem Förster, und bat mir jenes gespenstische Zimmer aus. Er wollte mir nicht willfahren, ich setzte es aber durch. In besagtem Zimmer nun sah es ziemlich wüst und unheimlich aus. Der Förster versah mich mit dem Nöthigen, legte mir, wie ich gefordert, einen Hirschfänger, blank gezogen, und eine Pistole, scharf geladen, zur Seite und wünschte mir, grauenhaft lächelnd, eine geruhsame Nacht. Mit diesen Waffen und einer wahrhaft todesverachtenden Courage forderte ich den Geist nun heraus. – Als ich mich sterbensmüde in dem Himmelsbette des seligen Grafen ausstreckte – der Riese Goliath hätte Platz darin gefunden – dachte ich an das Riesenherz des armen Jünglings und sah in den gedrechselten Kugeln des Gestells die kleinen Äpfel seiner Mahlzeit. Mir war, als hätte ich die Weltkugel im Magen. Die compacte Kost des Försters hatte mir Congestionen erregt. Endlich überwältigte der Schlaf das empörte Blut – da klopft es dreimal deutlich – –«

Es klopfte jetzt wirklich an die Thüre des Klosters. Der Hauptmann verblich zum steinernen Gast, die Frauen sprangen auf, der Major in gleicher Hast, vielleicht glaubend, daß sein Neffe komme, wollte es ihnen gleichthun, bekam aber den Krampf in den Fuß und Herr Prälat leistete ihm Beistand. Man zog die Klingel, doch Niemand kam; und in dieser Verwirrung hatte Josephine ein übriges Licht ergriffen – den Tisch erhellte eine schöne Lampe – und war hinausgeeilt. Sie floh den Gang entlang, ihr Schatten wehete an den düstern Wänden hin – nun stand sie an der Pforte pochenden Herzens, und draußen schlug eine unbekannte Hand nahe ihrem Ohr den Klopfer noch einmal an, daß dieser Laut wie ein unendlicher Hall durch die Stille der klösterlichen Nacht tönte. – »Gleich! gleich!« sagte Josephine beklommen, schob die schweren Riegel zurück, und wich nun selbst einige Schritte, als ein Mann eintrat, von hoher Gestalt, umflossen von einem weißen weiten Mantel, dem eine schmale Reisetasche von rothem Saffian überhing, so daß sein Ansehen bei mäßiger Zuthat der Imagination das eines Kreuzritters hatte. Josephine, im flackernden Scheine die Kerze, die den lichten Umriß des Mädchens aus der finstern Umgebung hervortreten ließ, fühlte ein Beben bei dem Anblick dieser bedeutenden Erscheinung, und heftete einen furchtsamen Blick auf die bleichen Züge des Fremden, der mit einem Ausdruck von freudigem Staunen seine Pförtnerinn ins Auge faßte. »Wo ein Engel öffnet um diese Stunde –« sagte er, »da darf man über die Aufnahme nicht zweifelhaft seyn. – Mein holdes Kind! treffe ich den Administrator daheim? gleichviel, ob schlafend, ich muß ihn sprechen.«

»Er ist noch wach«, antwortete Josephine, »zur Feier seines Geburtstages, in Mitten seiner Freunde.« Und alsbald tadelte sich das Mädchen, daß es den fremden Mann in ein Familienfest einführe.

»*Seiner Freunde* –« wiederholte der Unbekannte mit zitterndem Accent, und ging raschen Schrittes voran. Herr Prälat kam ihnen schon entgegen, hinter ihm Frau Fabia, zu wissen, was es gäbe? Ein sprachloser Moment des Erkennens! dann rief Jener: »Sylvius!« wie ein Echo aus der Ferne der Erinnerung rief Fabia einen andern Namen nach – und nur unarticulirte erschütternde Töne entrangen sich der Brust des Fremden. Da breitete der Administrator die Arme so jählings aus, daß er in Josephinens Leuchte griff, sie erlösche – und das Dunkel des Kreuzgangs umfloß ein Wiedersehen.

Unsere Leser wollen sich erinnern, daß, als Herr Prälat dem Major Feldmeister Einiges aus seinem Leben mitgetheilt, er eines Freundes erwähnt, ohne den Faden jenes Verhältnisses auszuspinnen –; wir aber knüpfen die neue Bekanntschaft, und was wir nachträglich davon zu sagen haben, an jenes Fragment.

Nachdem der Held unserer Erzählung seine cameralistischen Studien beendiget hatte, arbeitete er eine Zeitlang unter seiner Behörde in H–. Dann dachte Cölestin, wir wollen den Administrator der Kürze wegen so nennen – ehe er eine fixe Stellung annähme, eine große Reise anzutreten, welche der Zielpunct seiner jugendlichen Sehnsucht gewesen war. Es hatte Mühe gekostet, dem Vormund die Genehmigung dazu, wie die benöthigte Summe, abzugewinnen; und als es ihm endlich gelungen und alles festgesetzt war, fühlte er sich festgehalten durch die zartesten Bande, und der Wunsch, die Welt zu sehen, war ihm gleichgültig geworden.

Cölestin war in dem Falle, ein anderes Quartier zu bedürfen. Er fand die Anzeige in einem öffentlichen Blatte, daß eine Wohnung für einen *ältlichen* Herrn frei stehe, die ein Hausmiether von seinem Locale ablassen wolle. Er mußte des bedingenden Wortes lächeln, ließ sich aber dadurch nicht abhalten, das Quartier in Augenschein zu nehmen, und es war, wie er es suchte. Inhaber desselben waren ein Forstrath von Schütz, der ehemals Jagdjunker gewesen in jenen Gegenden, wo diese Charge üblich war, und gegenwärtig nur in seinen vier Pfählen herumförsterte, seine Schwester, Frau von Schütz, die Wittwe eines Vetters, und ein Fräulein von Schütz, ihre Nichte, die Waise des Bruders. Cölestin sagte: wenn sie unter einem ältlichen Herrn einen *ruhigen* verständen, so könnten sie ihn getrost einnehmen, und die fehlenden Jahre übersehen. Er dürfe von sich rühmen, ein stiller Miether zu seyn. So wurde der Contract abgeschlossen. Bei näherer Bekanntschaft mit dieser Familie bemerkte Cölestin, wie combinirt dies verwandtschaftliche Verhältniß sey, was ihm so einfach geschienen. Der Forstrath war der dringende Liebhaber seiner Nichte, die Tante dem Bruder wie seiner Neigung gram und der Jugend des Mädchens abhold, die schöne Tony ein verfolgter Gegenstand der Liebe wie des Hasses, und in meisterlicher Übung beiden überlegen. Sie wollte die Tante beerben, den Onkel zwar nicht heirathen, aber bei Gutem erhalten, und einst goldne Früchte ernten, wenn dies lachende Auge doch zuweilen weinen mußte. Aber diese trübe Aussaat war selten, denn die Vorsehung hatte solch schweres Ertragen durch leichten Sinn aufgewogen. Cölestin sah mit Erstaunen in diesem Hause ein stehendes Theater für kleine Intriguen-Stücke, von schlauer Erfindung und wohlberechnetem Erfolg. – Es wollte ihm doch so vorkommen, als ob Tony der Leidenschaft des Onkels schmeichle, wie den gehässigen Fehlern der Tante, und Beide anzuführen wisse, wo es das Erreichen einer Absicht gelte. Dieser wahrhaften Bemerkung ungeachtet, hatte sich das reizende Geschöpf seines Interesses doch so sehr versichert, daß sie unwirksam auf seine beobachtende Ruhe blieb. Er war nicht lange aus dem Spiel gelassen – Tony theilte ihm die Rolle ihres Vertrauten zu, und bald hätte er ihr das ganze Glück seines Lebens anvertrauen mögen. Er hielt den Gebrauch listiger Waffen für Nothwehr, die fügsame Klugheit, welche ein wenig nach der Schlange schillerte, für Taubensinn, und den abgelegten Anzug der Tante, den die reizende Tony sich gefallen ließ, wie das Verheimlichen prächtiger Geschenke, die der Onkel ihr aufdrang, für gleich nachgebende bescheidene Gefälligkeit der Nichte. – Die *Liebe* war es, meine Leser, welche Engel schuf. Sie verschönt, vergiebt, vergöttlicht – und öffnet selbst den Geistern der Hölle ihren Himmel. – Tony gab bei schicklichem Anlaß dem Hausfreund zu verstehen, wie widrig der Onkel ihr sey, und welcher fortwährenden Anstrengungen sie bedürfe, sich ihn als eine Respectsperson drei Schritte entfernt zu halten. Sie führte ihm mit lachendem Munde kleine Züge der Bosheit und des Geizes ihrer Tante an, so daß Cölestin eben so viel Ekel als Mitleid empfand, und heftig wünschte, das schöne heimlich geliebte Mädchen aus dieser Höhle des Satans befreien zu können. Doch ein inneres Etwas, dem er keinen Namen zu geben wußte, hielt ihn zurück, so oft ein erklärendes Wort auf seine Lippe trat, und diese Gefahr trat ihm näher und näher. – Als jenes würdige Geschwisterpaar einmal in eine langweilige Gesellschaft geladen war, und Tony unter irgend einem Vorwande davon zu Hause bleiben dürfen, beschied sie den ihr begegnenden Cölestin rasch und flüsternd in den Garten, wo er ihrer harren möge. Cölestin wußte nicht, was er von diesem naiven Rendezvous denken solle – aber er folgte dem süßen Befehl. Sein Herz pochte, Tony blieb lange aus – endlich kam sie, im neuesten Geschmack und so reizend angezogen, daß er geblendet vor ihr stand. »Gefalle ich Ihnen so?« fragte sie lächelnd, »ich putze mich manchmal auf meine eigene Hand, um doch auch zu wissen, daß ich ein Mädchen bin. Da komme ich mir denn wie eine verwünschte Prinzessinn, und mein Schicksal mir wie ein Mährchen vor, darin sich ehestens mein alberner Plagegeist in einen schmucken Freier verwandeln würde, mit dem ich freudig zöge über Berg und Thal; die Linsen und Erbsen aber, die ich zählen müssen, in blankes Gold. Denn –« setzte Tony in liebenswürdigem Übermuthe hinzu: »sollte ich die Tante nicht beerben, so wollte ich lieber heute sterben. – Sie hat mich eingesperrt und ihr Geld, und zu ihrer Verdammniß wollen wir künftig rollen in die weite Welt.«

Und trotz dieser leichtfertigen Sprache überredete Cölestin sich selbst, daß Tony, ihn als Gattinn zu beglücken, geeigneter als jede Andere sey. Kaum würde er einem übereilten Versprechen entgangen seyn, wenn nicht die Freundschaft seine Gefühle rettend getheilt hätte. –

Jenes geheimnißvolle Gesetz, nach welchem die Sterne der Menschen ihre Laufbahn durchkreuzen, und Seelen sich begegnen, bestimmt auf einander zu wirken, ließ Cölestin einen Freund an jenem Sylvius finden, sein Geschlechtsname möge einer späteren Mittheilung vorbehalten bleiben – den wir nach einer Reihe von Jahren an der Pforte von Sanct Capella treffen. Dieser junge Mann lebte ohne allen Umgang, in stiller schwermüthiger Weise, vertieft in mathematische Arbeiten, doch scheinbar ohne Zweck, als Cölestin ihn kennen lernte. Er fühlte sich wunderbar von jener Natur angezogen, und jede Anziehungskraft ist, oder wird zuletzt gegenseitig. Sie wurden herzliche Freunde, nur mit dem Unterschiede, daß Cölestin ihm seine ganze Seele offen gab, während Jener dieses Vertrauen nur leidend erwiederte, und die zarteste Theilnahme für die Geheimnisse des Freundes an den Tag legte, ohne irgend einen Antheil für die seinigen in Anspruch zu nehmen. Es lag ein Zug von Stolz in seinem Character, der Stolz des Grams, und eines edlen gedrückten Herzens. Er trug die Abzeichen eines gewissen Ranges an sich, ohne ihn geltend zu machen. Sein Anzug war die feine Interims-Kleidung eines Forstmanns, auch sein Bedienter hatte das Ansehen eines Jägers. Diese Außenfarbe der Hoffnung ließ jedoch wie Spott der düstern Resignation, womit Sylvius achtlos auf das Treiben der Menschen und das Interesse der Welt, kein anderes Glück zu wünschen schien, als was die Ruhe des Einsamen gewährt. Über seine angestammten Verhältnisse verbreitete er sich nie; dagegen gab er freundlich Allem Raum und Ge-hör, was Cölestin ihm von sich selbst sagen mogte. Dieser fand einst ein Portrait auf dem Schreibtische des Freundes liegen. Er fragte, ob es eine Copie wäre – und Sylvius sagte, indem ein flüchtiges Erröthen sein bleiches Gesicht überflog: es sey das Bild seiner Frau. »*Seine Frau?*« fragte Cölestin sich selbst, und hatte kaum Zeit, darüber zu staunen, oder die Schönheit der jungen Dame zu bewundern, so schnell verbarg Sylvius ihr Conterfei und sprach von etwas Anderm. Sylvius hatte oftmals das Töchterchen seines Wirthes bei sich und liebkoste ihm väterlich-weich. Cölestin scherzte darüber. – »Die Kleine ist meinem Kinde auf-fallend ähnlich und in demselben Alter«, sprach Sylvius mit ungewöhn-licher Rührung. »*Seinem Kinde?*« fragte Cölestin abermals in sich hinein; Sylvius mußte als ein Jüngling geheirathet haben. – Aber wenn auch ein Ehemann und Vater, wie jung er immer sey, sein Urtheil über An-gelegenheiten der Liebe von einem andern Standpuncte abzugeben pflegt, als Solche seines Alters und Geschlechts, die den Schritt zum Traualtare noch vor sich haben, so machte Cölestin seinen Freund doch nichtsde-stoweniger mit der stillen Neigung vertraut, die er für Tony von Schütz gefaßt hatte, wie mit den quälenden Zweifeln über die eigentliche Gestalt dieses reizenden Chamäleons, und ob dieses Gemüth endlich Farbe halten werde? –

Sylvius schüttelte zu dem Allen den Kopf und sagte unumwunden: »das Mädchen, Lieber, gefällt mir nicht; mein Geschmack ist zu einfach für den Reiz der Schlauheit.«

Cölestin vertheidigte seine Liebe mit Hitze; aber er gab dabei in seiner eigentlichen innersten Meinung manche Blöße. Das üble Vorurtheil gegen Tony schmerzte ihn, da jedoch Sylvius vermöge seiner Zurückhal-tung Superiorität über seinen Freund übte, so hatte dieser entschiedene Ausspruch doch trotz dem Drange seines Herzens – ein vorsichtiges Verfahren Cölestins zur Folge. Er war nun mit dem Abschluß seiner Geschäfte fertig, und an den Termin der Reise gekommen. Da kam er zu Sylvius und sprach: »eine Bitte, Freund! die letzte. Es fällt mir schwer zu scheiden, und am liebsten mögte ich dies Post- und Reisespiel, was meine Phantasie mit Lust gemalt, nun es in meine Willkür gegeben ist, verschenken, wie ich eines von Pappe abseits gethan, was ich besaß, als ich ein Knabe war. Und doch ist es vielleicht gut, daß ich fort muß. – Ich würde ruhiger reisen, wenn ich mit mir selber im Klaren wäre. Du Freund, Du allein könntest mir reinen Wein einschenken, und wäre es auch ein herber Kelch, ich glaubte Dir dennoch. Thue mir den Gefallen, und beziehe mein Quartier, da Du ohnehin wechseln willst; Du findest dann Gelegenheit, Tony kennen zu lernen. Thue es aber ohne Arg! und fändest Du ein wärmeres Herz als Du ihr zutraust, und ein Fünkchen Liebe für mich darin glimmen: o! so fache es an mit dem Athem eines freundlichen Mundes, wahre mir mein Glück, denn ich liebe das Mädchen sehr!« Cölestin legte dieses Bekenntniß mit wankender Stimme ab, und fiel seinem Freunde um den Hals.

Von der Zuversicht erschüttert, womit er das Wohl und Weh seiner Zukunft in diese Hand legte, versprach Sylvius, was Jener von ihm begehrte. Es war ein schönes Gefühl der Freundschaft, was ihn in dem Wunsche bewegte, er mögte Tony Unrecht gethan haben, und eine Stütze für die Ruhe, für die Hoffnung seines Freundes werden. Er sprach die Worte: »das größte Glück eines Mannes ist, seine Geliebte gut und würdig zu wissen.« Und Cölestin antwortete ihm: »das größte Glück ist ein treuer Freund!« Sie wollten einander nicht schreiben. Ein Jahr, meinte Cölestin, der mit dem Auge der Liebe sein Ziel schon absah, laufe schnell um, und nur in dem Falle, daß Sylvius seinen Aufenthalt verändern müsse, solle der Freund Nachricht von ihm erhalten, oder doch bei seiner Rückkehr vorfinden. – Da diese Nachricht durchweg ausgeblieben war, hoffte Cölestin um so sicherer, seinen Freund noch in H–. anzutreffen. Mit drängenden Empfindungen erreichte er die Stadt. Der Mond beschien den stillen Markt, sein Herz schwoll, da er den Brunnen rauschen hörte, dessen Wasser die Geliebte trank, und aus der tiefen Quelle, der die Gedanken entsteigen, tauchte ihm die Erinnerung an die Bitte auf: daß Sylvius ihm reinen Wein einschenken möge. Diese Stunde war nun gekommen. Er eilte nach seiner Wohnung. Bei Forstraths war es ungewöhnlich erleuchtet, die Fenster seines Zimmers standen offen, Blumen davor, und drinnen sang eine angenehme, weibliche Stimme ein Webersches Liedchen zum Flügel. Seine Pulse stockten – dieser fremde fröhliche Ton, der Anschein des Unbekannten ängstete ihn, er wendete sich seitwärts, wo auf einer Bank ein Mädchen dicht an ihren Liebsten geschmiegt saß, und fragte beklommen: ob der Forstrath Gäste bei sich habe? »Das kann wohl seyn –« antwortete die Dirne und lachte frech. »Ich meine Gesellschaft –« sprach Cölestin, von einer dunkeln Ahnung empört.

»Nein«, entgegnete das Mädchen, »Der ist zur Ruhe.«

»Zur Ruhe?« fragte Cölestin, »es ist kaum halb Neun.«

»Der ist ganz und gar gestorben –« war die fast höhnische Antwort.

»Und Frau von Schütz? –« – »Die ist fortgezogen.«

»Und das Fräulein? –« Cölestins Athem stand stille, so auch der Schlag seines Herzens, nur die Uhr viertelte dazwischen, als das Mädchen gleichgültig erwiederte: »Fräulein Tony? hat den Herrn geheirathet, der hier wohnte. Er trug immer einen grünen Rock. –«

Der Mond trat hinter eine Wolke, und nahm seinen Schein von einem Gesichte, das bis zum Tode erblichen war. Cölestin stammelte mit leiser Lippe: »das ist nicht wahr!« dann dankte er für gegebenen Bericht, und seine Seele zerriß, da er die wüste Dirne hinter sich scherzen hörte. Sylvius ehemaliger Wirth, den Cölestin in seiner Betäubung aufsuchte, bestätigte, daß er die lautere Wahrheit vernommen.

»Nun, so ist die Wahrheit selbst eine Lüge!« sagte Cölestin verstärkt: »Er hatte ja eine Frau! –« Der Wirth lächelte. Sein Töchterchen sah mit unschuldigen Augen zu ihm auf. Er dachte an das Kind des Freundes, und die seinen füllten sich mit Thränen. Mit zerrüttetem Gemüth verließ er den Ort, alle Nachforschungen blieben fruchtlos, und Sylvius und Tony verschollen – bis wir den Schall seiner Ankunft hören, und das, was er zu seiner Vertheidigung zu sagen weiß.

Die beiden Freunde fanden sich auf einem Zimmer allein zusammen; die kleine Gesellschaft hatte sich bei der Dazwischenkunft des Fremden sogleich aufgelös't, Mitternacht war bereits vorüber und also der Geburtstag des Administrators, ein neues Leben schien für ihn anzubrechen, aber noch lagen tiefe Schatten auf der Gestalt, deren erster Anblick ihn überwältigt hatte. – »Jetzt –« sagte Cölestin, und sein Blick drang tief in die verfallen Züge des Freundes ein, als suche er die ehemalige Wohnung seiner Zuversicht, »jetzt, wo ich den Ton Deiner Stimme höre, klingen Saiten in mir an, die lange unberührt geblieben, und was ich auch inzwischen von Dir vernommen, es ist mir, als wäre es eine Lüge gewesen. Du wirst mir die Wahrheit nicht vorenthalten. Man sagte, Du hättest Tony geheirathet – Tony von Schütz, die ich liebte, die ich Dir anvertraute.«

»Da hat man Dir ein Factum berichtet –« antwortete Jener, und lächelte kalt. »Sylvius!« rief Cölestin mit lodernden Augen, eine Flamme der Beleidigung schlug durch sein Herz.

Und Sylvius sprach: »ich war prädestinirt, Dein Retter zu werden – um jeden Preis! ich warf mich auf, Dich zu schützen; Wer ist der Mensch, der es wagen dürfte, sich der Täuschung für überlegen zu halten? so warf dieser Hochmuth mich nieder. Wer fallen soll, wird zuvor stolz.«

»Das Einzige bitte ich«, entgegnete der Administrator, »sage mir Alles unumwunden; es ist mir, als könnte ich dennoch nicht an Dir zweifeln.«

»Das darfst Du auch nicht«, erwiederte der Freund mit schmerzlicher Stimme. »Verrath war meiner Seele fern. Niemand haßt Falschheit, das Schnödeste was ich kenne – aufrichtiger als ich, und doch mußte ich diese Larve tragen. Eine eiserne Hand hat sie mir abgerissen; ich darf nun frei um mich blicken, und sehe, daß ich allein der Getäuschte war – daß ich *allein* bin.« Cölestin reichte ihm schweigend die Hand. »Ich will Dir meine ganze Seele enthüllen –« fuhr Sylvius fort, »wenn anders ein Mensch im Stande ist, das Gewebe seines Innern in all den feinen Fäden aufzufassen, aus denen sein Verhängniß besteht. – Du weißt, daß ich bald nach Deiner Abreise zu Forstraths zog, und mit ziemlich übler Vormeinung gegen das Fräulein; ich nahm mir vor, diese Tony, der ich Dich nicht gönnte, solle mich nicht bestechen noch verblenden, und wenn jeder Blick ihres schönen Auges ein Sonnenpfeil wäre. Diese feurigen Augen aber zogen Wasser – ich dachte Deinetwegen, und dieser Gedanke zog mich an, freundlicher als ich gewollt, hineinzublicken. Ich fand das Mädchen so einfach betrübt, so schweigsam und unabsichtlich, daß ich nicht begreifen konnte, wie Du Dich so gänzlich irren können. Das Betragen des Fräuleins sagte meiner Stimmung zu; daß mich Tony wenig oder gar nicht bemerkte, war mir lieb, der leiseste coquette Angriff würde selbst das kühle Interesse des Beobachters mit einer Art von Abscheu – der Ausdruck ist hart, aber wahr! – von sich abgewendet, und mein Urtheil vollends verhärtet haben. Ich trug einen Talisman in und auf meinem Herzen, gegen den Zauber der Schönheit, gegen buhlerische Künste. Du hast das Bild gesehen, was auf meiner Brust schläft – das Original, der Inbegriff meines Lebens schlief in fremder Erde, und all mein Glück war mit ihm eingesargt. Die früher empfangene

Nachricht hatte sich mir damals bestätiget, daß die Seele meiner Seele, das Weib meines Herzens gestorben sey. Die Welt wußte nichts von diesem Verhältniß und daher auch nichts von meinem Schmerz; was weiß die Welt von den eigentlichen Beziehungen des Menschen? sie kennt nur den Schein der Dinge. So hatte mich der Gram in einen Zwinger eingeschlossen, worin ich unzugänglich für Alles war, nur nicht für das Unglück. Dich, Freund! hätte ich vor dem längsten wahren mögen – und Tony fand das kleine Pförtchen, und schlüpfte durch Mitleid in mein Herz. – Eines Morgens lese ich Briefe, in Wehmuth aufgelös't, daß dieser himmlische Geist, den ich im Ausdruck der Liebe in jeder Zeile finde, mir entrückt ist. Da klopft es an meine Thüre, so schnell! so heftigleise! wie der Vogel, gejagt vom Sturm, an ein Fenster pickt. Ich öffne, das Fräulein steht draußen. Dieser unweibliche Schritt macht mich stutzen. Doch Tony ist blaß, der scheue Blick niedergeschlagen – ich darf vermuthen, daß sie mir etwas Außerordentliches mitzutheilen hat. Ich leite sie herein, zum Sopha. Sie verneint zu sitzen und sagt: sie könne sich auf keine Ruhe einlassen, so lange sie in Furcht und Seelenängsten schwebe. Dies sagt sie mit gebrochner Stimme und bricht in heißes Weinen dabei aus. Ich bitte Tony, sich zu fassen, und fasse ihre Hand, indem ich mich zu Allem erbiete, was zur Erleichterung ihrer Lage dienen könne. Sie sah mich an mit thränendem Blick – dieser Blick rührte mich unbeschreiblich. Im Leiden ist Wahrheit – dachte ich, und wie Tony wirklich sehr schön wäre. Haben Sie doch Zutrauen zu mir, Fräulein! sagte ich, und meine Worte mogten vielleicht einen Anklang jener Regung haben. Dies führt mich zu Ihnen, antwortete Tony; drüben bin ich bewacht und darf mit keiner menschlichen Seele reden. Ich halte Sie für einen Ehrenmann – war es doch grade, als wollte ich sagen: *Ehemann?* – wenn das nicht, würde ich mich wohl über alle Sitte so weit hinwegsetzen, Sie in Ihrem Zimmer aufzusuchen? – Das Mädchen hielt mich also für verheirathet. Ich konnte kaum weniger thun, als mir selbst geloben, daß die Wahl ihres Schutzfreundes die arme Tony nicht gereuen solle. Sie entdeckte mir nun ihre Bedrängniß. Der Onkel war in einem Anfalle von Eifersucht plötzlich so dringend in seinem Werben geworden, daß die Nichte zagte, er mögte ihr im Umsehen den Brautkranz mit tölpischer Hand auf die weichen Locken stülpen. Dann hatte sich noch ein Freier gefunden, den die Tante begünstigte, und das war noch schlimmer. Frau von Schütz hatte gedroht, ihr Vermögen an Fremde zu vermachen, wenn Tony den Forstrath heirathe, und dieser einen Eidschwur darauf gesetzt, daß er seine Hand von ihr abziehen wolle, wenn sie die seinige nicht nähme, oder den ihm verhaßten Rival vorzöge, und die Tante hatte öfters Schlaganfälle. – So war Tony in der Lage eines Gegenstandes, den Zwei zankend hin und her zerren, er zerreißt. Abends vorher war eine Scene vorgefallen, der Forstrath hatte sich krank geärgert, und lag zu Bett. Tony, zum Äußersten gebracht, war in einer schlaflosen Nacht zu dem Entschluß gekommen, zu entfliehen. Sie kam, mich um eine Männerkleidung, wie um meinen Rath für mögliche Fälle zu bitten. – Du kannst denken, Freund! daß ich über diesen kühnen Einfall erschrak, und ihn dem Mädchen auszureden suchte. Das schöne, blühende Geschöpf, landflüchtig! ich schilderte die Gefahr dieses Wagnisses so entsetzlich als möglich; doch Tony blieb hartnäckig dabei, sie könne es länger bei ihren Verwandten nicht aushalten. All meine Mittel sind erschöpft, sagte sie, auch bin ich wohl zu geängstet, zu längerem Widerstande; ich bin nichts, als ein armes, zitterndes Opfer, so oder so. Fräulein! sprach ich: Sie haben doch sonst die Fähigkeit entwickelt, Ihren Drängern die Spitze zu bieten. – Ach! versetzte Tony: Sie kennen die Gewaltsamkeit nicht, womit man seit einiger Zeit auf mich eindringt; hätte ich mich nur ein Jahr noch behaupten können – ich dachte, sie wolle damit sagen, dann würde ihr der Ersatz durch Dich gekommen seyn. Nimm einen Dritten, hatte die Tante gesagt, so mag es drum seyn und Keines von uns hat seinen Willen. Ach! seufzte Tony, ein anderer Name wäre mir ein anderes Schicksal; der kleine Schütz meines Wappens, der ohne Unterlaß auf mich anlegt, würde zum Schutz für mich, könnte ich ihn tauschen. – Selbst eine *Scheinheirath* würde ich als eine *wahre* Erlösung betrachten können. Das Frauenhäubchen wäre mir Fortunatus Wünschhütlein, und ich könnte mich versetzen, wohin ich wollte. Ein Mädchen ist gebannt in seinen Kreis, und wenn ihn die Hölle umschriebe. Freilich, auf jede Brücke mögte ich nicht treten. – Ein dunkler Gedanke schwebte mir vor, als Tony diese Worte sprach, es war mein Dämon, der mir die verfängliche Antwort eingab: Fräulein! wenn sich nun ein Mann fände, den Sie der Hoffnung würdigten, auf diese Weise Ihr Retter zu werden, was dann? – Dann, sagte Tony: verspräche ich, ihm das Leben so sauer zu machen, daß er froh und gewiß seyn sollte, mich nach sechs Wochen wieder los zu werden; wir würden uns einmüthig über die Scheidung bereden. Ich aber wäre selbständig, und dürfte mir keine Unbill mehr gefallen lassen. – Diese Idee faßte mich; lasse Dich aber den Teufel bei

einem Haare fassen, und Du bist sein auf ewig! – Wisse, Freund! meine
erste Heirath war eine heimliche, die Gattinn war nur vor Gottes Augen
mein. Hier kam es darauf an, der Gemahl einer Fremden zu *scheinen*,
und begierig haschte ich nach diesem waghaften Verhältniß, wie nach
dem Schatten von meinem verschwundenen Glück. – Fräulein! sagte
ich, Sie sprachen vorhin: auf jede Brücke mögten Sie nicht treten? die
meinige ruht auf den festen Pfeilern der Ehre und der Freundschaft.
Wollen Sie Sich mir anvertrauen? ich entdeckte ihr nun Deine Liebe,
und wie Du an ihrem erwiedernden Gefühl gezweifelt, und weshalb Du
geschwiegen. Tony schwieg auch. Sie lächelte, reichte mir die Hand,
und sagte: ich überlasse mich Ihnen gänzlich. – Ich wußte nicht, wie
mir geschehen, als ich, nachdem sie fort war, meine Briefe wieder aufnahm. Welche Reihenfolge von Gedanken schloß sich dem Fragezeichen
an, bei dem ich aufgehört? O! warum beherzigte ich jenes warnende
Zeichen nicht? – Ich weiß nicht, ob Du je zu der Erfahrung gelangt bist,
daß Niemand größere Gewalt über uns übt, als Wer ein früheres Mißtrauen in uns überwunden? – Umsonst ward ich mir meines Verdachts
gegen die listige Tücke dieses Mädchens bewußt, vergebens schreckte
mich eine ahnungsvolle Scheu, ein unwürdiges Gaukelspiel zu treiben:
hundert Sophismen bekämpften mein sträubendes Gefühl. Wie viele
erbärmliche Motive schließen nicht täglich Ehen! dachte ich; mein ra-
scher Entschluß entspränge mindestens dem redlichen Willen, Freiheit
und Liebe, diese höchsten Güter Andern erwerben zu helfen. Ich wollte
eine Sclavinn lösen und sie heilig halten, die Braut meines Freundes.
Was nun folgt, kann ich nicht folgerichtig beschreiben. Es ist nur ein
wüster Traum, den ich mir nicht deutlich machen darf, wenn ich nicht
von Sinnen kommen will, daß ich es damals war. Ich warb um Tony;
Frau von Schütz sagte mir ohne Weiteres ihre Nichte zu, ich fand nicht
einmal die leise Zurückhaltung der Schicklichkeit. Man hielt mich für
reich, um eine Bürgschaft für meinen Character, für alles Wesentliche
kümmerte sich die Tante nicht, und mir blutete das Herz, daß die arme
Tony so waisenhaft verlassen wäre von mütterlicher Fürsorge. Von einem
Mitbewerber war die Rede auch nicht, es schien, als ob Frau von Schütz
eine gegenseitige Neigung zwischen uns voraussetze. Der Forstrath lag
ernstlich krank. Wenn er stürbe, Ihr Onkel, Fräulein, sagte ich, so wäre
ein Grund gehoben – gereut es Sie schon? fragte mich Tony mit aufrei-
zendem Spott, ich sage Ihnen, es ist nichtsdestoweniger nothwendig,
daß Sie Sich meiner annehmen. Ich war bereits zu sehr von diesem in

seiner Art einzigen Verhältniß befangen, um es noch durchaus beherrschen zu können. Noch benahm sich Tony mit jener Subtilität gegen mich, deren ich auch bedurfte. Sie hielt mich an der feinsten Kette. Wenn andere Brautleute von der Ewigkeit ihrer Liebe reden, so flüsterte Tony mir zu, in welcher Kürze unsere Trennung zu beschleunigen wäre. – Ich sollte sie unter dem Vorgeben einer Reise nach meiner Heimath in die Sch–. bringen, wo eine Gespielinn ihrer Kindheit glücklich verheirathet lebte; dort wären wir weit genug, meinte sie – um unser Scheiden in eine Nebelferne einschleiern zu können. Dies war wohl recht gut; aber ich athmete schwül, ich athmete Gift, der Keim einer Krankheit setzte in mir an. Ein ängstliches Schwanken, ein Schwindel von Unsicherheit hatte mich ergriffen, ein Zustand ängstlicher Betäubung ließ mich nicht mehr festen Fuß fassen auf irgend einem vernünftigen Grunde. Doch lasse mich kurz seyn – Lieber! mein Schmerz ist dennoch lang.«

»Ha! ich ahne –« sagte Cölestin, der bis dahin regungslos zugehört. »Nein, es kommt über Erwarten –« fuhr Sylvius fort, »höre nur weiter! Frau von Schütz machte mir die Proposition, mich je eher, je lieber trauen zu lassen, weil man nicht wissen könne, welchen Ausgang die Krankheit ihres Bruders nähme. Dann wolle sie, ginge er mit Tode ab, unverweilt diesen Ort verlassen, und Gott danken, den Leichtfuß, die Tony, wie schwer lasse ein Mädchen sich hüten – unter der Obhut eines Mannes zu wissen, eines Mannes, dem sie nun pöbelhaft die unverschämtesten Schmeicheleien sagte. – Tony hatte mir entdeckt, daß sie sich durch die Freigebigkeit des Onkels ein hübsches Capital gesammelt, wovon sie bequem ein paar Jährchen zu leben gedenke. Es war etwas in dieser Vorsichtigkeit, was mir mißfiel; doch auch dies Mißfallen an dem berechnenden Talent, einen verliebten Thoren zu bevortheilen, mußte Zeit haben, um nachzuwirken. – Auf Tonys Anstiften gab die Tante die Ausstattung der Nichte in Geld, weil wir ja reisen wollten, und zwar vom Hochzeittage aus; der Zustand des Forstraths, die Schonung für seine Schwachheit, diente zum Behuf dieser Wegeile. – Wir wurden im Armenhause copulirt, ich, der Bräutigam, der Ärmste von Allen, die der Ceremonie zusahen. Ich leistete den falschen Schwur, innen verneinend, wie die Juden – ich gab Tony einen falschen Namen, denn auch Du, Lieber, kanntest meinen wahren nicht. Die warme Mondnacht wollten wir zum Fahren benutzen, und mit der Dämmerung abreisen. – Ich hatte mich schon seit einigen Tagen nicht ganz gut gefühlt; die Wiege des Wagens schaukelte den tobenden Kopfschmerz nicht zur Ruhe, ich lag zwischen Schlummer und Traum, und ein Cyclop arbeitete in meinem Gehirn. Ein Hauch von Feuer ging aus von meiner Stirne, mein Athem dampfte Gluth, zugleich schlich ein schauerndes Frösteln und Ziehen durch meine Glieder, und die Füße zitterten mir auf der weichen Decke. In welche phantastische Welt schien der schöne stille Mond! ich drückte die Augen zu, weil jeder Blick mich schreckte und schmerzte; die Braut schlief sanft an meiner Seite. – Als ich erwachte, fand ich mich mit dumpfem Bewußtseyn in fremden Umgebungen. Ich lag im Bett, unter dem Gebälke eines ländlichen Stübchens; ein starker, betäubender Geruch von Moschus wirkte auf mich ein. Tony saß auf einem roth und blaugemalten Schemel in meiner Nähe, ein dicker Mann stand vor ihr, und großäugig schauete sie zu ihm auf. Ich rief sie leise. Sie stieß einen Freudenschrei aus, und stürzte in froher Hast zu mir hin. Der Dicke, es war der Arzt – wünschte mir mit fetter Stimme Glück: ich hatte dreizehn Tage in einem Nervenfieber gelegen. – Der kleinen Frau nur, sagte der Licentiat bescheiden, als Tony sich auf einen Augenblick entfernte, verdanken Sie nächst Gott Ihr Leben. Sie ist nicht aus den Kleidern und von Ihnen weggekommen. Solch eine wackere Pflegerinn lobe ich mir. – Tony, sprach ich, als wir allein waren: der Arzt hat mir gesagt, wie viel Sie für mich gethan, es ist nun der Güte genug. Denken Sie an Sich, an das eigene Wohl – ich bin Ihr ewiger Schuldner. Lachend antwortete Tony: das wäre mir was! der Himmel selbst hat mich in mein Recht eingesetzt, daraus ich mich nun nicht mehr verdrängen lasse. Und wenn Du mich noch einmal *Sie* nennst, so sage ich dem Doctor, daß Du noch immer phantasirst, mich nicht erkennst für Deine Frau, und die Cur geht von Neuem an. So sprach sie mit reizender Gutherzigkeit; ich fühlte mich Tony nun wirklich *verbunden*. Lust des Lebens und der Liebe wallte wieder auf in meiner Brust, meine Seele strömte gegen die ihre. Sie setzte mich in tausend kleine Verlegenheiten vor dem Arzt, und zwang mir die Rolle eines Ehegatten auf. Sie überwältigte mich durch trautes zärtliches Zudringen an mein Herz, ich war ganz in ihren Fesseln.« – Der Administrator machte eine schmerzhafte Bewegung. Sylvius hielt einen Moment inne, dann fuhr er mit steigendem Tone fort: »Freund! spricht keine Entschuldigung für mich an? versetze Dich an meine Stelle. Ich dachte an Dich mit einer Wehmuth, die mir Dein Andenken trübte. Allmählig ging mir der Gedanke auf, daß eine geheime Leidenschaft meine

Handlungsweise geleitet hätte, der ich willenlos nachgegeben, wo ich nur dem Drange der Umstände zu weichen glaubte. Jetzt mußte ich an meiner Liebe halten, sollte ich nicht in die tiefste Schaam versinken. Ich war mir selbst ein Räthsel geworden und wünschte aufrichtig, der Tod mögte es lösen. – Aber ich genas; nur ein krankes Gefühl innerster Schwäche vermogte ich nicht zu überwinden. Wie Alpen lastete es auf meiner Seele, Freiheit und Kraft lagen hinter mir – und ich meinte dieser Schwermuth zu erliegen. Ich dachte nunmehr ernstlich daran, wo meines Bleibens seyn würde? *nirgend!* sagte eine Stimme tief in der Brust. Mein Vater lebte noch; ich war sein Assistent gewesen, seine Stelle war mir bestimmt. Ein Sehnen wie Heimweh zog mich nach dem Orte, wo ich den väterlichen Greis einsam wußte. Ich wollte ihm Tony als Tochter zuführen und den Heerd meines Glückes häuslich bauen. Mein Arzt forderte, daß ich mich nicht übereilen sollte, auch meine Kräfte forderten das. – So verließen wir das Dorf, wo ich an einen denkwürdigen Abschnitt meines Lebens gekommen war, und zogen unsere Straße. Eines milden Abends im Frühherbst gelangten wir in ein paradiesisches Thal; durch eine Gebirgsschlucht sah man eine Stunde davon entfernt, einen berühmten Brunnenort liegen, und ein bläulicher Duft, wie von den Stahlkräften der Quelle aufsteigend, webte geheimniß-voll um die glänzenden Gebäude. Das nette neue Wirthshaus, woran wir hielten, war im Widerspruch zu seiner Bestimmung, in den Reiz der Ruhe eingehüllt. Eine junge Frau, blond wie ihr Flachs, saß und spann, eine Reihe steinerner Brunnenkrüge, in denen die Sonne funkelte, war aufgepflanzt. Gegenüber lag auf Felsen erhöht ein altes Schloß von gothischem Bau. Das Wasser, was ich trank, war köstlich, ich äußerte mich begeistert über diesen Aufenthalt, und Tony sprach: ei! so lasse uns hier rasten, und trinke Dich satt! – O! hätte ich Lethe getrunken! – – – Wir blieben da. Ich saß im Garten und starrte hinüber nach dem Schloß. Der linke Flügel nur schien bewohnt; ein Fenster stand offen, und der Wind blähte die weißen Gardienen. In diesem Spiel der Luft wehete mich der Odem eines befreundeten Geistes an, ich fühlte mich warm durchdrungen. Meine Gedanken schlüpften in die Falten des kleinen Segels, und schifften über das liebe stille Meer der Ahnung. Tony kam und sagte: ich säße gleich dem Ritter Toggenburg – und sähe so blaß aus wie eine Leiche. Sie war so zärtlich, wie noch nie. Ihr Ein-gehen in meinen Wunsch, ihr Anschmiegen an meine Stimmung that mir wohl. Die trauten Beziehungen eines innigen Zusammenlebens hatten zwischen mir und meiner ersten Frau nicht Statt gefunden. Diese war mir eine hohe Braut gewesen, zu der ich mich im Verhältniß der Leidenschaft befand, gedemüthiget, mein Recht verleugnen zu müssen vor den Menschen; in den Augenblicken, wo ich mein Eigenthum an mich riß, fühlte ich mich einen Gott. Wie anders mit Tony! hier verhindert mich der wunde Stolz des Gewissens, den Begriff der Ehe zu fassen; aber ich empfand mich geliebt. – Sie lehnte den Kopf an meine Schulter und flüsterte mir süße Worte der Besorgniß zu. Ich scherzte, sie würde sich zu trösten wissen, wenn ich auch stürbe. Ein weiblicher Character, wie der ihrige könne der Stütze entbehren, und ich sey doch nur ein wankender Stab. – Tony schmollte. Glaube nur, Geliebte, sagte ich mit verstärkter Stimme, indem ich sie an mich drückte: kein Mensch, wenn er hinweg ist, macht eine Lücke, die nicht irgend womit ausgefüllt würde; kein Gestorbener, käme er wieder, und wären tausend Thränen um ihn geflossen – fände mehr Raum in der Welt, die so drängend ist im Ersatz. Die Geschichte jener lebendigbegrabenen Frau, die da heimkehrt zu nächtlicher Stunde und vergebens an Haus und Herz der Ihrigen pocht, die sie nicht kennen wollen und für eine blasse gespenstische Lüge halten, so daß sie wieder zurück muß in die Wohnung der Todten, um dort Herberge zu suchen, ist von ergreifender Wahrheit. Das Grab ist zuverlässig, und nur der Lebende hat Recht. – Als ich dies sagte, überrieselte mich das leise Geräusch naher Schritte mit einem wundersamen Schauer. Eine weiße Gestalt geht, nein, *schwebt* hurtig an uns vorüber, so daß ihr langes Kleid die Grasspitzen hörbar tüpft. Sie wendet das Gesicht vom grünen Schirm des Hutes magisch entfärbt, nach unserer Gruppe – ich hielt Tony umfaßt. O! ich kannte dies bleiche, schöne, liebe Gesicht gar wohl. Mit einem Blick im Fliehen ward mir mein Urtheil zugeworfen; nur einen Moment sah ich in dies blaue Auge, in meinen verscherzten Himmel –: es war meine Frau.«

»Allgerechter Gott!« rief der Administrator, als gäbe ihm die Erscheinung einer Mitbetheiligten das Recht, laut zu werden, »und Du irrtest Dich nicht?«

Sylvius lächelte. Dies Lächeln, ein Schattenriß jener Vision, schnitt seinem Freunde in die Seele. Er sprach: »ich sage Dir, bei dem lebendigen Gott! Sie war es wirklich. Ein kleines blankes Schlüsselbund an ihrem Gürtel klirrte, da sie in achtloser Eile über eine Baumwurzel strauchelte. Sie trug einen Zweig Ebereschen in der weißen Hand, die lagen verstreut auf dieser Stelle, da ich sie suchte, wie Blutstropfen, die von meinem

Herzen abgeträufelt wären. Frage nicht, wie mir gewesen; ich weiß nichts von jener Zeit. Tony glaubte, daß ich mir einen Paroxismus durch Erkältung zugezogen hätte. – Wer war die Dame? wo ist sie hin? fragte ich die Wirthinn, und meine Zähne schlugen an einander. Ich erhielt keine andere Auskunft, als den Bescheid: es wohnten ein paar Brunnengäste auf dem Schlosse, ein Herr und eine Dame, diese würde es wohl gewesen seyn; stille, vornehme, absonderliche Leute, sagte die Frau mit einem Fingerzeig gegen die Stirne, die das Geräusch nicht lieben, und Niemand etwas zu Leide thun. Sie mogte meine Geberde für Furcht halten. – Die Nacht kühlte mich nicht; ich lag in Angst gebadet. Noch war die Sonne nicht aus dem Morgenthor gegangen, da läutete ich schon an dem des Schlosses. Ein schlaftrunkener Wächter that mir auf und schnaubte Grimm; doch der wilde Mann auf dem Goldstücke, welches ich ihm vorhielt, machte ihn zahm. Er habe strengen Befehl, Niemand einzulassen, sagte er, seit gestern Abend. Auch sey die Gräfinn unpaß. Also *krank!* dachte ich. Wer krank ist, lebt doch! ich aber war gekränkt bis zum Tode. Und als die Thürflügel hinter mir zufielen, fühlte ich mich von jeder Hoffnung auf ewig ausgeschlossen. Willenlos ließ ich nun Tony über mich verfügen, die unsere Weiterreise beschleunigte. Sie weinte im Wagen – ich sprach kein Wort, ein Laut von meinem Schmerz hätte mir die Brust gesprengt. In der nächsten Stadt ging Tony aus und kam mit einem Doctor wieder, den sie selbst geholt hatte. Es war ein ehrwürdiger Mann, der mir Zutrauen einflößte. Er tadelte collegialischer Weise meinen vorigen Arzt, der mich so früh in der Reconvalescenz nicht hätte reisen lassen sollen, und meinte, nun müßte ich acht Tage Quarantaine halten: ich bedürfe Ruhe. O Gott! – Sein Auge schien mit Liebe auf Tony zu verweilen, die, wie er und seine Frau gefunden, ihrer einzigen Tochter sehr ähnlich sähe, welche ihnen vor zwei Jahren eine ansteckende Krankheit entrissen, wozu der Vater selbst den tödtlichen Stoff herzugetragen. Wie rührend schilderte der Mann mir diesen Schmerz! – Er bat mich, der armen Mutter den Trost dieses Anblicks zu gönnen, und während unseres Aufenthalts freundlich zu ihnen zu kommen. Diese herrlichen Menschen werde ich nicht vergessen. Mir kam der Gedanke, Tony, die ich besser nicht aufgehoben wüßte, bei ihnen zu lassen, allein in meine Heimath zu reisen, das Terrain zu recognosciren, und sie dann abzuholen. Tony schien dieses Vorschlags froh, der Doctor und seine Frau gingen mit Vergnügen darauf ein. Ich athmete freier und fühlte mich erlös't, da ich im Wagen saß. Der Unglückliche, allein neben Andern, findet Trost darin, einsam zu seyn, und der Gram ist ein unduldsamer Gefährte. Mein alter Vater empfing mich mit großer Rührung. Er kannte den Sohn kaum mehr, so hatte ich mich verändert. Ich wagte es, ihm mein Unglück zu bekennen. Es floß eine große Kraft von ihm aus – und sein sanftes Wort fiel wie Thau in meine brennende Seele. Sylvius, sagte er: Du hast ein gefährlich Spiel gespielt, und ich fürchte, Du hast es verloren – finde Dich nur darin; den Vater sollst Du stets in mir finden. Ein Zurückgehen in seine alten Verhältnisse ist dem Menschen immer unmöglich, jede Stunde reißt uns von der vorigen ab, und der zerrissene Faden einer Fügung läßt sich nicht haltbar wieder anknüpfen. Gott fügt zuletzt doch Alles wohl. Ermanne Dich, mein Sohn! der Muth hilft Berge tragen, und der Glaube versetzt sie. – Wie oft hatte ich dieses frommen Glaubens heimlich ge-spottet! jetzt neidete ich meinem Vater seine stille Gelassenheit. Er war es zufrieden, daß ich ihm Tony brächte. Wir wollen sehen – sagte er mit bekümmertem Blick. Ich will Tony also holen. Auf der Straße jener Stadt begegnet mir mein alter Doctor. Er erkennt mich bestürzt und ruft: nun, es ist doch kein Unglück vorgefallen? ich frage: wie so? – Tony war seit fünf Tagen fort, vorgebend, Nachricht von mir erhalten zu haben, daß ich mein Versprechen unmöglich erfüllen könne, und dringend nach ihr verlange. Die Frau des Doctors zitterte an allen Gliedern, ich sah, man verschwieg mir etwas. Auch liegt ein Brief an Sie da, sagte Jene, der den Tag nach der Abreise Ihrer Frau Gemahlinn ankam, mit dem Vermerk, daß wir ihn aufbewahren sollten, bis daß er abgeholt würde; dieser Umstand ist uns sehr aufgefallen. – Tony schrieb mir: von den letzteren Erfahrungen überzeugt, mit welcher Aufopferung ich mich ihrer angenommen, wolle sie mir nicht länger beschwerlich fallen, und ich dürfte sie um so ruhiger ihrem Schicksal überlassen, als sich ein Begleiter für sie gefunden, der die Pflicht, sie zu beschützen, für sein Glück halte, und mit Freuden jede Verantwortlichkeit auf sich nehme. *Böslich* habe sie mich nun zwar nicht verlassen, was uns sogleich scheiden werde – aber ich könne immerhin darauf klagen, und auf was ich immer wolle. Sie ertheile mir die unbedingteste Vollmacht für alle Fälle der Schuld, und wünsche mir, wohl zu leben. – Bei dem Tone leichtsinniger Indifferenz in diesem Schreiben, war es mir, als ob ein Fenster zerspränge; freie Luft strömte mich an, und ich sah Alles, *Alles* ein!«

»Sieh!« sagte Cölestin mit einem Klange der Rede, als hätte eine lange Dissonanz sich gelös't, »so hat auch Dich diese falsche Tony nicht geliebt. Sie ist eine Schauspielerinn, die heute im Fache der Intrigue siegt, und morgen als gedrückte Unschuld rührt. Du warst nur das Vehikel ihres Talents und ihrer Zwecke. Sie hat Dich zu der schwersten Rolle gezwungen. Armer Freund! ich muß Dich beklagen und mich dazu, daß ich Veranlassung dazu gegeben. Sprich mir nicht davon, daß sie Dich gepflegt, Dir Güte und Liebe bewiesen: auch eine Actrize fühlt, und vergießt natürliche Thränen; es liegt eine Fähigkeit in der Lüge, daß sie sich selbst für wahr hält. – Wer war denn aber das neue Opfer ihrer aimablen Kunst?«

»Ein junger Mediziner, ein Libertin, der Beschreibung nach«, antwortete Sylvius »der, zur Zeit Secondairarzt des alten Doctors, Gelegenheit gefunden, mit Tony schnell bekannt zu werden. Das Ähnliche findet sich bald aus. Er hatte einen Ruf nach Liefland erhalten – Tony war immer progressiv. Sie ging mit ihm, und die treue Aufsicht jenes würdigen Paares ward getäuscht.«

»Und Du?« fragte der Administrator. »Und ich?« fragte Sylvius mitleidig zurück und sprach: »es gibt Erfahrungen, welche durch ihre glühende Beize die ganze Ichheit in ein fremdes Gefühl verschmelzen. Ich hätte Gott danken mögen; aber ich konnte nur sein Wunder denken. Als jener reine Geist erschien, verschwand der Trug des Blendwerks: denn die Liebe ist Licht! ist Befreiung! – Unsere Ehe war null und nichtig. Ich eilte ohne Weilen zu meinem Vater, ihn der Sorge um mich zu entheben. Gern hätte ich ihn unterstützt mit meiner besten Kraft, diese war mir hin. Eine Zeitlang sah er meinen ohnmächtigen Versuchen zu, mich zurecht zu finden, dann sagte er: so geht es nicht, mein Sohn! gehe nur in die weite Welt, und wenn ich auch unterdessen in die *Enge* geriethe. Der gute Greis! ach! ich verstand ihn, obgleich ein väterliches Lächeln mich über den düstern Sinn dieses Ausdrucks täuschen sollte. Unsere Familie stammt ursprünglich aus Castilien. Dahin reise! sagte mein Vater, der es wußte, daß, dies Land zu sehen, ein früher Wunsch meines Lebens gewesen war. Die spanische Sprache, unser Muttertheil, hatte sich von Geschlecht zu Geschlecht vererbt; wenn auch das Wenige, was ich überkommen, nur ein Stammeln genannt werden konnte, deutlich machen, konnte ich mich doch. O mein Freund! diese Reise war mir wie eine Wallfahrt, und mit büßender Seele trat ich sie an; ich hoffte, mich müde zu träumen an der Wiege meiner Väter. Etwas

Schöneres als die Einsiedeleien dieses Landes giebt es auf der ganzen Erde nicht. Wo die Natur eine stille Capelle gebaut, da finden sich auch Spuren öder Hausaltäre, und ein Hauch südlicher Glut webt unter diesen heiligen Schatten. Man sieht, der Mensch hat die Hand nur leise heben dürfen, um das Höchste in Besitz zu nehmen. Die reizende Üppigkeit des Bodens ließ mein armes Herz freudeleer, der Glanz der Städte schimmerte mir kein Glück vor, die Verwickelungen der Politik zogen mich nicht an, nur die Poesie der Einsamkeit war es, was mich rührte. Ich zog hin, ich zog her – die Zeit zog auch vorüber; ich forschte nach der Quelle meiner Abkunft – der Ruhe Quell in meiner Brust war mir verschüttet. So hatte ich kaum gemerkt, daß meine Baarschaft zu Ende ging. Der Schmerz, welcher den Geist reift, ist in Betreff auf zeitlichen Vortheil ein Mündel unseres Herrgotts. An den Pyrenäen traf ich einen Deutschen. Ich fand Gelegenheit, ihm einen wichtigen Dienst zu leisten, dann fand ich etwas Seltenes: einen Dankbaren. Ich konnte seine groß-müthige Erkenntlichkeit nicht ablehnen. Wir blieben eine Weile zusammen. Er entließ mich nicht, ohne mir das Versprechen abgedrungen zu haben, daß ich, wären meine Verhältnisse zu lösen, mich seinem Schicksal, seinem Glück auf immer anschließen wolle. Er war ein sehr bevorzugter Mann, unabhängig, und begünstiget zu der Freude, seinen Freunden nützen zu können. Mein Vater war todt, seinen Ehrenplatz nahm ein Anderer ein, Fremde schalteten und walteten an heimischer Stelle, überall vermißte ich das Geliebte. – Ich sehnte mich, ach Cölestin! ich sehnte mich unaussprechlich zu Dir! – Einmal nur wollte ich Dich wiedersehen und Dir sagen, wie Alles gekommen. Dann scheide ich für immer. Ich habe die Schuld bezahlt – wirst Du sie auslöschen in Deinem Herzen?«

Der Administrator heftete einen langen, feuchten Blick auf seinen Freund und sprach: »lasse es doch gut seyn. Dein Andenken war mir nie so verwischt, daß ich Dich nicht wieder erkennen sollte. Gott tilgt Alles! von den meisten Tugenden heißt es: sie werden einst nur *vergeben*. Du bist mein Freund und bleibst bei *mir*.«

Sie hielten sich schweigend umfaßt – ihre Herzen schlugen hoch an-einander, keine Liebe reicht an die verzeihende.

Am folgenden Morgen hatte Frau Fabia eine lange geheime Unterredung mit dem Freunde ihres Schwagers. Sie schien einen alten Bekannten in ihm wiedergefunden zu haben; ohne lebhaft laut über dies erneuerte

Verhältniß zu werden. Und daß auch hierin die beiden Schwägerinnen zu gleichen Theilen gingen, geschah es, daß, ehe die Wintersonne desselben Tages sich neigte, Therese bei der unvermutheten Ankunft des Lieutnant Feldmeister in dem Neffen des Majors jenen Offizier erkannte, der mit entschlossenem Muthe ihr mütterliches Gut vor gänzlicher Einäscherung geschützt hatte.

Auch Rudolph stand betroffen, da er die schöne junge Frau erblickte. Eine Feuerröthe, der Widerschein jener Flammen, schlug in seinem Gesichte aus, und eine Wunde, die er im polnischen Kriege davon getragen, schmerzte ihn tiefer, als die erst geheilte. Er nannte die Gattinn des Constanz: »mein gnädiges Fräulein!« Therese hatte sich reizender noch entfaltet; ihre Augen leuchteten unstät und frühlingskräftig wie Sterne am Firmament einer warmen Mainacht, der Blick einer *Frau* ist ein sanftes, bestimmtes Licht am häuslichen Horizont. Sogar in dieser kalten Jahreszeit verschmähete Therese das Häubchen, und trug das braune Haar üppig frei, als könne ihr Flattersinn selbst einen Zwang von Flor und Band nicht dulden. Alle ihre Bewegungen hatten den tanzenden Rhythmus der Freude; der Gang einer Gattinn ist schwerfällige Prose und schreitet nur unter dem Klingklang eines Schlüsselbundes einher. Kein Gewicht dieser Art beschwerte den Gürtel dieser leichten schwebenden Gestalt. Zwar hing in ihrem rechten Ohr ein winziger Schlüssel von Gold und Demant, und in dem linken das dazu passende Schloß; doch ohne daß der erstere etwas Anderes eröffnet, als den Geschmack im Putz – das letztere ein volles Herz bewahrt hätte. –

Als Rudolph nun hörte, daß er eine Strohwittwe vor sich sähe, da meinte er, seine Hoffnung, daß der Zufall ihn wohl nicht umsonst mit diesem anziehenden Wesen zusammenführe, wäre auf eine taube Ähre gefallen.

Auch Therese fühlte sich durch den Anblick des Lieutnants in die Vergangenheit entrückt. Sie hörte im Geiste das Schießen der Feinde – Thränen schossen in ihre Augen und schleierten das Bild der blassen Mutter ein.

Als der Major seinem Neffen die Verhältnisse des Hauses auseinander setzte, konnte Rudolph vor Allem die seltsame Ehe Theresens nicht fassen. Er schüttelte den Kopf und sprach: »Sie kann nur an den Mann im Monde verheirathet seyn. Nur *diese* Entfernung, und die Kälte des Planets macht es denkbar, solch ein himmlisches Weib Jahrelang missen zu können. Und welche Gleichgültigkeit liegt darin, eine Frau, wie diese, dem Bruder zu überlassen, der doch ziemlich jung und ein sehr hübscher Mann ist! – Die vertraulichen Beziehungen ihres Zusammenlebens –« – »sind eine Höllenplage für ihn, der gern friedlich wäre«, unterbrach der Major seinen Neffen, indem ein sarcastisches Lächeln des Oheims dem Lieutnant zu denken gab. »Es ist sehr möglich«, fuhr Jener fort, »daß dieser ärmste Prälat ein Cölibateur bleibt, wie seine geistlichen Namensbrüder, bloß weil er das Glück genießt, der Schutzherr zweier Frauen zu seyn. Wer mit der Schönsten familiair umzugehen ein Recht hat, verliebt sich selten in sie. Du, mein Junge, sprichst wie der Blinde von der Farbe.«

Die Schwägerschaft nahm plötzlich wandelnd eine hellere in den Augen des Neffen an.

Das Leben der Hausgenossen im Stifte gestaltete sich nun um vieles anders. Der Administrator war sichtlich erheitert, seit er den Freund zur Seite hatte, und seine Gesundheit kräftigte sich zusehends. Sie ritten täglich zusammen aus, Pläne zu Verbesserungen der Güter beschäftigten sie daheim. Ein gemeinnütziger Ernst, der sich gegenseitig mittheilte, ließ sie Bedacht auf Alles nehmen, was dem Wohl der äußern Angelegenheiten förderlich werden könnte. Sie tauschten ihre Ansichten aus – und ein solcher Freund hatte dem Verweser nur gefehlt, daß er seine Stellung sich mit Lust und Liebe aneigne. – Der Oberförster war ein bejahrter Mann; Cölestin dachte, seinem Freunde zu diesem Posten helfen zu können, so würde die Zukunft sie nicht mehr trennen. Auch gab es für einen so fähigen Kopf auf jeder Stelle Beschäftigung, und Sylvius nützte den Renten des Klosters, während er der Gast des Hauses war und blieb. Andererseits war dem Administrator nicht minder geholfen. Er schloß sich lediglich an den Gefährten an, und vergaß über ihrem männlichen Thun, was er längst lassen sollen, sich der Zufriedenheit seiner Damen anzunehmen. Ob die Frauen sich vertrügen oder nicht, es kümmerte ihn kaum noch, und Sylvius überzeugte ihn vollends, daß die Weisheit und Gerechtigkeit in höchster Person weibliche Ansprüche nicht auszugleichen vermöge. – Seit die Schwägerinnen keinen Schiedsrichter mehr hatten, brauchten sie auch keinen mehr. Frau Fabia war aus ihrem frommen Hinbrüten aufgescheucht worden. Sie ging gesellig in manche ihrem Wesen fremdartige Idee ein, und war nicht so finster als sonst. Die tiefe Fuge ihrer Tonart hatte sich in Harmonie gelös't, und ein besserer Einklang zwischen ihr und Theresen niemals Statt gefunden. Fabiens Sorge um den Schwager wendete sich, da er gesund geworden war, mehr seinem Freunde zu, der an einer unheilbaren Krankheit des Gemüths zu leiden schien. Sie achtete selbst weniger auf Josephine. Diese brachte jeden Augenblick, der zu erübrigen war, bei der Nonne hin, da Schwester Veronica sich der fremden Männer wegen zurückgezogen hatte.

Therese war liebenswürdiger als je. Sie machte tausend kleine liebreizende Gefälligkeiten geltend, die ihr zu Gebot standen, und selbst Fabia mußte sich gestehen, daß, wenn sie *wolle*, ihr nicht zu widerstehen sey. Sie entschuldigte heimlich den Administrator, daß er parteiisch gewesen. – Und seltsam! gerade jetzt zeigte sich Cölestin so kühl und selbständig, als hätte dieser Zauber seine Kraft an ihm verloren. –

»Der alte Feldmeister ist aus dem Felde geschlagen –« sagte der Major zu dem jungen, und leise sprach in seinem Tone eine krankhafte Empfindlichkeit an. »Dieser Freund, dieser Fremde, der mir nicht sonderlich behagt, füllt die Zeit und das Herz des Administrators aus. Ein Glück, daß ich Dich hier habe, Rudolph.« Faust knurrte eifersüchtig, als der Oheim bei diesen Worten dem Neffen die Hand reichte.

In der That würde die Freundschaft des Majors kaum einem Gefühl der Zurücksetzung entgangen seyn, wie wenig Cölestin sich auch derselben bewußt gewesen, wären häufige Anfälle der Gicht, die den Ersteren an sein Zimmer fesselten und die Anwesenheit des Lieutenants nicht zur Entschuldigung für den Administrator geworden. So oft das Befinden des Majors leidlich war, vereinigte sich die kleine Gesellschaft. Dann spielte Rudolph mit Theresen Schach, und immer ward sie eine Siegerinn. Es gelang ihm nie, den Ruhm seines Namens gegen ihre kleinen Finessen zu behaupten. »*Einmal* gewinne ich doch!« schwor er bei jeder Niederlage. Therese lächelte nur.

Wenn der Hauptmann erzählte, der ganz Europa durchreis't seyn wollte, dann sah Rudolph zu Boden auf die Spitze von Theresens Fuß, und mit so tiefsinnigem Blick, als gälte es, die Pointe seines Lebens ins Auge zu fassen. Der Oheim drohete ihm einst mit dem Finger. »Du denkst gewiß an die Geschichte vom Pantoffel –« sprach er neckend, »höre doch unserm Moorhausen zu, der eine lebendige blaue Bibliothek aller Nationen ist.« Er klopfte den Hauptmann auf die Uniform – dieser, unwissend über jene Sammlung Mährchen, machte eine geschmeichelte Miene. –

Frau Fabia sah es gern, daß Josephine so wenig Interesse an der Nähe des jungen Offiziers nähme; für Sylvius hingegen äußerte das Mädchen eine stille innige Theilnahme, welche ihre Pflegemutter vollkommen zu billigen schien. Er ertheilte auf den Wunsch derselben Josephinen wissenschaftlichen Unterricht, und ein zartes geistiges Band hielt den Lehrer und die Schülerinn zusammen, oft lange über die gegebene Stunde, und auch außer der Zeit, welche diesem Zwecke gewidmet war. Und Fabia zürnte nie, wenn Josephine lernend oder liebend nach ihrer Weise einen Auftrag versäumte. Genug, aller Kampf, sogar der Streit der Pflichten schien zu Ende, seit das Opferfest zum Geburtstag des Administrators unterbrochen worden war, und die Weihnachtsglocken hatten längst ausgeklungen, als unsichtbare Engel noch immer über der Klosterflur von Sanct Capella schwebten, welche sangen: »Friede auf Erden! und dem Menschen ein Wohlgefallen.«

Das neue Jahr war schon um einen guten Schritt vorgerückt, und der Tag verlängerte sich merklich, da kam die Nachricht, daß der Lieutnant Feldmeister versetzt sey in eine ferne Garnison, und schleunigst fort müsse. Das Invalidencorps fühlte sich durch diese Ordre wie auf Feldetat gesetzt, es gab Allarm, der junge Offizier war Allen lieb und werth geworden. Auch der Familienkreis des Administrators empfand die Lücke, die nun bald entstehen würde. Therese ging umher, als hätte sie ihr ganzes Glück, ihr Glück auf immer verloren – und der Major sagte zu sich selbst: »Therese ist schachmatt – es ist Zeit, daß das Spiel aufhört.«

Am Abend vor dem Tage, wo der Lieutnant Feldmeister das Stift verlassen sollte, saß Schwester Veronica allein in ihrem Stübchen und blätterte in dem Herbarium ihres Vaters. Tiefe Stille war um sie her, ein heiterer Winterfriede durchathmete die Zelle. Des Lichtes Flamme brannte wie gemalt, der warme Glanz des weißen Öfchens spiegelte sie in blendenden Funken zurück, und das Knistern der innen glimmenden Kohlen störten feuerheimlich diese lautlose Ruhe nicht. Das große Lebensbuch der Pflanzen lag vor der Nonne aufgeschlagen; ihr Auge leuchtete in sanftem Vergnügen. Sie suchte: *die Liebe im Nebel* – eine Gattung der Passionsblume. Und wie sie Blatt um Blatt wendete, gingen alle Frühlinge, die sie gelebt, an ihr vorüber, und der botanische Garten, darin sie gewohnt, blühete mit den Freuden ihrer Jugend auf. Sie sah den Vater heiß vor Lust, unter dem glühenden Strahl der Mittagssonne, weil keine andere Zeit ihm blieb, betrachtend stehen, die Mutter, wie sie in der Mondkühle einsam unter den Gängen des verlornen Paradieses auf und nieder wandelte, mit traurigen Gedanken, die auf der verbotenen Frucht verweilten, welche eine verführerische Schlange dem Gatten reichte. Sie hörte den Baum rauschen, unter dem der geliebte Bräutigam einer Andern Treue versprach, und mit dem Regen jener Stunde, dem so viele Thränen nachgeflossen, rieselten leise Schauer der Erinnerung über das Herz der guten Nonne. Da naheten eilende Schritte, die Thüre ging auf, ohne daß Jemand angeklopft hätte, und Josephine trat herein, scheu und hastig. Schwester Veronica hob den Blick auf, der ängstlich auf dem lieben Kinde haftete, und sprach: »was ist Dir, Mädchen? Dein Gesicht brennt, Du siehst aus, als hättest Du geweint, oder als würde es eben geschehen, und der große Schlüssel zittert in Deiner Hand?«

Josephine antwortete mit erstickter Stimme: »mir hat Niemand etwas zu Leide gethan, und doch fühle ich so. Ach liebe Veronica! ich habe etwas Entsetzliches erfahren – das lege ich nieder in Ihre tiefste Brust.«

»Es bleibt darin begraben –« versicherte die Nonne feierlich leise und mit der Kraft des Schweigens, »sprich ruhig, mein Kind.«

Mit gebundenem Athem begann Josephine: »ich ging, wie Sie wissen, in die Capelle, die Lampe mit Öl zu versehen. Immer freue ich mich auf dies kleine Geschäft bei dem ich länger verweile, als nöthig wäre. Dort stört mich nichts in meinen stillen Träumen. Das Herz ist mir jetzt zuweilen so gedrückt, so enge – als fände ich nirgend Raum für Wünsche, die ich nicht zu nennen weiß, den ausgenommen, daß ich einst in dieser Capelle ruhen mögte. So ist die Maria wie meine gute Freundinn, die es versteht, was ich keinem klagen kann. Als der Docht der Lampe aufglomm, nachdem ich sie getränkt, und dieser Schimmer an das Gewand schien, wie wenn der Mond über dem Wasser schillert, da war es mir, als würde ihr todtes Auge hell, und sie spräche: gieb Dich zufrieden! wir wollen sehen! –«

»Die Liebe, meine gute Josephine«, schaltete Schwester Veronica ein, »gewinnt Allem Leben ab, wie der Glaube eine Seele des Trostes. Das ist der wahre lebendige Hauch aus Gott, und ein ewiges: es werde Licht! – Die Welt wandelt in Schatten des Todes und ihre Werke sind finster. Die Heiligen sehen das Werk an und vergelten auch den kleinsten Dienst. Es wird Dir gewiß wohl gehen auf Erden. Du wirst lange leben, und so betrübt es mich, daß Du in so jungen schönen Jahren schon an Dein Begräbniß denkst.«

Josephine sah die Nonne mit bangem Lächeln an. »Und was geschah denn nun, mein liebes Kind?« fragte diese, »fasse Dich, mir es sagen zu können. Ich will Dich zu trösten suchen, mit Gottes Hülfe.«

Das Mädchen schüttelte leise den Kopf und sprach: »als ich noch sinnend stehe, vernehme ich ein schnelles Kommen und Flüstern. Nun ist es recht besonders, Schwester Veronica, mit den Geistern halte ich Zwiesprach, als wären sie meine Geschwister, und vor Menschen fürchte ich mich? – Ich schlüpfte in den Beichtstuhl und duckte unter – es war nur ein Augenblick, ich wußte selbst nicht, was ich that. Da erkannte ich Theresens Stimme im Gespräch mit einem Manne, und ich merkte sogleich, daß es der Lieutnant Feldmeister wäre. Sie redeten höchst vertraut. Hier sind wir allein – sagte er, als sie in die Capelle traten, hier sucht uns Niemand. Vergessen Sie nicht, antwortete ihm Therese, daß die wächserne Mutter Gottes das Verlorene sucht, und verloren wäre ich, wenn man uns hier zusammenfände. – Sie machte ihm hierauf zärtliche Vorwürfe über seine verfolgende Leidenschaft. Einige Minuten *müssen* Sie mich hören! betheuerte er, und – o Veronica! was läßt sich in ein paar Minuten sagen! ich meine, Therese hätte ihr Lebelang darüber zu denken. Sie lieben sich – sie lieben sich schon lange. Und Therese ist die Frau eines andern Mannes! – Wenn das der redliche Major wüßte! und – und – der Unglückliche schwor, wenn er sie zum drittenmale finden sollte, dann müsse sie sein werden, und wäre sie mit Ketten an dem Himmel geschlossen. Ich habe nicht gedacht, daß ein Mensch so reden könnte – jedes Wort war ein Funken, der zündete.«

Schwester Veronica sah mit bekümmertem Blick die brennenden Wangen des Mädchens, und seufzte tief, daß diese fromme Unschuld Zeuginn solch einer leidenschaftlichen Scene gewesen. »Den armen Constanz verurtheilte er –« fuhr Josephine mit einer ihrem Wesen fremden, feindlichen Regung fort: »und seine Gattin duldete es. Dem Onkel gönnte er das Glück ihrer Nähe nicht, *ihm*, der die Frau seines Bruders in freundlichen Schutz genommen, und gar manche Unbill wegen ihr ertragen hat! ich weiß das am besten. Dann sank er ihr zu Füßen – dann küßte er sie – o Gott!« – »Er küßte sie!« wiederholte die Nonne leise, auf deren keuscher Lippe nie der Kuß eines Mannes geblüht. »Du armes Kind! ja, das mag eine Angst gewesen seyn. Angesichts der heiligen Jungfrau entblödeten sie sich dieser Sünde nicht! – Und der junge Mann scheint sonst ein liebenswürdiger Mensch.«

»Ach! ich bin dem Lieutnant böse –« sagte Josephine, »das ist nicht edel von ihm gehandelt; ich denke, ein Mann muß seine Leidenschaft bezwingen können. Es hatte mir so gut von ihm gefallen, wie er sich jener alten Dame angenommen – Sie kennen die Geschichte –! nun aber verfällt er selbst in ärgeren Wahnsinn, verliert den Kopf, und Der sich so tapfer schlug, daß die Schwäche des Alters in Ehren gehalten würde, kann sich einen Gedanken nicht aus dem Sinne schlagen, der die Würde einer jungen Frau beleidiget, die wohl noch schwächer ist. – O! das ist nicht löblich! das ist eine Verletzung des Gastrechts.«

»Du hast ganz Recht, mein Töchterchen«, antwortete die Nonne, »und Gott behüte mich, daß ich beschönigen wolle, was sich nicht billigen läßt; nur meine ich, der junge Feldmeister sey bethört, sich selbst entfremdet, und Therese mag ihm wohl reichlich Gelegenheit gegeben haben. Diese scheint mir in sofern zu entschuldigen, daß sie gleichsam nur ein kurzes Achtel verheirathet war, und eine lange Pause ist für dies lebendige Allegro nicht. Wie endete sich denn nun diese Zusammenkunft?«

»Ich seufzte zu Gott«, sprach Josephine, »daß ich erlöset werden mögte, und kaum war dieser flehende Gedanke aufgeflogen, da flatterte eine Motte aus dem Busen der Maria, und schwirrte mit singendem Geräusch um das Flämmchen. Dieser kleine Zufall scheuchte die Liebenden hinweg. Ich zitterte an allen Gliedern und mußte mich erst erholen. Wer aber hatte mir denn was gethan? Was geht es mich an, Wen Therese liebt? Und doch war es mir, als hätte man ein tiefes Gefühl in mir verletzt.«

»Wo die Tugend leidet«, versetzte Schwester Veronica, »da leidet eine reine Seele mit, und der Schmerz dieser Erfahrung ist groß. O mein Kind! Treue ist unser einzig Glück auf Erden! selbst den Nichtliebenden rührt sie mit einem zärtlichdauernden Gefühl, was sich erwerben läßt. – Treue ringt den Himmel nieder in Deinen Besitz – sie ist ein Strahl der ewigen Liebe. Ein wankendes Herz findet nirgend Ruhe. Wir wollen Theresen bedauern. Sie macht Keinen glücklich, und sich am wenigsten. Wenn ihr Gemahl nun heute oder morgen kommt, mit welchem Blicke soll seine Frau vor ihm stehen?«

Josephine sah mit einem flammenden der Nonne in das Gesicht, und diese mogte vielleicht an den Engel des Gerichts denken. Sanften, entwaffnenden Tones setzte sie hinzu: »Gott senke Kraft in Deine junge Seele, an der Liebe des Nächsten zu halten, denn nur, Wer beharret, merke Dir es, mein Mädchen – der wird selig! –«

Josephine schmiegte sich an die Brust der Nonne und fühlte das treueste Herz schlagen. Sie schämte sich, entrüstet gewesen zu seyn, vielleicht zum erstenmale in ihrem Leben – und aus der tiefsten Quelle des weiblichen Gemüths drangen Thränen, herbe und doch hoffnungsvoll, in ihre milden Augen.

Ein paar Monate waren seitdem vergangen. Sanct Capella, von der höher steigenden Sonne bestrahlt, glänzte wie eine weiße Glockenblume mit goldnem Kelche zwischen dem aufgrünenden Frühling. Im Stifte selbst sah man den schönen Tagen, die nun kommen würden, mit drängender Erwartung entgegen. Man nahm sie gleichsam voraus. Frau Fabia ordnete diesmal das große jährliche Waschfest zeitiger als sonst an, und als der April sein Wechselrecht geltend machte, und einen hurtigen Regen über das sonniggetrocknete Linnen ausgoß, behielt ihr Gesicht seine Heiterkeit, der beste Beweis von dem beständigen Wetter in der Laune der guten Hausfrau.

Schwester Veronica, bedrängt von jener heiligen und tiefen Wehmuth, die sich ihrer sanften Schmerzen schämt, schlich jetzt manchmal im Mondschein auf den Kirchhof des Klosters und mit schwellendem Herzen die Mauer entlang, woran der Flieder knospete. Wenn sie in ihrem weißen Gewande zwischen den Gräbern wandelte, im geistigen Verkehr mit den Schatten der schlafenden Schwestern, glaubte man Libitina, die stille Göttin der Todten zu sehen.

Die Offiziere suchten mit frischangeregter Lebenslust das Freie. Major Feldmeister warf den Pelzstiefel zusammt dem Podagra abseits, und rief: »da liege, daß du berstest! ich habe es nun satt, und *will* gesund sein!« Er schritt herzhaft einher. Die großen Fenster waren geöffnet, die Thüren standen weit offen, als solle der Winter ausziehen. Herr Prälat, empfindlich gegen den Zug, ging als der Zeus des Hauses mit einer Donnerstirn von einem Flügel zum andern, und blitzte hier und da heftig zu. Ein thatenlustiger, rühriger Geist war in den Administrator gefahren. Er sträubte sich beinahe ungebehrdig gegen die krankhafte Ruhe, die seine Kräfte bisher unterdrückt hatte, gegen die Pflege der Weiber. Fabia schalt ihn undankbar, wenn er eine Maßregel ihrer Vorsicht für unnütz erklärte. Sie meinte nach Art einer erzürnten Prophetinn: dieser Übermuth werde ihm schlimm bekommen. Doch Josephine freuete sich und sagte leise: »Er ist jetzt um Vieles besser.«

Therese ließ ihren Schwager gewähren. Sie ging spazieren früh und spät auf geheimnißvollen Wegen, und nicht selten brachte ein Führer die Verirrte zurück. Frau Fabia sagte kein entscheidendes Wörtchen über diesen entschiedenen Müssiggang. Sie wärmte geduldig das Essen, wenn Therese die Stunde der Mahlzeit versäumte, doch keine begangenen Fehler mehr auf. Fabia wußte vielleicht, daß Theresens Seele unter einer größeren Last arbeitete, als früherhin ihr Leichtsinn und ihre Lässigkeit Andern aufgelegt hatte. –

Als einstmals Therese von einem weiten einsamen Ausflug spät nach Hause kam, die Hände voll selbstgepflückten Veilchen, sah sie einen ausgespannten Reisewagen vor dem Stifte stehen, dessen helles Gelb wie eine große Mondscheibe durch das Dämmern des Frühlingsabends leuchtete. Sie stieß einen kurzen Schrei aus, und ihr war in diesem Augenblicke, als stieße er ihr das Herz ab. Sie floh dem Kloster zu, und stürzte außer Athem in das Wohnzimmer. Constanz war vor einer Stunde angekommen. Seine Frau zu suchen, hatte man Boten nach allen Richtungen ausgesendet. Sie rang die Hände um seinen Nacken; diese Gebehrde sah aus wie Liebe, wie Jammer, und konnte beides seyn. Der Diplomat stand mit Veilchen beschüttet und zitterte sichtbar. Therese verbarg ihr Gesicht, ohne in das seine zu sehen, an der Brust ihres Mannes. Er hob es empor und drückte heiße, langentbehrte Küsse auf ihren krampfhaft lächelnden Mund. Die Familie war versammelt, auch – der Zufall hatte es gefügt – Major Feldmeister und Schwester Veronica, als sollte Niemand fehlen, der näheren Theil an diesem Ereigniß nähme.

Constanz hatte sich nach dem stillen Bemerken seines Bruders auffallend verändert. Die Sonne seiner Reisen hatte ihn gebräunt, seine scharfausgeprägten Züge hatten den Schmelz der Jugend, und den liebenswürdigen Ausdruck unbewußter Herzlichkeit verloren. Staatsmännisches Interesse war dem Ernst der sinnenden Miene tief eingedrückt, und über seine Stirne eilte ein Gewölk von Sorgen, wie getrieben von einem innern Sturm.

»Meine Therese! mein einziges Weib!« sagte Constanz mit einer Rührung, die ihm schön stand: »Du bist bleich und ein wenig abgekommen – Du hast Dich wohl um mich geängstet? Du bist mir nicht böse? Du machst mir keine Vorwürfe? diesen gütigen Empfang habe ich nicht verdient.«

»Ich mache Dir keine Vorwürfe –« antwortete Therese mit gepreßter Stimme, und lauter sagte ihr Gewissen, Wer von ihnen eigentlich *so* fragen müßte. Aber nun brach Therese in ein convulsivisches Weinen aus. Constanz schien über diese äußerste Wirkung der Freude betroffen. Er hielt seine Frau für krank.

Josephine stand mit der Nonne an einem Fenster. Sie wendete sich ab, und sprach leise zu Schwester Veronica: »wie ist dies möglich, so falsch zu seyn gegen die redlichste Liebe? – Wenn ich Theresen in den Armen ihres Mannes sehe und daran denke, daß vor kurzer Zeit –« Josephine schauderte in sich hinein.

»Das mußt Du zu vergessen suchen –« flüsterte die Nonne, »mir kommt diese wunderliche Freude wie Seelenangst vor. Ach! Therese könnte jetzt getreu und getrost in das Auge blicken, was sie so entzückt betrachtet! und sähe es tiefer auf den Grund ihrer Thränen, es würde sich wohl lieber schließen für immer.«

Constanz war nach seinem Wunsch versorgt; schon in der nächsten Frühe ging er nach dem Orte seiner Bestimmung ab, und Therese mußte bereit seyn, ihn zu begleiten. Sie erschrak doch über diese Kürze. Fabia erbot sich dienstfertig, ihr das Einpacken zu besorgen. Sie solle sich um nichts kümmern, und ihr Glück genießen. –

Der Administrator lächelte. Er wollte den Worten seiner Schwägerinn eine leise Ironie abgemerkt haben. Aber Therese ließ sich zum ersten-male nicht von der thätigen Fabia übertragen. Sie rüstete Alles selbst zur Abreise. So verging dieser Abend drangselig. Man kam zu keinem ruhigen Genuß des Beieinanderseyns. Constanz schien sehr ermüdet, und der ältere Bruder machte ihm freundliche Vorwürfe, sich und den Seinen mindestens nicht *einen* Tag der Rast gegönnt zu haben. Und Jener sprach: »ich bin an diese erschöpfende Eile gewöhnt, und daran, die Erfüllung meiner Wünsche, und Alles, was ich liebe, nur im Fluge zu berühren.« Endlich zog die Nacht mit einer kurzen beschwichtigenden Pause vorüber. Noch blickte der Morgenstern am Himmel, da kamen die vier Pferde Extrapost schon von Leidthal, welche dem Constanz bewilliget worden. Das ganze Stift war in Allarm. Die alten Offiziere standen in Parade, der jungen schönen Frau die Honneurs zum Abschied nicht zu versäumen.

Therese schien verweint, ehe sie noch Jemand Lebewohl gesagt hatte. Lange hing sie am Halse des Schwagers und konnte sich nicht losreißen. Dann küßte Schwester Veronica ihr einen leisen Segenswunsch auf die bethränten Lippen. Nun umarmten sich die Schwägerinnen und Therese sprach: »denke meiner nicht in Groll – ich habe Dich oft gekränkt, Fabia!« die Stimme erstarb in Schluchzen.

Und Fabia erwiederte: »still davon, Therese! auch ich habe gefehlt. Wir scheiden in Frieden, und der Herr geleite Dich!«

Nun kam die Reihe an Josephine, an Sylvius, an den alten Feldmeister und die Übrigen. Dem Major reichte Therese die Hand, und drückte die seine inniglich und noch einmal, als wisse der Alte schon für Wen? – Ihrem Gemahl dauerte dies Valet zu lange. Er hatte das seine in summarischer Kürze abgegeben, den Bruder ausgenommen. Seine Meinung war: man müsse den Schmerz solcher Scenen verkürzen, ja vermeiden, wo möglich; aber die Weiber ließen sich keine einzige Thräne unterschlagen, die sie mit Fug und Recht vergießen durften. Sprach's, und schob seine Frau mit einem schmerzverachtenden Lächeln in den Wagen. Noch einmal strahlte Theresens Blick durch einen doppelten Schleier das ganze Commitat an; die Offiziere verbeugten sich unwillkürlich dienstmäßig, die Nonne schrieb ein Kreuz in die blaue Luft, Constanz winkte herzlich – und der Postillon stieß in das Horn, daß der schmetternde Hall von den Wölbungen des Klosters wiedertönte. Dieser Ton fand ein geheimnißvolles Echo in der tiefsten Seele des Administrators und ein Grauen strich über seine Nerven. Es erschütterte ihn dieser Klang, wie jener, als er am Sterbebette des Vaters den Bruder die kleine Trompete blasen hörte. – Und als der Wagen nun pfeilschnell entrollte, das gastfreundliche Stift weit und weiter zurückwich, die Gehöfte von Sanct Capella verschwanden, nun auch das letzte Häuschen vorbeigeflogen war, und jetzt der Horizont über der erwachenden Landschaft sich so klar vor ihnen aufthat, da gedachte Constanz an die Worte der Gesandtinn: er würde einst mit Extrapost in den Himmel fahren.

Zweiter Theil

Ist die Natur nicht mit dem Glück im Bunde,
Dann kommt sie übel fort, wie jede Saat,
Die man gesäet auf fremdem falschen Grunde.

Dante Alighieri.

Graf Frankenstern war der letzte Sprößling eines alten fränkischen Geschlechts. Früh verwais't, seinem Stammhaus entfremdet, hatte er den Besitz der deutschen Standesherrschaft Bonna und Bühle, einer Spaltung der Familie und dem Unglück seines Oheims zu danken, der vier kräftige Söhne in der Blüthe ihrer Jugend hinsterben sah, um dies reiche Majorat einem kränklichen Neffen zu hinterlassen, der schon im Sarge gelegen. Graf Frankenstern war von Kindheit an zu Starrkrampf geneigt, und in solchem Zustande einmal für todt gehalten worden. Ein rettender Zufall gab ihn dem Leben zurück; doch den tiefen Eindruck jener entsetzlichen Gefahr nahm die Oberfläche der Welt nicht mehr hinweg. Dem edlen Gesichte blieben leichenhafte Züge, ein Grauen vor Allem, was an das Grab erinnert, wurzelte tief in der Natur dieses Erstandenen, und jene bange einsame Ruhe, welche die Todten umschwebt, wich nie von seiner blassen Stirne. –

Von seinem Oheim mit kalter Strenge behandelt, hatte Graf Frankenstern schon zeitig das Weh empfunden, ein aufgedrungener Erbe zu seyn. Kein inniges Band zärtlicher Achtung knüpfte ihn an seine Verwandten, Liebe machte seine dankbare Pflicht nicht freiwillig: das Schloß zu Bonna war eine Öde des Hasses für seinen künftigen Herrn. Als dieser nun auf eine ferne Ritterschule kam, fühlte er sich zum erstenmale gesellig glücklich, und in einem Zusammenhange, der sein Herz erweiterte. Vorzugsweise schloß er sich an einen jungen Edelmann fremder Abkunft, und vielleicht war es weniger manches Gleiche in den äußern Verhältnissen der beiden Jünglinge, als ihre innerste Verschiedenheit, was diese Freundschaft begründete.

Sylvius de Romana war durch ein seltsames Geschick von den Küsten seiner Heimath auf den Boden dieses Landes verschlagen worden. Seine Vorfahren hatten großen Rang und Reichthum in Spanien behauptet, doch den Umschwung ihres zeitlichen Glückes erfahren, und seitdem die schwebende Fortuna auf andern Stellen der Erdkugel gesucht. Eine junge verwittwete Dame jenes einst glänzenden Namens bewohnte im Gebiet von Valencia ein verfallnes Landhaus am Meere. Sie hatte den Gemahl auf einer Seereise verloren, und den letzten schmerzlichen Trost entbehrt, seinen Leichnam gesehen zu haben. Sein Ebenbild, ein holder Knabe, war ihr einziges Glück! – Nach einer stürmischen Gewitternacht, in der ein Schiff verunglückt war, fand Donna Romana einen Mann besinnungslos an einen Balken geklammert, unter Trümmern am Strande. Sein Blut floß aus einer Armwunde, die er im Kampf gegen den Untergang davon getragen haben mogte, sacht in den glühenden Sand. Dieser traurige Anblick regte in der Spanierinn Erinnerungen auf, die sie bestimmten, sich des Ohnmächtigen anzunehmen. Sie glaubte noch schwache Spuren des Lebens in ihm zu entdecken. Es war der Kaufmann, den jener Verlust betroffen; doch die Dame dachte nur an ihren eigenen, indem sie ihm Hülfe leistete. Sie ließ ihn in das Landhaus tragen und pflegte sein mit samaritischem Geist. Er erkrankte schwer, das Fieber ward durch die schädlichen Einflüsse des Climas und der Jahreszeit auflösend; doch er genas, und kaum war der Sieg seiner rüstigen Natur entschieden, als die gute Dame ein Opfer ihrer Menschenfreundlichkeit ward. Die Dame richtete die schwarzen Augen, vor denen die Schatten des Todes schwebten, auf den unglückseligen Gast, der händeringend an ihrem Lager stand – dann erlosch ihr Blick, dieser mütterliche Strahl, auf dem weinenden Gesicht ihres Kindes. Der Kaufmann vergaß niemals diesen Blick. Das Lächeln, womit die Mutter starb, als sie ihren Sohn in den Armen jenes Mannes und sich verstanden sah, hatte ein Testament in sein redliches Herz geschrieben, mit Zügen, die keine Zeit verwischte. Niemand that Einspruch, als der Fremdling den kleinen Romana als sein Eigenthum ansah, und sobald er dazu im Stande war, ihn fortführte von dieser traurigen Küste. Der kleine Sylvius nahm nichts von dort mit sich hinweg, als ein dämmerndes Gedenken an die Schönheit seines Vaterlandes, eine Sprache, die in der Stimme seiner Mutter lebenslang wie Frühlingslaut an seine Seele rührte – und das Blut seiner Nation, das stolz und heiß in seinen Adern floß. Im Hause des Kaufmanns kam dem Knaben daher – sprüchwörtlich gesagt – Alles spanisch vor, und nichts heimisch. Bis dahin hatte er im Garten des mütterlichen Landhauses unter einer Dattelpalme, in deren Kern sich bekanntlich die Seidenraupe einspinnt, den langen Tag der Kindheit verträumt, und, ein Fischerliedchen summend, kleine Grotten von Muscheln gebaut. Jetzt schirmte ihn zwar auch der Baum des Friedens und des Fleißes; aber der Ernst eines geschäftsthätigen Lebens rief seine Kräfte zu nützlicher Übung auf. Das jüngste Töchterchen des Kaufmanns hatte sich mit Sylvius in eine Art von Verständniß zu setzen gewußt, die andern Geschwister nicht. Die kleine Blanka schien ihm ein Engel, und waltete schützend um ihm wie ein solcher. Einst sagte sie bittend: »Vater! lasse doch den kleinen Ritter –« der Kaufmann lächelte zu dieser anmuthigen Benennung, – »nicht mehr in die Manufactur gehen; das Getöse der Webstühle macht ihm Kopfschmerz.« Der Vater legte seine Hand auf die blonden Flechten seines Kindes und sprach: »das Meer, daran die Wiege Deines kleinen Freundes gestanden, toset viel stärker, Blanka!«

Aber er sorgte dafür, daß Sylvius bald darauf in verhältnißmäßige Aufsicht käme, und brachte ihn später in jenes adelige Institut, wo er sich, wie wir bereits erwähnt, mit Graf Frankenstern freundlich zusammenfand. Als die Zeit ihrer Trennung gekommen war, dachten sie kaum, wann? und wo? ein günstiger Stern sie wieder vereinigen werde, und eben so wenig daran, einen Briefwechsel zu verabreden. Das Band einer jugendlichen Freundschaft hält sich so stark, daß es keiner Verknüpfung dieser Art bedarf oder zu bedürfen glaubt.

Graf Frankenstern kehrte nach Bonna zurück, und nahm die Stellung ein, auf die er Ansprüche hatte. Die Welt zog ihn in ihre Kreise, ohne daß er sich ihrem Interesse hätte anschließen können; immer war und blieb der Hang zur Einsamkeit vorherrschend in ihm.

Als er nach dem Tode seines Oheims die Güter antrat, meinte er, es sey nun schicklich, daß er sich vermähle. Wenig zugänglich für leidenschaftliche Gefühle der Liebe, richtete er mit ruhiger Überlegung sein Augenmerk auf die Töchter edler Herkunft, und seine Wahl fiel auf ein liebes, leutseliges Wesen, welches den Grafen durch eine Ahnung von Stille für sich einnahm, die in diesem Gemüth wohne, und ihn ein Übereinstimmen ihrer Neigungen hoffen ließ. Ein so glänzendes Loos wäre dem Fräulein nicht im Traume eingefallen. Dies liebenswerthe Kind, elternlos und unbegütert, lebte in Mitten einer hochmüthigen Familie, hart gedrückt, und war, ohne Aussicht auf eine andere Versorgung, entschlossen gewesen, den Schleier zu nehmen, der damals noch manches Mädchen durch freiwillige Entsagung vor dem Schmerz schützte, unbegehrt von einem Manne zu bleiben. Der irdische Bräutigam kam bei dem Fräulein dem himmlischen zuvor, und ein beinahe fürstlicher Brautschatz machte es dem Gelübde der Armuth untreu.

Aber es schien doch, als ob jene Idee Beruf und Element dieser jungfräulichen Seele gewesen wäre. Ein klösterlicher Hauch – wenn wir so sagen dürften – schwebte um die Gestalt der jungen Gräfinn, und die Blume ihres Glückes hatte einen Athem von Resignation. Sie verehrte ihren Gemahl gleich einem Schutzheiligen, hütete sich sorgsam, gegen seine Eigenheiten zu verstoßen, deren der Graf wirklich viele hatte; doch war es nur Achtung, nicht Liebe, was die Gräfinn so zart in ihren Pflichten machte. In ihrem Herzen blieb eine Lücke, welche der ganze Vollbesitz ihrer Lage nicht auszufüllen vermogte. Einen verborgenen Kummer trug sie darüber. In ihrer linken Brust war eine kleine Verhärtung entstanden, die Gräfinn wußte nicht wie? Sie hatte lange keine Gelegenheit, einen Sachverständigen um Rath zu fragen, und dann eine schmerzliche Schaam zu überwinden, als es später doch geschah. Der Graf duldete keinen Wundarzt erster Classe im Bereich seiner Herrschaft, und der Bader des Ortes mußte sich wie ein Geächteter seinem Blick entziehen. Als die Gräfinn ihrem Gemahl sanfte Vorstellungen zu machen pflegte, ward er heftig und sagte: »nein, nein! meine Liebste! solch ein Messer in der Hand des Chirurgs, was er mit Gleichgültigkeit entblößt, während das arme Opfer zitternd sitzt und nach dem furchtbaren Stahl zitternd hinblinzelt – ist mir nicht viel anders, als ob ich ein Richtschwert schwingen sähe. –« Ein jäher Krampf flog über seine Züge, die Gräfinn erbleichte – und es war nie mehr die Rede davon.

Nur zum Behuf des Gottesdienstes durften die Glocken in Bonna geläutet werden; die Todten wurden ohne Sang und Klang bestattet. Der Graf entschädigte die Geistlichkeit für den Verlust, den sie an diesen stillen Begräbnissen erlitt, sehr freigebig. Doch, wie väterlich er für seine Unterthanen sorgte, ihnen Krankenhäuser baute, nasse Augen heimlich trocknete, und sich als den Schutzfreund ihrer Wittwen und Waisen bewies, so verziehen sie es ihm doch nicht, daß er ihnen den Genuß öffentlicher Trauer und Thränen raubte; das Gepränge mit ihren Todten galt ihnen mehr, als die Zufriedenheit der Lebendigen. Daß ihr gütiger Grundherr einen Grund zu diesem Verfahren haben müsse, dies sahen sie nicht ein. Der Graf fühlte jedesmal eine Anwandlung seiner Krankheit, so oft er einen Leichenzug erblickte. Endlich machte er seinen Unterthanen den Vorschlag, ihre Gestorbenen zu verbrennen, und diese classische Idee wurzelte in seiner nervösen Furcht vor der Möglichkeit, lebendig begraben zu werden. Alle Spuren der Verwesung wären dann vertilgt vom Boden seines Gebiets, und er war Willens, der Erfüllung dieses Wunsches Denen, die sich ihm fügten, große Vortheile einzuräumen. Der Aschenkrug, darin die Reste der guten Landleute von Bonna gesammelt würden, sollte ein volles Maß von Wohlergehen über sie ausgießen. – Aber es gab einen Aufruhr – und wenig fehlte, so hätten sie das Schloß gestürmt und den Grafen gesteinigt. Nur die abgöttische Hochachtung vor seiner Gemahlinn hielt das Volk von roher Unbill zurück.

Von dieser Zeit an ward Graf Frankenstern mit Vorurtheil gehaßt. Dies nährte seinen tiefsinnigen Stolz, und er verschloß sich in sich selbst; nur das Gefühl, geliebt zu seyn, macht populair. Seine Güte war Grundsatz, deshalb erschütterte ihn der Undank nicht; aber er stand allein, und auf einer schroffen Spitze.

»Das wollen wir erleben, *Der* wird noch überschnappen –« sagte der Bader, so oft er eine alte Gevatterinn zur Ader ließ, beflissen, den Widerwillen des Grafen gegen seine Person auf eine Art zu erklären, die nur Jenem schadete. So kam das Gerücht in Umlauf, es sey nicht richtig mit ihm. Und da die Sage es ist, welche Verhältnisse schafft, so wie nicht selten durch die Meinung Zustände entstehen: so schwebte auch dieserhalb Graf Frankenstern in Gefahr, für wahnsinnig gehalten zu werden.

Mit jener tiefen Wehmuth, die nur die Reichen dieser Welt kennen, die da wissen, wie nichtig eitler Besitz für das Bedürfniß des Glückes sey – entäußerte sich die Gräfinn ihrer Vorzüge, und meinte das Beste zu entbehren, da es nicht in ihrem Vermögen läge, ihren Gemahl zu erheitern. Sie glaubte, seine finstere Seele werde sanften Eindrücken sich öffnen, als sie sich Mutter fühlte, und ihr ganzes Herz hing an diese Hoffnung. Die Gräfinn ward von einem Knaben entbunden, aber schwer; es mußte ein Geburtshelfer geholt werden. Der Graf hielt sich in seinen Zimmern, und kam nicht eher wieder zum Vorschein, bis man ihm sagte, Alles wäre vorüber.

Wie duldsam die Gräfinn nun auch war, eine kleine Empfindlichkeit, so weit ihre Schwäche sie zuließ, konnte sie doch nicht bergen. Und als das Kind nach kurzer Zeit an Krämpfen starb, brachte der Gedanke, mit welch einsamen Schmerzen sie es geboren, und daß die Natur des Vaters es ihr entrissen – die Mutter aus dem Gleichgewicht sanftmüthiger Gelassenheit, so daß sie schwankte, zwischen Groll und Gram. Der Graf weigerte sich, den kleinen Leichnam zu sehen, und seine Gattin fühlte sich verlassen wie eine Wittwe, da sie ihn mit ihren mütterlichen

Thränen salbte. »Mein Kind, mein süßes, kleines Kind!« jammerte die Gräfinn, »so mußtest Du mir hinsterben, bewußtlos wie eine Blume einschläft, die in tödtendem Frost erschauert! – Und kaum habe ich das Blinken Deines Auges gesehen, keinen Blick des Verstandes. –«

»Das Kind war weise –« sprach der Graf am Fenster eines Coridors, wo er in der umgebenden Stille die Klage seiner Frau vernommen hatte.

»*Weiß*? sagst Du?« fragte die Gräfinn, aufhorchend, welch ein Wort der stumme, scheinbar kalte Vater fallen ließe, und schritt mit matten Schritten näher, »nein, da irrst Du, mein Gemahl! es hatte von Geburt an eine blaurothe Farbe.«

»Es war *weise*, sagte ich«, betonte der Graf, »denn es sträubte sich gegen das Licht dieser Welt, und hat sie bald wieder verlassen, weil sich die Mühe des Lebens nicht verlohnt.«

Diese Worte schnitten mit zwiefachem Weh in die Seele der Mutter, sie erinnerten an Stunden der Angst, und zeigten, welch eine düstere Ansicht ihr Gemahl von einem Daseyn hätte, das Schätze über seinem Haupte gehäuft, ohne ihm eine Freude abzugewinnen.

Die Gräfinn konnte sich nicht von dem Anblick ihres Kindes trennen, und hätte es lieber wie ein Bild unter Glas und Rahmen gesetzt. Sie schützte vor, es könne wohl gar in Starrsucht liegen; aber es lag im Arm des Todes.

Der Graf hatte die ganze Zeit unbeschreiblich gelitten, und sein bleiches, verstörtes Gesicht forderte Schonung für seinen Zustand. Da dieser Zustand nun das Geheimniß eines Leidens war, was innig verflochten in das wundervolle Gewebe der Nerven, nicht minder eine Krankheit der Seele wie des Körpers genannt werden können, und die Menschen in der Regel nur ein mitleidiges Auge für sichtbare Übel haben: so schonte selbst die Gräfinn bei aller natürlichen Zartheit der Empfindung, ihren Gemahl nicht immer genug. Wir wollen bedenken, daß der Gräfinn jenes Gefühl für ihn abging, welches allein den Geist zu durchdringen vermag: die *Liebe* – das tiefste Verständniß! –

Ob wir auch Tugenden an dieser liebenswürdigen Frau rühmen müssen, die kein Gemeingut ihres Geschlechts sind, und nur das Eigenthum der edelsten weiblichen Seelen, so war sie doch als Evas Tochter von einer kleinen Schwäche nicht frei. Der Reiz des Versagten wirkte auf ihren bescheidenen Sinn. In absonderlicher Hinneigung zu Ärzten und Wundärzten, nahm sie den geringsten Anlaß wahr, ihre Kunst anzusprechen, selbst den Bader von Bonna grüßte sie freundlich und bedeutsam – was freilich zur Ehre eines vergütenden Willens erklärt werden könnte. Für die Utensilien des Todes hatte die Gräfinn ein bemerkendes Interesse; und so wie Jemand das, was eine Gestalt in ihm gewonnen, in jedem Gegenstande erblickt: so prägte sich ihr Alles zu Bildern der Sterblichkeit aus.

Im Verschluß ihres Gemahls befand sie eine Chatoulle, worin die Juwelen der Familie aufgehoben lagen. Dies Kästchen, von einer Form, wie man auch jetzt noch, nur im kleinsten Verhältniß, ein kompendiöses Nähzeug für Damen kennt, war von dunklem Saffian; um die schmal abwärts laufende Höhe zog sich eine feine stählerne Gallerie, Schloß und Handhaben waren massiv und von Silber. Die Gräfinn, gleichgültig gegen Schmuck und Putz, so daß sie als Braut jedes schimmernde Geschenk verschmäht hatte, liebte von allem Geschmeide nur Perlen. Eines Tages erwähnte sie gesprächsweise, daß die Perlen im Halsband von ihrer seligen Mutter, worin sie sich trauen lassen, nun auch abgestorben wären. Sie sagte dies mit so bekümmerter Miene, als wäre ein Leben von größerem Werth ihr erblichen. »O! da sey ruhig, mein Schatz!« antwortete der Graf eilig, weil jener bildliche Ausdruck ihn schon leise ängstete, »Perlen kannst Du sehr schön haben, wirklich köstlich; ächte! orientalische! –« Und mit freundlicher Gefälligkeit für den Geschmack der Gattinn, ließ er das Kästchen aus dem Behältniß eines Schrankes heben, und reichte ihr den Schlüssel. Die Gräfinn war doch eine Frau. Mit leuchtenden Augen betrachtete sie das nette Köfferchen und sprach: »ist dies doch ein förmlich kleiner Sarg! das niedlichste Modell zu einem solchen. Oben fehlt nur noch das Crucifix, so ist er fertig.« Das Schloß, leise erklingend, that sich auf; dieser Ton, jene Worte, berührten in dem Grafen eine überspannte Saite – und schaudernd wendete er sich ab.

»Und innen auch –« fuhr die Gräfinn unvorsichtig fort, »dieses duftende Kissen von weißem Atlaß, mit kleinen Franzen besetzt, was darauf ruht, ist doch ein wenig mehr als Staub. –« Sie nahm ein Stück nach dem andern heraus, und der Schimmer der Edelsteine spiegelte sich in ihrem lächelnden Blicke.

Der Graf bat seine Frau mit dumpfer Stimme, das Kästchen von nun an in Gewahrsam zu behalten.

Eine abermalige Niederkunft der Gräfinn war nicht glücklicher als die erste. Das Kind starb an Krämpfen. Sie fing an zu zweifeln, daß ihr Mutterfreuden beschieden seyn würden, nur halb getröstet von dem Gedanken, es geschehe ihr zum Wohl: denn kränklichen Geschöpfen das Leben gegeben zu haben für langes Leiden, sey viel schmerzlicher, als ihren frühen Tod zu beweinen.

Graf Frankenstern nahm diesen Verlust mit gewohnter düstrer Fassung hin, und diese melancholische Unempfindlichkeit vereinsamte seine Gattinn in ihrem Schmerz. Mit der bedenklichen Stelle in ihrer linken Brust war es während jener Zustände schlimmer geworden, und ein erfahrener Arzt äußerte, wenn die Gräfinn nur nicht wieder guter Hoffnung würde, so dürfe sie schon ohne Furcht seyn. –

Eine Reihe von Jahren war hingegangen, ohne daß irgend ein Ereigniß bedeutender Art die tiefe, eintönige Ruhe im Schloß zu Bonna unterbrochen hätte. Es war der Gräfinn zuweilen, als hätte sie seit ihrer Verheirathung ein Weltalter durchlebt. – Sie brachte jeden Sommer eine Zeitlang in Bühle zu und besuchte dann freundschaftlich die Cisterzienserinnen von Sanct Capella. Mit einem schmerzlichen Lächeln blickte sie in das heitere, vollblühende Gesicht mancher geistlichen Schwester, deren Geburtstag nicht weit von dem ihrigen aus einander lag. Sie sah an dem jungen Zuwachs der Töchter auf den Gütern ihres Gemahls, daß sie alt würde, und nahm in trübem Verzichten auf die Freuden des Lebens das Gefühl einer Matrone voraus. Die schweigsame Haltung des Grafen, die goldne Wucht des Reichthums und der Druck der Gleichmäßigkeit, beugte ihre liebliche Gestalt vor der Zeit.

Jetzt aber wurde die Gräfinn, deren zarte Gesundheit selten gestört gewesen, sehr kränklich und verfiel sichtbar. Ein Arzt, dem die Gräfinn ihr Zutrauen schenkte, meinte, als er ihre Klage vernahm, sie fühle sich beengt und einen Andrang nach dem Herzen – traurige Gedanken schwebten ihr beständig vor, und sie sey nicht mehr im Stande, die Stimmung ihres Gemahls auszuhalten –: es läge ihr ein wenig im Gemüth, und Zerstreuung würde hier das Beste thun. Die Gräfinn schüttelte leise den Kopf, wobei ein paar Thränen von ihren Wimpern tropften. Sie sprach: »habe ich jene Schwermuth, unter der eine Frau unsäglich leidet, doch so lange mit Freudigkeit getragen, warum sinkt mir denn jetzt der Muth?«

»Weil jede Last mit jedem Tage schwerer und zuletzt unerträglich wird –« erwiederte ihr hierauf der Doctor. Er gab sein Gutachten dahin ab, daß, wenn der Graf sich entschließen könnte, die Bäder von S... zu gebrauchen, so wäre hoffentlich auch seiner Gemahlinn geholfen. – Es kostete einen schweren Entschluß, daß dieser Rath befolgt würde. Der Graf war beinahe menschenscheu, die Gräfinn, durch langes Entwöhnen von geselligem Umgang nonnenhaft blöde geworden; es grauete Beiden vor dem Geräusch der Welt. Der Graf machte die schöne Reise wie ein Automat. Er sprach nur, was er mußte. – Die Gräfinn saß stumm an seiner Seite, und ihr Blick streifte düster über die wallenden Getraidefelder hin, an denen noch die letzte Blüthe hing – oder tauchte unter in ein Meer von Sorgen. Sie ließ halten, so oft ein Fußgänger, mühselig und beladen, ein Armer am Wege mit neidendem Staunen zu der prächtigen Equipage aufsah, und reichte ein Geldstück heraus, das ihm fröhlich weiter half. So sammelte die gute Gräfinn tausend Segenswünsche ein, und der große Rentirer an der Hauptcasse des Himmels zahlte richtig an Ort und Stelle die Zinsen des Wohlthuns.

In dem pallastähnlichen Hause, worin Graf Frankenstern mit seiner Gemahlinn Wohnung fand, hatte die nächst daran stoßenden Zimmer ein alter freundlicher Mann, mit einer jungen blassen Frau inne.

Ein Zufall brachte die Gräfinn schon am ersten Morgen in nähernde Beziehung zu dem alten Nachbar. Es war ein berühmter Accoucheur, der seiner Schwiegertochter zu Liebe hierher gekommen war. Er erzählte, die junge Frau hätte fünf todte Kinder geboren, »und *fünftausend lebendige*«, setzte er mit summarischem Accent und einer Mischung von Stolz und Schmerz hinzu: »habe ich mit dieser meiner Hand eingetragen, und komme mir deshalb wie ein kleiner Herrgott vor, der seine Kinder *nolens volens* an das Licht bringt.«

Bei diesen Worten hob er die Hand empor, die obgleich klein und hager doch so gewaltig war; der Gräfinn Auge haftete auf einem Siegelringe am Finger des Priesters der Lucina. Sie erröthete gleich dem schönen Carniol, und faßte ein Herz zu diesem Manne. –

»Mein bleiches Töchterchen«, fuhr er fort, »thut mir leid; das gute Weib grämt sich und weint oftmals im Stillen, eine Leichenmutter zu seyn. Und ich, der Geburtshelfer! kann ihr nicht helfen, und muß meinen Ruf verlieren am eigenen Blut. So kannte ich einen Mann, der die halbe verkrüppelte Welt gerade gemacht hatte, und sein einziger Sohn war ein Äsop. Dies ist ein herber Spott für die Kunst, und ein mächtiger Schlagbaum gegen den Egoismus; aber gewiß eine weise Einrichtung von Gott. Die Kräfte des Einzelnen gehören der Menschheit und nicht seinem Glück.«

Die Gräfinn hörte ihm mit ersichtlicher Theilnahme zu. Sie kam sich, im Vergleich zu jener beklagenswerthen Frau, minder unglücklich vor. So erwähnte sie ihrer eigenen Leiden, und fragte ihn um seine Meinung, über den Gebrauch der Bäder dieses Ortes für sie selbst. Der Alte that ein paar Querfragen, dann mit einem practischen Lächeln den Ausspruch: die Gräfinn würde noch vor Ablauf des Jahres einer kleinen Wanne bedürfen. – Sie sah ihn an mit einem Blick – einem Blick! – wenn, nach einem platonischen Ausdruck, Verwunderung die Mutter des Schönen und Guten sey: so dürfen wir, in kühner Anwendung desselben, die Gräfinn als eine Gesegnete ihres Geschlechts betrachten.

In dieser Stunde ging der Graf einsam ins Freie; er überließ sich seinen Gedanken, und gerieth auf einen jener geheimnißvollen Spaziergänge, die dadurch an ihrem Reiz verlieren, daß die Menge sie weder kennt noch sucht. Unter dem Niederhang einer Birke saß ein Mann, der einen Knaben zwischen seinen Knieen hielt, dem er aus einem Buche etwas zu erklären schien. Der Graf grüßte stumm und ging vorüber. »Gieb Acht, Sylvius!« sagte der Fremde, als der Knabe zerstreut Jenem mit seinen Blicken folgte.

»Sylvius!« wiederholte der Graf leise, und blieb stehen, um einem Echo der Erinnerung zu lauschen. Als er aber jenen Mann mit einer fremdartigen Aussprache weiter reden hörte, rief er, daß Berg und Thal davon wiederhallte: »Sylvius!« Vater und Sohn dieses Namens sprangen erschrocken auf, und Romana lag in den Armen seines Freundes.

Der Knabe stand ausgeschlossen, ja scheinbar vergessen, und schaute mit großen Augen unter einem strohernen Hütchen hervor, dem eine kleine rothe Feder ein phantastisches Ansehn gab; der Unbekannte hatte sich mit all' der hinreißenden Gewalt der Freundschaft seines Vaters bemächtigt.

»Sieh hier meinen Sohn!« sagte der ältere Sylvius, und streckte seine Hand nach dem jüngeren aus: »mein einzig Gut – Du bist wohl reicher, Frankenstern?«

»Ich habe gar keine Kinder –« antwortete der Graf schmerzlich.

»Aber verheirathet bist Du doch?« fragte der Freund, und es gereute ihn, voreilig gewesen zu seyn. Der Graf nickte bloß. Wie wenig diese Antwort auch besagte: Romana würde, sie geben zu können, sich für einen Crösus an Glückseligkeit gehalten haben.

Seine geliebte Frau war gestorben: die kleine blonde Blanka, die groß und schön, und sein größtes Glück geworden war. Er hatte mit ihr in Virginien gelebt. Diese Versorgung seines jüngsten und besten Kindes war ein Opfer gewesen, welches der edelmüthige Kaufmann seinen Familien-Verhältnissen gebracht. Seine älteren Töchter haßten den Sylvius, und liebten ihren Vater nicht, und lohnten ihm schlecht. Er hatte sich aus dem Vortheil gegeben: das giebt nie ein gutes Ende – es wäre denn ein leichtes Sterben darunter gemeint.

»Mein Vater sehnt sich nach mir –« sagte Blanka mit thränenden Augen zu ihrem Gemahl: »ich höre mich zuweilen ganz deutlich von ihm rufen. Jüngst träumte mir, sein Reichthum wäre zu Wasser geworden, wir schifften still darauf hin – und hatten uns verirrt: denn es war das *todte Meer*.«

Als Sylvius nun sah, daß seine Frau gemüthskrank vor Heimweh werden könnte, machte er die Rückreise möglich. Die Fahrt war aber nicht glücklich, und ihr Ziel traurig. Der Kaufmann lag im Grabe und konnte nicht mehr klagen, was ihn hinein gedrückt; aber man hörte es doch, und auch wes Geistes Kind seine Töchter wären. – Die Folgen der Seereise, erschütternde Gefühle wirkten schädlich auf Blankas zarte Gesundheit, und nicht lange, so bettete man sie an ihres Vaters Seite.

Romana nahm sein Kind, nahm den Rest seiner Habe, und verließ dies Haus für immer. Er wollte eine Anstellung suchen, wie er sie bei seiner vielseitigen Ausbildung in diesem oder jenem Fache finden konnte, als er den Jugendfreund wiederfand. Er erkannte den Grafen Frankenstern nur an der alten Liebe noch: seine Gestalt war ihm unkenntlich geworden. In tiefen Höhlen, von finstern Braunen überbuscht, lagen seine Augen, sein Blick war verstört, und verrieth eine zerrüttete Seele. Und jenes ihm eigenthümliche Lächeln um den geklemmten Mund, war nicht mehr todtenhaft friedlich wie sonst, sondern krampfhaft: so daß auch dieser weltversöhnte Zug, nur wie ein Nervenspiel innerster Angst erschien.

Auch Sylvius de Romana hatte sich sehr verändert. Er war sehr braun geworden, sonst würde er sehr bleich gewesen seyn, wie dies in den Schattirungen seiner Gesichtsfarbe zu bemerken. Sein stolzer Wuchs hatte etwas Gebeugtes angenommen, tiefe Erfahrungen ruhten in seinen Zügen – aber sie *ruhten*. Der Klang seiner Stimme, sonst voll und laut, der Ausdruck einer heftigen Seele, war geistig besänftiget, und etwas langsam und leise. –

Doch, empfände wohl der Mensch eine äußere Veränderung, ob er sie auch sähe, in einem Augenblicke unsterblicher Freude? – Der Begriff der Zeit verschwindet, wo wir fühlen, daß die Freundschaft *ewig* ist. – Virginien, das Andenken an Blanka, ihres Vaters Grab, jeder in Thränen und Tagen verflossene Schmerz: Alles sank in der Unendlichkeit unter, was, wie ein Weltmeer, in Sylvius Herzen aufwallte, da es an dem des Freundes schlug, und seine Augen wurden feucht. Und im Anblick der kleinen Narbe an Romanas Stirn, die Graf Frankenstern ihm einst in der Fechtschule mit dem Rappier geschlagen, schloß sich für Diesen jede Wunde des Schicksals, und seine kranke Seele blutete nicht mehr. Entzückt führte er den Freund und dessen Sohn mit sich fort in seine Wohnung, sein Glück mit seiner Frau zu theilen.

Die Gräfinn brannte unterdessen vor Begierde, die große Nachricht, die sie wußte, ihrem Gemahl mitzutheilen. Er ließ lange auf sich warten, endlich kam er, doch nicht allein. Die Fremden, die er mitbrachte, waren als eine Störung von ihr angesehen, und leider! ist der erste Eindruck beinahe immer entscheidend. So ist es nicht genug, daß Jemand ein Recht zu kommen hat: er muß auch zur *rechten* Zeit kommen, und kein Mensch – nur ein Gott kann diese wissen.

Hier, im Beiseyn seiner Frau, schüttete der Graf das verschlossene Herz aus, dessen eiserne Bänder die Freude sprengte. »Du bleibst nun bei mir, Romana! denke nicht daran, mich zu verlassen –« sagte er gebietend, und in den Ausdruck, wie sehr, wie innerlichst er dieser Nähe bedürfe, mischte sich etwas von dem Bewußtseyn, wie viel er äußerlich zu gewähren vermöge. »Dein Sohn –« so fuhr der Graf fort, »soll wie der meine gehalten seyn, um so mehr, da wir keine Kinder haben.« Die Gräfinn hustete leise, und wurde blaß vor Schrecken. Sie wäre keine Frau gewesen, wenn diese Äußerung ihres Gemahls gegen einen ihr fremden Freund, sie nicht beleidiget hätte; dazu diese gesprächige Wärme, als ob Geist des Lebens über ihn gekommen. Nie hatte sie, auch zur Brautzeit, eine ähnliche Macht auf ihn geübt, und ganz nach Art weiblicher Eifersucht, nahm sie dies Dem übel, der diese erheiternde Wirkung hervorbrachte, ohne sich selbst heiter zu zeigen – was immer anspruchslos erscheint. Der unschuldige Knabe kränkte in der Äußerung des Grafen ihr neugebornes Kind – und ein leiser Widerwille gegen diese Fremden schlich wie eine Schlange über ihr Herz. –

Als die Gräfinn Gelegenheit hatte, ihren Gemahl mit der neuen Hoffnung bekannt zu machen, fand sie ihn zwar erfreut; aber – nicht im richtigen Verhältniß zu ihrer mütterlichen Erwartung. Vielleicht fürchtete der Graf, das Kind werde wieder sterben – oder er schlug als ein seelenkranker und niedergeschlagener Mann, den Werth eines Leiberben überhaupt nicht hoch an: genug, seine Freude war mäßig.

Die Gräfinn trug ihr Glück wie eine Buße, mit schwerem, verschwiegenem Herzen; mancher Stich ging jetzt durch ihre leidende Brust, die sich täglich mehr verhärtete.

Romana und sein Sohn begleiteten das Ehepaar von Frankenstern nach Bonna. Ersterer sollte Forstmeister werden – hatte der Graf flüchtig hingeworfen. Den ersten Abend ihrer Ankunft daselbst, sagte die Gräfinn: »ein Einziges bitte ich von Dir, mein lieber Mann! bleibt Romana hier: so sey es doch nicht in unserm Hause; ich habe dazu meine guten Gründe.«

Der Graf sah seine Frau bestürzt an, nie hatte sie durch Laune oder Eigensinn seine Handlungsweise bedingt – er schwieg, aber er wagte nicht, diesen befremdenden Wunsch zu verneinen.

Romana stellte die Bedingungen, unter denen er in Bonna bleiben wolle, mit edler Selbständigkeit fest. Er sagte: »gieb mir ein Plätzchen, Frankenstern, nach meinem Sinn, darauf ich mir ein Haus baue, und Material dazu; dann Gelegenheit, Deinen Gütern wie Dir selbst zu nützen: so hast Du mich.«

Sie gingen aus, einen Platz zu suchen, und der Graf dachte seufzend, wie viel Raum in dem weiten Schlosse, und daß keine Frau, auch die beste nicht! durchaus verträglich wäre.

Ganz in der Nähe von Bonna, kaum ein paar hundert Schritte davon entfernt, lag ein kleines Vorwerk, Heiland genannt. Vermuthlich hatte es diesen ehrwürdigen Namen von einem Christuskreuze erhalten, das in ungewöhnlicher Höhe zwischen dem herrschaftlichen Hof und diesem Höfchen stand. Ein klares Brünnlein rieselte darunter hin, und eine eingerostete Gitterthüre schien diesen lautern Quell zu verschließen. Es waren Spuren da, die es wahrscheinlich machten, daß der Bezirk dieser Stelle einst Mauern getragen habe, und bewohnt gewesen sey; die Aussicht war himmlisch. »Laß mich hier zu Jesu Füßen wohnen!« sagte Romana, indem er mit glänzenden Augen an dem Crucifix hinauf blickte, »doch Dir zuvor und gewiß am rechten Ort – ein Bekenntniß ablegen, nach welchem es sich fragt, ob ich nicht den Staub von den meinigen schütteln und weiter ziehen muß.«

Graf Frankenstern glaubte seinen Ohren nicht zu trauen, als er vernahm, daß Romana, dieser catholische Edelmann, unter dessen Vorfahren vielleicht Ritter vom goldenen Vließ gewesen, seinem Glauben entsagt habe, und der eifrige Anhänger einer frommen Gemeinde geworden sey, die das Lamm verehrt, was der Welt Sünde trägt. So wie Menschen von schwärmerischer Anlage der äußersten und entgegengesetzten Richtungen ihres Wesens fähig sind: so hatte Romana in Verbindungen, darin er mit Blanka in Virginien gelebt, diesen Umschwung seiner religiösen Ideenwelt erfahren. Eine große Gefahr, aus der er auf beinahe übernatürliche Weise gerettet worden, entschied, und seine angestammte Wundergläubigkeit wechselte nur ihre Form in seinem Gemüthe. Das Gefühl seiner Abkunft und Armuth ward christlicher Stolz: den Armen war ja vorzugsweise das Evangelium gepredigt. –

Nachdem der Graf dies vernommen, stand er eine lange, sinnende Weile. Der Boden dieser catholischen Gegend schien empfänglich, um die neue Lehre darauf zu verpflanzen, und neben Klöstern, päbstlichen Kirchen und Heiligenbildern, lebte friedsam und einmüthig ein Häufchen der Stillen im Lande. Selbst unter den Beamten der Ortschaft waren einige derselben, deren gewissenhafte Redlichkeit Graf Frankenstern schätzte. Und so sagte er: »was ich höre, Romana, setzt mich in Erstaunen, wie Du siehst; aber es ändert nichts zwischen uns. Unsere Freundschaft ist mir eine Art Religion – und so glaube ich an Dich, wenn ich auch nicht begreife, wie es möglich war, daß Du – ein Abtrünniger werden konntest. Ich halte Dich für einen ehrenwerthen Mann, und mich an diese Überzeugung. – So eben dachte ich, wie seltsam es sey, daß der Wind des Schicksals Menschen eines Sinnes von allen Enden der Welt hierher zusammen weht.«

Von der festen Zuversicht des Freundes gerührt, antwortete Romana: »*weht*! ja, das ist das rechte Wort. Der Herr sammelt, was verstreut gewesen. Sein Athem ist es, das Wehen seines Geistes, was den Blüthenstaub im Frühling, auch über Mauern, zu der verwandten Blume trägt.«

Die Grundmauern zu dem neuen Hause wurden nun gelegt und hundert arbeitsame Hände förderten den Bau. Es fand sich, daß ein gewölbter, völlig gut erhaltener Gang von hier aus nach dem Schlosse führe, wovon die eiserne Gitterthüre am Brunnen der Ausgang wäre. Dieser Fund war für den Grafen die Entdeckung einer Goldmine. Er dachte bekümmert, seine Frau wüßte bereits, was er ihr verhehlen mögen, und am liebsten für immer, denn er kannte ihren Abscheu gegen Apostaten. »Sieh!« sagte er sehr glücklich, und sich ins Geheim bewußt, sein Umgang mit dem Freunde stände unter unsichtbarem Schutze, »so können wir ungehindert und selbst zur Nachtzeit zu einander kommen. –« Aber der Saamen des Geheimnisses trägt selten Früchte für das Licht.

Endlich stand das Haus fertig, mit plattem Dach, worauf Romana einen kleinen Garten anzulegen gesonnen war. Der Herr Christus prangte als Schutzwache davor, und leise rieselte das Wässerchen unter der marmornen Schwelle. Hinein zog Romana mit seinem Sohn, und lebte nicht allein in strenger Absonderung, sondern einsiedlerisch verschlossen. Wenn die Förster und Holzschläger, die den Forstmeister zu sprechen kamen, Einlaß suchten, so zitterte der Schall der hellen Hausglocke durch den mäuschenstillen Flur, und selbst Verstockte meinten, der Himmel werde ihnen einmal eher aufgethan werden.

Wie selig Graf Frankenstern sich die Nähe seines Freundes geträumt: so empfand er doch die Beruhigung nicht davon, welche er gehofft hatte. Er sah ein, daß die Gefühle der Jugend eine bedeutende Zuthat zu jener innigen und beglückenden Freundschaft gewesen wären. Wirklich hatte Romana sich sehr geändert, und war ein wenig kopfhängerisch geworden; der Graf war ein geisteskranker Mann, der ganz eigen behandelt seyn wollte, und eines aufrichtenden Umgangs bedurft hätte. Romanas Übertritt hatte eine Kluft zwischen ihnen gerissen, die der Graf in der Fülle seines Herzens anfänglich nur für eine Linie hielt –; aber es war ein tiefer, dunkler Spalt, der ihr innigstes allseitiges Vertrauen nicht zuließ. Sie vermieden sorgsam jedes Gespräch, das nur von fern diesen Punkt berührte, und wehe der Freundschaft, die, wenn auch nur *eine* Stelle weiß, welche geschont werden muß! –

Der Hochmuth des Grafen war durch seine Verhältnisse, durch das Gefühl, verkannt zu seyn, durch die Natur seiner Krankheit genährt worden. Auch der Unglückseligste hat noch *einen* Freund: den Tod! Graf Frankenstern aber sah in diesem das Gespenst seines Lebens, und die öde Unsterblichkeit, die er sich in der Angst seiner Seele wünschte, stellte ihn allein unter den Menschen. Romanas ritterlicher Sinn war Stolz der christlichen Demuth geworden. Ein leiser Hang zum Abenteuerlichen, der ihm verblieben, ein inneres Absondern von Andern, ließ ihn von der breiten Straße abbeugen, auf der gewöhnliche Menschen das Glück suchen. Der Geist seiner Secte setzt etwas darin, vertraut mit dem Tode seyn und seine düstern Farben und Symbole in den Bedarf des häuslichen Lebens aufzunehmen; Romana schlief unter einer Decke schwarz und weiß, zu seinen Häupten lief lautlos oder stand eine Sanduhr, weil sein Schlaf so leise war, daß auch der sanfteste Seiger ihn verscheuchte. Er würde lächelnd seinen Morgentrunk aus einem Schädel genommen haben, er sprach freudig von seiner Auflösung, und diese Kraft stellte ihn hoch über seinen Freund.

Graf Frankenstern arbeitete nichts; nur seine Phantasie war unablässig beschäftiget. Das Bewußtseyn, durch seine eigensten Kräfte zu nützen, hatte ihn nie gehoben. Die Leichtigkeit, womit er wohlthun konnte, täuschte ihn über die Unterlassungs-Sünde, die Mittel dazu aus sich selbst zu schöpfen.

Romana besaß schöne Kenntnisse, und übte sie mit Fleiß. Er war thätig von früh bis spät, und der Kernspruch seines großen Landsmanns, daß Arbeit des Blutes Balsam sey – bewährte sich an ihm: er war sehr gesund. Er trieb viel Mathematik, und flößte seinem Sohne Lust und Eifer für diese Wissenschaft ein; indem er ihn gewöhnte, seinen Verstand anzustrengen, unterdrückte er das frühzeitige Aufstreben von Gefühlen, denen die Einsamkeit Nahrung giebt.

Die Gräfinn war im Spätherbst jenes Jahres, welches ihren Gemahl seinen Freund wiederfinden ließ, schnell und sonder Gefährlichkeit von einer Tochter entbunden worden. Ein niedliches Mädchen machte ihr das Leben leicht. Dennoch schien die Mutter tödtlich erschöpft.

»Das Kind ist im Zeichen des Krebses geboren –« sagte die Wärterinn nach einem Blick in den Calender, »Gott verhüte, daß ihm nicht Alles rückgängig werde!« Die Gräfinn erschauerte bei diesen Worten in einer andern Furcht.

Die Kleine ward Albane getauft, und gedieh wunderschön an der Brust einer derben Amme. Keine Spur von Krämpfen zog das Herz der Mutter in der Befürchtung zusammen, dies Engelskind werde ja doch nur wieder ein geliehenes Gut seyn, wie die kleinen Brüder – was sie nach kurzer Zeit mit tausend Thränen zurück zahlen müssen. Langsam hatte sich die Gräfinn erholt, und war auch bei wiedererlangten Kräften, und ihres Anlasses zur Freude ungeachtet, in sich gekehrt und traurig geblieben.

Zwei Jahre waren seitdem verstrichen, als eines Tages Romana sich bei seinem Freunde im Schloß befand. Sie unterredeten sich über die Zukunft seines Sohnes. »Sylvius bekommt einmal Deine Stelle –« sagte Graf Frankenstern gleichsam zusichernd. Er sprach damit die Gewißheit an, den Vater des künftigen Forstmeisters zu überleben.

»Meinem Wunsche nach«, antwortete Jener, »geht er in die weite Welt.«

»Dein einziger Sohn?« erwiederte der Graf mit Vorwurf, »Du willst doch nicht, daß er ein Glücksritter werde?«

»Warum nicht? bin ich doch auch Einer –« sagte Romana, und lächelte wie ein Eremit. »Sieh lieber Frankenstern«, fuhr er fort, »die Seinen für sich behalten und in den Kreis der angestammten Verhältnisse einschließen wollen, wäre engherzig gedacht. Nur in der Welt wird der Mann ein Mensch und lernt brüderlich denken. In diesem Aussenden liegt mir etwas Göttliches –«

»Wir aber sind Menschen, Romana«, unterbrach ihn der Graf, »und es liegt in der Natur, daß man sein Kind so nahe und so lange als möglich um sich habe; es ohne Noth dem Zufall zu opfern, kommt mir wie Vermessenheit vor.«

»Aber gehorsam dem Willen des Herrn? oder einer heiligen Idee?« wendete Romana mit erhöheter Stimme ein, »ich fühle, das würde ich können. Wäre es dem Sylvius bestimmt, in einem rechtlichen Kriege zu fallen: so preise ich ihn selig. Zöge er übers Meer, um die Heiden dem Erlöser zuzuführen und versänke: ich würde deshalb nicht zu Boden sinken. Im Aufgeben, Freund, liegt das wahre *Haben*, und das Geheimniß ewigen Gewinns. Wie ärmlich ist das Leben, wenn es keinen andern Werth hat, als daß man athme!« der Graf seufzte schwer, und Romana verließ ihn.

Noch wirkte dieses Gespräch nach, als die Gräfinn in das Zimmer ihres Gemahls trat. Die kleine Albane hing schlafend auf ihrem Arme, und das volle Händchen des Kindes, wie aus rosigem Wachs mit reizenden Grübchen geformt, lag schützend auf der linken Brust der Mutter.

Den Grafen rührte dieser Anblick. Er küßte väterlich sacht diese kleine Hand, und das Mutterherz darunter schlug stärker. Vielleicht ward in diesem Augenblicke der Gedanke an das, was Romana gesagt, zu einer stillen Freude, daß dies sein einziges Kind eine *Tochter* sey. Zum erstenmale äußerte er, wie glücklich ihn der Besitz des Kindes mache, und daß es so gesund sey, und die Mutter dazu, um die er vordem doch sehr besorgt gewesen.

Die Gräfinn entfärbte sich. Mit bewegter Stimme sagte sie: »es könnte seyn, daß ich mein Leben um einen Preis gerettet hätte, der Dir mißfällt.«

Dem Grafen fiel diese Äußerung auf. Er sah seine Frau forschend an, welche ihm nunmehr gestand, wie sie seit ihrer Verheirathung ein schadhaftes Fleckchen in der Brust verspürt, was ihr dann und wann

Schmerzen, immer aber Kummer verursacht habe. In jedesmaliger Schwangerschaft sey es schlimmer damit geworden, bis endlich bei der Geburt der kleinen Albane der leidende Theil sich zu Stein verhärtet und dergestalt sich entzündet habe, daß sie (die Gräfinn) fürchten müssen, den Krebs zu bekommen, wenn sie nicht Muth zu einem gewagten Schritt fassen könnte. –

Der Graf legte beide Hände vor das Gesicht, schon bedeckt von der Blässe des Grauens. Er sagte: »gut, daß ich es nicht wußte; der bloße Gedanke macht mich schaudern. Eine Operation solcher Art brächte mich von Sinnen. Du glaubst nicht«, setzte er mit scheuem Vertrauen hinzu, »wie tausend Dinge, stumpf für den Verstand Anderer, in mein Gehirn bohren! diese Vorstellung zum Beispiel – durchdringt mich entsetzlich.« Seine Lippen zuckten, als wühle ein Messer in seiner Seele.

Die Gräfinn hätte beinahe ihr Geständniß bereut – gewiß hätte sie es sollen. Sie sprach: »in dieser Noth that ich das Gelübde, hülfe mir der Himmel und würde ich geheilt: so solle die Brust meines Kindes sich nie für eitle Wünsche heben – nur dem Heil der Seele. Und es dauerte nicht lange, so genaß ich an einem simpeln Umschlage.«

»Verstehe ich Dich recht?« fragte der Graf schwach, »Albane – eine Klosterfrau?« Die Mutter nickte ängstlich.

»Das ist hart!« murrte der Graf, und seine Frau hatte jene Gefahr nicht härter empfunden, als diese drei Worte. So sprach die Gräfinn weichmüthig: »Du mein Gemahl machst Dir ja selbst nichts aus der Welt, und ihren trüglichen Freuden. Die Güter kommen an fremde Hand – Anverwandte haben wir nicht, Albane stünde allein. So ist sie unter den vornehmsten Schutz gestellt, und die Kirche, eine segensreiche Mutter, giebt ihr Schwestern.«

Der Graf lächelte kalt, und murmelte etwas von Stiefgeschwisterschaft.

»Nein«, fuhr die Gräfinn, ihren Gemahl mißverstehend, fort, »dort würde mir Albane nicht aufgehoben gewesen seyn. – Sage, was fehlt einer Braut Christi?«

»Dieses Glück!« antwortete Graf Frankenstern und deutete auf seine Kleine, »eine Brust, daran solch ein Kind erblüht, kann viel verschmerzen. Ihr seyd zu Müttern geboren. Und – daß ich es nur frei gestehe – ich mag die Klöster nicht leiden, und es wird einmal aller Tage Abend mit ihnen werden. Warum aber soll meine Tochter darin untergehen?«

»O mein Gott!« jammerte die Gräfinn, und hob ihre Augen thränenschwer zur Höhe, »warum bin ich nicht gestorben?« Ihr Herz schlug so mächtig, daß des Kindes Händchen auf dem Busen seiner Mutter erbebte. Sie selbst wankte.

Der Graf war erschüttert; nach einer Pause sagte er: »Du wirst glauben, daß mir Dein Leben über Alles theuer ist! nur *den* Beweis fordere nicht, daß ich gleichgültig dazu wäre, wenn unser einziges Kind geopfert wird, in welchem ich Dich ja auch liebe. Übrigens warst Du damals in einem Zustande, der keiner Zurechnung fähig ist. – Nöthigenfalls würde Dispens vom Pabst zu erlangen seyn. Ich zweifle jedoch, ob das Recht, über das Schicksal eines Menschen also zu verfügen, auch einer Mutter zusteht, und meine, von der Sünde, es gethan zu haben, könne Jeder sich selbst entbinden.«

»Dies sind Romanas Grundsätze«, stöhnte die Gräfin, »es ist *sein* Geist, der aus Dir redet, mein Gemahl. Irret Euch nicht, Gott läßt sich nicht spotten; ich will Wort halten, wenigstens.«

Sie entfernte sich hierauf, heftig alterirt. Die Gräfin fühlte einen tiefen körperlichen Schmerz in ihrem Herzen, und sich wie im Innersten zerrissen. Von Frost geschüttelt mußte sie sich alsbald zu Bett legen. O! daß die Arme gesprochen und mit dem Laut der Rede den stillen Wächter ihres Geheimnisses verscheucht hatte! ihre Ruhe war dahin. Seltsam genug warf sich ein schnell entwickelter Krankheitsstoff auf ihre zuvor genesene Brust. Es half nichts, daß die Gräfin ihr erneuetes Unglück siebenfach verhüllte; jede Hoffnung schien verloren, und das Leben war ihr nichts mehr werth.

Wenn die geneigten Leser der Meinung wären, Güte und Liebe in dem Charakter der Gräfin Frankenstern würde nicht zugelassen haben, daß sie in grausamer Selbstsucht das Glück ihres einzigen Kindes zum Preis ihrer Rettung gemacht hätte, so glauben wir diesem Vorwurf zu begegnen, wenn wir bemerken, wie grade die zärtlichsten, die weichsten Mütter es sind, und die Natur mag diesen Widerspruch lösen – welche oftmals das Schwerste über ihre Kinder verhängen. Hier war es ein Schleier, und den zu tragen hielt die Gräfin für leicht. Sie hielt ferner, im Gefühl *ihrer* Ehe, *keine* für ganz glücklich, und verwechselte ihr unbefriedigtes Herz mit dem Sehnen nach einer Bestimmung, die vollendender wäre. Und wie es im menschlichen Wunsche liegt, daß Diejenigen, welche unser Daseyn fortsetzen, Alles weiter bringen, jeden Keim unsers innersten Lebens entwickeln, und ein höheres Glück erreichen sollen: so war der Gräfin der Gedanke lieb geworden, ihre Tochter würde werden, was zu seyn ihr nicht bestimmt gewesen. Von einer ge-

wissen Stufe der Erfahrung scheint jeder Schritt, den wir unsern Nachkommen zumuthen, ob er auch die liebsten Freuden hinter sich lasse
– *klein*, im Vergleich zu dem, was er anstrebt. Vielleicht war es auch
die mütterliche Ahnung, welche die Gräfinn fürchten ließ, ihre Tochter
in den Armen eines Mannes nicht sicher genug zu wissen. –

Nach einiger Zeit ward Romana heimlicher Weise zur Gräfinn berufen.
Diese einfache Bitte machte den Forstmeister stutzen, und Schwierigkeiten, daß er sie erfülle: denn der Graf mußte umgangen werden. – Zur
bestimmten Stunde fand sich Romana ein. Die Gräfinn war in ihrem
Schlafzimmer. Jener erschrak vor ihrem Anblick. Sie war total entstellt,
ihr Gesicht aschfarb, ihr Auge erloschen, und nur ein schwachglimmen-
der Lebensfunken noch darin. So krank hatte er sie nicht geglaubt, obgleich er von ihrem Übelbefinden wußte.

»Verzeihen Sie, Romana, daß ich Sie bemühte!« redete sie ihn mit
jenem rührenden Wohllaut der Stimme an, der je leiser, um desto stärker
ans Herz dringt, »ich habe etwas Wichtiges mit Ihnen zu sprechen. Sie
könnten mir einen großen Gefallen erzeigen.«

»Herr mein Gott!« antwortete der Forstmeister, und das Mitleid mä-
ßigte diesen Ausruf bis zur zartesten Versicherung, »gebieten Sie doch
über mich!«

»Es wäre mir viel daran gelegen«, sprach hierauf die Gräfinn, »wenn
Sie morgen – oder übermorgen«, der kranke Blick ihres matten Auges
verdunkelte sich wie die Nacht dazwischen, und ein voller Seufzer füllte
den Moment, »meinen Mann auf einen halben Tag – besser wäre freilich
ein ganzer – zu entfernen wüßten.«

»Das wird schwer halten«, erwog Romana, »hält doch Frankenstern
kaum mehr eine halbe Stunde bei mir aus. Verlassen Sie Sich indeß
darauf, es geschieht! ich sinne nur nach, wie ich es anzustellen habe,
ihn zu einer kleinen Reise zu bereden.«

»Dann fiele mir ein Stein vom Herzen«, erwiederte die Gräfinn, indem
ein paar Thränen über ihre abgehärmten Wangen rollten. »Wissen Sie
denn, ich werde operirt – das heißt, ich lasse mir die Brust ablösen. So
begreifen Sie auch, daß dies meinem Manne verschwiegen bleiben muß.«

Diese Worte, mit Ruhe und Resignation gesprochen, sträubten dem
Forstmeister das Haar. »Die Brust – ablösen?« fragte er, und sein
männliches Gesicht erröthete in Angst; die Gräfinn erbarmte ihn unaussprechlich. »Und bleibt kein anderes Mittel?«

Ein sanftes Kopfschütteln, und: »nur dieses letzte –« war die sehr leise Antwort.

»Sie werden eines Beistandes bedürfen, arme Gräfinn!« sagte Romana dringend, und irrte mit seinen Gedanken hin und her, wie er zugleich den Grafen abwehren, und hier eine Stütze in der Gefahr seyn könnte.

Die Gräfinn lächelte; es war, als hätte die Sense des Todes dies Lächeln in ihre tiefen Züge eingeschnitten – und dem Forstmeister blutete das Herz. Sie sprach: »ich wäre doch allein, im Grausen Dessen, was mir bevorsteht; allein muß Jeder seinen Weg gehen. Aber, wenn ich am Ziele bin, verlassen Sie meinen Mann nicht! er wird den Freund dann nöthig haben. – Und nun das Wichtigste. Wir sind zwar nicht mehr Eines Glaubens, Sie – doch lassen wir das. Ich halte Sie für einen redlichen Mann, Romana.« Nie hatte der Forstmeister ein ehrenwertheres Zeugniß empfangen, als dies. Er würdigte es, und die Gräfinn fuhr mit bewegter Stimme und widerstrebenden Lippen fort: »an ihre männliche und christliche Ehre nun wende ich mich, wenn ich hoffe, daß Sie, unserer abweichenden Meinungen ungeachtet, das Wort, was eine bedrängte Mutter dem Himmel als Pfand eingesetzt, nicht verfallen lassen werden, gleich einer Schuld. Verspräschen Sie, Ihren Einfluß auf meinen Mann für diesen Zweck zu benutzen: dies würde mich sterbend noch erquicken.«

Darauf erzählte die Gräfinn dem Forstmeister, was unsere Leser schon wissen. Wie lange und wie still sie den Kummer in ihrer Brust getragen, was die Ärzte gesagt, und so weiter. Und als sie ihr letztes Kind geboren, habe sie es mit tiefem Erbarmen angesehen, wie vielen Schmerzen eine Mutter unterworfen sey und was ein Weib schweigend erdulden müsse. So sey ihr denn ein Leben in Gott als das höchste Glück erschienen, dem sie das Neugeborene gelobt, wenn er das ihrige fristen wolle, weniger, um sich selbst zu retten, als ihr Kind. – Die Gräfinn eröffnete nun dem Freunde ihres Gemahls mit reuiger Wehmuth, daß sie sich von einem ungewöhnlichen Anfluge ehelicher und väterlicher Zärtlichkeit des Grafen hinreißen lassen, ihm dies zu gestehen, worauf er ihr bittern Vorwurf gemacht, und das Ansinnen, jenes Gelöbniß zu brechen. »Ich muß nun«, setzte sie trostlos hinzu, »den Frevel dieses Gedankens mit dem Tode büßen: denn der Himmel läßt nicht mit sich spaßen. Ich bekam sofort Frost, die alten Schmerzen – es ward schlimmer mit mir, wie je zuvor. So will ich, obwohl selbst ein Opfer, doch, daß meine Tochter durch Gehorsam sühne, was ihr Vater zu sagen sich vermaß.

Werden Sie es nicht hindern, Romana? daß Albane –« weicher läßt sich nicht bitten, als es in diesen Worten geschah; die Stimme der Gräfinn zerschmolz in Thränen.

Der Forstmeister legte stumm seine Rechte in ihre kleine, weiße, feuchte Hand. In seinen Augen, denen Kreuz und Leiden in aller ihrer Heiligkeit vorschwebten, brannte ein Schwur. Sie glaubte ihm, ohne daß er eine zusichernde Sylbe gesagt hätte.

Wie überzeugend ist das Vertrauen! Romana, seinem gewandelten Sinne nach, ein Feind der Klöster, hätte die kleine Albane lieber heute schon einsperren mögen. Er war der geistliche Anwalt des Wunsches ihrer Mutter geworden, daß dies liebe Kind, einst absagend weltlichen Schimmer, der Edelstein eines Ordens würde. Vielleicht wäre die Gräfinn dennoch zu retten gewesen; aber das Fatum, dem selbst die Parzen dienen, hatte ihrem Leibarzt den Lebensfaden, und somit die Gelegenheit abgeschnitten, ihren frommen festen Glauben an göttliche Hülfe und an die seinige noch einmal zu bewähren. Der junge Äsculap, der das Zutrauen der Gräfinn von ihm ererbt, war ein hitziger Anatomiker, der seinen besten Freund eben so gern secirt, als ganz glücklich gesehen haben würde – und Wir wissen, daß die Leidenschaft ihren Gegenstand nicht immer zeitgemäß behandle. – Als nun der gefürchtete Morgen kam, und mit ihm der Doctor, begleitet von einem Wundarzt, fand er Alles bereit, sogar die Seele der Gräfinn zum Sterben. Graf Frankenstern war durch einen Anlaß, den die Klugheit des Forstmeisters ersonnen, geschickt entfernt worden. Todtenstille herrschte im Schlosse. Die weiblich-vornehme Fassung der Gräfinn entmannte den Operateur. Verstörten Auges blickte er nach der Uhr, und seine Hand zitterte mit dem Secundenzeiger um die Wette. Nach dem ersten Schnitte entfiel ihm das Messer, und es sank mit solcher Schärfe in die Diele ein, daß ein kleiner blutbefleckter Spahn daneben aufgafffte. – Die Gräfinn verlangte mit erlöschender Stimme: man solle das Messer nur liegen lassen. Aber dieser Zufall war von übler Vorbedeutung: die Gräfinn verschied am dritten Tage. –

Wir wagen nicht, den Zustand ihres Gemahls beschreiben zu wollen. Er klagte sich als den Mörder dieser unvergleichlichen Gattinn an, obgleich er die eigentlichen Umstände ihres Todes nicht kannte, und nur wußte, daß sie von jenem Wortwechsel an gekränkelt hatte; die Wahrheit würde zu stark für ihn gewesen seyn. Liebe und Schauder bekämpften ihn mit gleichen Waffen. Romanas Freundschaft stand ihm kräftig bei;

aber – wie sind jene finstern Mächte zu bezwingen, die den Menschen sich selbst entfremden? – Vergebens mahnte der Forstmeister ihn an die Pflicht, sich zu zerstreuen. Er konnte ihm nicht einmal den Abgrund zeigen, der unter dieser tiefsinnigen Langeweile gähnte, aus Furcht, der Graf könne dann früher noch in das Elend völliger Geistesverwirrung stürzen. – Romana bot ferner Alles auf, jedoch umsonst, ihn zu bewegen, daß er die kleine Albane unter andere Aufsicht gäbe, als die ihrer Amme. Mit jener Hartnäckigkeit, womit schon der Eigensinn wie viel mehr der Wahnsinn, ob er auch unterdrückt wäre, an seinem Willen festhält, behauptete der Graf, er könne nirgend ausdauern unter Menschen, und eben so wenig ein weiblich Wesen in bessern Kleidern um sich sehen, als Die trüge, welche seine Albane genährt.

»Und wozu auch?« fragte er mit düsterm Stolz, »meine Tochter kommt einmal ins Kloster, und also nie in den Fall, der Welt und dessen, was sie fordert, zu bedürfen. Gott hat sie wohl gebildet – es ist nichts zu tadeln an meinem Kind.« Dagegen ließ sich nun freilich nichts sagen, und Romana schwieg.

Wenn man annehmen darf: daß die Freundschaft durch ein verjährtes Zusammenleben tausendmal eher aufgehoben als befestiget wird – so wie durch lange Trennung verinniget – so spricht die Erfahrung dafür und den Beweis an: Verstand, Einsicht, Wissenschaft, Dankbarkeit, Lebenssinn, Erinnerung – könnten zwar als eine feste Grundlage freundschaftlicher Verhältnisse angesehen werden, doch nicht unerschütterlich gegen die Gewalt der Zeit und Umstände. Die einzige Basis des Bestands ist ein tiefes Gemüth voll göttlicher Kraft der Liebe!

Allmälig hatte Romana sich seinem unglücklichen Freunde entfremdet, und es war so unmerklich geschehen, daß ihre Seelen sich wie aus weiter Ferne kaum mehr verstanden, als ihr äußerer Verkehr, besonders von Seiten des Forstmeisters – noch ganz derselbe schien. In dem Grade, als der Graf sich in sich selbst zurückgezogen, war ihm auch das Nächste, sein Kind ausgenommen – gleichgültig geworden. Er vermißte Romana nicht, er suchte ihn nie auf. Tagelang saß er allein, und flüsterte so anhaltend, daß die Bedienten oft lange warten mußten, ehe sie ihn unterbrechen durften. Des Abends klagte er sich matt, von der fortwährenden Unterhaltung. Da sahen seine Leute sich an und es grauete ihnen: denn Niemand war bei ihm gewesen, als sein Dämon. Daß er gestörten Geistes sey, war, wenn auch ein bewahrtes Geheimniß der Achtung, doch Jedem klar.

Einst, an einem milden Herbsttage fand ihn Romana im Garten, seltsam beschäftiget. Er band die Blätter einer Espe mit grüner Seide an die Zweige fest, der Knäuel, dessen Faden eine rothe Wunde in seine Finger eingeschnitten, lag im falben Grase und glänzte in der Sonne.

»Gott grüße Dich, lieber Frankenstern!« sagte Jener, »was machst Du denn da?«

Der Graf lächelte und sprach: »ei! ich binde mir die Blätter ein wenig fest, dies Zittern ängstet mich, so oft ich es sehe. Ich weiß, wie Einem zu Muthe ist, der vor jedem Lüftchen bebt: die Furcht ist das entsetzlichste Gefühl.« Und indem er emsig in seinem unheimlichen Treiben fortfuhr, setzte er hinzu: »dann – Dir will ich es wohl sagen, Romana, wenn der Wind nun rauher weht, und die Blätter fallen, und liegen fahl und still an der kalten Erde, wie aufgehäufte Leichen – manche haben ordentlich Physiognomie –« Der Forstmeister sah voll Mitleid in die seines Freundes. »Den Schmerz der Natur«, sagte er mit dem tiefsten, »wollen wir ihrem Schöpfer überlassen. Dieser Faden, Du Armer, schneidet mir in die Seele. Hast Du nie den Frühling gesehen, das Bild der Auferstehung? Wer bindet denn da die Kränze von Laub und Blumen, welche Himmel und Erde umschlingen? –« Er umschlang den Freund, und weinte vor großer Rührung.

So wurde es immer finsterer um den Grafen, nur in dem hellen Blick seines Töchterchens ging ihm zuweilen ein Strahl von Freude, das Licht des Lebens auf. Er hing mit unendlicher Liebe an dem Kinde, und diese zärtliche Empfindung wurde nur durch das Andenken an die verstorbene Frau getheilt. – Die kleine Albane, obwohl ohne alle Erziehung, entwickelte sich zart und schön. Die Natur war ihre Gouvernante, und welche Bonne bildet so gut als sie? – Ihre Sprache hatte den reinen Klang des Gefühls, ihr Gang war ein leichtes Schweben über gemeinen Boden, und jenen angeborenen Adel der Sitten hätte weder die Stiftshofmeisterinn eines Fräuleins-Instituts heben, noch die gutmüthige Plumpheit der Amme unterdrücken können. –

Die Amme, welche mit roher Treue um ihren Pflegling sorgte und waltete, sprach oft von seiner künftigen Bestimmung: dem Kloster; aber die Farben, womit sie die Zukunft mahlte, waren eine Reibung für das junge Herz, und es mischte sich in ihnen religiöse Ehrfurcht, mit dem Schein von Hoffnung, Albane werde hinsichtlich ihres wahren Glückes zu täuschen seyn. Sie staffirte die Zelle mit Gold aus, und bekleidete die kleine Gräfinn mit den Würden einer Äbtissinn. Aber es giebt nur ein Bedürfniß, ein Talent, welches die Einsamkeit vorzugsweise weckt: das Verlangen und die Fähigkeit *zu lieben.* Während die Amme wähnte, sie baue möglicher Abneigung vor, ward Albanen der Gedanke an das Kloster verhaßt, und der Instinkt ihres Geschlechts stellte eine Widersetzlichkeit dagegen auf. Dem Grafen war es zwar unumstößlich gewiß, daß seine Tochter Profeß thun müsse –; doch den Zeitpunkt dazu glaubte er hinaus schieben zu dürfen, wie weit? dies wußte er selbst nicht, und es dämmerte ihm vor den Augen.

»Wie könnte ich Dich nur verlassen, mein Vater?« fragte Albane ihn in bangen Stunden der Anfechtung, und ihr Vater fühlte dann selbst die Unmöglichkeit, seinen einzigen Trost in ihr entbehren zu können. Mehr als diese Frage erlaubte sich jedoch die junge Gräfinn nicht, um an ihrem Ziel zu rücken: denn als sie einst den Versuch gewagt, ihrem Vater recht kindlich zu sagen, daß sie doch lieber den Brautkranz wie den Schleier trüge, wenn sich nämlich ein Mann für sie fände, der sie nicht von ihm und ihrer Pflicht trennte – war der Graf in einen fürchterlichen Zustand gerathen. »Soll ich auch des Todes sterben, wie Deine Mutter?« hatte er ihr rollenden Auges entgegnet. »Es war mein Wunsch wie der Deine, armes Wesen, Du mögtest glücklich werden; aber ich bin nur elend deshalb geworden. Mögte wohl ein Vater sein Kind zu lebenslänglicher Gefangenschaft verurtheilen, wenn es nicht die Rettung des Lebens gälte? – Aber es giebt einen Schlüssel zur Freiheit – –«

Geistig Gestörte sind wie Inspirirte zu betrachten. »Der Schlüssel zum höheren Leben ist die Liebe!« und Albane trug ihn in stiller Brust. –

Wie durch ein stillschweigend Übereinkommen der Grundsätze beider Väter waren ihre Kinder fast gar nicht zusammen gekommen. Auch war Sylvius ziemlich voraus; doch die Natur hob durch ihre höchste Kraft diesen Unterschied auf, und lernte die beiden jungen Leute, wie fremd und fern von einander gehalten, sich innigst finden. – Jener Arzt, der die Gräfinn operirt hatte, war dem herrschaftlichen Hause von Bonna verpflichtet geblieben, und weil er sich vorwurfsvoll beimaß, durch Übereilung an dem Tode einer der trefflichsten Frauen, die er je gekannt, Schuld zu seyn, nahm er die Gesundheit ihrer Tochter mit vergütender Sorgfalt und um so gewissenhafter in Acht. – Und wie das, was wir bewahren, wäre es auch fremdes Eigenthum, allmählig eigenen Werth für uns gewinnt, so war das Glück nicht minder als das Leben der Comteß ihm theuer geworden. Er bedauerte, daß ein so schönes Kind dem Kloster bestimmt seyn solle. Mit leiser Geschäftigkeit tastete er an diesem Entschluß herum. Albane hüthete sich indeß wohl, ihm ihr jungfräuliches Herz zu öffnen – und der Graf zeigte bei dem behutsamsten Versuch, ob er hierin wankend zu machen wäre, sich so erschüttert, daß der Arzt, gegen dessen persönliches Annähern er eine innerste ahnungsvolle Abneigung zu empfinden schien – es nicht wagen durfte, stärker in ihn zu dringen. So begnügte er sich, dem armen Opfer noch einigen Genuß des Daseyns zu wünschen, ehe es seine düstere Bestimmung erreiche. Er konnte nicht begreifen, wie die junge Gräfinn es so ganz ohne allen Umgang aushalten könne, und erwähnte zugleich, wie dies bei dem Sohne des Forstmeisters, einem vielversprechenden Jüngling der nämliche Fall sey; so daß Albane ein sinnverwandtes Wesen in Sylvius ahnete. Im Hause Romanas hingegen sprach der Arzt mit Begeisterung von der Tochter des Grafen, bejammerte ihr Loos jetzt und künftig – rührte und regte ein Herz für die himmlische Schönheit, für das schuldlose Unglück dieses Mädchens an – ein Herz, dessen heiße Sehnsucht ein langes stilles Glühen für ein verhangenes Bild gewesen war, das sein Idol nun gefunden zu haben glaubte, und heftig aufflammte. – So war der Arzt, indem er hastig hin und her fuhr, wie der Wind, hier ein Wort verstreuete, dort eines, gleich dem Träger des Saamens, aus dem die Blume der Liebe erwuchs. Und wie in der Welt jedes Verhältniß, auch das tiefste, sich verflacht, so wird in der Einsamkeit auch das oberflächlichste bedeutend. – Nicht leicht wird ein Mädchen dieses Ranges einsamer erwachsen, als Albane. Ach! sie war wohl schlimmer daran, als eine Waise. Die Mutter lag in tiefer Ruhe, und das Geheimniß manch schwerer Sorge war mit ihr versenkt; der Vater, Herr eines beinahe fürstlichen Besitzthums, war ein armer verstörter Mann, mit dem der geplagteste seiner Unterthanen nicht tauschen mögen. – Seine Tochter hing mit kindlicher Seele an ihm, und hielt so nur allein seine zerrissenen Gedanken in einem gewissen Zusammenhange. Sie fand sich mit jener Sicherheit, die ein Gott uns lehrt, in seinem zerrütteten Geiste zurecht, wie dunkel die Spur auch gewesen wäre. Wenn Albane ihren Vater ansah, so oft er wirre Worte redete und die Begriffe durcheinander warf, so drang mit diesem Blick ein mildes Licht in sein Inneres, und er erkannte sich selbst wieder und sein Kind. Ihre liebe, sanfte Stimme, vom innigsten Bezug, war wie der Laut eines Glöckleins, was den Verirrten auf den rechten Weg ruft. Wenn der Graf seine Beamten vor sich ließ, und Geschäfte von Wichtigkeit zu besprechen waren, so stand die Comteß daneben, und hielt wie mit einem leisen Faden die Gedanken im Zuge; verwickelte er sich auch einmal in einen Widerspruch, so wußte Albane ihn leicht zu lösen. Die Bewunderung, mit der jene Männer zu ihr aufschauten, erlaubte ihnen nicht, einen Blick des Mitleids zu wechseln. O heilige Liebe! Du bist jener wunderbare Hauch der Allmacht, der den Funken des Geistes nicht verglühen läßt in todter wüster Asche. Darum ist es unser laienhaftes Urtheil, daß Kranke dieser Art unter der verschwiegenen, liebevollen Pflege der Ihrigen am besten aufgehoben sind. Verstand und Kunst stützen zwar die Pfeiler, auf denen das Gleichgewicht der Seele ruht, können aber gänzlicher Zerstörung nicht immer vorbeugen. Die Liebe in ihrem umfassendsten Sinne ersteigt nicht allein Mauern, sie wirft auch welche auf, gegen solchen Verfall.

Doch nichtsdestoweniger war dem armen Kinde das Herz unsäglich schwer. Albane hatte keinen Trost als sich selbst, und daß sie sich nicht selbst genüge, ward ihr klar in Thränen, die sie heiß und heimlich weinte. – Wenn der Graf schlief, und er schlummerte oftmals des Tages über ein, weil er sich des Nachts gegen die Wohlthat der Ruhe sträubte, aus Furcht, in Bewußtlosigkeit zu versinken – so lauschte Albane, wie tief und stöhnend er athme. Ihr Blick hing bewölkt an seinem grauenden Haar, an der gealterten zusammengesunkenen Gestalt – und ihr Gefühl hatte keine Stütze. Albane durfte nur an seiner Seite sitzen, und den weichen Wedel von Pfauenfedern schwingen, daß die summende Fliege ihren Vater nicht belästige, so sanken vor den Augen des Argus die seinen zu, und einschläfernde Regenbogenkreise zogen seine wache Seele in ein träumendes Vergessen. –

Niemals kamen Gäste in das Schloß zu Bonna, niemals! Auf der breiten steinernen Brücke, die zu seinen Thoren führte, wuchs Gras, als hätte ein altgläubiger Fluch es hervorgerufen. Die Zimmer waren pomphaft, doch leer und öde, nur die Zeit wohnte darin, und nützte den Glanz der Möbeln nicht mehr ab, wie eine ruhige alte Frau von leisem Schritt und Wesen. Losgesprochen von jeder andern Aufgabe als der: zu leiden, fand die junge Gräfinn nie und nirgend etwas zu thun. – Der Tag zu Bonna und seine Glocke war ein Tonstück von ganzen Noten und großen Pausen. Tanz und Musik, die kirchliche ausgenommen – waren Freuden, welche Albane nur dem Namen nach kannte, und manchmal wünschte sie wohl, die Horen mögten ihr die Pforten des Himmels öffnen, daß Alles zu Ende wäre. Sie thaten es, doch auf andere Weise, zu dem Anfange eines neuen Lebens. – Die Weidenflöte, das Geläut der Heerden, der klingende Tropfenfall des Springbrunnens, das

Schwirren der Heimchen im abgesichelten Felde, dies Alles regte eine sehnsüchtige Wehmuth in ihr an, einen wollüstigen Schmerz, gemischt aus Grauen und Entzücken. Einst fand der Graf seine Tochter, wie sie das bethränte Gesicht an den Blättern einer dunkeln Laube trocknete. Erschrocken fragte er: »Du hast geweint? Was fehlt Dir, mein liebes Kind?« Albane antwortete überrascht, »die Freiheit, mein Vater! ich fühle mich so beengt.« – Es war einer der lichten Augenblicke des Grafen, worin ihm diese Klage seiner Tochter einleuchtete. Er erlaubte ihr nun spazieren zu gehen, wann, und wie weit sie nur irgend wolle. Von dieser Zeit an ging eine Veränderung mit Albanen vor. Als ob tausend Seelen in ihr erwacht wären, belebte und erhöhte sich ihr ganzes Wesen. In dem großen, kalten Schlosse war es wie Frühling geworden. Die zarte Wange der jungen Gräfinn, sonst nur schwach gefärbt, war eine glühende Rose, ihre sanften Augen leuchteten wie in einem seligen Fieber, und die grauen Riesen am Steinthor schienen im Abglanz ihres Blickes zu lächeln. Anstatt leise aufzutreten, schwebte sie nur, kein Unfall berührte sie mehr, alle Gesichter erheiterten sich bei ihrem Anblick, und selbst auf der finstern Stirn ihres Vaters blühete eine kleine kümmerliche Freude an der reizenden Zufriedenheit seines himmlischen Kindes auf.

Es ist bereits früher erwähnt worden, daß mehrere Anwohner dieser catholischen Herrschaft zu den Stillen im Lande gerechnet wurden; dies nicht allein, auch die ersten von den Offizianten des Grafen gehörten jener religiösen Innung an. Darunter war der Oberverwalter, ein schätzbarer Ökonom. Der Geschäftskreis, den er mit der besonnensten Umsicht versah, war groß, der seines Familienlebens hingegen klein. Er hatte seine einzige Tochter Fabia dem Cassirer des Majoratsherrn verlobt, und konnte sicher darauf rechnen, seine Tochter werde an der Seite dieses redlichen Mannes, den sie mit ruhiger Neigung gewählt, eben so sicher zufriedne Tage zählen, als dieser, von dem kein Error zu besorgen war, die ihm anvertrauten Summen. – Die junge Gräfinn, obgleich weder von Fabia angezogen, noch festgehalten, hatte durch die Leitung des Zufalls, oder, um uns angemessener auszudrücken: einer höheren Hand – die fromme Braut kennen gelernt, und konnte ihr ein Gefühl der Achtung nicht versagen. Fabia hatte einige Jahre früher eine herzlichgeliebte Freundinn verloren – unsere Leser kennen die Geschichte jener Todten und ihrer Freundschaft – und vielleicht war es ein sanfter Nachhall jenes erschütternden Ereignisses, vielleicht ein noch *innigerer*

Ton, was Anklang fand in Albanens Seele. Die stille Weise, in der Fabia viel leistete, ihr gesetztes Betragen, der Tact der Ruhe und Rechtmäßigkeit – wenn wir so sagen dürfen – womit sie sich bewegte, und das Ruder des Hausstands lenkte, bildete eine Art von Gegensatz zu dem leidenschaftlichen Zustande Jener, und wirkte beschwichtigend auf sie ein. Albane empfand, daß Verlaß auf Fabia zu setzen, und konnte sich des stillen Zugeständnisses nicht erwehren, daß, in solch sichere Hand sein Schicksal zu legen, keinem Manne zu verargen sey. Ein *festes* weibliches Herz, dachte die junge Gräfinn, wäre vielleicht ein größeres Glück als Eigenthum, wie als Geschenk – und dachte doch mit Schauder, mit dem Schauder der Vernichtung, sie könne einst dieses Stillstands, dieses Gleichmuths theilhaftig werden. – Fabia sprach gelassen von der nächsten Zukunft, in der ihre Heirath vollzogen werden sollte; der Schritt von ihrer heimathlichen Schwelle geschah mit so leisem Bedacht, mit so viel Rücksicht auf das Größte wie auf das Kleinste, was dem Vater zu Gute kommen könnte, da sein Kind ihn verlassen müsse, um dem Manne zu folgen – daß Albane auch dies vergleichungsweise bemerkte und fühlte. Sie galt für eine Braut der Kirche; aber Frieden und Freudigkeit war nicht in ihr. Die Gegenwart erfüllte ihr Herz – eine ungeheure Kluft trennte sie von ihrer Pflicht, und an das Künftige vermogte sie nicht zu denken. Der neue Ehestand hob jenen Umgang auf, wenn die weite Beziehung, worin die Tochter des Grafen zu der des Oberverwalters gestanden, nämlich so zu nennen – man sagte die Comteß kränklich, der Arzt kam oft nach Bonna, und Albane war beinahe von Niemand mehr gesehen.

Inzwischen waren ein paar Jahre vergangen. Man hatte wenig oder nichts von dem jungen Ehepaare gehört, ein Beweis, daß es glücklich lebte. Da ward die Gattinn des Cassirers eines Tages der Gräfinn Albane gemeldet, und alsbald stand jene bekannte Gestalt vor ihr. – Ein wenig fraulich hatte Fabia sich doch verändert. Sie war hagerer als sonst – die frischen Wangenrosen waren verweht und etwas eingefallen, und um den Mund hatte sich ein matronenhafter Zug von kleinen Falten gebildet, der um so schärfer hervortrat, als sie sich zu lächeln bemühte. – Doch ungleich deutlicher noch machte Fabia ihrerseits die Bemerkung, daß Albane kaum mehr zu kennen wäre. – Sie saß an dem einzigen Fenster eines Gemachs, das wie eine Laube gemalt, und deshalb düster war. Seltsam stachen die unbeweglichen Schatten der Malerei gegen das lebendige Farbenspiel der Tuberosen und grünen duftenden Stauden ab, die in einem kleinen reizenden Gartenflor an dieser sonnigen Stelle blühten. Der Wind strich leise durch die Zweige, und ihre Umrisse spielten warm auf dem Gesicht der Gräfinn, die, verbleicht, krankhaft zu frösteln schien, denn sie trug in dieser Jahreszeit – es war im August – einen weiten Mantel von Seide. – Dieser Anblick brachte Fabien um die ihr eigenthümliche Gegenwart des Geistes. Ihre Seele forschte in dem bestürzten Blicke nach der Ursache dieser Veränderung. Wie war diese unvergleichliche Schönheit zerstört! welches verwahrlosende Geschick hatte das Feuer dieser herrlichen Augen ausgelöscht? – Zwar hatte man lange schon von einer bedeutenden Unpäßlichkeit der jungen Gräfinn gesprochen, und wie diese selbst für die Diener des Hauses unsichtbar würde – die Amme war sichtlich geängstet, doch schweigsam wie das Grab, das sie für ihren Liebling fürchtete –: aber diese matte Blässe, diese kranke Stimme, aus Seufzern zusammengehaucht, deutete eben so sehr auf ein beladenes Gemüth, als auf unterdrückte Kraft des Körpers hin.

Mit Fabien stand der Gräfinn die Vergangenheit vor Augen. Das klare Ansehen der jungen Frau und ihrer reinen Verhältnisse bewegte das Herz im Busen der unglücklichen Albane. Ein tiefer Seufzer schwebte auf ihren Lippen, da sie nach dem Anlaß dieses lieben Zuspruchs fragte. – Darauf trug Frau Fabia bescheidentlich die Bitte vor, ihr gütigst eine blaue Camelia abzulassen, womit sie ihrem Manne, der ein großer Blumenfreund sey, eine Freude zu seinem Geburtstage zu machen wünsche. Die Gräfinn gewährte dies und mehr, jede schöne seltne Pflanze, die sich innerhalb der Glashäuser, oder im Bereich des Gartens überhaupt befinde, solle zu ihrer Auswahl stehn. Fabia bezeigte ein lebhaftes Vergnügen. Albane erkundigte sich nun nach dem Ergehen der jungen Frau, und kam der zögernden Antwort zuvor, indem sie schmerzlich lächelnd sagte: »doch diese Frage ist wohl vom Überfluß. Sie haben aus Neigung geheirathet. Sie sind die Gattin Dessen, den Sie lieben, vor der Welt die Seine, und begünstiget durch ein Stillleben, was ich mir über alle Maaßen traut und glücklich denke. Sie dürfen ihren Ehemann mit jeder Blume beschenken, mit *jeder* – selbst wenn sie unter Ihrem Herzen blüht –« hier stockte die Gräfinn. Fabia senkte tief das Auge, und es bedeckte eine aufquellende Thräne. Diese Seligsprechung einer Vermählten im Munde der gräflichen Jungfrau, die eine geistliche zu werden bestimmt war, mußte die Frau des Cassirers befremden, und jene höchste Blüthe der Liebe, worin Albane das, was sie dachte, verblümte, auf der schaamhaften Lippe eines Mädchens die züchtige Fabia allerdings Wunder nehmen. Sie sprach erröthend: »ich darf mein Loos nicht beklagen; doch auch die günstigste Lage läßt wohl etwas zu wünschen übrig. Mein Mann ist brav, und hat mich noch mit keiner Miene beleidiget; aber er ist peinlichen Gemüths, besonders was seine Geschäfte betrifft. Freilich ist sein Amt verantwortlich, da der gnädige Herr Graf –« Albane nickte, und Fabia fuhr fort: »dann mag die Erziehung meines guten Mannes hier und da verfehlt gewesen seyn – damit hat eine Frau auch zu kämpfen. Er verbittert sich manchen Lebensgenuß, mein Vater spricht, es komme von einer krankhaften Galle her. Schreckt er doch selbst mich nicht selten mit einer gewissen mißtrauischen Kälte ab – und der Himmel ist mein Zeuge! daß ich ihm gern die Sonne zuneigen mögte. Endlich wünscht er sich so sehnlich ein Kind – und es wäre hart für mich, wenn dieser Segen uns versagt bleiben sollte.«

Nichts lockt so sicher Äußerungen des Vertrauens auch aus der verschlossensten Brust, als wenn der Schatz, den sie besitzt, überschätzt wird. In diesem Falle dürfte sich selbst der vorsichtigste Geizhals in einer ohngefähren Angabe seines Vermögens errathen.

Die weiße Albane ward wie mit Rosenblut begossen. Sie brach eine Knospe ab und zerpflückte sie in ihrem Schooße. Das Gespräch ward noch eine Weile mit Wärme fortgesetzt – dann ging Fabia. Später hörte man von ihr und ihrem Manne, sie hätten ein Pflegekind angenommen.

Wieder eine geraume Zeit war seitdem verflossen. Da ging Albane an einem milden Sommerabend spazieren, und wie gewöhnlich allein. Sie war kürzlich abermals sehr krank gewesen, und als sie zum Vorschein kam, sah man wohl, wie viel sie gelitten. Man beklagte die arme junge Gräfinn, die schwerlich zu völliger Gesundheit und Kräften kommen könne, in ihrer herzpressenden Lage, und der, allem Vermuthen nach – sich die Thüren der Gruft eher öffnen würden, als die Pforten des Klosters. –

Ein Hirtenknabe durchkreuzte ihren Weg, der weinte. Die Gräfinn fragte nach der Ursache dieser Betrübniß: ein junges Lamm war ihm von der Heerde abhanden gekommen. Albane bot ihm Geld, der kleine traurige Schäfer aber in Angst und Eile des Suchens schlug es aus und sprach: »wenn ich das Verlorene nur wieder hätte! das wäre mir lieber als Alles.« Dieser kleine Vorfall rührte wunderbar an Albanens Gemüth. Dort flog er hin, der kindliche Hirt! Albane sah ihn hinter dem blühenden Klee verschwinden; am Hügel tauchte er wieder auf, und hielt das gefundene Lämmlein mit beiden Armen umschlungen, und fest an seine Brust gedrückt. Er winkte aus der Ferne der Dame zu, daß es nun da sey, seine Miene lachte entzückt und der schlichte blonde Scheitel des Knaben glänzte im Schein der sinkenden Sonne.

Die Gräfinn sah thränenden Blickes und versenkt in tiefe Gedanken nach ihm hin; tiefer noch war die Quelle, die in ihren schönen Augen überfloß. – Sie setzte sich auf einen Feldstein, neigte das Haupt und starrte zu Boden. Da stand der alte Romana vor ihr, der unbemerkt heran gekommen war. Er hatte die Tochter seines Freundes lange nicht gesehen, und konnte seine Betroffenheit über ihren Anblick an dieser einsamen Stelle nicht bergen. Albane fühlte ihre Wange erkalten, und stammelte, daß sie von einer jähen Schwäche angewandelt worden sey, die ihr von der letzten Krankheit anhänge. Der Forstmeister betrachtete dies holde, tödlich erblaßte Gesicht wie mit väterlichem Mitleid. Er bat, die Gräfinn wolle ihm erlauben, sie in seine Wohnung zu führen, die in der Nähe sey, auf daß sie sich daselbst erholen und eine kleine Stärkung zu sich nehmen könne. Er bat so herzlich, daß Albane seine Güte nicht ablehnen konnte. Während des Gehens unterstützte er die zarte Gestalt, deren biegsamer Wuchs wie bewegt von einem innern Sturme an seinem Arme schwankte. Er machte ihr sanfte Vorwürfe, sich als eine kaum Genesene, unbegleitet solch einer Anwandlung ausgesetzt zu haben. »Ihr Vater, liebe Comteß«, redete er treumüthig weiter, »dem die nächste Sorge für die theure Gesundheit seines Kindes zustünde, ist leider! dieser Obhut nicht fähig; vergeben Sie es mir daher, wenn ich Sie aufmerksam mache, auf die Pflicht sich zu schonen. Lassen Sie mich in dieser Mahnung Vaterstelle an Ihnen vertreten! – Was sollte aus meinem armen Freunde werden, wenn seine einzige Stütze vor ihm sänke in das Grab? – Und wenn das so fortgeht – –« Sie standen an dem Hause, Albane drückte die Hand des liebreichen Mannes, als wolle sie damit ein stummes Versprechen leisten. Sie sah empor; ihr Blick hing an dem südlichen Dach, das getragen von der heitersten Wohnung, einem der hängenden Gärten der Semiramis zu gleichen schien.

Der Forstmeister fragte: ob die Gräfinn sich wohl zu erschöpft fühle, um diese mäßige Höhe zu ersteigen? und als sie es als Wunsch äußerte, ließ er Brod und Wein hinauf bringen, den werthen Gast zu erquicken.

Es war ein himmlisches Plätzchen, und Albane genoß zum erstenmale den Reiz dieser Aussicht weitschauenden Blickes. »Wie schön ist es hier! eine wahre Augenweide!« sagte sie tiefathmend, und ihr Gedanke streifte in diesem Ausdruck noch leise an der Heerde hin, welche die wallenden Wolkenschäfchen ätherisch versinnlichten.

»Ja«, antwortete Romana innigst begnügt, »ich danke dieser Anlage manche Stunde, die ich mit einem goldnen Platz nicht tauschen mögte. Und an Gold mangelt es hier auch nicht.« Die Sonne goß eben ihren letzten Glanz blendend aus, der Himmel flammte und das Blut der Traube perlte im Glase wie ein flüssiger Rubin. »Wie Viele mögten in erträumter Größe mich beklagen«, setzte er mit heiterm Lächeln hinzu, »während ich mein Glück hoch genug zum Preise des Herrn anschlage. Wer die Einsamkeit liebt und mit sich selbst umzugehen weiß, entbehrt nie eines tröstenden Freundes. Wäre mein Sohn fortzubringen von hier, oder anders – er ist so wenig froh – so würde ich von keinem Kummer wissen, als an den ich mich aus vergangener Zeit erinnere. Im Revier des Waldes bin ich in meinem Element, und kenne jeden Baum. Wenn der frische Morgenhauch die grüne Haide durchschauert, dann athme ich wie ein Jüngling; und wenn ich des Abends hier sitze: welcher Odem des ewigen Lebens weht mich von *diesem* Holze da an?« Er deutete auf das Kreuz.

»Gräfinn!« fuhr Romana begeistert fort, und vergaß zu Wem er rede, »wie mag es doch Menschen geben, die ihr Heil in andern Dingen suchen, als bei dem Einen: dem Heiland? – Wie still ist die Seele, die Ihn liebt! Sie geht geführt von seiner Hand auf den Wogen des Lebens, wo Andere untersinken. Einst war es nicht so mit mir. Ich war ein leidenschaftlicher Mensch, ungestüm in meinen Wünschen, meinem Begehren; ich fürchtete das Geliebte zu verlieren, obgleich ich es noch hatte, ohne daß ich es eigentlich besaß. Die Leidenschaft betäubt, sie ist der Sturm in unsrer Brust, der unsre beste Habe verschlingt, der unser Glück zertrümmert, nur beschwichtiget von Dem, welchem Wind und Willen gehorchen.«

Diese Worte schlugen an Albanens Herz. Sie wagte jedoch hierauf zu entgegnen: diese Ruhe des Gemüths, diese Stille der Seele mögte wohl eine Frucht gereifter Jahre seyn.

Der Forstmeister schüttelte sein ehrwürdiges Haupt und sprach: »das wäre traurig, liebe Comteß. Dann wäre die Jugend ein ausgeschlossenes Kind, und das Alter ruhete der Liebe im Schooße. Nein! wir sind nur blind, bis wir sehend werden. Wer sich auch in der Verblendung gefällt: er wird früh oder spät merken, welcher Sinn ihm abgeht. Wage Jemand, ein Glück behaupten zu wollen, was Gott nicht billigt! ja, der Mensch ist so wundersam beschaffen, daß, wo Niemand ihm streitig macht, was er besitzt, er, *er selbst* es ins tiefste Meer würfe, zur Sühne für den Himmel! Schon die Gesetze der Welt müssen das Juwel unserer Freuden fassen, sollen wir es tragen können.«

Mit diesen Worten hatte der ehrenwerthe Mann das Innerste Albanens ausgesprochen. Sie schwieg, tief erschüttert, und als er ihr das Brod und den Wein wohlmeinend aufdrang, war ihr nicht viel anders, als genösse sie das heilige Abendmahl.

Die Unterredung nahm nun die Wendung auf Sylvius. Sein Vater klagte, und ahnete nicht, daß er die Seele der Gräfinn zerriß – wie vielen Kummer ihm dieser so treffliche Sohn verursache, durch stillen Trübsinn, durch sein eigensinniges Beharren, nicht weichen zu wollen von der heimischen Scholle, da ihm doch die weite Erde offen stände. »Es ist«, fuhr der Alte mit sorgenschwerer Stimme fort, »als ob ein Bann ihn hier gefangen hielte, den der Herr lösen wolle! – Was ihn hält und härmt: ich weiß es nicht, denn er hat kein Vertrauen zu mir, seinem einzigen und besten Freunde! –« Ein gekränkter Seufzer stieg aus dieser väterlichen Brust – Albane stand auf. »Aber was ist Ihnen, liebe Gräfinn?« fragte Romana bestürzt, »Sie weinen? Sie zittern?« Albane konnte den hervorbrechenden Thränen nicht wehren; das Herz wollte ihr zerspringen, und sie machte eine Bewegung, als wolle sie dem Forstmeister zu Füßen sinken. »Entlassen Sie mich –«, bat Albane sehr leise, »ich fühle mich krank.« Sogleich wollte Romana einen Wagen kommen lassen; die Gräfinn lehnte dies ab, und sich auf seinen Arm. Er führte sie sacht und sanft nach dem Schlosse, unwissend, daß er seine Schwiegertochter leite.

Ach! die arme Gräfinn war seit mehreren Jahren Sylvius heimlich angetraute Gattinn, und binnen dieser Zeit zweimal Mutter geworden. – Sie hatte den heißen Bitten des Geliebten nicht widerstehen können, sich mit ihm zu verbinden, und ihrer Bestimmung also zu entziehen. Nimmermehr, das wußte Albane, würde ihr Vater seine Einwilligung dazu gegeben haben, und auch der junge Romana hatte Ursache zu glauben, der seinige werde nicht minder entschieden dagegen seyn, wenn gleich der Grund diesseitiger Abneigung ihm verborgen war. Der Arzt und die Amme waren im Geheimniß dieser Ehe, und ihrer vereinten List gelang es, unter dem Schutz der Umstände eine Täuschung der Art zu ermöglichen, und bis dahin dauernd zu erhalten.

Tief in der weiblichen Natur begründet, liegt etwas Widerstrebendes, ein geheimnißvoller Wille, nicht zu wollen, was ein höheres Gesetz als sein Geschlecht von ihm fordert, während der Mann, wo er im Kampf begriffen scheint, mit der Welt und dem, was sie ihm weigert, nur seiner innersten Überzeugung gehorcht.

Der Gedanke an das Kloster war der Gräfinn stets furchtbar gewesen, und das Gefühl ihres Menschenrechts hatte sich gegen diese Bestimmung gesträubt. – Jetzt galt es, aus freier Wahl diese Nothwendigkeit aufzuheben. Der Vater wurde nicht davon berührt – er wußte nichts. Und wie mag ein weiblich Ohr, erfüllt von den Stimmen der Liebe, und in nervöser Scheu vor jenem Glöcklein der Kirche, das über der absterbenden Novize geläutet wird – auf das Flüstern religiösen Zartgefühls hören? – Dieser verschwiegene Bund, sein verstohlnes Verhältniß, ja selbst der Reiz einer gewissen Gefahr erhöhete die heimlichen Entzückungen desselben, da des Vaters Ruhe, wo nicht sein Leben daran hing, daß es unentdeckt bliebe, seine Tochter wäre vermählt. Diese Gattinn, das freie Eigenthum der Liebe, würde dem Sylvius der öffentlichen Stimme nach, nur ein kirchenräuberischer Besitz gewesen seyn; aber er trank von ihren Lippen Weihe und Wonne. – Als hätte eine schützende Gottheit einen Schleier über diese Ehe geworfen, so blieb sie jedem Auge verhüllt. Albane galt für eine Himmelsbraut, kein schnöder Verdacht schlich ihren Schritten nach; ihr kindlicher Ruf war über jeden Argwohn erhaben; wie hätte man denken können, sie wolle sich einer heiligen Pflicht des Glaubens entziehen, für den ihre Mutter gestorben? – Das Bedauern für die junge Gräfinn war so allgemein und innig, daß man ihr jede Seltsamkeit nachgesehen haben würde – und nachsah. Die Natur gab diesem Bündniß Unauflöslichkeit, und jetzt fühlte Albane zum erstenmale, daß das Einsseyn zweier Herzen, ob auch vereiniget durch Priesters Hand, unter den Schutz der Öffentlichkeit gehört; denn schon die Gestalt einer werdenden Mutter heischt eine rechtliche Meinung, und macht es unmöglich, ohne Sünde oder Sorge den höchsten Segen des Weibes zu verheimlichen. Nur die Lage der Gräfinn, so gänzlich abgesondert von der Welt, und in diesem Vorzug – dieser Begriff gelte für jene Umstände – fast einzig und allein in ihrer Art, der blöde Geist ihres Vaters, das blinde Vertrauen dessen sie genoß, das vorsichtige Verfahren des Arztes und die erfinderische Klugheit der Amme halfen über jenen schwierigen Zeitpunct wiederholentlich hinweg. – So waren Jahre verflossen. Das Band dieser ehelichen Liebe schien an Stützen gebunden, die tiefer begründet waren, als für ein sterbliches Auge einzusehen möglich, es war so innig mit beruhigendem Schweigen verwebt, daß die furchtsame Besorgniß Albanens, es könne zur Kenntniß ihres Vaters kommen, allmählig nachließ. Sie ward endlich sicher.

Aber *die* Stimme in der menschlichen Brust, ein schwacher Vorklang jener, die einst schlafende Welten wecken wird, welche in den leisesten Bebungen des sittlichen Sinnes an ein betäubtes Herz dringt - ward laut. Die Gräfinn war längst nicht mehr glücklich, wenn sie es eigentlich jemals gewesen. Ihr Glück däuchte ihr nur ein entzückender Traum, unhaltbar zerronnen, aus dem sie schwerblütig erwacht wäre. Ihr ganzes Wesen, vom Sitz des Herzens aus, durchdrang ein traurig Sehnen, was sich selbst in Sylvius Armen nicht stillte; das Bewußtseyn ihrer, seiner Liebe genügte ihr nicht mehr. - Ein kränklicher Gram zehrte an ihrer Gestalt, und ein Gefühl unsäglicher Wehmuth, von trübem Grund der Seele, bedrängte ihren Busen. Sah sie ein junges Ehepaar neben einander sitzen oder gehen: so dachte sie mit einem alten Liede: »manches Herz geht *ganz alleine* seinem stillen Kummer nach -« Albane verkannte, daß der Liebe Geist, der treueste von allen Freunden, ihr zur Seite wäre. - Geschah es, daß sie Fabien von oder zu ihrem Mann reden hörte: so fühlte sie sich schmerzlich fremd, wie eine Taubstumme, Angesichts Solcher, denen das Vorrecht und die geistige Beziehung der Sprache gegeben ist. Ein weinendes Kind, geschmiegt an den Hals seiner Mutter, lockte bittre Tropfen in ihr Auge, und die arme Gräfinn hätte all ihr Blut verströmen mögen, wenn sie eine Thräne ihres Kindes, *eine* nur - tröstend hätte wegküssen dürfen. -

In dieser Stimmung dachte Albane oft an ihre Mutter, auf die sie sich wenig zu besinnen wußte. Zwar bebte ihr Gedanke vor diesem beleidigten Bilde zurück; aber es zog allmählig immer trauter und versöhnender ihr Denken und Sinnen an sich. Einst führte das Bedürfniß innerster Ansprache sie an die Familiengruft, deren Thür sie sich öffnen ließ. Auch den Deckel des Sarges ihrer Mutter ließ sie abheben, und diesem Willen der jungen Gebieterinn ward, wenn auch widerstrebend, doch Folge geleistet. Der Leichnam lag unversehrt, nur das weiße Kleid war in der linken Brustgegend hochroth gefärbt, als hätte der Todten das Herz geblutet; das rechte Auge war nicht ganz geschlossen: wie drang dieser erstorbene Blick in die Seele ihrer Tochter! - Um den eingefallenen Mund schwebte noch der Schatten eines Lächelns, womit die edle Frau die Welt gesegnet hatte. Albane stand in heiliger Rührung an dieser

Stätte der Ruhe. Ein ganzes Leben voll Vorwürfe hätte nicht so dringend an ihr Herz reden können, als dieser stille Anblick, der den Frieden der Gottseligkeit schweigend offenbarte. Und hier war es, wo Albane den Schmerz der Leidenschaft als sündlich empfand. – Fuhr die Gräfinn des Sonntags nach der Kirche, so trat sie mit einem Schauer der Buße in die vergitterte Loge. Das Erbrausen der Orgel schwellte ihre Brust, ihr Gefühl war ein frommes Heimweh. Sie wünschte sterben zu können an diesen Tönen des Himmels. Und wenn die Sonne zu den hohen Fenstern herein schien, und in der Stola des Priesters flimmerte: dann leuchtete dieser Strahl auch in ihr Innerstes, und um den dunkeln Altar des Gemüths ward es helle. – Doch ein Blick der Liebe ihres Vaters, der kleinste Beweis seiner Zuversicht zu ihr, die sein Ein und Alles war, spaltete Albanen das Herz. – Wenn schon eine zarte Scheu sich in Acht nimmt, einem Blinden auf irgend eine Weise Anstoß zu geben: so wird ein zarterer Sinn Anstand nehmen, den geistig Blöden zu hintergehen. So war Albane sich nach und nach einer Schuld gegen ihren Vater bewußt worden, die sie in heißer Reue mit keinem Opfer der Liebe, auch dem größten nicht, sühnen zu können glaubte. – Die Unterredung mit dem Forstmeister, welche das Herz der Gräfinn erschütterte, fand daher den Tag der Reife, und lösete die Frucht der Selbsterkenntniß ab, in einem Gedanken, den sie lange getragen.

Auch Sylvius war unbefriediget, und konnte es nicht immer verhehlen. Er vergaß in der Heftigkeit seiner strebsamen Wünsche, daß Albane, indem sie ihnen nachgegeben, ihm das Ziel derselben als ein unabänderliches gezeigt. Das süße Geheimniß, der unsichtbare Trauring, war ihm eine Fessel, die er in männlichem Trotz abstreifen mögen – er fühlte sich beschränkt, und die Geliebte war es, die ihn hinderte, seine jugendlichen Kräfte an den Schranken der Welt zu versuchen.

»Ich las heute« sagte die Gräfinn in der Späte jenes Abends, an dem sie seinen Vater gesprochen, zu ihrem Gemahl, »die entstehende Liebe ist in einem Nichts reich, die wachsende ist in den Wünschen bescheiden, nur die glückliche Liebe hat nie genug – da dachte ich an Dich.«

»Ach, Albane!« lautete seine Antwort, »wie könnte meine Liebe glücklich seyn, da Du es nicht bist? Umsonst verbirgst Du mir einen Kummer, als dessen Ursache ich mich ansehen muß – ich bin nicht im Stande, Dein Herz ganz auszufüllen. Lebten wir nicht in dieser unseligen lichtscheuen Vereinzelung: kein finstrer Gedanke würde Raum finden zwischen Dir und mir.«

»Wie Du mich quälst, Romana!« seufzte seine Frau, »gönne mir den Trost, das Leben meines Vaters zu schonen; an diesem schwachen Faden laß mich vorsichtig halten, das Gewebe der Verhängnisse ist zart. – Und damit Du das Wenige schätzen lernst, was Du an mir besitzest: so dürfte es gut seyn, wenn Du mich eine Zeitlang ganz entbehrtest. Der Arzt dringt in mich, den Vater zu einer Reise von längerer Dauer zu bereden, und auch Dir, mein Sylvius, dürfte eine weite Ausflucht eben einmal nöthig seyn.«

Albane stellte nun dem Gemahl diese Reise aus den verschiedensten Gesichtspunkten als eine allseitige Nothwendigkeit dar. Der jüngere Romana glaubte jedoch nicht, daß es dazu kommen würde; aber der Graf zeigte sich viel leichter entschlossen, als zu erwarten gewesen, ja, es war, als ob dieser Entschluß seine Kräfte aus ihrem lethargischen Zustande aufgerufen hätte. Er war zum Staunen der Seinen der besonnensten Maßregeln fähig, und Albane, welche diesen Lichtblick benützten zu müssen glaubte, förderte die Anstalten in drängender Eile.

Es gab mehr Leute, welche diesen günstigen Zeitpunkt zur Erreichung ihrer Zwecke absahen. Der Oberverwalter, Fabiens Vater, war vor Jahr und Tagen gestorben, und ein Mann an seine Stelle gekommen, der obgleich tüchtig für sein Fach, doch nicht als vertragsam gerühmt werden konnte, am wenigsten von dem Schwiegersohn seines Vorgängers. Dieser, ärgerlicher Art, that nur seine Pflicht, doch nichts, um ein freundlicheres Verhältniß einzuleiten; bei solcher Unfügsamkeit in nahem Verkehr waren Reibungen unvermeidlich, und es kam so weit, daß Fabia einsah, ihrem Manne würde nicht nur sein Amt, sondern das Leben verleidet. So redete sie ihm zu, den Grafen um Versetzung anzugehen. – Aber dieser Gutsherr war so wenig zugänglich, wie ein Fels im Meer, und einmal abgeschlagen, konnte jener Wunsch nicht wiederholt werden. Als nun Graf Frankenstern den Cassirer rufen ließ, und ihn dieser gesammelten Geistes und überaus gütig fand, erschrak er fast vor Freude, daß der Blüthenmoment für seine Angelegenheit so plötzlich gekommen wäre. Er trug seine Bitte vor, zugleich mit der Beschwerde über den Oberverwalter, und der Graf verfügte ohne Weiteres, daß der Antagonist desselben als Rentmeister nach Bühle versetzt würde. – Er hob bedeutende Summen aus, und fand das Rechnungswesen in musterhafter Ordnung; es ergab ein Facit gegenseitiger Zufriedenheit. Frau Fabia hatte, als ihr Mann vom Schlosse nach Hause kam, eine langentbehrte heitre Stunde; aber diese war auch für längere Zeit die letzte. Nachdem die Spannung nachgelassen, worin er sich zeither befunden, fühlte er sich krank, in Folge verhaltnen Ärgers. Als der Graf nun Tages vor seiner Abreise den Rentmeister noch einmal zu sich rufen ließ, ihm Papiere von Wichtigkeit zu übergeben, raffte Dieser sich mühsam auf, die Befehle des Gutsherrn zu empfangen, und besorgt sah seine Frau ihm nach.

Graf Frankenstern war heute nicht völlig so klar, als er ihn das letztemal gesehen; er konnte sich auf Einiges durchaus nicht besinnen, und schritt nach dem Flügel, den seine Tochter bewohnte, Aufschluß von ihr zu fordern.

Die Gräfinn war nicht da – und als ihr Vater unverrichteter Sache in seine Zimmer zurückkehrte, sah er auf dem Gange ein Gewölbe offen, worin Silberzeug und kostbare Vorräthe verwahrt wurden. »Welche Unvorsichtigkeit!« murmelte der Graf; Niemand war zu sehen. Er bewegte die eiserne Thür nach Außen und trat hinein; sein Begleiter blieb auf der Schwelle. Eine Truhe war geöffnet, woraus Pelzwerk, wahrscheinlich zum Bedarf der Reise, genommen worden, denn ein feines Marderfutter hing über dem Deckel, Büschel getrockneten Lavendels lagen verstreut am Boden, und ein starker Geruch erfüllte den kühlen Raum. In einer schmalen Vertiefung der Mauer stand, etwas erhöht, jenes Schmuckkästchen, das unsre Leser kennen. Eine schöne, doch schadhafte Statue von Alabaster, das Haupt sinnig gebeugt, den Finger auf dem Mund – schien als Wache neben dies Depot gestellt; in der zerbrochenen Brust steckte eine kleine verwelkte Rose. –

Der Graf warf einen Blick in jenen Winkel und schauderte. »Freund!« sagte er hinter sich gewandt, »Sie könnten mir einen Gefallen thun – und Sie werden es!« setzte er mit unabweislichem Tone hinzu, »in jener Chatoulle dort ist der Familienschmuck – nehmen Sie ihn zu sich. Meine Tochter hat den Platz für die Kleinodien des Hauses –« hier lächelte der Graf düster –, »seltsam gewählt; ich muß diesen Fehler verbessern. Mitnehmen kann ich das Kästchen nicht, und muß es daher während unserer Abwesenheit gut aufgehoben wissen. Sie sind ein zuverlässiger Mann, ich weiß Niemand, zu dessen Redlichkeit ich größeres Vertrauen hätte.«

Der Rentmeister verbeugte sich. Er hatte den Grafen erbleichen gesehen, und gab dies dem Odem des Kampfers Schuld, der hier wehete, und den die kranken Nerven desselben nicht vertrügen. Auf einen Wink hob er das Köfferchen hinweg, und bat um den Schlüssel. »Albane wird ihn haben –« versetzte der Graf in Scheu und Hast, »verlassen Sie Sich jedoch darauf, ich sende ihn heut Abend noch; das Verzeichniß des Inhalts kann ich Ihnen sogleich suchen.« Auf seinem Zimmer suchte Graf Frankenstern nach dieser Liste, und es währte lange, ehe er sie fand.

Mittlerweilen hatte der Rentmeister sich gesetzt und hielt das Kästchen auf seinem Schooße; die Kniee zitterten ihm unter der kostbaren Last, denn die Stunde des schleichenden Fiebers, an dem er litt, war herangekommen. Endlich reichte der Graf ihm das Papier und sprach, als Jener es mit bebender Hand empfing: »das ist ein schlimmer Frost, und Sie sind so leicht gekleidet! – Wahrlich! ich hätte ihnen unter diesen Umständen den Überrock nicht übel genommen; vielmehr verbinden Sie mich durch Bedacht auf Ihre Gesundheit. Nehmen Sie einen Mantel von mir an! die Abendluft könnte Ihnen schädlich werden.«

Unter dieser gnädigen Fürsorge, obgleich sie gewiß redlich gemeint war, verbarg der Graf mit der eigenthümlichen Schlauheit Derer, die in der Regel geistesabwesend sind, den vorsichtigen Wunsch, der Rentmeister mögte die Chatoulle unbemerkt in seine Wohnung tragen.

Frau Fabia erschrak nicht wenig, als sie ihren Mann nun langsam kommen sah. Er war leichenblaß, unter einem dunkeln Mantel, der in der Dämmerung wie schwarz ließ, trug er einen zierlichen Kindersarg, und seine Schritte schwankten wie die des Trägers einer Bahre. – Erschrocken eilte seine Frau ihm an die klingelnde Hausthüre entgegen; aber schweigend trat er ein, stumm ging er in die Mitte des Zimmers, setzte das Kästchen auf den Tisch und sprach mit erschöpfter Stimme: »ich bin krank, Fabia, recht sehr krank. Der Weg vom Schlosse bis hierher – nun der Himmel weiß es – wie sauer er mir geworden! ich ging gleich dem heiligen Christopherus wie im Wasser, und als trüge ich eine Weltlast, die immer schwerer würde. – Ist denn das Kästchen wirklich so schwer? die Juwelen der gräflich Frankensternschen Familie liegen darin, und ich wünschte wohl, ich wäre der Ehre, sie zu bewahren, überhoben gewesen. Das Fieber scheint heftig im Anzuge – ich kam mir wie ein Todtengräber vor; nur die Citrone fehlte noch in meiner Hand.«

Fabia warf einen bekümmerten Blick auf ihren Mann, dann auf die Chatoulle, welche durch ihre Form diese wüste Idee erregt haben mogte, und um seinen Sinn auf Realien zu lenken, sagte sie: »das Kästchen hebt sich leicht; mir deucht, Edelsteine müßten schwerer in das Gewicht fallen.«

Nun drang Fabia darauf, daß der Kranke sich sogleich zur Ruhe begäbe; und kaum war dies geschehen: so fing er an zu phantasiren. Er klagte, der Oberverwalter hätte ihm die Demanten aus Christi Krone verfälscht, sprach vom Gott des Schweigens, der ihm den Finger auf den Mund gelegt habe – pflückte Lavendel von der Decke, und schalt auf seine Frau, daß sie ihm den Pelz auszuklopfen vergessen. Er sähe eine Unzahl Motten um das Licht flirren. –

Fabia, dies Muster häuslicher Ordnung, konnte die Vorwürfe des Fieberträumenden ungekränkt anhören. Sie lächelte beklommen, und starrte verstört in die ruhige Nachtleuchte, in deren mattem Schimmer die Beschläge der Chatoulle unheimlich blinkten. – Gegen den anbrechenden Tag hörte Fabia die herrschaftliche Reisekutsche über die Schloßbrücke dröhnen. Sie hatte die ganze Nacht am Bette ihres Mannes verwacht, und kein Auge geschlossen. Jetzt stand sie auf und trat ans Fenster. Da rollte der Wagen vorüber und verschwand in der grauenden Frühe, und Fabia sah zum Himmel auf und sprach mit der Inbrunst eines geängsteten Herzens: »Sey mir gnädig, Gott, sey mir gnädig; denn auf Dich trauet meine Seele! – wende Dich zu mir, denn ich bin einsam und elend, und Deine Güte ist tröstlich. Du meines Lebens Licht! Betet an den Herrn im heiligen Schmuck –« Der Osten bekleidete sich mit Purpur, und der Morgenstern ging unter in schwachem Geflimmer.

Dem Krankenbette, dieser dunkeln Stelle – wendete Fabia die volle Lichtseite ihres Charakters zu, und es wäre heilsam für trübe Erfahrungen, wenn diese Eigenschaft an mancher Frau zu rühmen, die unsern Lesern oder den Augen der Welt vielleicht besser gefällt, als diese werkthätige Fromme. Nicht umsonst hatte die Vorsehung sie daher als Gattinn einem Hypochondristen zugetheilt, der auch in gesunden Tagen krank genug und voll wunderlicher Gramhaftigkeit war, um die Kraft der Geduld seiner Frau in beständiger Übung zu erhalten. Kein Phantom seiner Einbildung schreckte ihren ruhigen Sinn. Ihr gelassener Muth siegte über jede Unbill verdrüßlicher Launen ihres Mannes, ihre klare verständige Handlungsweise lag offen da vor seinem mißtrauischem Blick; stets achtsam auf ihre Pflicht versäumte Fabia nie, was ihr zu thun oder zu lassen oblag, und der Glaube an die rechtliche Strenge, womit seine Gattinn alles Mögliche von sich forderte, und nicht viel weniger leistete, zwang ihrem Manne eine, wenn auch *widerwillige* – Zufriedenheit mit seinem häuslichen Glück ab.

Diesmal machte ein bösartig galligtes Fieber den Rentmeister für längere Zeit unfähig, sein Amt zu verwalten. Auch hierin trat seine Frau helfend ein. Fabia schrieb eine schöne, feste Hand; accurat bis ins Kleinliche, war sie unfehlbar in jeder Art der Buchführung, und deshalb wohl geeignet, einen Secretair ihres Mannes zu vertreten. Sie unterzog sich auch diesem Geschäft mit willigem Eifer, und theilte ihre Zeit zwischen seiner Pflege und seinem Beruf. Wir können uns nicht enthalten, hier zu sagen, wie wichtig es sey, daß eine Frau den Beruf des Mannes ehre. Wo dies geschieht, da ist in der Achtung dafür auch ein Gesetz der Unterordnung gegeben, nach welchem weibliches Wirken und Wollen bestimmt werden muß. - Auch von dieser Seite hätte ihr bitterster Feind unsrer Fabia nichts zur Last legen können. Dies, wie überhaupt den reellen Werth seiner Frau, wußte der Rentmeister auch zu schätzen, und vielleicht war es mehr ein Bedürfniß seiner Krankheit als seines Herzens, daß er die Freude an einem Kinde, ihrer ermangelnd – so gar tief empfand. Das liebenswürdige Pflegekind füllte diese Lücke nicht aus, die eine Wunde in Fabiens Herzen blieb; denn tief im Innersten verletzt, kämpfte sie oft mit Thränen, wenn ihr Mann mißmüthig gegen die Vorsicht grollte, und sich in Worten Luft machte, die eben so gut eine Anklage für sie selbst enthalten konnten.

»Wie aus einem Stein entsprungen«, sagte er dann wohl, »wie von der Sonne ausgebrütet, bin ich bestimmt, ohne Vater, ohne Kind zu leben und zu sterben. Der natürlichste Trost für eine verwaiste Jugend, der Trost, sein Daseyn fortzupflanzen, ist mir versagt. Wenn einst Deine Thräne, gute Fabia, versiegt ist, dann gedenkt man mein nicht mehr, und keine Blume sprießt aus der trocknen Erde meines Grabes.«

Da weinte Fabia schon jetzt. »Du schneidest mir mein Herz entzwei –« sprach sie mit unterdrückter Stimme. »Wir wollen uns nicht versündigen, Lieber! wenn uns nun ein Kind zu Theil geworden wäre, etwa behaftet mit einem Fehl, oder erbärmlicher Art, dessen klägliches Geschrei Tag und Nacht nicht zu stillen? Wie? oder wenn aber ein gesundes, das uns zu größerem Jammer bald wieder entrissen würde? –« Auch ein stummes, auch ein todtes Kind wäre ihm lieber als keines – gab der Rentmeister in eigenwilligem Trotze der besänftigenden Vorstellung seiner Frau zur Antwort. Fabia flehete hierauf ihren Mann an, sich solcher Reden zu enthalten, und warnte ihn mit christlichem Sinn, aber im Geiste jener heidnischen Worte: »ihnen zur Strafe erhören die Götter der Sterblichen Wünsche! –«

Dies war in den ersten Jahren der Verheirathung des Rentmeisters gewesen. Später hatten sich diese Eheleute der Hoffnung begeben, daß dies ersehnte Glück ihnen noch werden könne, und sich mit ganzer Liebe – so weit Fabiens Gemüth derselben fähig war, und der kränkliche Zustand ihres Mannes sie zuließ – der Erziehung der kleinen Josephine gewidmet. Sobald der Rentmeister sich von jener Niederlage erholt hatte, ging er mit den Seinen von Bonna ab. Fabien fiel das Scheiden von der Heimath doch schwerer, als sie gedacht. Der neue Wohnort war auch schön; aber so recht wohl wollte es ihr in Bühle nicht werden. Dazu kam, daß ihr Mann, obgleich von amtlichen Unannehmlichkeiten frei, doch sein verdrüßlich Wesen beibehielt, jeden erheiternden Umgang mied und verscheuchte, und endlich durch eine gewaltsame Entdeckung für immer verstört wurde. Jene Chatoulle deren unsre Leser gedenken – war unter dem Drangsal des hitzigen Fiebers, was sich unmittelbar an ihre Übergabe schloß, abseits gekommen. Nach dieser Zeit fand der Rentmeister so viel Geschäfte, deren Abschluß ihm bei seiner Ortsver-änderung dringend anlag, daß es ihm genügte, dies anvertraute Gut wohlverschlossen zu wissen. – Einst aber sprang ihm das Kästchen ins Auge, und er verlangte den Schlüssel dazu von seiner Frau. »Den Schlüssel?« fragte Fabia befremdet, »ich habe keinen je gesehen. Du brachtest das Kästchen ja selbst, wie es hier ist. O, ich weiß mich jenes schrecklichen Abends noch ganz genau zu entsinnen.«

Der Rentmeister besann sich jetzt, daß der Graf den Schlüssel hatte schicken wollen, und er muthmaßte, daß es in der Verwirrung der Ab-reise vergessen worden wäre. Einen Schlosser kommen zu lassen, daß dieser den innenliegenden Reichthum sähe, dazu war der Rentmeister zu furchtsam. Ein krankhaftes Mißtrauen verursachte ihm und Andern gar manche unnütze Qual – und so beredete Fabia ihn, das Geschmeide und dessen Richtigkeit einstweilen auf sich beruhen zu lassen.

Nach längerem Verlauf seitdem starb eine alte Jungfer in Bühle, die daselbst gelebt; die Tochter des Fiscal. Dem Rentmeister, als einem Be-kannten der Wohlseligen, fiel ein kleines Legat mit dem Auftrag zu, ihren Nachlaß zu reguliren, und somit eine Menge Schlüssel in die Hände, darunter mehrere kleine waren. An einem Tage, wo Fabia auf die Bleiche gegangen war und Josephine mit sich genommen hatte, ihr Mann sich ungewohnter Weise ganz allein befand, beschlich ihn der Geist des Unglücks in dem Gedanken, einen jener Schlüssel an dem Kästchen zu versuchen, ob es sich öffnen ließe. Das künstliche Schloß widerstand dieser Probe, doch erhitzt vom bösen Feind, der nicht selten in Gestalt der Neugier den Menschen berückt, that er ihm Gewalt an. Die feine Stahlfeder sprang entzwei, der Deckel auf – und der Rentmeister blieb mit entsetztem Blick starr vor dem Inhalte stehen. Statt des verzeichneten Schmuckes funkelte ein Messer, daran Blut eingerostet war – und auf dem atlaßnen Kissen, wo sonst blitzende Rosetten und Brustschleifen geruht, lag, in weißem Battist gewickelt, der Leichnam eines Kindes, so mumienartig zusammengetrocknet, daß er kaum zu erkennen war. Nur wie ein brauner Gedanke, so unkörperlich, so gewesen – sah das winzige Gesicht unter einem tiefen Häubchen hervor, dessen Form für ein Mädchen zeugte. – Ein schwach gewürzhafter Geruch war die erstickte Luft dieses kleinen Grabmals.

Als Fabia mit heißen Wangen von der Bleiche heimkehrte, fand sie ihren Mann selbst erbleicht. »Sieh hin!« sagte er mit bläulichen Lippen, »der Hehler einer schauderhaften Mordthat bin ich gewesen, und nicht allein um die Ruhe meiner Seele, sondern auch um all mein Gut, wenn ich den Majoratsschmuck ersetzen muß. Wer wird mir denn glauben, daß ich dem Worte eines Wahnsinnigen trauete? – Darum fand sich der Schlüssel nicht, und ich – ich leichtgläubiger Thor! ladete mir ein fremdes Verbrechen auf. Wie oft hast Du meine argwöhnische Vorsichtigkeit getadelt? Du siehst nun, *wie* vorsichtig ich war! –«

Zum erstenmale verließ Fabien ihre Fassung. Sie stieß einen leisen Schrei aus, und stand entfärbt, Grausen im Blick, wie unbeweglich. »Mein Herr und Heiland!« stammelte sie, »das ist ganz erschrecklich! der Verstand steht mir still.«

»Der meinige ist hier zu Ende –« fuhr der Rentmeister fort, »Was soll ich nun anfangen! Anzeige davon machen? stillschweigen? daß ein Zufall diese Beweise einer Unthat bei mir entdecke, und mich zum Mörder stemple? – Ich habe nicht Lust, zum Lohne für Treu und Glauben auf dem Schaffot zu beschließen.«

Fabia kannte ihres Mannes Weise, sich selbst in furchtbaren Möglichkeiten zu überbieten. Sie sprach aus geängsteter Seele: »ach! warum bin ich heute nicht zu Hause geblieben! Wer hieß Dich dies Behältniß öffnen? – Das Kind läge fein stille vor wie nach, und wir wüßten von nichts. Das arme Würmchen! –« Und mit gewundenen Händen niederblickend darauf, dachte sie an den Wurm im Gewissen, der die unglückliche Albane wohl genagt haben mogte. –

»Was redest Du doch, Frau?« rief der Rentmeister erzürnt, »es hätte längst geschehen sollen, sage ich Dir. Unverzeihlich ist meine Saumseligkeit! ich bin wie mit Blindheit geschlagen gewesen. Deshalb wurden die Anstalten zu jener fluchwürdigen Reise so schleunigst getroffen, als wie auf der Flucht – der Sohn des Forstmeisters ist auch fort in die weite Welt; die Früchte ihres Leibes fallen Anderen zur Last, und von ihnen heißt es: Die sind besorgt und aufgehoben, der Graf wird seine Diener loben.«

»Du vergissest, lieber Mann«, fiel Fabia betäubt ihm in die Rede, »daß man die Gräfinn todt sagt. Ach! ihr wäre wohl, wenn solch ein Weh auf ihrem Leben gelastet hätte. – Graf Frankenstern aber und der junge Romana müssen doch einmal wieder kommen. –«

»Die werden sich hüten –« entgegnete Fabiens Gemahl. »Der Alte – ich meine den Grafen – hat um dies gräuliche Geheimniß gewußt: nichts ist gewisser. Die Hast, womit er mich nöthigte, das Kästchen anzunehmen, ist mir deutlich im Gedächtniß. Sieh, Fabia! ich habe eine Ahnung gehabt; denn es wollte mich erdrücken, als ich es mir nach Hause trug.«

Fabia sah diese verschwiegene Erfahrung als ein göttliches Strafgericht an. Wie oft hatte ihr Mann gegen den Himmel gemurrt! jetzt war ihm zu Theil geworden, was er für besser hielt, als das weise Versagen seines Wunsches: ein todtes, ein stummes Kind! – Sie selbst verstummte vor dieser Betrachtung und war sehr gebeugt.

Die unglückliche Fabia! dieser heimliche Gedanke schlug Wurzel in der Seele ihres Mannes, und wurde zum Polyp, der mit tausend Fasern seine Lebenskräfte umklammerte. Der Rentmeister ward nicht mehr gesund. Wir wissen, wie er nach kränklichen Jahren kurz vor seinem Ende die Beruhigung genoß, in dem Bruder, der sich zu ihm finden mußte, den Seinen eine Stütze hinterlassen zu können. Sterbend legte er in die Brust des wackern Administrators das Geheimniß nieder, was ihn zu Tode gedrückt, und die Pflicht, den ihm gespielten Betrug zu seiner Zeit offenkundig zu machen.

Nachdem sein Bruder bestattet worden, ließ Herr Prälat bei nächtlicher Weile den kleinen Schmucksarg unter den Altar der Capelle versenken, von der das Stift den Namen führt. Die Maurer mogten wähnen, sie vergrüben einen Schatz – aber diese Stelle stand unter heiligem Schutz. Schweigend verrichteten sie ihre Arbeit, und die dumpfen Schläge hallten schaurig von den stillen Wänden wieder.

Die Wittwe, gesenkten Hauptes, sah ihnen zu. »Was blickst Du so düster, Fabia?« flüsterte ihr Schwager, »verlasse Dich darauf, ich bin zwar nicht so bibelfest wie Du, weiß aber doch, daß, wenn ein finstres Werk zu Tage kommen soll, oder die Unschuld gerechtfertiget, die Steine reden müssen. Darin lasse Alles sich fügen, wie es des Himmels Wille ist! –«

Als die Gräfinn, der heimischen Gegend entrückt, fremde Luft sog, athmete sie doch etwas leichter auf, und es war, als ob hinter ihr die leidige Welt versänke. Zwar war nicht fester Boden unter ihren Füßen, und die Zukunft ihr nichts weniger als klar; aber der trübe Strom, worin Albane dem Versinken nahe gewesen, rann doch abwärts, so wie die Räder des Reisewagens entrollten. Nach einer folgerichtigen Nothwendigkeit müssen leidenschaftliche Gemüther zuletzt vor ihrem eigenen Glücke fliehen, und nur Ruhe suchen. Ruhe, der Friede stiller Seelen, dieser tiefe geistige Genuß, ist ihnen das einzige Bedürfniß. Weinend wenden sie das Auge von jenem süßen Taumel, jener Freudetrunkenheit, die nicht dauern kann, und streben nach Selbstbewußtseyn. Sie wissen, wie bald das schwache Herz erliegt, wie nöthig ihm eine Stütze sey. Das Glück aber fordert Kraft zur Ausdauer – des Himmels Seligkeit, unser höchstes Streben, währt ewig. Die überspannte Saite springt jedoch mit einem Wehlaut. – Vielleicht hatte eine gewisse Übersättigung von Geheimniß das Verlangen in der Gräfinn erzeugt, öde zu bleiben, ohne irgend eine andere Beziehung als auf ihren Vater; ja, sie hatte in den verflossenen Jahren, trotz der befriedigten Leidenschaft und dem Gelingen ihrer kühnsten Plane – so viel gelitten und nur Gott bewußt –: daß ein völliges Nichtseyn ihr dagegen wünschenswerth erschien. Daß sie spurlos verschwände, sich und Andern, das hätte Albane wohl gewünscht. So war diese Reise vorläufig als eine Gestorbenheit zu betrachten, die von mancher Seite erlösend für sie wäre. – Auch waren Gründe dazu vorhanden gewesen, abgesehen von denen, die das Innnerste der Seele so zart verhüllen, daß nur der Finger Gottes sie aufzudecken vermag. Der Arzt, der Gräfinn vertrautester Freund, hatte ihr eröffnet, wie er von hoher Behörde aufgefordert worden sey, über den Gesundheitszustand ihres Vaters und sein geistiges Vermögen Zeugniß einzusenden. Der Staat trage billiges Verlangen, unter der Befugniß, für eine bedeutende Seelenzahl zu sorgen, deren Aufsicht unmöglich einem Geisteskranken anvertraut bleiben könne, das schöne Majorat bei Leibesleben seines derzeitigen Grundherrn zu ererben, und den Grafen Frankenstern anständig zu pensioniren. Zudem wisse er von guter Hand, daß der Bischof, in Kenntniß von dem Gelübde der Mutter Albanens, sich höchlich wundere, wie und warum dem Himmel eine Seele und der Kirche ein Brautschatz so lange vorenthalten werde? – Auch von dieser Seite drohe den Verhältnissen der Gräfinn ein Angriff. – Sonach sey es an der Zeit, sich diesen Anmaßungen zu entziehen.

Wie durch Inspiration jener Frage an das Gewissen seines Leibarztes kundig, beantwortete der Graf sie selbst. Nie war er gesammelter gewesen, als zu dieser Zeit, wo die Zerstreuung der Reise-Angelegenheiten seine verworrenen Gedanken auf gewisse Weise entschuldigt haben würde. Da war kein träges Säumen mehr. Gleich einem schlafenden Funken, den ein Hauch plötzlich weckt, leuchtete er auf, und entbrannte auch wohl im Zorn über so manchen Mißbrauch, der sich eingeschlichen. Die Beamten erstaunten, denen er sich edelstolz als Herr zeigte, als der gütige Schützer seiner Unterthanen gegen die Strenge der Verwaltung. Alles trat in ein anderes Licht – und erröthend vor Freude, schrieb der Arzt sein Attestat an die Regierung.

Doch nur für diesen Zweck schien der Graf durch die freundliche Ohrenbläserei desselben zu thätiger Umsicht entflammt worden zu seyn. Er sank alsbald wieder in seine gewöhnliche Apathie zurück, und fuhr mit geschlossenen Augen und Sinnen durch die Natur, ohne daß ihre schönsten Wunder vermogt hätten, nur mit einem Strahl göttlicher Offenbarung an seinen finstern Geist zu dringen.

Albane webte um ihn wie ein Schatten, und verließ ihn nie; die Pflicht der Sorge für ihren Vater erfüllte jeden ihrer Augenblicke. Auch bedurfte der Graf dieser Treue. Die Furcht vor dem Tode quälte ihn abwesend minder, und war zu der fixen Idee geworden, dieser Feind seiner Lebensruhe könne ihn nicht ereilen, so lange er von Ort zu Ort zöge, wie man nur in der Heimath schlafen zu können meint. Ein beständiges Fliehen trieb ihn rastlos umher, und die Geißel der Menschheit vereinigte sich mit diesem unstäten Drange, ihm keine bleibende Stätte zu gönnen.

Der Ausbruch des Krieges hatte das Land überschwemmt – die Güter des Grafen waren stark mitgenommen. Albane erkannte es als eine nicht genug zu preisende Wohlthat, dieser Usurpation entronnen zu seyn. Sie lebte in verborgner Stille mit ihrem Vater, bald hier, bald da. Ein, dem Grafen vormals befreundeter reicher Edelmann, der sein einsames Alter in der Hauptstadt gesellig erheiterte, hatte Albane und ihren Vater unterweges getroffen, und ihnen seine unbewohnten Schlösser in Auswahl zum Aufenthalt angeboten, welche sie zu Zeiten benützten. Der Ober-verwalter sendete die verlangten Summen durch die dritte, vierte Hand gegen die Unterschrift des Grafen, an ein Handlungshaus, und mußte in Allem für sich selbst stehen. –

Ein Irrthum hatte die Nachricht, Albane sey todt, in Bonna verbreitet, leicht für wahr angenommen, da ja die Gräfinn immer kränklich gewe-sen. Eine authentische Bestätigung war unter jenen wüsten Umständen nicht einzuziehen. Niemand zweifelte, auch Sylvius nicht. Wir wissen, welche Folge dies hatte. Zweifel wäre hier Glauben gewesen – Glaube der Liebe! –

Als die Gräfinn daher ihren Gemahl in Tonys Arm erblickt, als sie die Geschichte der gestorbenen Frau aus seinem Munde vernommen: da war ihr Zustand der jener abgeschiedenen Gattinn vergleichbar, welche, wie eine sinnige Sage uns erzählt – nachdem sie ihren Gatten, den zu trösten sie aus der Unterwelt herauf gestiegen, an der Seite seiner Braut gesehen, ob auch nur einen Augenblick lang – willig in die Hölle zurückgekehrt sey, auf ewig. – Albane floh vor diesem Anblick, diesen Worten, unauslöschliche Flammen im Busen. Wie eine Verfolgte warf sie sich an den Hals ihres Vaters, und das ungestüm klopfende Herz begehrte Zuflucht bei ihm. Sie vergaß, daß der Graf ihr Geheimniß nicht kenne. Sie wußte nicht, daß Sylvius sie für todt hielt. Die Gräfinn dachte endlich nicht daran, daß sie selbst sich zuerst von ihrem Gemahl losgerissen hatte. Aber nichts destoweniger fühlte sie unter heißen Schmerzen, wie sehr sie ihn geliebt, und daß er sie nicht vergessen dürfen noch sollen. Jener Moment, der sie davon überzeugte, hatte ei-gentlich und weit anders als ihre Trennung, ein inniges Band zerrissen, und das Herz blutete nach.

»Dies also war die Liebe –« sagte Albane mit dem wunden Lächeln einer frischen Kränkung, »der ich mein Seelenheil geopfert!? – O Gott! so lieben Menschen, – *Männer*! O meine Mutter!«

Ihr grauete nun vor nichts mehr auf Erden, es wäre denn die Rückkehr nach Bonna gewesen. – Nach und nach spannten ihre Gefühle sich ab, und eine tonlose Stille, die keinen Anklang mehr von sich giebt, schwebte um das zertrümmerte Saitenspiel ihrer Empfindung. Wenn alle Schmerzen der Seele sich durch Mittheilung lindern: die Leiden gekränkter Liebe nicht. Diese tragen sich nur allein. Wo Menschen um eine verlorene, verrathene Liebe wissen, da wird ihr Verlust doppelt gefühlt, da ist der Schmerz jenes Wissens größer, als der ihrer Erfahrung.

Wer getröstet seyn will, darf nur die Theilnahme der Engel ansprechen, und wirklich war ein Engel Albanens einziger Trost: ihre kindliche Pflicht.

Graf Frankenstern war allgemach ein Greis geworden. Sein Körper schien gesund, doch sein Geist bei zunehmenden Jahren die zerstörende Kraft verloren zu haben, und in einen gewissen Zustand der Kindheit zurückgegangen zu seyn. Seine Imagination war ein Spiel – aber mit ernsten Gegenständen. Er interessirte sich für Politik – allein nur in Gemäßheit seiner verworrenen Begriffe. Aus Mangel entsprechender Mittheilung berief er oft die Monarchen und ihre Feldherrn zu sich, und legte ihnen seine Ansichten und Plane vor. »Ach!« sagte er dann, und deutete traurig auf die hohen Stühle, »Sie schweigen, meine Tochter! ich hoffe wenig.« Albane schwieg auch. Sie hoffte gar nichts mehr. –

Die Gräfinn pflegte ihres Vaters treu und sanft wie eine Mutter. Sie schmückte sich geduldig, wenn er es für solch eine Zusammenkunft wünschte, sorgte für eine vornehme Bewirthung, die unberührt blieb, weil nur Geister zu Gast waren – und machte ihm allen Willen, wie man einem kranken Kinde thut. Mit träumerischem Lächeln starrte sie in die wüste Leere des Zimmers – nur der Spiegel zeigte ihr ein bleiches Bild. Aber jener Friede, welcher höher ist als alle Vernunft, fing an, bei ihr einzukehren.

Vorzugsweise beschäftigte den Grafen *eine* welthistorische Person: der beseitigte Schutzgeist Napoleons, die Exkaiserinn von Frankreich. Sie war die liebste Puppe seiner Gedanken, ihr Schicksal trug er im Herzen – und hätte lieber gesehen, daß Jedermann diese Erste Frau auf Händen trüge.

»Heut kommt Josephine – sie hat es mir geschrieben«, sagte der Graf und blickte in einen kleinen Zettel der vor ihm lag, »binde Dir ein besseres Halsband um, meine Tochter.«

Albane erblaßte. Dieser theure Name regte die tiefste Sehnsucht ihres Busens auf. »Wenn das wäre«, antwortete sie mit wankender Stimme, »dann hätte ich nur *einen* Schmuck –: zahllose Perlen! Perlen aus dem tiefsten Meer!« Und über ihre Wangen rollten Thränen, in denen ein Glanz von Freude schimmerte.

Die große Tragödie des Krieges war aus, die Völker steckten das Schwerdt in die Scheide, die Fürsten zogen ruhmgekrönt nach Haus. Gras wuchs über den Schmerz der Welt, und wo am meisten Blut geflossen, da blühte die segensreiche Ähre am schönsten. – Jetzt war dem

Grafen zu Muthe, als wäre ein langer Kampf in ihm zu Ende, und er dürfe nun auch heimziehen. Er sehnte sich nach Ruhe – nach einer neuen oder vielmehr alten Ordnung der Dinge. »Albane«, sagte er, »ich habe es nun satt, dies Nomaden-Leben. Wir wollen fort, nach Bühle –« ein leiser letzter Schauer vor Bonna rieselte über seine Nerven – »hörst Du? meine Tochter?« Dann setzte er hinzu: »Sanct Capella ist nicht weit von dort.«

»Die Klöster sind aufgehoben –« antwortete die Gräfinn, indem sich bei dem Worte ihres Vaters der Schleier hob, worein sie, völlig entsagend, alle Wünsche, ihr irdisch Leid, vor der ganzen Welt verhüllt hatte.

»Nun, das Stift steht ja noch –« versetzte Jener, als wolle er sich nicht merken lassen, daß er daran nicht gedacht. »Nonne kannst Du nicht werden –« fuhr der Graf wie befreit fort, »nicht Seine päbstliche Heiligkeit, nein! der himmlische Vater selbst hat Dir Dispens davon gegeben, und Du bist mehr als eine barmherzige Schwester, Du bist eine wohlthätige Tochter geworden, für mich alten schwachen Mann!«

Da weinte Albane laut. Sie fühlte sich entsündigt, und daß die Liebe des Gesetzes Erfüllung sey.

Die Zurüstungen zur Reise wurden nun getroffen. »Wie werde ich Alles finden?« fragte die Gräfinn sich tausendmal. Das Thor der Möglichkeiten that sich weit vor ihr auf – doch der künftige Tag ist den Sterblichen verschlossen.

Wir finden Theresen auf der Reise nach ihrem künftigen Wohnorte wieder. Sie sitzt an der Seite des Gemahls, berührt von seinem Mantel; ihre Hand liegt in der seinigen –; aber die Jahre ihrer Entfernung, die Länder, welche Constanz durchreist, liegen fühlbarer noch für seine Gattinn, zwischen ihnen. Sogar seine Stimme klingt ihr fremd – wie von einem dunkeln Jenseits herüber. Jener rührende Zauber, womit die geliebteste Stimme an die Seele dringt: er war vernichtet durch eine Gegenkraft – und Therese hörte nur, daß ihr Mann etwas heiser sey. – Sie blickt in den Boden seines Hutes, den sie auf ihrem Schooße hält, weil Constanz, um besser zu ruhen, sich mit unbedecktem Haupte in die Ecke des Wagens geschmiegt hat; doch eigentlich blickt sie in die Tiefe ihres Herzens, das auch ohne *Hut* und deshalb übel gefahren ist – und ein fremder Meister hat dort auch seine dunkle Vignette angeheftet. – Die Fahrt geht rasch; aber Therese kann sich von dem Gedanken an das Stift nicht losreißen, und doch, so wie der unermeßliche Himmel sich vor ihr ausspannt, spannt ein geheimnißvoller Äther die Flügel ihrer Sehnsucht nach der Ferne. –

»Erzähle mir etwas Du Liebste! von Deinen Freunden –« sagte Constanz zu seiner schweigsamen Gefährtinn, »und vergönne, daß ich Dir still zuhöre. Es ist, als ob mir jedes Wort einen schmerzenden Reiz in der Luftröhre verursachte. Wie es scheint, hast Du sehr glücklich in Sanct Capella gelebt.«

»O sehr glücklich!« antwortete Therese mit einem Seufzer der Wehmuth; und der Accent dieser Versicherung hätte ihren Mann beleidigen müssen, wenn er innigere Ansprüche an seine Frau gemacht.

»Der Ort ist doch wirklich zauberisch schön gelegen«, fuhr Therese fort, »und läßt nichts vermissen. Wir bildeten eine kleine Gesellschaft unter uns, das ist denn ein ganz anderes Verhältniß, als die Verbindungen in Mitten der Welt. Wir waren Hausgenossen – Eine Familie gleichsam – und mit wahrer Lust im Bann des Klosters. Die Verschiedenheit der Charaktere, welche dazu gehört, um innig im Umgange zu seyn, gab unserm einfachen Zusammenleben vielseitiges Interesse. – Welch ein köstlicher Mensch ist der Bruder! nur gesunder möchte ich ihn wünschen, obgleich er sich in der letzteren Zeit erholt zu haben schien. Dann Fabia – wie eine Mutter war sie für mein Bestes bedacht. Man muß sie nur kennen. Wer sie aber kennt, schätzt sie gewiß. Sie gleicht einem süßen Kern in spröder Schale. Und etwas Lieberes, als die alte Nonne, die Du gesehen hast, kannst Du Dir gar nicht denken, Constanz. Das ist wahrlich eine heilige Jungfrau, die besser als der Papst die Sünde den Menschen verzeihen könnte! – Da ist nichts von der finstern Verdammniß zu spüren, die Niemand selig werden lässet, der die Welt ein wenig lieb hat. Schwester Veronica ist sanftmüthigen Geistes, mild gegen Jedermann – kein feindlicher Gedanke, kein gehässiges Gefühl fände Raum in ihrer friedenvollen Seele. Auch hat sie selbst geliebt, und ihr Herz dieser Liebe geopfert. Man kann diese kleine Geschichte nicht ohne die größte Rührung hören. – Dafür scheint ihr denn auch ewige Jugend geworden zu seyn, und ich habe zuweilen schon gedacht, die gute Nonne stirbt wohl gar nicht, und wird in ihrem Erdenleibe, worin sie himmlisch lebt, einmal von Engeln emporgetragen.«

»Deine Schilderung ist begeistert, meine Therese –« fiel hier Constanz seiner Gattinn in die Rede, »und ich hätte Dir so viel Sinn für *klösterliche* Vorzüge kaum zugetraut.«

Therese empfand die leise Ironie in den Worten ihres Mannes nicht. Sie sprach: »von der Clausur merkte man nicht das Geringste an ihr. Veronica konnte sehr heiter seyn, und sogar anmuthig scherzen. Wie oft hat sie über die tollen Lügen Moorhausens herzlich gelacht! wo selbst der Schwager ergrimmte, sagte sie nur: es ist ihm zur andern Natur geworden, ich denke mir, er genießt das Vergnügen eines Fabeldichters, der aus dem Stegreif erzählt, und gönne es ihm.«

»Und der Major?« mit diesen drei Frageworten störte hier abermals Constanz die Charakteristik, womit seine Frau ihn unterhielt, »dem scheinst Du ganz besonders wohl zu wollen.«

Therese erröthete; ein Widerschein von Purpur, von zarterem Anflug und höherer Farbe als das Futter ihres Hutes, hauchte ihre Wange an, und sie schlug die braunen Augen tief nieder. Sie sprach: »o! das ist auch ein excellenter Mann! Den solltest Du kennen. Er war mir väterlich gut, und ich hätte ihm zuweilen die Hand küssen mögen.«

Hier zog Constanz die seinige aus Theresens Hand, und schlang einen Knoten in das bastseidne Schnupftuch, als wolle er sich etwas in das Gedächtniß knüpfen. Eine Pause trat ein, dann sagte er: »dieser Major Feldmesser –«

»*Feldmeister*«, berichtigte Therese, und ihr Mann redete weiter, »hat mir auch sehr gefallen.« Seine Frau warf auf diesen Ausspruch ihm einen schönen Blick zu, und erwiederte: »er ist der beste Freund Deines Bruders, und diesen Rang wird ihm schwerlich jener Sylvius streitig machen, der mir immer unheimlich vorgekommen ist.«

»Nun der Schatten darf Deinem Gemälde auch nicht fehlen –« versetzte Constanz, »doch das Schönste, den Lichtpunkt, hast Du Dir bis zuletzt aufgehoben: Josephine. Dieses liebenswürdige Geschöpf, erquicklich in seinem Anblick und bescheiden, ist ein wahres Blümchen Augentrost.«

Es ist ein schlimmes Zeichen, wenn eine Frau, auch die beste – das Lob einer Andern ihres Geschlechts, ohne Eifersucht, aus dem Munde ihres Gemahls hört. Ohne Extase entgegnete hierauf Therese: »es ist ein seelengutes Mädchen, und gar nicht so simpel, wie man glauben könnte. – Sie wird strenge gehalten, die arme Josephine! und ihren zarten Kräften wird viel aufgebürdet, was nur durch diese stille Duldung zu ertragen möglich ist.«

»Das süße Lamm!« sprach Constanz mit regem Bedauern, »doch nach dem Sprüchwort und der Erfahrung: regieren gestrenge Herren nicht lange.« Ein diplomatisches Lächeln spielte um seinen Mund. Und weil dieses Bild von raschem Umschwung ihn in den Kreislauf seiner Vergangenheit zurück versetzte, so kam er durch eine sehr natürliche Association der Ideen auf die Frage: »wie brachtet Ihr denn sammt und sonders Eure Tage zu?«

»Du meinst, wir hätten Langeweile gehabt? nicht einen Augenblick, sage ich Dir!« versicherte Therese mit leuchtenden Augen. Und das Quecksilber ihres Temperaments machte ihre Seele zu einem Spiegel, der die kleinen Freuden des Stiftes glänzend verdoppelte; ihre Rückblicke zeigten Alles in erhöheter und reinster Potenz. »Des Abends waren wir zusammen, und spielten Whist oder Schach –« setzte sie mit fallender Stimme hinzu, und der Tagesbericht der muntern Kostgängerinn von Sanct Capella endete in einem leisen, ernsten Seufzer.

»Und da schlugst Du selbst den tapfern Feldmeister aus dem Felde – nicht wahr?« fragte Constanz, ihrer Fertigkeit sich entsinnend, und zupfte seine Frau an einem Löckchen hinterm Ohr. Aber es war Theresen, als ob sie am Gewissen gezupft würde.

»Nicht immer –«, antwortete sie halblaut, »ich war auch bisweilen im Verlust.« – War es der versteckte Sinn dieser Worte, oder der Geist der Liebe, der in der Erinnerung an das Schachspiel ahnungsvoll sein Herz bewegte? – Genug, die Wage seines unpäßlichen Gleichmuths schwankte, und der Ton war von Gewicht, als ob ein Vorwurf ihn herabzöge, womit er sagte: »da Deine Zeit so mit Vergnügen besetzt war, wie ich zu dem meinigen höre, – so fandest Du wohl wenig Muße, meiner zu gedenken? –«

So hätte Constanz jedoch nicht fragen sollen! Therese ward sich bewußt, daß ihr Gemahl beinahe drei Jahre abwesend gewesen. Sie antwortete tiefsinnig lächelnd: »es braucht viel Zeit, bis eine Welt untergeht.« –

»Wo hast Du die Phrase her, Therese?« fragte Constanz, erstaunt über das Wissen seiner Frau, und über die Anwendung, welche sie von jenen Worten machte.

»Ich schlug sie jüngst in einem Buche auf, worin der Bruder las –« sagte die schöne Frau, welcher der Verfall des ganzen römischen Reichs übrigens sehr gleichgültig war.

»So bin ich noch Deine Welt?« fragte er seltsam heftig, und neigte sich zu ihr, und Theresens Blick, ein Abglanz jener Sonne, die ihn einst erwärmt, fiel wie ein Mondstrahl, kühl und geheimnißvoll, in das Düster seiner Vorstellungen.

Während der längeren Dauer dieser Reise suchte Therese durch freundliches Geschwätz ihren Mann zu erheitern, der sich leidend dabei verhielt. Wenn sie beflissen schien, von Diesem und Jenem zu sprechen, so war's vielleicht, daß er ihre Absicht merkte, was ihn verstimmte. – Das Bedürfniß der Unterhaltung ist ein schlimmes Merkmal für die Liebe. Wo ein Liebender die Langeweile des Andern empfindet, da ist dieser Andere schon verkürzt. Ein Herz, ganz von seinem Gegenstande ausgefüllt, bedarf nichts als des Glückes, bei ihm zu seyn. Liebende sind – ist ihr Verhältniß in der Ordnung – Sich die Einzigen, die da leben: denn jede junge Ehe wiederholt die Schöpfung, und der Athem Gottes hat millionenmal das Paradies geschaffen, seit das erste verloren ging. Wenn daher Menschen, beseelt von diesem ewigen Hauch, etwas außer sich merken, und mit jenem Bewußtseyn, was der Liebe heiliges Glück vernichtet, ihr Gefühl verhüllen, o! dann blitzt der feurigste Gedanke, oder auch ein Witzfunken, nur von dem flammenden Schwerte des Engels, der an der Gartenpforte ihres Edens steht. Sie wandeln fortan zwischen Dornen und Disteln der Erbsünde, und das Kind der harten Erde wird mit Schmerzen geboren, wissend, daß es sterben muß! –

Nach mehreren Tagen, in denen der neue Legationsrath sich und seiner Gattinn nur wenige Stunden der Ruhe gegönnt, sahen sie die schöne Stadt nun vor sich, welche der Ort seiner Bestimmung war. In äußerster Erschöpfung freute sich Therese, endlich am Ziel zu seyn. Ihr Blut war durch das anhaltend rasche Fahren in Wallung, das feine Geäder am Halse hüpfte, in jeder Fingerspitze hämmerte ein Puls. Sie war zu müde, um sich ängsten zu können, da Constanz sich unwohl klagte. »Dein Husten pfeift ordentlich und hat einen schneidenden Ton«, sagte sie unter einem nervenfröstelnden Rückenschauer zu ihrem Manne. »Ich denke, wenn Du wirst ausgeschlafen haben, dann giebt es sich.«

»Ja, ich denke einen langen Schlaf zu thun –« antwortete Constanz mit mattem Lächeln, und schloß die entzündeten Augen vor dem Häusermeer, was der letzte Abendschein vergoldete.

»Das wolle der Himmel geben!« erwiederte Therese unschuldig auf jene berühmten Worte.

Indessen dämmerte es tief, ehe sie die Stadt erreichten. Es war zur Meßzeit, und trotz der abendlichen Späte ein wogendes Gewimmel in den Straßen. Der Reisewagen, dem der blasende Postillon Respect verschaffte, rückte jedoch nur langsam vorwärts, und hielt am Engel, einem Hotel, das hinsichtlich seiner Vorzüglichkeit so hoch über die Adler und Sterne der besten Gasthöfe ragte, wie der Geist seines Sinnbilds über die menschliche Unvollkommenheit.

Therese erschrak, als die großen Laternen zu beiden Seiten des ätherblauen Schildes, worauf der weiße Engel, mit einer Palme in den Händen, schwebte, ihren Schein auf das Gesicht ihres Mannes fallen ließen; es war todtenblaß, Constanz war kaum noch im Stande, die bequeme Stiege hinanzusteigen. Im Zimmer angelangt, sank er beinahe ohnmächtig in einen Stuhl. – Hier, von einem erstickenden Husten, wobei ihm jede Muskel schwoll, convulsivisch erregt, konnte er lange nicht zu Worte kommen; doch als er eines Sylbenlautes mächtig war, forderte er einen Arzt, weil der Schmerz im Halse von Minute zu Minute furchtbarer wurde. Es ward bestellt. Alsbald rauschte unter den Händen eines flinken Dienstmädchens das Bett, wonach Constanz stöhnend verlangte; der Tisch war gedeckt, die kräftige Suppe dampfte – aber der Kranke schüttelte sich gegen den Genuß, und der armen Therese war aller Appetit vergangen.

Eine tödtlich lange Stunde war vorüber, und der Doctor noch immer nicht da. Das Kommen an der Hausthüre, das unaufhörliche Gehen auf dem Vorsaal, der Laut jeder männlichen Stimme im Flur, täuschte die peinliche Erwartung der harrenden Frau. Constanz lag ganz still, er seufzte nur. –

Unglücklicherweise hatte man für das Erkranken eines Herrn, der mit vier Pferden Extrapost angekommen, nur den vornehmsten Arzt passend gefunden. Leider aber war dieser der bequemste von Allen, der lieber seinen Leib pflegte, als den Derer, die sich seiner Kunst anvertrauten. In solchen Ärzten hat das Gefühl ihrer eigenen Unsterblichkeit die achtsame Sorge für das Leben Anderer verschlungen. Sie fußen fest auf der begrabenen Welt, die einen düstern Lorbeer für sie trägt. –

Jener Primus der Mediciner dieser Stadt saß bei einem Abendschmause, kaum frugaler als der in Voßens Idyllen, und gehabte sich gleich seinem Collegen aus Hamburg, den der Pächter redend darin einführt – als der Ruf aus dem Engel an ihn erging. Er that jedoch seiner Menschlichkeit zuvor volle Genüge und gütlich, ehe er ihm Folge leistete.

Endlich rollte sein Wagen vor. »Der Regierungsrath kommt –« rief der Kellner in das stille Zimmer, und ein stattlicher Mann keuchte die Treppe herauf. Therese war eines deutlichen Berichts fast unfähig, der

Doctor verpustete inzwischen. Dann schritt er gravitätisch dem Bette zu, nahm Platz, seine Taschenuhr in die Hand und faßte den Puls des Kranken. Die ruhige Flamme der Kerzen zitterte im Zifferblatt, und warf einen prunkenden Schein auf den Orden an der Brust des Arztes. Theresens Herz schlug flüchtig; doch ihr Athem stockte. –

»Eine schlimme Halsentzündung ist im Anzuge –« war der Ausspruch, wobei Therese ihren schönen, freien Hals wie zugeschnürt fühlte. »Ein Wundarzt muß schleunigst herbeigerufen werden –« setzte der Doctor dictatorisch hinzu, und betrachtete einige Momente die Gesichtszüge des Kranken, der taub und glühend, wie in den Schmerz von Flammen eingehüllt, da lag, und kein Zeichen der Theilnahme an seinem eignen Wohl und Weh – von sich gab. Man brachte das verlangte Schreibzeug, der Doctor schrieb nach kurzem Besinnen einige Abreviaturen mit blasser Dinte, und schlang seinen Namenszug in eine großartige Hieroglyphe. Dann schnitt er – mit der Scheere der Parze – den Streifen Papier ab, und reichte ihn einem Aufwärter, der schon darauf wartete, das Recept in die Apotheke zu tragen.

Unterdessen kam der Wundarzt und empfing seine Instruction. Dann entfernte sich der Regierungsrath, um an die Tafel des Wohllebens zurück zu kehren; unbekümmert darum, ob auch wissend – daß ein bedeutenderer Mann hier stürbe.

»Verlassen *Sie* mich nur nicht!« flehte Therese den Wundarzt an, der, ein guter Mensch und viel sanfter als sein Beruf – ihr versprach, die Nacht über da zu bleiben. »Auch wird es nöthig sein –« sagte er, um diese Maßregel durch mehr als sein Mitleid, durch Erkenntniß der Gefahr zu rechtfertigen, »der Herr Gemahl haben die Bräune.«

Therese starrte den Chirurg mit ihren braunen Augen an, die auch wohl gefährlich werden konnten, und fragte furchtsam: »die Bräune? an der sterben doch wohl nur Kinder? –«

Der Wundarzt schwieg; ein Lächeln trüber Erfahrung, ein leises Achselzucken nur, war seine Antwort.

Mit einem kindischen Grauen sah Therese ihn die zappelnden Blutegel auspacken, die sich ihr wie kleine dunkle Schlangen an das Herz legten.

Welch eine Nacht! – doch auch die Schatten der bängsten zerfließen.

Als der goldne Morgen heraufstieg, zerfloß Therese in tausend Thränen: Constanz war gegen die dritte Stunde gestorben. Mit allen Schauern der Natur hatte seine Frau zum erstenmale den Tod gesehn, und in den Zügen Dessen, den sie einst geliebt. Dort lag er nun, ein starrer Leichnam! die bleierne Stille seines Anblicks wirkte zermalmend auf Theresens Leichtsinn – es waren die schwersten Stunden, die sie gelebt; denn an dem Todtenbette ihrer Mutter hatte die Liebe ihr zur Seite gestanden.

»Eine Stunde früher –« hatte der Wundarzt unbedachtsam geäussert, und der Kranke wäre zu retten gewesen; jene Stunde der Säumniß, am Tische des reichen Mannes, die dem armen Constanz himmlisches Manna zu kosten gab.

Das Geräusch des Tages erwachte, der Markt füllte sich mit Menschen, die Kaufleute legten heute bunte Waaren aus. Eine fremde, gleichgültige Welt bewegte sich unter Theresens verweintem Blick. Die Sonne schien frühlingsheiter – sah denn das Auge Gottes diesen Jammer nicht? – die furchtbare Eile dieses Vorfalls machte den Eindruck davon auf das Gemüth der beklagenswerthen Frau noch gewaltsamer, so daß sie zu erliegen glaubte. Sie fühlte sich fürchterlich allein. Sie dachte an die Bewohner des Stiftes, die ruhig träumen würden, es gehe ihr nach Wunsch. Endlich sank sie in eine fühllose Mattigkeit.

Wie ungemein dies traurige Ereigniß nun auch war, so konnte der Wirth zum Engel, bei dem Gedränge seines Hauses, sich nur auf flüchtige Beweise seiner Theilnahme einlassen. Er übernahm die Meldung bei den Behörden, die Besorgnisse der Bestattung, und hatte nun für weiteren Beistand keine Zeit; doch destomehr, seine Gäste mit jenem interessanten Vorfall zu unterhalten. Zum Tröster war der practische Mann ohnehin nicht geschaffen. Man denke Theresen! sie, die, selbst für den freudigsten Zweck, keines geschäftsmäßigen Bestellens jemals fähig gewesen, sollte eine Auskunft geben, wie sie wünsche, daß ihr Gemahl begraben werde, mit dem Tischler reden, der, das Maaß zum Sarge zu nehmen, kam, und dem Schlosser Gehör geben, für den der Wirth bat, daß er die Arbeit bekäme. – »Ich beschwöre Dich, Füßli« –, sagte sie mit gerungenen Händen zu dem Bedienten ihres Mannes, einer treuen, leidtragenden Seele, »überhebe mich dieser Menschen, die härter sind als ihr Holz und Eisen, was sie handhaben! ich halte es länger nicht aus, ihnen Rede zu stehen.«

In einem kraftlosen Zustande lag sie auf dem Sopha; unter ihren Fenstern summte das Gewühl. Sie glaubte, die Bewegung des Fahrens noch zu empfinden, zuweilen schrak sie auf, im Gefühl von einem tiefen Fall. Wie im Traume traten die Bilder vergangener Stunden zu ihr hin. Es war ihr, als ob Fabia spräche: »Du bist nun auch eine Wittwe, wie ich!« *Eine Wittwe!* diesem bangen einsamen Begriff widerstrebte ihre frische Jugend, und der harmlose Sinn, welcher sie bisher beglückt hatte. Die Glocken hallten mit tiefen Tönen dies Wort – die Stille flüsterte es nach, und die Reiseuhr, die noch regelmäßig ging, da die Zeit ihres Besitzers abgelaufen war, pickte mit sachter silberner Ruhe, daß es wirklich wahr sey. – Auf einmal fragte sie scheu und leise: »hörtest Du nichts, Füßli?« – »Nein«, antwortete der Bediente, »ich glaubte, gnädige Frau wären eingeschlafen, und dankte meinem Gott dafür. Ach!« fuhr er sein betrübtes Herz erleichternd fort, »zur Messe ankommen und sterben, und in einem Gasthofe seyn: das ist Alles, was ein Mensch ausstehen kann. Das Leichenbrett sogar steht auf der Rechnung.«

»Ach laß es stehen! Sey nur still, um Gotteswillen – wenn Du nicht willst, daß ich selbst den Tod davon habe –« sagte Therese abwehrend, »es war mir, als hörte ich Jemand sprechen, dessen Stimme mir bekannt ist.« Sie lauschte nach der Wandseite.

»Eine Herrschaft vom Lande, eine alte Baroninn, war eben angekommen, und logirt daneben –« antwortete Füßli, und seine Dame nahm doch Anstand, ihm einen Auftrag der Neugier zu geben.

»Mein Kopf ist wüst –« sagte Therese, »und in diesem Gewirre der Angst werden Einem selbst die stillsten Gedanken laut.« Doch wie von jener Täuschung besänftiget, schlief sie nun wirklich ein.

Als Therese am nächsten Morgen zu einer dumpfen Besonnenheit erwachte, sagte sie: »mit Schrecken sehe ich, daß ich noch wie ein Regenbogen gekleidet bin – ich muß doch wohl ein wenig trauern? Mir ist ganz schwarz vor den Augen, wenn ich nur daran denke. Gehe Füßli, und kaufe mir einen Streifen Flor zur Binde – eine finstre Haube könnte ich nicht tragen, ich stürbe – Dann hole mir ein Paar Schuhe von Serge; nimm einen von diesen mit, sie passen mir am besten.« Sie schleuderte den Probeschuh – eine seidne Aurora – von dem zierlichen Fuß, und setzte mit einem herben Lächeln hinzu: »Wer mich so sähe, müßte glauben, ich wandelte auf Rosen. – Das Kleid will mir die Wirthstochter besorgen.«

Der Befehligte ging und kam lange nicht wieder. Endlich trat er ein mit einer gewissen Hast, der Athem schien ihm entgangen, und die Zornader stark angelaufen.

»Du warst lange, Füßli –« empfing ihn seine Dame im Klageton eines gütigen Vorwurfs, »wohl eine Stunde, und Du glaubst nicht, wie bange mir der Augenblick vergeht, den ich ganz allein zubringe.«

»Kann nichts dafür, gnädigste Frau«, entschuldigte sich jener, »es ist überall ein Gedränge, man kann nirgends zu. Aus einem Viertel machen sich die Kaufleute nichts – es wird Alles im Ganzen abgesetzt; da ließen sie mich stehen. Dann müssen kleine Füße bei großen Damen hier rar seyn. Des Suchens war kein Ende, und an Kinderschuhen von diesem Maaße kein Vorrath. Zuletzt hatte ich noch einen Auftritt auf offner Straße. Es ist hier eine verflixte Polizei.«

»Wie so?« fragte Therese, und schickte sich an, den Einkauf zu versuchen.

»Nun«, antwortete der Bediente mit entrüstetem Tone: »wie ich so im besten Gehen bin, kommt Einer von der Polizei daher – ich meine, das müsse er gewesen seyn – stiert auf meine Hand und ruft: Freund! wo hast Du den Schuh her? – Es fiel mich an. Mein Herr Offizier, gab ich ihm zur Antwort, gestohlen habe ich den Schuh nicht, und um das Weitere braucht sich Niemand zu kümmern. Nun legte er sich aufs Bitten, besah sich den Schuh von allen Seiten, so daß ich daran denken mußte, was mir, da ich noch ein kleiner Knabe war, meine Mutter seliger von einem bezauberten Prinzen erzählte, der – –«

»Ich weiß, ich weiß –« unterbrach ihn Therese mit einiger Heftigkeit. – Füßli starrte seine Dame an. Sie war wie mit Blut begossen – er meinte, es käme vom Bücken; nur über seinen Horizont ging es gänzlich, daß sie wissen wolle, was er aus dem tiefsten Winkel der Beilade seiner Mutter Goldamme hervorzusuchen im Begriff gewesen. »Wie sah denn der Herr aus?« fragte sie.

»Es war der hübscheste Polizei-Lieutenant, den ich noch gesehen habe –« antwortete Füßli, »lang und wohl gewachsen; aber seine Keckheit hatte mich verdrossen, deshalb gab ich ihm nur kurzen Bescheid.« Therese ließ sich die Uniform beschreiben. Sie hörte still zu, dann sagte sie mit rügender Stimme: »Du hättest ihm doch höflicher Auskunft geben sollen.«

Füßli, stumm gekränkt, schüttelte leise den Kopf. Er meinte in seinem subalternen Verstande, daß selbst die betrübteste Frau sich von der Aufmerksamkeit eines Mannes geschmeichelt fühle, die dem kleinsten ihrer persönlichen Reize zu Theil würde: er wußte nicht, wie viel feiner Therese combinirte, da sie ihrem Diener den Mangel eines verbindlicheren Benehmens vorhielt. –

Jetzt ward es laut auf dem Vorsaal. Therese öffnete die Thür, und trat hinaus. Die Dame vom Lande, ihre Wandnachbarinn, stand im

Begriff abzureisen, von ihren Leuten und den dienstbaren Geistern des Hotels umgeben, welche mit Schachteln, Paqueten, Flaschen, und hundert unnennbaren Kleinigkeiten des Bedarfs zu einem behaglichen Leben, belastet waren. Sie selbst glich einem wandelnden Pavillon, blieb aber stehen, als die ätherische Gestalt Theresens, nur etwa wie ein Trauermantel mit leichtem Schwarz besäumt, aus der düstern Stille ihres Zimmers aufflatterte, und redete sie an. »Ach meine Liebe«, sagte sie mit einer Fülle von Gutherzigkeit in dem wohlgenährten Gesicht, »Sie sind gewiß die junge Dame, welche hier zu einer so traurigen Erfahrung gekommen ist? – Wie mich das gedauert hat! so jung Wittwe werden, das ist in Wahrheit betrübt. Wie gern hätte ich Ihnen meine Theilnahme bezeugt! aber man hat den Kopf so voll von Einkäufen, – sieh Dörtchen! o verzeihen Sie – den polnischen Gries, den haben wir ja nun doch vergessen!« Therese bedeckte mit der weißen Hand die Augen, vor all' diesem häuslichen Wust. Sie hätte keiner Erinnerung bedurft, an den unwirthbaren Boden ihrer Heimath. Mit leisem, verachtenden Stolz, wie er dem Schmerz und der Liebe gegen solche Geringfügigkeiten eigen ist, verbeugte sie sich, aber doch mit der Grazie des Kummers.

»Könnte ich Ihnen irgend womit dienen?« fragte die Baroninn im Tone erhöheter Achtung, da sie kein Sterbenswörtchen, kaum einen Seufzer, aus diesem schönen Munde vernommen, der ein so heiliges Recht zur Klage hatte, deren Zurückhaltung stets am stärksten an das Herz des Mitleids dringt. Therese dankte gerührt. Sie konnte den Wunsch, ein aufrichtiges Mitgefühl zu äußern, nicht verkennen.

»Die Zeit –« setzte die Baroninn, wie wenig sie deren auch zu haben schien, in der Weise einer erfahrnen Trösterinn hinzu: »die Zeit, glauben Sie das mir, meine Beste! lindert auch den größten Schmerz. Da mein guter Mann starb – er ist nun schon seit zwanzig Jahren todt – da meinte ich auch nicht, noch einen frohen Tag zu erleben. Es giebt sich jedoch Alles, auch das, was uns beugt. – Werden Sie, wenn man fragen darf – Sich lange hier aufhalten?«

»Ich fürchte nicht, daß ich das müßte«, antwortete Therese mit einem Blick voll Schauer: »der Boden dieses Hauses brennt unter meinen Füßen.«

Die Dame nickte, gleich einer unförmlichen Pagode auf diesem großartigen Kamin, worin ein frisches Leben zu Asche geworden war, und sprach: »sonst hätte ich Sie gebeten, zu mir zu kommen, auf mein Gut. Ich bin die Baroninn Lenau.«

Dieser Name schlug mit einem bekannten Klange nicht an Theresens Ohr, nein! an ihr Herz. Therese wußte von jenem Nicolaus, der ihn mit dichterischen Ehren führt, und würdigte ihn wohl höher als den Kaiser, den sie als einen Feind ihres zerstückten Vaterlandes betrachtete. Eine poetische Verwandtschaft so wenig wie eine andere, zwischen diesem Lenau und der Baroninn, ließ sich gleichwohl schwerlich voraussetzen, und doch – trotz der Prosa dieser Erscheinung, und wie versunken in sich selbst Therese auch war, so flüsterte, da sie ihn nennen hörte, ein zartes ob auch melancholisches Gefühl, wie das Schönste seiner Schilflieder es erregt, in ihrem Busen auf. –

Das Wohlwollen verbindet schnell. Mit einem Zuge von Wehmuth ließ Therese die Baroninn aus den Augen. Sie trat ans Fenster, und sah die bepackte Landkutsche, von ihrer aristokratischen Bestimmung zu einer anspruchslosen Victualienfuhre benützt – langsam und schwerfällig abfahren. Therese dachte dieser flüchtigen Begegnung nach, welche sie doch ein wenig zerstreut hatte. Sie besaß überhaupt eine gewisse Vorliebe für ältere Personen ihres Geschlechts, und die Gabe ihnen zu gefallen; hingegen Frauen von mittleren Jahren konnte sie nicht leiden, ohne sich eines Grundes dafür bewußt zu seyn. Diese Eigenheit, denen, die mit ihr lebten, so bekannt, daß, als Therese einst ein rüstiges Weib, welches ihr Erdbeeren feil bot, gegen ihre Gewohnheit ziemlich unfreundlich abwies, ihr Schwager lächelnd sagte: »die Arme hat wahrscheinlich nicht das rechte Alter, um Dir sammt ihren schönen Früchten anzustehen? –« hielt sie vielleicht theilweise von Fabia entfernt, während ein Verhältniß ungeheuchelter Zuneigung zwischen der alten Nonne und der jüngsten Schwägerinn des Administrators bestand.

»Es giebt sich Alles«, hatte die Baroninn gesagt, »auch das, was uns beugt.«

Was ist wohl starrer als der Tod? Und doch schmiegt der Gedanke an die Verstorbenen sich allmählig unsern Vorstellungen an, hausbequem wie ein Kleid, in dessen weiten Falten ein wenig Staub ruht, ohne daß auch das reinste Herz davon beunruhigt würde.

Therese blickte tiefsinnig in das Gewühl, welches geräuschvoll wie ein Strom, doch eben so unverständlich sich unter ihr bewegte. Stunde an Stunde verrann – gegen den Abend sollte Constanz still, doch feierlich beerdigt werden, und seine Frau begehrte, während dieses Acts allein zu bleiben. Füßli wagte bescheidenen Widerspruch; das Gefühl der

Einsamkeit und eines gemeinsamen Verlustes hatte dem treuen Diener Freundesrecht dazu gegeben.

»Es ist so schön, gnädigste Frau«, sagte er beklommen, »wenn ein Ehegatte den letzten Gang mit dem Andern nicht scheut, sey er immerhin der schwerste. Ich mögte sagen, es sähe den Frauen so ähnlich. Die Mutter blickt zehnmal in die Wiege, ob ihr Kindlein gut schläft, eine Pflegerinn achtet darauf, ob die Kissen des Kranken recht liegen, und eine Wittwe sollte das Auge abwenden und nicht sehen wollen, wie man ihren Todten gebettet hat? – Was mich betrifft, so würde ich meinen Herrn begleiten, und wenn ich auf den Knieen seinem Sarge nachrutschen müßte.«

Therese erröthete beschämt, und ein Anflug von Zorn über den Vorwurf, der in diesen treuen Worten für sie lag, schürte die Flamme ihres Angesichts. Sie sagte mit Selbstvertheidigung: »daß ich mein blutend Weh vor den Augen fremder Menschen entschleiern, und der Neugier ein Schauspiel geben sollte: dies kann ich nicht. Es wäre eine Form, die meinem Wesen widerstünde; meinem Constanz hilft es nicht mehr, und Wem schadet es, wenn ich lasse, was zu thun er selbst unräthlich finden würde? – Jeder hat seine eigene Schicklichkeit, guter Füßli.« Und dabei lächelte sie todesängstlich, wie im Besserwissen einer höheren Stimmung.

Jener schüttelte den Kopf, und seine Miene würde ein Kundiger dieser Sprache der Seele in die Antwort übertragen haben: »aber die Liebe ist doch nur Eine!«

»Wäre nur der Schwager hier«, jammerte Therese, und brach in Thränen aus, deren Thau sie dem Gras des fremden Kirchhofs vorenthielt –, »oder ein anderer Freund, der sich meiner annähme!« Füßli schwieg gekränkt. Seine weinende Dame sprach: »verlassener als ich, ist wohl auf Gottes Erde Niemand – und war ich es eigentlich nicht immer? –« In dieser Frage, womit Therese sich gleichsam frei sprach von den zarten Pflichten einer Verbundenen, geschah dem Anspruch des Gemahls Eintrag, den der Tod von jedem irdischen Bande gelös't; aber die Stunde des Begräbnisses gab ihm sein volles Recht wieder. Erschütternd in Schluchzen, aufgelös't in Leid, saß Therese im einsamen Sopha, während Der, dem sie kraft des ehelichen Gehorsams hierher gefolgt war, zu seiner letzten Ruhestätte schwankte, und sie an fremder Stelle allein ließ. Jeder Glockenhall bewegte ihre Seele in einer Schwingung stürmischen Schmerzes; überwältigt von unbekannten aber furchtbaren Gefühlen, war sie keines klaren Gedankens fähig. Endlich lagerte sich eine dumpfe Stille um ihren müden Geist. Sie lehnte den Kopf hinten über, schloß die Augen, und ließ unbewußt einzelne Tropfen unter den Wimpern hervorrinnen. – Im Hause, was den todten Gast entlassen, herrschte eine ungewöhnliche und bange Stille; selten schwebte der Engel mit der Palme in solcher Ruhe.

Da eilte ein starker doch gedämpfter Schritt die Treppe herauf an die Thür von Theresens Zimmer; es klopfte, und ohne das Wörtchen der Erlaubniß abzuwarten, trat ein Offizier ein. Rudolph Feldmeister lag zu Theresens Füßen, und hauchte athemlos einen ehrerbietigen Kuß auf die schwarze Serge ihres Schuhes.

Wie von einem elektrischen Schlage geweckt schaute sie auf. Schweigend sah sie ihn an, nur der nasse Blick, die zitternde Hand redete in einem leisen Druck, der dennoch die gepreßte Empfindung verständlich machte, worin sie athmete. Therese glaubte, der Himmel habe sich geöffnet, ihr seinen sichtbaren Schutz zuzusenden. Nach einer unaussprechlichen Minute sagte sie mit wankender Stimme: »so eben begräbt man meinen Mann – und ich weiß nicht, ob es sich ziemt, daß Ihr Hierseyn, lieber Freund, seine Wittwe tröste? –«

»O Therese!« rief der Lieutnant leidenschaftlich versichernd, »wie hat dieser Todesfall mich ergriffen, ohne daß ich wußte, Wen er träfe! und nun sollte ein erbärmlicher Anstand mich fern halten, wohin mein Herz mich drängt, selbst wenn es anders schlüge, als für den einzigen Wunsch dieser geliebten Nähe?«

Therese weinte heftig, der Lieutnant stand langsam auf, und sah finster in den Fall ihrer Thränen. »Fürchten Sie nicht, Therese«, sagte er mit jener edelsinnigen Achtung, die einem höheren Gemüth der Anblick des Leidens einflößt, wenn gleich sich in seinen Ton ein wenig verbitternde Kälte der Eifersucht mischte, »daß ich die Heiligkeit dieser Stunde und ihrer Gefühle nicht genug ehren mögte, um von dem meinigen zu schweigen. – Aber – die Vorsehung scheint mich zu Ihrem Schutz berufen zu haben, den Sie in so seltsam unglücklicher Lage in dieser fremden Stadt bedürfen könnten. Mit unsäglicher Mühe und Eile bin ich einer zarten Spur von Ihnen nachgegangen, hoffend, daß ich Sie fände – – Therese! mein Wiedersehen so unvermuthet, freut Sie nicht?«

Therese erhob das quellende Auge zu ihm; ein warmer Strom floß in sein Herz, und machte es schwellen. Sie schüttelte den schönen Kopf, und diese verneinende Geberde sprach jene zuversichtliche Erwartung nicht ab. »*Unvermuthet?*« sagte sie mit dem leisen Accent magnetischer Ahnung, »nein mein Freund! ich wußte, Sie wären mir nahe. Wo ich bedrängt bin, da erscheinen *Sie!* – Habe ich doch schon ihre Stimme vernommen. Unmöglich scheint mir nichts, nachdem, was ich erfahren. Ach!« und bei diesem seufzenden Ausruf rang sie die zarten Hände in ihrem Schooße, »*was* habe ich gelitten seit unserer Trennung! ich werde es nie – *nie!* vergessen.«

Diese Versicherung spaltete sich in dem Gefühl des Empfängers. Der angegebene Zeitpunct schmeichelte, ob auch unbestimmt, seinem fordernden Herzen; doch das Unmaß von Weh, wovon der leichte Sinn dieses harmlosen Wesens betroffen worden, deutete wahrscheinlich nur auf einen Schlag des Schicksals hin, der zur Zeit seine eigenen Empfindungen unterdrückte. Seine Zunge war für einen Moment gelähmt, dann sagte er: »ich glaubte nicht, daß der Verlust eines Mannes, den Sie eigentlich nur dem Namen nach besaßen, Sie bis zu diesem Grade außer Fassung bringen könnte, da es nur auf Ihre Neigung ankommen würde, jenen hohlen Besitz zu behalten.«

Therese seufzte aus voller Brust und dachte: »am Ende nimmt er es wohl übel, daß ich traurig bin? – O über die Männer! ihre Eigensucht findet sich sogar durch die Aufregung beleidigt, welche Derjenige verursacht, der allen irrdischen Wallungen ein Ziel setzt! –« Sie antwortete: »als Constanz zurückkehrte – o Gott! wann kam er denn? da hätte ich im Voraus wissen können, was mir begegnen würde. Mir war so kalt und schauerlich zu Muthe, als ob der Tod mich in seine Arme schlösse. Nun ging es holter, polter fort. Unerbittlich für den Wunsch der Seinen, gönnte er mir kaum Zeit, mich zu fassen, da das Scheiden vom Stift mir sehr schwer fiel. Dort ist mir wohl gewesen, sehr wohl! kleine Übelstände etwa abgerechnet, die gegen so vieles Gute nicht in Betracht zu ziehen sind. Mit freundlicher Vernunft ließ der Schwager mich gewähren, und mir kein Härchen krümmen. Er war mir ein Bruder, wahrhaftig ein Bruder! und Ihren Oheim, ja den Major, habe ich wie einen Vater geliebt!«

Sein Neffe lächelte kühl, wie mit der Indolenz eines dankbaren Vetters, denn die Wärme, womit Therese des Administrators erwähnte, that der Wirkung jenes kindlichen Gedankens Eintrag.

»Der Morgen, wo wir von Sanct Capella abreiseten«, fuhr sie fort, »war mir schrecklich. Die ganze Welt kam mir verändert vor, so auch mein Mann. Ich war wirklich ein wenig einsiedlerisch geworden – und der Gedanke, mich wieder in seine umherfahrende Weise einzurichten, widerstrebte mir. Unbeschreiblich abgemüdet, mehr am Geist als am Körper, langte ich hier an. Erlassen Sie es mir, daß ich Ihnen von der kurzen Krankheit erzähle, die den armen Constanz binnen wenig Stunden hinabwürgte; ich bin es nicht im Stande. Und wäre er mein Feind gewesen, und nicht mein Mann, ich hätte gern, als es ihm an Luft gebrach, den Athem meiner Brust ihm einhauchen mögen.« Ein langer zitternder Seufzer, aushaltend in sprachlosem Schmerz, schloß diese Rede.

»Ich glaube Ihnen –«, sagte Rudolph bewältigt. Doch von seinem Standpunkt aus, und nach der Behauptung jenes Kenners der menschlichen Seele, dessen genialem Blick diese dunkle Substanz durchsichtig war, so daß er ihre tiefsten Geheimnisse an das Licht brachte, wie zum Beispiel eine beschattete Stelle der Theilnahme, die da lautet: *denn nichts scheint Denen trübe, die gewinnen* –, setzte er hinzu: »jenes Bild des Grauens wird sich mildern, theure Therese. Wie sollte, wenn die Vorstellung des Todes haften bliebe, der Soldat bestehen, der ihn mit all seinen Schrecken ertragen, und in furchtbarer Masse sehen muß, ohne daß er bei diesem Anblick zagen dürfte? Ein stärkeres Gefühl bezwingt ihn. Mein süßes Leben! beruhige Dich! jetzt bin *ich* da.«

Ein Blick innigster Schutzversicherung ward zwischen ihnen gewechselt. Und mit dem schüchternen Aufschluchzen überwundner Ängste sagte Therese: »ich bin kein Held, lieber Freund! und mich in einer so ganz einzigen Lage zu benehmen, fehlt es mir an Umsicht, wie an Erfahrung. Mich mit dem Nachlaß des Verstorbenen zu befassen, ist mir rein unmöglich. Ich glaube, ich könnte die größte Erbschaft wegschenken, um nur nicht davon reden zu hören.«

Der Lieutnant lächelte wundersam in sich hinein. Und Therese sprach weiter: »ein feiner Mann vom Corps Diplomatique war bei mir, dem ich das Portefeuille meines Mannes aushändigen mußte. Ich wußte nicht, ob ich recht daran gethan, und ob nicht noch andere als staatsgeheime Papiere darin gewesen? – Wäre nur der Schwager hier? ich habe einen Brief an ihn angefangen – dort liegt er noch. Als ich mich dazu sammeln wollte, kam ein Sammelbruder, wie denn überhaupt Störungen begehrlicher Art hier unvermeidlich sind. – Die Gedanken versagten mir, kein Wort wollte aus der Feder fließen; aber Thränen sind genug auf das Papier geflossen.«

»Ich schreibe an den Major –« sagte der Lieutnant mit nachholender Hast, »heute noch! sogleich. Wir senden eine Estafette. Der Administrator muß her. Doch dürfte es bei der großen Entfernung eine ziemliche Weile dauern. O Therese, Muth gefaßt, holde Freundinn! es werden bessere Tage kommen; dann sind diese ein beklemmender Traum gewesen. Mir war, als hätte ich auch geträumt – aber feenhaft, und meine Zukunft wäre verwandelt. Ich wüßte Ihnen Gutes zu erzählen; allein es deucht mir unzart, daß ich in diesen Augenblicken von mir spräche, und von irgend einem andern Glück als dem, zu Ihrer Beruhigung beitragen zu können.«

Therese athmete erleichtert auf, reichte ihm herzlich die Hand und sprach: »so wäre mir denn geholfen; zweifeln Sie nicht, daß Ihre Gegenwart die größte Wohlthat für mich ist. Aber noch ist mein ganzes Wesen so von Furcht und Beben eingenommen, daß ich die Hoffnung nicht zu fassen vermag, ich würde mich wieder einmal freuen können. – Es ist mir, als begäbe sich der Trost, daß ich Sie sähe, nur im Fieber. Ihr Bild wankt vor meinen Augen, eine so jähe, so erschütternde Veränderung läßt uns fühlen, daß nichts Bestand hat. Und die Angst zuckt schreckend durch meine Glieder, ich könnte erwachen, und Sie wären verschwunden.«

»Nein ich bleibe!« rief der junge Mann mit fester Innigkeit, und der Ton entschiedenen Selbstvertrauens steigerte sich zur Leidenschaft, da er hinzusetzte: »ich bleibe ewig Ihr treuester Freund! und eher mögte ich mich wohl selbst verlassen, als von dem Platze weichen, auf den himmlische Gunst mich gestellt hat. – Ist es ein Zufall, daß wir uns in Polen, im Stifte, und nun hier, in öder Weite, abgerissen von allen vorigen Beziehungen, gefunden haben? Eine unsichtbare Hand hat uns verknüpft, Therese! ich halte meinen Schwur, und der Himmel selbst scheint es zu wollen.«

»Constanz –« flüsterte Therese, »wird mir auch sein Schatten zürnen?«

»Er war eine vermittelnde Macht zwischen uns –« entgegnete Rudolph, »sein Daseyn, nun nicht mehr begrenzt, erweitert sich für unendliche Wünsche. Ein Geist ist nicht engherzig mehr, daß er dem Liebsten, was die Erde für ihn hatte, einen Strahl von Seligkeit, die Liebe! mißgönnen sollte. Aber Therese – Sie sind krank, und ein Wunder ist es nicht. Wenn ich Sie nur besser aufgehoben wüßte, in weiblich schicklicher Pflege. Der Gasthof ist kein Asyl für eine Leidtragende. Nun, morgen wird es anders seyn. Ich schreibe die Nacht hindurch, und mit Anbruch des Tages lasse ich meinen Boten fliegen.«

Jetzt trat Füßli ein. Die Schwermuth der Dienstpflicht, von der er zurückkehrte, beugte ihn sichtbar, ein Grabeswehen düsterte um die beflorte Gestalt, und die Citrone in seiner Hand, deren Poren im Ausdruck starken Schmerzes lind geworden waren, hauchte einen leisen, bangen Geruch aus.

Eine wunde Röthe floß mit der Blässe Theresens zusammen, als sie den Diener ansichtig ward, an den sie während dieser Scene mit keiner Sylbe gedacht hatte. Und auch das erdfahle Gesicht des ehrlichen Schweizers überzog sich mit der Farbe der Empfindlichkeit, da er den fremden Offizier erkannte. »Füßli!« sagte Therese mit weichem Tone, »dieser Herr, ein naher Verwandter des Major von Feldmeister im Stift, wird so gütig seyn, in meinem Namen nach Sanct Capella zu schreiben, und Dir das Nöthige hierüber ertheilen.«

Der Diener verbeugte sich stumm, und indem seine Dame sich gleichsam zu einer Entschuldigung herabließ, über dies Zusammentreffen, wie über die Vollmacht, welche der Lieutnant von ihr empfangen, zwang eine zarte Stimme ihres Busens sie, sich solchergestalt gegen ihn zu erklären. – Wenn es eine Pflicht zu trauern giebt, so ist stumme Treue der beredteste Vorwurf. Wer sich schweigend härmt, versenkt in tiefen Gram, erhebt sich in jeder Sphäre über Den, der Ohr und Lippe dem Troste öffnet.

Rudolph ging bald darauf. Er beeilte sich, die Briefe zu schreiben, die keinen längeren Verzug gestatteten. Den folgenden Nachmittag wollte er wieder kommen, weil der Dienst ihn am Morgen nicht entließ.

Therese empfand sein Fortgehen selbst für die Frist einer kurzen Frühlingsnacht, und bei der Gewißheit seiner Wiederkehr, doch beängstend.

Füßli blieb stöckisch, und wartete mit finsterer Unterwürfigkeit seines Dienstes. O! warum kann keiner sehnenden Seele Erquickung zu Theil werden, ohne daß die Mißgunst irgend einen erbitternden Tropfen dazu mischte? – Vor Allem stehet der Genuß auch der schuldlosesten Liebe unter diesem weltlichen Fluch. Sie ist das himmlische Feuer, dessen Raub mit jener Strafe gebüßt wird, die sich täglich erneut. – Der Freundschaft – und ist diese weniger ätherischen Ursprungs? – wird ihre schmelzende Kraft eher verziehen. Sie – »die Freundschaft hat Stufen, die am Throne Gottes durch alle Geister hinaufsteigen, bis zum

Unendlichen!« So hoch kann der gewöhnliche Begriff sich nicht erheben. Aber Liebe, hienieden gefühlt, erscheint den Menschen oftmals niedrig. – Und nicht immer sind die Beweggründe Derer rein, die im unberufenen Zweifel, ob ein Verhältniß lauter sey, ein Herz in Flammen läutern. – Hätte der Major anstatt seines Neffen sich zum Beistand Theresens gefunden, der Diener ihres verstorbenen Gemahls würde ihn gesegnet haben; der junge hübsche Offizier, der ihren Schuh sogar erkannt – war ihm ein Dorn im Auge.

Schon hatte Therese am folgenden Tage ihres Freundes geharrt, und die Minuten, welche er zögerte, berechnet, als Rudolph kam, und wie es schien im Drange einer willkommnen Nachricht.

»Ich habe über Sie verfügt –« sagte er mit einem offnen Blicke, und hörbar knitterte seine Hand ein Blatt Papier in der Tasche, was er aber stecken ließ, als bedürfe es zwischen ihnen des Beweises nicht, »werden Sie mir das Zutrauen verleiden, daß ich es durfte?«

Therese bat ihn, mit einer Miene der Vorausbilligung, niemals ungewiß darüber und jetzt deutlicher zu seyn.

»Hier können Sie nicht bleiben, mein süßes Kind!« sprach der Lieutnant, und dieser zärtliche Zusatz sänftigte den taktischen Ton, der die Vermuthung anschlug, dieser Feldmeister von Theresens Gegenwart werde sich, als ehelicher Feldherr ihrer Zukunft, gar wohl zu benehmen wissen. – »Selbst meine Besuche«, fuhr er fort, »würden einem ärgerlichen Aufsehen nicht entgehen, und ich – ich leugne es nicht – bin empfindlich gegen die öffentliche Meinung. Lieber aber mögte ich einen Flecken an meiner Ehre dulden, oder in der Pupille meines Auges, als daß Ihr Ruf, theure Therese! durch mich, und wäre es um den leisesten Hauch eines Wortes – verdunkelt würde. Da ist mir denn guter Rath nicht über Nacht, nein! gestern Abend schon gekommen. Eine Anverwandte von mir, die Besitzerinn eines hübschen Landgutes in hiesiger Gegend, und eine so wackere Frau, daß ich wohl manche weibliche Tugend neben der harmlosesten Gutherzigkeit an ihr verehre, ist freundlich bereit, Sie bei sich aufzunehmen. Meine Tante ist in jedem Sinne wie von Milch genährt, und der Aufenthalt bei ihr ganz geeignet, den Affect der Betrübniß herabzustimmen. Sie werden –«, dies setzte der Lieutnant mit einem gutmüthigen Lächeln hinzu, »Gelegenheit finden, sich zu beruhigen; ein Athem von pflegmatischer Behaglichkeit ist die Lebensluft dieses Hauses, und ich werde Fug und Recht haben, oft genug darin einzukehren.«

Es hätte dieses letzteren Antriebes kaum bedurft, um Theresen dem Vorschlag ihres Freundes geneigt zu machen. Das wilde Täubchen war völlig zahm geworden.

Füßli – so wurde beschlossen – sollte im Gasthof bei den Sachen bleiben, bis der Administrator in Person, oder doch Nachricht von ihm käme. Auch konnte von Seiten der Behörden noch irgend eine Forderung ergehen, zu deren Aufnahme Jemand an Ort und Stelle seyn müßte. Schon in einer Stunde – mit solch militairischer Kürze war dieser Aufbruch bestimmt worden – sollte die Equipage da seyn, worin Therese nach jenem Landgute abgeholt werden würde. Rudolph wollte sie zu Pferde begleiten. In fliegender Eil wurden nun die Anstalten zur Abreise getroffen. Therese säumte keinesweges, den Engel dieses Hauses zu verlassen, um dem zu folgen, den sie mit besserem Recht für den ihrigen, und für einen Boten des Himmels hielt. Sie zog den schwarzen Schleier über ihr Gesicht, und sich in den Hintergrund des Wagens zurück, so lange er durch das lärmende Getöse der Stadt rollte. Doch als auch das Geräusch der Vorstadt immer ländlicher wurde, bis endlich am letzten Häuschen die sausenden Räder an dem schwirrenden Rade eines Seilers vorüberflogen, der sein hartes Gespinnst durch die weichen Frühlingslüfte milderte, da bewegte diese Schnur Theresens Herz, und es schlug in der grünen Stille einsam wie eine Bileruhr. – Wie sanft wallten die Saaten! wie weit vergoldete die Sonne den Gesichtskreis! in welcher erhabenen Ruhe mischte das Blaßblau eines fernen Amphitheaters von Bergen sich mit dem Horizont! – Die Natur senkte ihren malerischen Vorhang über Theresens Einbildungskraft, und den Tumult jener wüsten Scenen, denen sie entronnen war. Kein neugierig kalter Blick traf sie mehr, und hier und da fiel der ihrige auf ein unschuldiges Blumenauge, in der zarten Frische erster Färbung, und es schien mit Wärme zu sagen, daß es den Thau gar wohl kenne, der zu nächtlicher Zeit sinkt. –

Rudolph ritt nebenher, und zum erstenmale ein neues schönes Pferd, womit er ritterlich bei dem Geleit seiner trauernden Dame paradirte, und dessen charakteristische Übermüthigkeiten sein Aufmerken erforderten. Therese saß allein in tiefen Gedanken. Wie wenig glich ihre dermalige Stimmung jener, in welcher sie einst nach dem Scheiden von ihrem Gemahl, in Begleitung seines Bruders, dem gastfreundlichen Kloster zuflüchtete. – Gänzlich unbekannt war ihr der Ort und die Person, denen sie nun eine schützende Aufnahme verdanken würde; aber sie überließ sich mit unbedingtem Vertrauen ihrem Führer. Die

Gleichgültigkeit des Kummers und erschöpfter Kräfte, nahm dieser Hingebung auch das leiseste Bedenken. Das Fahren erinnerte sie an die jüngste Vergangenheit. Constanz lag nun still für immer. Welch ein kleiner bescheidener Raum genügte ihm zur langen Rast! sein ruheloses Leben voll glänzender Entwürfe war nun aus, wie ein fliegender Stern in Dunkelheit erlischt. Sie versetzte sich in die Empfindungen, welche sie bei seiner Ankunft und während der Reise gehabt hatte, und gestand sich, daß es Vorgefühle gebe. War die tiefe sehnende Ruhe, in welcher alle Ängste, alle Wünsche schwiegen, vielleicht Gewähr dafür, daß Furcht und Hoffnung nun erfüllt seyen? – Nie hatte Therese mit zarteren Regungen der Reue an Constanz gedacht, nie sein Verhängniß in so innigem Bezug auf ihr Gemüth empfunden; obzwar jeder Faden von Eintrag in dem Gewebe ihres gegenseitigen Lebens nun abgerissen war. Auch das Glück wird mit Buße getragen, nicht allein das Gefühl der Schuld und der Besitz, sogar der zu hoffende, giebt uns nicht selten erst eine vorwurfsvolle Schätzung dessen, was wir verloren haben. –

Der Abend begann, sich auf die Landschaft zu senken. Noch schwebte der feurige Sonnenball, jedes Lüftchen riß eine flammende Rose aus dem Kranz von Purpurgewölk, der Himmel glich einem Garten voll brennender Liebe. – Das Geläut der ziehenden Heerden vom frischen Anger scholl fernher, wie wandelnde Abendglöckchen, da der Tag sich neigte, und dieser friedsame begnügte Ton weckte ein traumhaftes Sehnen, dem Heimweh verwandt, in Theresens Seele. Wo war ihre Heimath auf Erden? Nirgend! – Als nun die Sonne hinunter war, die geschäftigen Schatten einschliefen, und ein dämmernder Duft sich über Feld und Wiese verbreitete, da erschien ihre selige Mutter vor Theresens träumenden Augen, und ihr überirdisches Lächeln sagte: »mir ist recht wohl! laß mich schlafen, Kind!« Auch Constanz richtete sich auf, und seine gestorbene Gestalt blühete wie unter einem Veilchenschimmer, der vom violetten Schein der Höhen mit dem röthlichen Hauch noch nicht aufgebrochner Laubknospen zusammenfloß. Und der Abendwind flüsterte mit *seiner* Stimme: »ich habe nun Ruhe gefunden – was betrübst Du Dich?« Eine namenlose Wehmuth ließ Theresen wünschen, sie könnte auch sterben. – »Sterben? jetzt, wo ihrer treulosen Neigung nichts mehr im Wege steht?« frägst Du vielleicht meine Leserinn, und Deine Hand hebt den Stein des Anstoßes. Aber lasse mich den Zweifel Deiner Frage heben. Wisse! der Schmerz um Die, welche nicht mehr athmen, und das Entzücken des Lebens, die Liebe! mischen ihre tiefsten Einflüsse zu einem Quell, der verlangend strebt, sich in das Meer der Ewigkeit zu ergießen. In Beiden fühlen wir uns unendlich. So stirbt die Jugend leicht unter dem vollen Blüthenhang ihrer Hoffnungen; nur das Alter klammert sich fest an den entblätterten Stamm des Daseyns, hätte es auch nur bittere Früchte getragen. –

Bei einem Bug der Straße öffnete sich die Aussicht in ein reiches Dorf, von Obstgärten umgeben. Das Schloß, kein Rittersitz von architektonischem Prunk, nur ein stattlicheres Wohnhaus – lag kaum abgesondert und sehr freundlich.

Der Lieutenant rief in den Wagen: »Wir sind an Ort und Stelle, –« und bei dem ersten Hinblick auf die Fenster, welche ein Abglanz der Abendröthe in saffranfarbenem Mattgold erhellte, spürte Therese jenes Bangen, welches uns Frauen mehr oder minder vor dem Eingehen in ein neues Verhältniß ergreift, oder, was oft gleichbedeutend ist – wenn wir uns dem Ziele einer Reise nähern.

Der Spiegel eines schöngeformten Teiches dicht vor dem Schlosse, am vorderen Rande von einer Brustwehr eingefaßt, und zu beiden Seiten mit weißen Gartenbänken versehen, strahlte das schwache Geflimmer einzelner Sterne zurück, und daneben den leuchtenden Vollmond des runden, rothen Gesichts einer Dame, die über das Geländer gelehnt, Karpfen fütterte. Die auftauchenden Fische zogen dunkle Kreise über die glatte Wasserfläche, worin das Schloß winkte und wankte; die Dame aber wich nicht von ihrem Platze, und war so vertieft in ihre speisende Lust, daß sie den Wagen nicht kommen gehört hatte. Schweigend hob der Lieutnant Theresen heraus, und sie gingen dem Teiche zu. Die Dame wendete sich um – erleichterten Herzens erkannte Therese die Baronin Lenau in ihr. Und jetzt wußte sie auch auf einmal, daß Rudolph schon im Stift ihr diese Verwandte genannt, und von ihr erzählt hatte.

Die Baronin schien mit dem Begriff der Nahrung völlig identisch zu seyn. Ihre Gestalt war wie die Fülle von Gottes Segen, ein angeschnittnes Brod lag in ihrem derben Arm, und das Messer blickte nur wie zum Spott der ihr eigenthümlichen Milde, womit sie nie eine andere Schärfe handhabte. – »Sieh da!« sagte die Baronin sichtlich erfreut, »mein einladender Wunsch kam von Herzen, und ist deßhalb zu Herzen gegangen – wenn gleich auf einem kleinen Umwege –« setzte sie mit einem Lächeln vergnügter Schlauheit hinzu.

Diese einfachen Worte, und eine begrüßende Umarmung ließen Theresen fühlen, wie herzlich es mit dieser Aufnahme gemeint sey.

Rudolph hatte nicht nöthig, das Kleinod seiner Sorge der gütigen Tante werth und wichtig zu machen, welche liebreich es in Gold fassen mögen.

Die Baroninn hielt in einer einfachen neidlosen Denkweise die Schönheit für einen Empfehlungsbrief ihres Schöpfers, und das Unglück für ein heiliges Recht. Sie benahm sich, diesem Glauben zufolge, so, daß Therese sich wie im Himmel fühlte. Selbst ihr Aufenthalt im Stift, wie geneigt wir auch sind, das Vergangene zu überschätzen – war von mancher Seite für sie und für manche kleine Blöße schonungsloser gewesen, als der gastfreie Schirm dieses Hauses. Die Baroninn war nicht minder ein Muster der Wirthlichkeit, als Du, häusliche Fabia! aber dies hausmütterliche Walten war ihr ein rühriges Vergnügen, ein vorbereitender Genuß, kein werkthätiges Verdienst, was sich geltend machte. Sie war auch fromm; doch ohne selbstgefällige Strenge. Ihr Christenmuth war kein abtödtender und absondernder Stolz, sondern guter Muth, und deshalb ein tägliches Wohlleben, wie die Schrift sagt. Die fröhliche Zutraulichkeit zu Gott, womit sie sich des Besten von ihm versah, belohnte sich durch Zufriedenheit mit allen Menschen. Sie ließ die ganze Welt gewähren – und Wer jemals unter intoleranten Bekehrungs-Versuchen gelitten, weiß diese köstliche Eigenschaft zu würdigen. Allein auch Therese hatte sich geändert, nicht nur, daß ihre Umgebung eine andere war. Wir dürfen es zudem rühmlich voraussetzen, daß Frau Fabia sich der *verwittweten* Schwägerinn gewissenhaft angenommen haben würde. Theilnahme an *widrigen* Erfahrungen ward nimmer bei ihr vergebens gesucht; nur der *Mitfreude* war dies verschlossene Gemüth nicht fähig. Ihre Tugenden schmeckten alle, – wenn dieser Ausdruck nicht profan wäre – ein wenig nach dem Essig vom Kreuz. So versüßte sie Niemandem das Leben, und selbst das Gute, was sie erwies, blieb nicht ohne eine säuernde Mischung. – Die Baroninn dagegen war ein christlich-weiblicher Epikur; ihre Glückseligkeitslehre lief auf unschädlichen Genuß hinaus, den keine Verbitterung trübte. Sie schlürfte Geist des Lebens mit jedem Athemzuge, und wandelte das reine Element in stärkenden Wein. – Einer Therese mußte dieses System freilich besser zusagen. Jener anmuthige Leichtsinn zwar, der zu so vielen Mißhelligkeiten zwischen den Schwägerinnen Anlaß gegeben, trug nunmehr einen Flor von Melancholie, der ihn niederhielt; doch wäre ihr bewegliches Naturell auch nicht durch diesen zarten Überhang von Trauer gehalten worden, das Geheimniß jener wunderbaren Gegenwirkung Anderer auf uns, würde hier, wo im Umgange einer frohsinnigen Matrone nichts von der jungen Frau gefordert ward, als daß sie sich erheitern möge, Theresen zu einem soliden Ernst für Pflicht und Nachdenken gestimmt haben. Und endlich die Hauptsache! welch eine scharfe Ehrenwächterinn war ihr Fabia gegen den Blick eines Mannes gewesen! wie kränkend hatte jenes wachsame Auge auf jeden Schatten gedeutet, wenn der wohlwollende Schwager die Schwächen von Constanz reizender Gattin in allzugünstigem Lichte zu betrachten schien! Und welcher stummen aber richterlichen Rüge war die bemerkte Leidenschaft Rudolphs verfallen! und wie streng war das Urtheil, was über den aufmunternden Gegenstand seiner strafbaren Flammen erging! – Die Baroninn gönnte das menschliche Glück, zu gefallen, von ganzem guten Herzen so gern, ohne deßhalb eine liebenswürdige Frau für einen gefallnen Engel zu halten. Jeder Vorzug, den Therese besaß oder empfing, schien ihr natürlich. Sie fand die öftern Besuche des Lieutnants, die Begeisterung für sein Schutzamt, ganz in der Ordnung und rechtmäßig. Sie schalt, wenn er eine Stunde länger ausblieb, als zu erwarten gewesen, und Therese vertheidigte lächelnd den Freund, der sich zu ihr bekennen, und die Wirksamkeit ihrer anziehenden Kräfte beweisen durfte.

Der junge Mann war seiner Tante sehr ehrenwerth und ein Schooßkind des Geschicks; – den Neigungen der Günstlinge aber wird geschmeichelt, und vielleicht war die Baroninn es sich kaum bewußt, daß sie die Güte der Gottheit verehrte, indem ihre eigene ein Verhältniß heiligte, was außerdem dem Bannstrahl der Welt schwerlich entgehen können.

Und da wir Theresen einstweilen so wohl aufgehoben wissen, wenden wir uns nach Sanct Capella zurück.

An einem milden Abend jener Zeit, in welcher wir die abwesende Therese begleitet haben, befand Schwester Veronica sich mit Josephinen in demselben großen Zimmer, worin unsere Erzählung anhebt. Sie saßen feiernd am offnen Fenster einander gegenüber. Tiefe, ernste Dämmerung herrschte in dem bewohnten Raum, in schattigen Umrissen zeigten sich alle Gegenstände; die Miene des Reformators war nicht mehr kenntlich, und nur der Rahmen seines Bildes warf einen zweifelhaften Strahl in das uranfängliche Düster.

Fabia, welche die sogenannte Dunkelstunde nicht liebte, wie man dies – beiläufig gesagt – meistens bei Personen von vorwaltendem Verstande und äußerer Thätigkeit findet – war in die Familie eines der Unterbeamten des Stiftes berufen worden, wo eben ein Lebensfunke erlöschen wollte. Ein liebholdes Kind, das einzige der Eltern, lag im Sterben. Man hatte die Schwägerinn des Administrators, deren Umsicht und christliche Gemüthsfassung geachtet war, zum Trost der Mutter herbei geholt, und noch sollte sie aus der Wohnung des Jammers wiederkehren. Von diesem Fenster aus war jene Wohnung in einem der klösterlichen Seitengebäude zu übersehen, und von dem wankenden Lichte da unten schwebte der stille Schatten des Todes herauf um die beiden Gestalten. Draußen aber pulsirte das warme Leben der Natur, und das Firmament flimmerte frühlingskräftig. Prachtvoller hatte die Nacht ihren Bogen nie gewölbt; die grüne Erde, gestickt mit Thauperlen und einer Milchstraße von Blüthen, schien dunkelblau, und nur ein tieferer Himmel.

Veronica hing mit verklärten Zügen an der überirrdischen Welt, die – nach einem poetischen Gleichniß – wie eine heilige Nonne verschleiert aus dem Sprachgitter der Sterne blickte; Josephine hing das Köpfchen auf den Busen. Beide hatten bisher geschwiegen. Jetzt sagte die Erstere, wie in sich selbst zurücksinkend: »ich will doch warten, bis Frau Fabia kommt, obgleich ich kaum zweifle, welche Kunde sie uns bringen wird. – Die arme Mutter! noch schwach und angegriffen von einer schweren Krankheit, wäre es viel, wenn sie es ertrüge, daß ihre süße Blume gebrochen da liegt!«

Josephine lächelte sanft und sprach: »ich, liebe Veronica, kann das Sterben nicht so sehr bedauern. Es hebt uns leise empor über *alles* Schwere, und stillt unsre Sehnsucht. Muß uns Jemand sterben, müssen wir erst traurig werden, um diese Sehnsucht zu empfinden? *mir* erregt sie der auflebende Frühling, die Freude sogar. Ihnen, liebe Veronica, darf ich es gestehen: es gehet mir wohl, worüber hätte ich mich zu beklagen? und doch ist mir zuweilen so weh zu Muthe, daß ich es nicht zu beschreiben wüßte. Aber um alles Glück der Welt mögte ich dieses wehmüthige Gefühl nicht tauschen.«

»Mein Kind«, antwortete die Nonne, und die geistliche Jungfrau nahm in ihrer Seelenreine keinen Anstand, ein mütterliches Bild für ihre Erklärung anzuwenden, »das sind die jugendlichen Wehen des Herzens, aus denen der *Mensch* in zartester Bildung hervorgeht, und die Liebe, ein Kind ihres Schöpfers, wird zum Licht geboren.«

Hier rauschte der Wind, wie jener Geist, von dem man nicht weiß, von wannen er kommt – und ein zartes Erröthen Josephinens barg sich unter dem dunkeln Flügel der Luft. Mit einem linden langen Odemzuge sprach das Mädchen: »ach, und der Frühling! das lichte Weiß seines ersten Blümchens, sein Blüthenschnee, das rinnende Gewässer, kommt mir wie der reine Glanz eines Engels vor, der am Grabe der Natur: Auferstehen! singt, und die Erde gleichsam heiligt. Ein seliger Schmerz durchdringt meine Seele, ich liebe Alles, was mir angehört, inniger aber sehnsüchtig. Das Künftige zieht mich zu sich heran, und von dem Gegenwärtigen kann ich nicht lassen.«

»Und wenn nun«, fuhr Schwester Veronica fort, »die Farben aufglühen, und wie Töne zusammenklingen, so daß Eine Stimme der Unsterblichkeit uns vernehmlich wird, wenn alles Leben sich erneut und verjüngt, dann feiern wir das Gedächtniß der Todten, und die Sonne bescheint den Tag aller Seelen, der in den Frühling gehört und nicht in den Herbst, zur trüben Zeit, wo die letzten Blätter fallen. Nie habe ich für meine Verstorbene inbrünstiger gebetet, und ihre versunkenen Denkmale wieder aufgerichtet in meinem Gemüth, als wenn ich zum erstenmale den frischen Sproß des Grases aus ihrer Asche grünen und blühen sah. – Ich verstehe wohl Dein Gefühl, aber das meinige kannst Du noch nicht fassen. Die Jugend reißt der warme Strom des Lebens mit sich fort; doch das Alter steht am Ufer der Zeit, worin so mancher Wunsch einwinterte und erstarrte. Jenseits strecken die Vorangegangenen ihre Arme nach uns aus, und der Blick ihrer Nähe zieht uns zu ihnen hinüber.«

»Nein, nein!« rief Josephine lebhaft und ängstlich, und faßte das Gewand der Nonne wie ein Kind, was die davoneilende Mutter an diesem schwachen Stoff zu halten meint, »es ist, als ob dieser Gedanke schon Sie mir entzöge. Auch reißt mich nichts hinweg – diese Möglichkeit könnte ich nur fürchten, doch mich ihr willig hingeben? nie! o *nie*! – Als ich Sie am Sonntage auf ihrer Violine phantasiren hörte – ich saß auf der Bank im Klostergarten – war es mir, als ob ein Himmel unaussprechlicher Empfindung auf mich niederschwebte. Ich mußte weinen, und wußte doch nicht warum? Ich dachte, wie so mancher dieser entzückenden Klänge in den Mauern Ihrer Zelle schliefe, und daß, wenn einst ein Herz voll Liebe darin klopft, es diese Capelle aufwecken würde, um ihrer Heiligkeit und Ruhe theilhaft zu werden. Wer wird einst dieses Weihestübchen bewohnen? – O laß mich ruhn an dieser lieben Stelle – bat ich den lieben Gott. Wenn ich aber dennoch scheiden müßte –« ihre Stimme versagte für einen Moment –, »so werde ich jene Töne, die mich über das Irrdische hinaus trugen, lebenslang mit dem Athem meines Herzens tragen, und in diesem Herzen Alles, was ich hier geliebt, und für wenig Anderes wird Raum darin seyn.«

»Mein trautes Kind!« rief Veronica in einem Ausbruch der Rührung und Güte, »Du sollst meine Zelle erben, ich verspreche es Dir. Und meine Bücher, meine Blumen – die Violine, den Ring –: Alles, was ich habe. Es ist mein liebster Wunsch, daß *Du* mir die Augen zudrückest. Dann werde ich –« setzte sie leise hinzu, »wie eine Nonne sterben, von der man sagt, daß der Engel jungfräulicher Frömmigkeit sichtbar wird, wenn sie verscheidet – und wie eine Mutter zugleich. Du weinst, Josephine? es fiel ein Tropfen, und Deine Wange ist feucht. Beruhige Dich, Herzenskind! nimm Deine Guitarre, und singe mir ein kleines Lied, es ist lange nicht geschehen. Du fühlst sehr wahr: die Musik ist ein religiöses Geheimniß, und nicht auf Erden geboren. Die Töne, welche aus der innersten Fülle der Seele quellen, sind himmlische Eingebungen und die Sprache der Geister. So soll das ganz einzige Spiel des großen Violinisten – ich hätte ihn hören mögen – etwas Dämonisches gehabt haben, und alle Schönheit seines Vortrages würde mir höchstens nur gewesen seyn, als ob ich empfände, wie die Kunst verzweifelt. Nein! selbst Paganini hätte meine cremoneser Geige nicht erben dürfen; sie ist nur Dein Vermächtniß – keines Andern. Und wenn ein Zufall den Bogen zerbräche, und nur ein Seufzer Deines reinen Odems jemals über den stummen Steg hinstreicht: so ist ewige Harmonie darin, und das Werkzeug meiner innigsten Freuden kann schweigen und zerfallen, wie ich, oder wie Das, was lieblich an mir ist.«

Die Violine war – wie wir bemerken – eine schwache Saite dieser trefflichen Choristinn; eine Saite, welche leicht in nachtönende Schwingung gerieth. Sie wollte nächstdem das geschmeichelte Gefühl ihrer Virtuosität mit dem unerkünstelten Beifall vergelten, den sie den einfachen Melodieen ihres Lieblings zollte.

Josephine, gehorsam dem Wunsch der Nonne, lös'te das Instrument, ein Geschenk des Administrators, von der Wand, und griff einige Accorde. Dann setzte sie sich nieder, hob das schöne Auge aufwärts und sang mit jenem melancholischen Wohllaut der die tiefste Glückseligkeit anspricht:

> »Kaum hat mit frischem Thau die Nacht
> Des Himmels dunkle Au begossen,
> So seh ich tausend Lilien sprossen,

Verklärt von wundersamer Pracht.
Sie öffnen ihre Kelche weit
Und lassen ihre Strahlen regnen,
Die schlummermüde Welt zu segnen
Durch einen Traum von Herrlichkeit!

Ihr Lilien der heil'gen Nacht!
Wie sehn ich mich nach Eurem Garten,
Wo Engel liebend Eurer warten,
Ein treuer Gärtner Euch bewacht:
Gebt ihr so fern mit mildem Schein
Schon süßen Trost der Brust hienieden,
Wie süß, wie süß wird einst der Frieden
Im Schatten Eurer Blüthen seyn!«

»Welch ein köstliches Lied, mein süßes Mädchen!« sagte die Nonne mit schimmernden Augen, »es spricht für eine tiefe und heilige Empfindung. Kennst Du den Dichter?«

Josephine nannte ihn –[1] und sprach: »es ist auch mein liebstes. Seit ich es habe, singe ich es fast nur allein, doch nicht oft, weil es weder gestört noch täglich werden darf, und eine Stimmung und Stille erheischt, die – wie jetzt –«

»Ein Schlummerlied im höheren Chor –« unterbrach Schwester Veronica die Rede des Mädchens. »Wenn das Kind etwa schon gestorben wäre: so könntest Du den Schrei des Schmerzes aus der Brust der Eltern damit eingesungen haben.«

Die Thür ging auf, und Fabiens dunkle Gestalt trat gespenstisch mit müden Schritten ein. Sie hielt einen Brief uneröffnet, verhängnißvoll in ihrer weißen Hand.

»Nun, Frau Fabia«, sagte die Nonne und erhob sich von ihrem Sessel, »was werden wir nun erfahren?«

»Die Kleine ist dem Herrn entschlafen –« antwortete Fabia mit jener dumpfen Ruhe christlicher Ergebung, die jedoch wachsam für ihren Ausdruck ist. »Noch ist die Mutter betäubt, der Vater hingegen scheint gelassen; nur fürchte ich, daß es nicht vorhalten werde. – Noch kein Licht, Josephine? wie kann man so gern im Finstern seyn! – besorge es

1   Heinrich Wenzel

geschwind, daß ich diesen Brief lesen kann. Ein Bote von Bühle ist angekommen, und die einfältigen Leute schickten ihn mir nach. Es war, als ob der Tod hörbar anklopfte, und Furcht und Schrecken kam uns Alle an, die wir still um das kleine Sterbebett standen und beteten.«

Josephine eilte, die Lampe anzuzünden, und indem der kaum entglommene Schein derselben auf Fabiens Gesicht fiel und ihr Auge von einer Zeile zur andern glitt, sah Veronica, daß ihre Züge sich veränderten. »Eine Neuigkeit, Schwester Veronica«, wendete die Pflegemutter Josephinens im Drange der Mittheilung sich an die Nonne, »Graf Frankenstern ist mit seiner Tochter endlich angekommen.«

»Graf Frankenstern!« rief Jene mit antheilvollem Interesse, und der Ton, den die Glocke dieser Nachricht anschlug, war ein Klang aus der guten alten Zeit des Klosters. »Der hochbejahrte Herr lebt also noch! und Comteß Albane kann auch nicht mehr jung seyn – wenn ich mir die Gräfinn Mutter bedenke – diese leutselige Dame war mir ein höheres Wesen und wie so ganz war sie für Sanct Capella eingenommen! – In Bühle, sagten Sie, hält die Herrschaft sich auf?«

»Ja –« antwortete Fabia schwach, und eine große Erschütterung dieser starkmüthigen Frau ward laut in der kleinen Sylbe, »reiche mir einen Stuhl, Josephine –« sagte sie sehr sacht, während das sichtliche Schwanken ihres Körpers verrieth, daß Fabia mit dem Gefühl der Ohnmacht kämpfe. –

Diese Botschaft wirkte nach, und ihr schlagender Eindruck hielt an. Die kleinen klaren Schriftzüge, von einer Hand kommend, welche, wie Fabia jetzt deutlich empfand – Gram und Herzeleid über ihr unbeflecktes Leben gebracht, verwirrten ihre Seele. Das Dunkel einer finstern That stieg vor ihr auf, daneben der Schatten ihres Mannes, kummerkrank und dräuend, daß seine Frau nicht vergessen möge, welch eine Last ihn ins Grab gedrückt, und Fabia glaubte mit ihm zu versinken.

»Jesus Maria!« rief die Nonne, als sie die Todesblässe auf dem Angesicht ihrer Freundinn sah, »was widerfährt Ihnen denn? Ein paar Tropfen Lebensgeist – wenn ich sie nur bei der Hand hätte – ein Trunk frischen Wassers –« das zitternde Mädchen flog hinab, ihn zu holen. Inzwischen hatte Frau Fabia sich schon erholt. Sie wehrte sich mit selbständiger Kraft gegen die Schwäche, von der sie einen Augenblick bewältigt worden war, wie gegen die mitleidige Angst, welche über sie verfügen wollte, und sprach, obgleich mit bebenden Lippen: »es ist schon vorüber. Seyn Sie außer Sorgen meinetwegen, Schwester Veronica. Und

Josephine – Du siehst, mein Kind, es ist mir wieder besser. Aber trinken will ich doch. –« Sie stärkte sich durch einen erfrischenden Zug.

»Ja, ja!« sagte die Nonne, und ihre Rede nahm wider Wissen und Willen die Methode einer gelinden Strafpredigt an, »ein *geistlich* Amt, das der Tröstung und des Beistands in der letzten Noth, erfordert starken Odem, und Wer sich stark fühlt, ist es deshalb nicht zu allen Zeiten, und übernimmt sich wohl einmal. Sterben aber ist kein Kinderspiel, und man sieht nicht zu, daß man sich daran ergötze.« So ist aber – der geneigte Leser erlaube uns diese Episode – auch eine edle und geläuterte Seele nicht sicher, daß kleinliche und niedere Stoffe, welche die Scheide-kunst eines gereinigten Charakters für immer aussondern müßte, sich in das Ergebniß ihrer Urtheile mischen. Wir sind uns selbst nicht klar. In der freundschaftlichen Äußerung der Schwester Veronica, die wir vor Vielen ihres Gleichen heilig und selig preisen, dürfte ein kleiner Nonnendünkel kaum zu verkennen seyn, und der Glaube, daß, um in Todesängsten beizustehen, menschliche Theilnahme hiezu nicht genüge, und die Kraft zu solchem Beistand nur von einem Geiste ausfließen könne, der durch *priesterliche* Weihen dazu befähigt worden sey.

»Denn der Bote –« so fahren wir mit den Worten der Nonne fort, »ein Bote hat mir all mein Lebtag Schrecken eingejagt, und es war mir immer, als ob ich das Schicksal in Person kommen sähe, was mir ein neues Päckchen zu tragen brächte. Wer weiß auch, was der Brief enthält! – So viel ich mich erinnere, waren Sie in früheren Jahren in Verbindung mit Gräfinn Albane? –«

Fabia nickte schwer und schwieg. »Wenn nur der Schwager da wäre!« sagte sie, und ihr Auge starrte sinnend vor sich hin, »erst morgen Abend kehrt er zurück, dann ist es zu spät.«

»Wozu?« fragte die Nonne mit einem leichten Anfluge jener Neugier ihres Alters und Standes. Und mit aufrichtiger Liebedienstlichkeit setzte sie hinzu: »wenn Sie in Etwas bedrängt wären, Frau Fabia, worin ich Ihnen mit Rath und That nützlich werden könnte –«

»Das wird sich später finden –« antwortete Fabia mit einem bedeu-tenden Blicke nach Josephinen hin, und drückte dankbar die zellenzarte Hand der Nonne, wie aus Wachs gewebt, »für jetzt bedarf ich nichts als Ruhe.«

»Wie kalt Sie noch sind!« sagte Schwester Veronica besorglich, »ich dächte, ein Krampfpulver wäre nicht übel für die Nacht; es beruhiget die Nerven.«

Fabia lächelte seltsam bitter, als bedürfe ihre innere Aufregung ein anderes Opium. Sie verneinte den Gebrauch des Mittels, und begab sich in ihr Schlafgemach. Den folgenden Morgen war große Wäsche im Stift; eine der Haupt-Stadien dieser geregelten Ökonomie. An solchen Tagen ging Frau Fabia sonst gleich der Sommersonne früh auf, um sich mit wahrer Hoheit im Meere dieser Waschfluth zu bespiegeln. Ja, wir dürfen kühn behaupten, daß die Göttinn, an der wir Selbstgefälligkeit so natürlich finden, sich vielleicht in einem minderen Grade derselben aus dem Schaum der Wellen erhoben habe, als womit die Juno dieser häuslichen Sphäre sich von ihrem brausenden Element benetzen ließ. – Daß diese Wolke ihm vorübergehe, hatte der Administrator stets und so auch jetzt eine kleine Reise unternommen, und Therese ihm einst muthwillig gedroht, er werde einmal aus dem Regen in die Traufe kommen. In diesem Punkte war aber Therese gleich den Männern, und wendete am liebsten jener häuslichen Nothwendigkeit den Rücken. Sie badete wohl eher die Füßchen im Thau, als daß sie einen ihrer rosigen Finger zu Gunsten einer wirthschaftlichen Bemühung naß gemacht hätte. – Wir zweifeln daher, daß Therese selbst der Waschfrau Chamissos die poetische Seite abgewinnen mögen, wogegen sie gewiß den trockensten Gegenstand des versandeten Schlaraffenlandes geeigneter gehalten haben würde, besungen zu werden. –

Heute aber schwebte kein ordnender und waltender Geist über diesen Wässern. Fabia schien in tiefem Schlaf versunken zu seyn. Josephine klopfte leise an die Thür der Pflegemutter, und Fabia that auf. – Ihr Aussehen trug die Spuren einer schlummerlosen Nacht, ungewöhnlich achtlos war ihr Anzug; doch selbst in seiner Nachlässigkeit noch keusch und sauber. Ihr Auge, von Schatten vertieft, die sich darunter gelagert, glühte fieberhaft, und Miene wie Gebehrde war von jener Ermattung – der Feindinn jeder Thätigkeit – beschlichen, welche uns anhängt, sobald wir herzenskränklich sind.

»Vergieb, liebe Mutter, daß ich es wagte, Dich zu stören –« sagte Josephine, indem sie ihren betroffenen Blick in einen bittenden zu mildern suchte. »Es befremdete uns, daß Du noch nicht aufgestanden warst, weil es gegen Deine Weise ist.«

»Ich habe nicht viel geschlafen –« antwortete Fabia gemäßigt wie immer, »und mich auf Wichtiges vorzubereiten. Wir müssen heute nach Bühle auf das Schloß – mein Kind; doch fahren wir erst nach Tische. Ziehe Dir das neue luftblaue Kleid an, und ordne Dein Haar sorgfältig, ich will Dir gern behülflich dabei seyn. Das goldne Kreuzchen binde um den Hals, und wirf den gestickten Schleier über, er läßt Dir äußerst günstig.«

»Heute?« fragte Josephine bestürzt, und dachte, der Herold des jüngsten Tages habe die Stimme ihrer Pflegemutter geliehen. Nie war Frau Fabia an Tagen häuslicher Geschäftigkeit nur einen Schritt von der Schwelle dieses Hauses und von ihrer Pflicht gewichen; nie hatte das Mädchen ein eitles Wort aus Fabiens Munde gehört. Das Ende aller Dinge schien gekommen, oder doch nahe zu seyn. Scheu und bekümmert setzte daher Josephine jener einsylbigen Frage hinzu, deren Accent all ihre Verwunderung ausdrückte: »Du scheinst sehr unwohl, meine Mutter.«

»Und wenn auch!« antwortete Diese, indem ein herbes Lächeln der Gleichgültigkeit gegen alles Bisherige auf ihre Lippen stieg, »der Herr mein Gott wird mich stärken.« Sie heftete dabei einen durchdringenden Blick auf das Crucifix von Gußeisen, welches auf ihrem Nachttische stand. Dieser Blick enthielt ein angsthaftes Gebet, und besagte, soviel wir von dem flehenden Geflüster am Altar des innern Heiligthums verstehen: »Du! der Du uns rein gewaschen hast von unsern Sünden mit Deinem theuren Blut, gieb, daß Albane –« hier drang ein unaussprechlicher Seufzer durch das kalte Metall an das Herz des höchsten Erbarmers. Und von einem Gefühl ermuthiget, was sich erhob, sagte sie: »es muß Alles gehen. Wie wird es seyn, wenn ich nicht mehr da bin?«

»O sprich mir davon nicht!« bat Josephine, und küßte Fabiens mütterliche Hand.

»Eben jetzt muß ich recht sehr mit Dir davon sprechen«, erwiederte Fabia, selbst in dieser erweichenden Minute dem Grundsatz treu, dem Eigenwillen eines Kindes niemals nachzugeben. »Wir haben viel mit einander zu reden. – Doch siehe! daß Du die Thür zuvor verschließest. So! nun schiebe den Riegel vor.«

Von dieser Vorsicht geängstet, war Josephine voll Furcht und Warten der Dinge, die da kommen würden. Frau Fabia schien einer vorbereitenden Pause zu bedürfen, in der sie sich fasse, dann sprach sie mit einem Ton würdevoller Abbitte: »wenn ich Dich zuweilen hart angelassen, und Dir zeither strenger war, als daß ich Deinen unschuldigen Neigungen und Wünschen jemals geschmeichelt hätte – so geschah es –« ihre Stimme wankte.

»O geliebte Mutter!« rief Josephine, welche diese demüthige Sprache der tugendstolzen Pflegemutter nicht aushalten konnte, »es ist nur zu meinem Besten geschehen. Womit habe ich Dich beleidiget, daß Du Dich so fremd gegen mich ausweisest? bin ich nicht Dein Kind? – Ich will sie ablegen, diese Fehler, denen mein guter Wille noch manchmal unterliegt; habe nur ein wenig Geduld mit mir. Und wenn ich mich heute in Bühle etwa linkisch benehmen sollte –«

Ein Lächeln, worin mehr Rechtfertigung lag, als in jedem moralischen Beweise, flog Fabiens Miene an. Sie antwortete: »das fürchte nicht. Du hast ein *Recht*, dort zu seyn: die Gräfinn Frankenstern, der ich Dich zuführe, ist Deine Mutter.«

Josephine stieß einen leisen Schrei aus, als hätte ihr dies Wort einen Dolch in die Brust gestoßen. Der Name Derer, die ihr das Leben gegeben, schien diese Himmelsgabe zurück zu nehmen, und das liebliche Bild des Mädchens versteinte zu weißem Marmor.

»So ist's, mein Kind!« setzte Fabia mütterlicher als je hinzu, »die Stunde, darin das Band sich lös't, was uns so lange verknüpfte, reißt nicht allein an meinem Herzen – ich muß mich ernstlich zusammenneh-men.«

»Mutter!« sagte Josephine furchtsam und leidenschaftlich, »ich hoffe zu Gott, Du willst mich nicht verstoßen.«

»Du brichst mir das Herz entzwei, Mädchen!« entgegnete Fabia schmerzlich. »Darf ich Dich denn jenen Ansprüchen vorenthalten? Es wird Alles darauf ankommen, wie wir die Gräfinn finden. Du bist die Tochter einer heimlichen Ehe, und dein Vater – der Onkel wird Dir sagen –«

»Der Onkel – ist mein Vater?« fragte Josephine mit schwacher Stimme.

»Der Onkel – komme doch zu Dir, Kind! ist auch Dein Onkel nicht, und es nur dem Namen nach gewesen. Dem Blute nach, gehst Du uns gar nichts an.«

Bei dieser Erklärung, welche Fabia nicht aus lossagender Kälte, son-dern der vollständigen Erklärung wegen gab, sah Josephine aus, als wären ihr alle Adern geöffnet. Ihre Seele strömte in Liebe für die Menschen, mit denen sie gelebt, für den Ort, der ihr die trauteste Heimath geworden war. Sie empfand den Einfluß einer innigen Gewohnheit. Sie empfand ihn mit schwellendem Herzen, da sie den Abschied so nahe wußte. Die gräfliche Mutter stand wie eine verhüllte Gottheit von ferne, und scheue Ehrfurcht, ein fremdartiges Grauen war Alles, was Josephine für ihre

Näherung hatte. Und der Administrator war nicht einmal da! es däuchte Josephinen, als ob sie diesem gütigen Freunde hinterrücks entführt würde. Ein Gefühl, zarter noch als Dankbarkeit, forderte in ihr, daß sie ihm diesen schnellen und gewaltsamen Abruf selbst sagen und klagen könnte, daß er Augenzeuge wäre der sträubenden Wehmuth, womit sie von hinnen schied. –

Als der Nachmittag nun kam, erschien Josephine in vorschriftlichem Anzuge. Sie war bei dem Werk der Toilette ihrer wenig bewußt gewesen, um so eifriger hatten ihr die Grazien gedient, welche zurückweichen, wo die Eitelkeit handreicht. Auch Fabia war ausnahmsweise festlich angethan. Sie trug ein dunkles Kleid von tannengrüner Seide; doch indem die verwittwete Frau bei dieser seltnen Gelegenheit ihr Licht leuchten ließ, trug doch der Christbaum ihres Gewandes kein einziges Flämmchen Flitterstaat zur Schau, sondern nur die Frucht bescheidener Einfalt, an der man erkannte, weß Geistes Kind sie wäre.

Der Himmel hatte sich mit Gewölk umzogen. Frau Fabia, im Begriff, sich in den Wagen zu setzen, schaute auf und sprach: »den guten Regenschirm wollen wir noch mitnehmen, zur Fürsorge. Wir könnten ihn brauchen, beim Aussteigen. Er steht, wenn ich nicht irre, in des Schwagers Zimmer, im Winkel wo die Pfeifen lehnen –« Und hurtiger flattert der Vogel nicht vom Zweig, als Josephine dahin flog, ehe es möglich war, ihr zuvorzukommen. Sie drängte die Seele des Abschieds, als den Inbegriff schmerzlicher Empfindung, in den heißen Blick, womit sie die stummen kalten Wände grüßte, und Wer weiß, ob nicht zum letztenmal! – Dort stand der braune Schirm, und neben dem Saum seines geschlossenen Zeltes, blickte der Kopf des Mustapha zu ihr hinauf, die in dem wehenden Schleier, eher der schönsten Blume des Harems, als, des goldnen Kreuzchens ungeachtet – einer jungen Braut der Kirche glich. Hier stand das Schreibpult des Administrators, und ein kleines weißes Blättchen lag lockend auf der grünen Fläche. Josephine warf einen Blick darauf – ein Sonnenstrahl fiel gleichzeitig in die Werkstatt ihrer Gedanken. Eine Feder war auf jenem Streifen Papier probirt: »Josephine«, stand in kalligraphischer Schönheit am Rande des Blättchens, und das Urbild dieses wohllautenden Namens stand mit schöneren Zügen davor. Sie ergriff die Feder, und schrieb mit fliegenden Fingern:

»Ich muß fort – verzeihe, daß ich mit Ich anfange; aber Stolz ist nicht in mir, nur eine sehr traurige Liebe, daß ich von Sanct Capella scheiden muß. Kannst Du etwas beitragen – –

Deine –«

Josephine vernahm, daß ein Eilbote ihr nachgeschickt würde. Sie mußte sich losreißen. Ein Fädchen aus dem Blondengewirk ihres Schleiers blieb an dem Gefieder der Schreibfeder hangen, und ein kleiner Dintenfleck an ihrem Finger.

Josephine wie ihre Pflegemutter sprachen wenig auf dem Wege nach Bühle. Fabia saß still in sich gekehrt, trübsinnig starrte Jene in die Ferne. Als aber jetzt der englische Garten sichtbar ward, und hinter dem Immergrün seiner Gehölze, vermischt mit der zarten Frische lebendiger Knospen, das graue, todte Schloß, eine verstorbene Einöde von Stein – als sie jetzt bei dem Postamente vorüber fuhren, worunter der todte Hund begraben liegt: da erblickte Josephine den stummen Wächter mit keinem minderen Schauer als eine abgeschiedene Seele der Vorwelt den Cerberus, und als sey dies festgehaltene flüchtige Bild nur allein ein Symbol ewiger Ruhe, und dies der Eingang in das stille Reich der Schatten.

Das eintönige Geräusch des Brunnens, auch nicht um den leisesten Tonfall eines Tropfens anders als sonst, weckte in Fabien bittere Gefühle der Vergangenheit. Dort war die Wohnung, in der ihr Mann gelitten und aufgehört zu leben – es däuchte seiner Wittwe, als ob das Lüftchen, welches die spielenden Wellen der Wasserkufe kräuselte, ihr seine letzten Seufzer zuwehete. Blüthenbäume streuten ihren Schmuck vor die Schwelle, über die Kummer und Gram mit ihm eingezogen waren, um nur den Todten zu entlassen –; und diese Gleichgültigkeit der Natur, welcher der Mensch unwillkürlich Theilnahme abverlangt, diese Wiederkehr ihrer unschuldigen Freuden, an dieselbe Stätte, wo die Schuld, eigene oder fremde, unsre besten hinweggenommen für immer – schärfte die Empfindung, womit Fabia sich jener Zeit bewußt ward, und des wichtigen Moments, der ihr jetzt bevorstand.

Um das Schloßgebäude schwebte die Stille der Einsamkeit und der Ehrfurcht vor dem Range, wie vor dem kranken Geiste seiner dermaligen Bewohner. Der Zustand des Grafen war bekannt, und seine Tochter galt kaum weniger leidend an Gemüth.

Das Unglück, wie mächtig es auch sey, hat stets eine kleine Hofhaltung. Nur ein einziger Bedienter stand, nicht unähnlich einer Statue seines Standes, an einer Säule des Flurs, harrend, wie es schien. Die Zeit hatte angemessen der altväterlichen Livree seinen Scheitel mit Puder bestreut, und mehr noch als diese greise Mode, gab ihm eine Miene unbewußter Geringschätzung gegen diese Etiquette adeliger Größe, und ein Zug von Schweigen in seinem erfahrungsvollen Gesicht ein ehrwürdiges Ansehen. Auf ihre Frage erhielt Fabia zur Antwort von ihm, daß sie erwartet würde – und Josephinens Blick hing dabei so ängstlich an den goldbesponnenen Knöpfen seines Rockes, als ob sie eine nahe wichtige Entscheidung davon abzählen wolle. Noch fragte Fabia, die niemals sicher genug gehen konnte: die Herrschaft sey doch – allein? – Der Bediente, ein alter Bekannter von ihr, lächelte nur; die Tochter des Oberverwalters von Bonna mußte fremd geworden seyn, dem Andenken der Lebensweise des Majoratsherrn. Er sagte mit schwermüthigem Scherz: »es ist zwar heute großer Galatag; aber diese hohen Gäste lassen Raum und Ruhe, und die Frau Rentmeisterinn dürfen sich ganz und gar nicht irren lassen.«

Indem Fabia die breite Treppe, mit Decken belegt, unter starkem Herzklopfen hinan stieg, erhob sie sich zu dem Gefühl, daß *sie* es nicht sey, welche die nächste Minute zu scheuen brauche. Doch wie kommt es, daß die Last auf dem Gewissen eines Andern den Athem des Rechtschaffenen hemmt? und warum wirft ein fremdes Erröthen, noch ehe es vor unserm Auge aufgeht, den Schein der Schuldverkündigung auf unser eigenes Gesicht? –

Sie standen auf dem öden Vorsaal. Eine Uhr, in langem weißen Gehäuse, nahm sich an dem dunklen Pfeiler, daran sie befestiget war, todtenhaft aus, und das Gleichmaaß des Perpendikels bewegte sich im Einklang mit dem Gesetz der Zeit und ihrer Schwere. Der Stundengott hatte hier keine Flügel. – In den Nischen der Wand entlang, erblickte man zwar beschwingte Gestalten; doch schienen auch diese seit manchem Jahr unregsam ihren Standpunkt einzunehmen, und nur in so fern, wenn *Ruhe* der Begriff des Himmels ist – dem Olymp anzugehören.

Der Bediente zog die Thür sacht auf, ein Strom von Licht und Luft aus dem ihr gegenüber geöffneten Fenster quoll durch die Spalte. Die Meldung geschah lautlos, und alsbald traten auf einen Wink des Alten die beiden Damen ein.

Frau Fabia, und hinter ihr das schüchterne Mädchen, sah sich in einem Zimmer, das füglich den Sälen des Schlosses beigezählt werden können. Zwei Reihen Ahnenbilder in Öl gemalt und tief nachgedunkelt, beschatteten die Seitenwände, und gaben der schweigsamen Leere dieses Prunkgemachs eine geisterartige Geselligkeit. An dem obern Ende des länglichen Zimmers stand ein antikes Canapee, breitgestreift, mit weiß und seladongrünem Atlas überzogen; davor ein Tisch, köstlich besetzt. Ein damastnes Tafeltuch, wie vom Webstuhl der kunstreichen Athene, hing in schimmernder Weiße bis auf das bunte Gewirk des Teppichs nieder, und um den Tisch herum standen mehrere Lehnsessel, deren jeder ein Großvater, bequem und doch galant, wie am Tage der goldnen Hochzeit. In einen Winkel geschmiegt saß der Graf, und dem Canapee gegenüber seine Tochter.

Bei dem ersten Blicke auf jenen unglücklichen Mann, auf den Schnee seines Hauptes, auf den Staatsrock, der so weit, so spottend weit entfernt zu passen, um die abgezehrten Glieder hing, zerschmolz aller Groll in Fabiens Herzen. Der Putz der Alten wie der Blinden hat etwas eigenthümlich Rührendes. Jener: weil ihr hinfälliger Anblick das Nichtige der Eitelkeit predigt; dieser: daß ihnen selbst unsichtbar, eine Huldigung der Welt beigegeben ward, die nur am Schein hängt. Und sind Blödsinnige nicht Blinde in geistigem Sinn? – Zwar könnte Graf Frankenstern für einen Seher gegolten haben, denn eben jetzt leuchtete sein Gesicht im Abglanz einer Vision; aber es war nur ein Blendwerk, nur das Irrlicht einer gespenstischen Imagination, daneben die Nacht seines innern Lebens nur um so finsterer erschien.

Auch Gräfinn Albane war älter geworden, als zufolge einer Berechnung von Jahren; doch war der Eindruck dieser ersichtlichen Veränderung durchaus ein anderer. Man könnte von ihr sagen, ihre Schönheit sey verwelkt, um verklärt zu werden. Ein weißes Kleid von wolkigem Mousselin umhüllte ihre zarte Gestalt, doch, im schärfsten Contrast zu dieser anspruchslosen Wahl, blinkte jener Schmuck, so schwer vermißt! so grausig ersetzt! auf dem feinen Halse und der Brust der Gräfinn, und hielt ihren schlanken Leib, ihre Arme umschlossen – wie wenn Kinder in eitlem Spiel sich mit dem Geschmeide ihrer Mutter zieren – und stach, bewaffnet mit allen Blitzen der Frühlingssonne und einer jähen Reflexion, Fabien ins Auge und durch das Auge in das tiefste Herz. – Ein kleines blankes Schlüsselbund an ihrer linken Seite stellte die Gräfinn als Wirthinn des Hauses und jener unsichtbaren Gäste dar, denen zu

Ehren sie so geschmückt, und gleichsam nur dadurch verkörpert sich zeigte. Doch der schmale zackige Reif einer goldnen Krone auf ihrem reichen Haar, ließ phantastisch und in Zweifel, welch eine Fürstinn in der wüsten Ideenwelt ihres Vaters, sie, fremd sich selbst, vorstelle? – Und über dies häusliche Theater goß die wasserziehende Sonne einen trüben Glanz der Illusion aus. Die Blumen in dem damastnen Gedeck traten labyrinthisch und winterweiß hervor, wie durch einen Hauch von Frost entstanden – und der feurige Wein auf dem Tische glühte nur zum Schein. Das rothe Blut der Traube schwellt nur die Adern der Lebendigen; doch diese begeisternde Kraft leiht nimmer Denen eine Seele, welche keine Existenz haben. Der Graf fand nur Genuß in Gedanken, und schwelgte heute mehr als je in seinem Wahn; und Albane saß da so geisterhaft gesättigt und traumtrunken, mit einem herben verzichtenden Lächeln auf den bleichen Lippen, als hätten diese nie die Süßigkeit des Lebens gekostet, und jener edlen Gabe, die des Menschen Herz erfreut und stärkt! –

Als die reelle Fabia dieses Schauspiels ansichtig ward, rieselte ein eisiger Schauer an ihrem Rücken hinab, und ihr nähernder Gang erstarrte.

Die Gräfinn zeigte bei dem Eintritte derselben einen heftigen Ruck, so, als wenn eine Unbeweglichkeit mechanisch aufgehoben wird. Und indem sie dabei das Gleichgewicht verlor, fiel das Diadem, nur lose aufgelegt, von ihrem Haupte, und rollte zu Boden. Josephine bückte sich darnach. Doch achtlos dieses ominösen Vorfalls schritt die Gräfinn den Kommenden entgegen, und begrüßte sie mit sanfter, sehr bewegter Stimme. »Das ist Josephine?« fragte sie; aber das Epitheton für den Laut dieser Frage fehlt unserer Sprache und jeder. – Darauf berührte ihr Mund die Stirn des Mädchens, und dieser heilige Kuß, den das verleugnete, namenlose Kind als Sacrament empfand, firmelte es.

»Josephine!« rief der Graf mit dem herzschneidenden Tone der Überspannung, taumelte von seinem Sitz, und schwankte gegen die Gruppe, um in eine Kniebeugung zu sinken; aber Josephine kam ihm zuvor. Sie umschlang den Greis mit weichen Armen, und weinte über ihn. Gräfinn Albane überließ ihren Vater dem Entzücken, sein kaiserliches Idol, oder die Psyche desselben, in lieblicher Verjüngung vor sich zu sehen, und das Mädchen dem guten Geiste der Demuth und der Wahrheit der ihm einwohnte. Im Drange, ihr Herz zu öffnen, legte sie die zitternde Hand an den blanken Drücker einer Tapetenthür, und zog

Fabien mit sich in ein anstoßendes Cabinet. »Wie viel Dank bin ich Ihnen schuldig, liebe Fabia!« sagte sie hastig und herzlich, »Josephine scheint ein Engel. Dieser Blick einer himmlischen Unschuld kann nicht lügen.«

Die fromme Fabia antwortete: »Gottlob! nicht umsonst war mein Gebet bei des Mädchens Erziehung: hilf, Herr! hilf! laß wohl gelingen! Josephine ist ohne Trug und Arglist; lauter und rein von Gemüth und Sinn, wie ein Wassertropfen aus dem Weihebrunnen der göttlichen Gnade.«

Wir lassen es dahin gestellt seyn, ob dieses Bild vom Tropfen, in welchem sich Frau Fabia zum Lobe der Tochter ergoß, ganz unvermischt und klar von einem Vorwurf ihrer Abstammung gewesen, der die erquickende Wirkung desselben trübte. –

Albane senkte die benetzten Wimpern, wie beschämt von der Verschuldung, die sie gegen Fabia wissend war, und mit einem erkenntlichen Seufzer glitt ihr Blick, zufällig vielleicht – auf einen Ring von großem Werth an ihrem Finger. Fabia fing diesen Blick im Brennpunkt ihrer Seele auf. – Sie sprach, und jede Fiber zitterte an ihrem Körper: »ich will nicht fürchten, Gräfinn, daß Sie mir ein Geschenk zudenken! – Die Sucht zu glänzen war nie mein Fehler, nie die zufriedene Eitelkeit sogar, daß mein Thun Werth vor Gott hätte. Einer Wittwe ziemt es vollends nicht, zu brilliren, und die da einsam ist, sorge nur, daß sie dem Herrn gefalle. Der Frau, welcher die Brust des Mannes fehlt, zu ihrem Schilde vor den Pfeilen der Welt, steht nichts besser an, als ein Flor der Trauer und Zurückgezogenheit, der sie gleichsam unsichtbar mache unter Denen, die nach dem Schein urtheilen, und spitzfindig einen Stein des Anstoßes sehen, wo nichts zu sehen ist. – Darum will ich ihn nicht tragen, und wenn er alle Schätze der Erde aufwöge! ist mir das Herz doch schon beschwert genug. O Gräfinn! diese Edelsteine hier haben meinen guten Mann in das Grab gedrückt und mir viel tausend, tausend Thränen gekostet!«

Der Gräfinn Gesicht erbleichte zu Schnee, eine ängstliche Verwirrung sprach aus ihrer Miene. Sie richtete das Auge, voll eines sanften Lichtes, forschend auf Fabien, als wolle sie ihre dunkle Rede beleuchten. Ein krampfhaft leises Zucken regte sich nur auf ihren Lippen, als ob ihr die Kraft gebräche zu einer Frage, deren anschuldigende Beantwortung ihr das Herz brechen müßte.

Es lag etwas Versöhnendes in diesem stummen Hinnehmen. Gemildert sprach Fabia: »Sie wissen wahrscheinlich, daß ihr Herr Vater meinem seligen Manne den Tag vor ihrer Abreise von Bonna, eine Chatoulle in Verwahrung gegeben, darin dieser Familienschmuck befindlich seyn sollte. Den Schlüssel dazu hatten wir nicht bekommen. Mein guter Mann ward gleich darauf so krank, daß ich fürchtete, das Grab werde sich ihm zunächst öffnen. Doch er genas. Nach Jahren, in denen er sich, peinlich wie dieser Redliche nun war, mit Zweifeln getragen, die ich jetzt für eine Ahnung halten mögte, gab uns der Zufall den Aufschluß in die Hände. Wir fanden in dem Kästchen nichts von Schmuck, nur eine todte Perle –: den Leichnam eines Kindes, und ein blutbeflecktes Messer.« Hier hielt Frau Fabia mit einem durchbohrenden Blicke bedeutsam inne.

Aber nicht die Farbe der Blutschuld zeigte sich auf den Wangen der Gräfinn, nur jener zarte unschuldige Anflug, den ein schneidender Wind etwa in dem Kelch der weißen Rose entblößt. Sie lächelte kalt und sprach: »so hielten Sie vermuthlich davor, daß ein Zusammenhang zwischen beiden Dingen statt fände, der – mich schaudert, es auszudenken. Wohl war jenes Kindlein das meine, ein zu früh Gebornes. Ich versündigte mich durch den Wunsch, es der Erde vorenthalten zu können – o! wie bestraft sich doch jeder Gedanke räuberisch gegen die Natur! – Der Arzt, vielleicht weniger aus Mitleid mit meinem mütterlichen Schmerz, als aus Leidenschaft für jedes Präparat, schlug mir vor, den Körper meines Kindes zu balsamiren, so könnte ich ihn in einem kühlen Gewölbe aufbewahren. Es geschah – ich legte das kleine Vergißmeinnicht, was der Tod mir vom Herzen gepflückt, in jenes sargähnliche Kästchen; darin ist es vertrocknet. Mit jenem Messer aber hat der Arzt, der nämliche, meiner theuren Mutter die kranke Brust abgelöst.«

Frau Fabia fühlte bei diesen erklärenden Worten einen Schnitt durch ihr tiefstes Innere. Nach einer verstummenden Pause sagte sie: »doch werden Sie zugeben, daß jenes Depot geeignet war, einen Geschäftsmann stutzig zu machen; zumal wenn er wie mein Seliger, von einem unseligen Mißtrauen heimgesucht, jeder Sache die schlimmste Seite absah.«

Die Gräfinn sah still vor sich nieder, und antwortete eine lange Weile nicht. Dann sprach sie: »ach ich verzeihe Ihnen – Wen man schwach gesehn, hält man gar bald eines Verbrechens fähig.«

»Gräfinn –« stammelte die Wittwe, »ich habe viel gelitten, dieser Geschichte wegen.«

»So wäre ich denn noch auf andere Art als ich meinte, in unabtragbarer Schuld gegen Sie!« erwiederte die Gräfinn mit dem herben Lächeln der Kränkung. Fabien stiegen Thränen in die Augen. Das Taschentuch entfiel ihr – die Gräfinn beugte sich es aufzuheben, und die Schlüssel an ihrem Gürtel erklirrten silberhell und leise. Und wie geringfügig diese kleine Dienstleistung auch war, so verlieh ihr doch die augenblickliche Stellung gegen die Beleidigerinn etwas Hohes.

Wie von diesem erklingelnden Laut erinnert, sonderte Albane nicht ohne Schwierigkeit einen kleinen Schlüssel von der Mehrzahl Derer, die der Ringhaken an ihrem Gürtel umfaßt hielt, bis es ihr gelang, ihn davon los zu machen; und sprach: »hätte ich diesen Schlüssel wohl so nahe an meinem Herzen tragen können, wenn dieses Herz noch ein strafbareres Geheimniß umschlösse, als dessen Mitwisserinn Sie sind? und wenn ich gewußt, welchen Kummer Sie deshalb trügen? – Nehmen Sie ihn denn hin mit der Versicherung, daß ich unschuldig an Ihrem Gram, und Ihnen ewig, ewig! dankbar bin! – Nein, gute Fabia! fürchten Sie keinen andern Lohn als dieses Wort, was bethätigen zu können, meine beste Hoffnung wäre. Ein Edelstein, und wäre es auch der erste Solitair der Welt – bezahlt weder Liebe noch Leiden. – Mit diesem Schmucke belade ich mich nur, um meinem Vater eine Freude zu machen. Wehe mir! o es ist schrecklich, wenn der Vater zum Kinde wird, und die Tochter zur Mutter! –«

»Wissen Sie schon«, sagte Fabia, durch eine sehr natürliche Association der Ideen zu dieser Mittheilung gelenkt, indem sie ihre Thränen trocknete, »daß Herr de Romana, Sylvius bei uns genannt – sich in Sanct Capella aufhält? Er ist der intimste Freund meines Schwagers.«

Bei dieser Nachricht ging eine Wandlung in den Zügen der Gräfinn vor.

»Um Gotteswillen!« sprach sie mit aller Dringlichkeit befürchtender Angst, »verhindern Sie, daß er hierher kommt! ich weiß nicht, ob ich es aushielte. Das geringe Maß meiner noch übrigen Kräfte reicht kaum zur Erfüllung der traurigen Pflicht, die ich meinem Vater schulde. Jenes Band ist gelöst. Wozu sollte er mich auch beunruhigen wollen? Für ihn bin ich todt. – Ich, *ich* selbst habe es gehört, wie er, ein jüngeres schönes Weib umfangend, davon sprach, daß eine gestorbene Liebe in ihrem Grabe bleiben müsse. – So sey es denn! und nimmer will ich ihn wiedersehen.«

Und indem die Gräfinn so sprach, schwand ein Schatten jener Scene, deren flüchtige Zeuginn sie gewesen, über ihr Gesicht. – Eine Eifersucht höherer Art offenbart sich nur im Verschwinden der verdunkelten Erscheinung.

»Wenn ich nur kann, liebe Gräfinn!« antwortete Fabia in Bezug auf das von ihr erflehte Verhindern, »wenn ich nur kann! – Aber wird Sylvius – oder Romana – nicht nach Josephinen fragen? und ist das Recht dazu ihm irgend verweigerlich?«

»Josephine bleibt einstweilen hier«, entschied die Gräfinn, ohne sich auf eine nähere Bestimmung über diesen Punkt einzulassen, »auf Sie aber, liebe Fabia, verlasse ich mich, daß Sie den Vater derselben mir entfernt halten.«

Frau Fabia versprach dies mit größerer Willfährigkeit als sie vielleicht früher gezeigt haben würde, eine Zusammenkunft der Liebenden zu ermitteln. Sie hielt den Schlüssel zur Chatoulle fest empor und sprach: »könnte ich nun – nicht den kleinen Sarg, der ist auch versenkt – nein! den großen Sarg meines Mannes damit öffnen und ihm sagen, wie so ruhig er hätte seyn können bei Lebzeiten, und daß er sich und mich unnütz abgequält. Ach! er würde so wenig auf mich hören als sonst.«

»Ja, die Todten schlafen tief –« sagte Albane mit verstörtem Lächeln. Das Bedürfniß dieser unaufregbaren Ruhe sprach eben jetzt lauter als jemals in ihr an.

Als die Frauen ihre geheime Unterredung hiermit beendigten, und wieder in das Zimmer traten, fanden sie den Grafen auf dem Canapee an Josephinens Seite, und in emsigem Gespräch mit ihr, welches anziehend seyn mußte, denn die Augen des alten Herrn hingen innig an dem lieben Kinde, und jener crasse Ausdruck geistiger Verworrenheit, welche seine schlaffen Gesichtszüge charakterisirte, und unter jedem Härchen des greisen Bartes hervorstach – war dem klaren Durchblick des Gefühls gewichen, womit die anmuthige Nähe eines Wesens auf ihn wirkte, was ihn so nahe anging.

Wir überlassen diese kleine Gesellschaft des Weiteren sich selbst, und eilen der späten Rückkehr Fabiens nach dem Stifte zuvor.

Zeitiger als er vermuthet worden, und ziemlich mißvergnügt, kam der Administrator mit seinem Freunde nach Sanct Capella zurück. Der Zweck dieser kleinen Reise war unerreicht geblieben, auf der ihnen einige Fatalitäten zugestoßen, und dies war es wohl nicht allein, was ihn verstimmte. Jenes geheimnißvolle Unbehagen, welches die Seele wie den

Körper Dessen durchschleicht, Dem ein Übel bevorsteht, der schwüle Schauer, der die Blitze ankündigt, die unser Herz treffen sollen, die ganze Atmosphäre trüber Ahnung beklemmte ihn heimlich, und verdunkelte seinem Blicke die Lieblichkeit der Natur. In solcher Stimmung gelingt uns fast nichts. Unsere Plane vereiteln, die sicherste Berechnung trügt – wir finden Hindernisse bei Allem. Und von der Zukunft leise beängstigt, wird es uns nicht deutlich, warum die gegenwärtige Minute den gewohnten Gang unserer Weise, unserer Wünsche, also erschwere? So wie im Gegensatz die Hoffnung ohne eine andere Gewähr als sich selbst, zu jedem Glück verhilft, und oft unsere kühnsten Erwartungen überflügelt.

Sylvius, der sich unpäßlich fühlte, begab sich sogleich in sein Zimmer, um noch einen Brief von dringendem Bezug auf das mißlungene Geschäft dieser Reise zu schreiben, und der weltliche Prälat von Sanct Capella schritt mit bewölkter Stirn dem seinen zu. Niemand hatte ihn willkommen geheißen – das kam ihm seltsam vor. Etwas finster von dieser scheinbaren Vernachlässigung fragte er eine dienende Person, die ihm begegnete, nach Fabien, und erhielt zur Antwort, daß sie verreist wäre.

»Verreist? meine Schwägerinn?« fragte der Administrator, und hätte nicht ungläubiger hohnlächeln können, wenn man ihm gesagt: das Stift, in höchsteigener steinerner Figur, sey bei dem schönen Abend ein wenig spatzieren gegangen.

Man erwarte die Frau mit jedem Augenblick zurück, setzte die Berichterstatterin hinzu; worauf Jener flüchtig vermuthete, nur ein wirthschaftlicher Grund von großer Erheblichkeit müsse eine so stete Haushälterin von Ort und Stelle gerückt haben. Doch um nichts heiterer durch diese Folgerung, trat er in die heimische Wohnung, entledigte sich des Reisebedarfs und alsbald ward sein umherschweifender Blick von jenem Blättchen auf seinem Schreibpult magnetisch angezogen. Er las diese wenigen Zeilen unzähligemale, ehe er den Sinn derselben zu fassen vermogte.

»Allmächtiger Gott!« rief er zu sich selbst, »das arme Mädchen in meiner Abwesenheit fortzuschaffen – gleichsam wegzustehlen! –« Ein Getümmel aufrührischer Gedanken bestürmte ihn, und Frau Fabia, welche sich im Laufe des verflossenen Nachmittags richterlich benommen, ahnete wohl schwerlich, daß ihr Andenken ob jener eigenmächtigen Gewaltthat, um wenig später vor Gericht gezogen – wo nicht zermalmt würde. – Aber der kindliche Ton des kleinen Brief-Fragments entwaffnete ihn, und keine Reihe thatsächlicher Beweise hätte ihn so vollständig überzeugen können, wie die schulmäßige Entschuldigung der ersten Zeile: daß es nimmer ein Wesen gegeben, so fremd jeden Egoismus, so ganz aus Liebe und Hingebung gebildet, wie Josephine. Beitragen sollte er? Wozu? – Er sammelte seine ganze Kraft für diese abgebrochene Bitte. Dabei nahm er das Fädchen an der Feder hangend wahr. Zarter sind die Fäden nicht, in denen der Sommer in die Lüfte flattert – doch nichts wirkt so ausnehmend fein wie die Zuneigung zu einem persönlichen Gegenstand: und so war denn jene Seidenfaser ein starkes Bindemittel seiner Ideen, ein Segeltau, was sein Herz schwellen machte. »Schwester Veronica wird es wissen –« dachte der Administrator, und eilte ohne Verzug aus dem Zimmer. Leidenschaftliche Hast, dieses räthselhafte Dunkel aufgehellt zu sehen, trieb ihn die öden Säle entlang, bis zur Thür der entlegenen Zelle, an welche die Abendsonne Verklärung mahlte, so daß dieser Eingang wirklich einer Himmelspforte glich. Hier stand er still, und Stille waltete ringsum. Ein Gefühl, der Andacht verwandt, ließ ihn zögernd dies Altarblatt betrachten, dahinter ein Geist wohnte, der mit dem Göttlichen vertrauten Umgang pflog. Sein Herz, heftig klopfend vom hurtigen Gehen, vom Drange der Erwartung, ward in dieser sanften Nähe wunderbar besänftigt. Er richtete sich hochathmend auf, während er den gekrümmten Finger leise und langsam an die Thür legte. Sie that sich auf. Der hereindringende Strahl vergoldete diese anspruchlosen Wände, und warf einen Schimmer von Glanz und Heiligkeit auf die Gestalt der Nonne, welche in frommer Einfalt mit einem Liebeswerk beschäftiget war. Ein Myrthenbaum von üppiger Schönheit, davon die Nonne mit wähliger Vorsicht eine Menge Zweige abschnitt, stand vor ihr auf einem Tische und daneben lag ein kleiner Namenszug aus altdeutschen Lettern in Perlen gereiht. Und wie die klösterliche Jungfrau den alten schönen Kopf, um den ein Nimbus der Gottseligkeit schwebte, an den Baum der Liebe schmiegte, der ihr nie geblüht, der ihr nur die bittere Frucht der Entsagung bereitet: gewährte ihr Anblick ein fast überirdisches Bild.

Wie selten hatte ein Mann diese einsame Schwelle beschritten! – Der aufgeregte Blick des Administrators schien den ewigen Bestand der Dinge umher aufheben zu wollen. Kein Stäubchen dieser reinlichen Clause ruhete noch so tief und lange, es tief empor bei seinem Eintritt, um gesellig in der plötzlichen Erleuchtung zu schweben, und eine größere als diese lautlose Unruhe störte nie die stete Geborgenheit dieser Wohnung, deren Luft nur ein Odemzug des Friedens war.

»Verzeihen Sie doch ja gütigst meiner Zudringlichkeit«, sagte der Besuchende nach ehrerbietigem Gruß, »Ihnen zu dieser Zeit vielleicht beschwerlich zu werden.« Man findet, in abgesondertem Verhältnisse werden die Menschen leicht eben so weitläuftig als förmlich gegen ein ander, wogegen die Welt der Umgangsweise eine drängende Kürze an schleift. Schwester Veronica ließ das Messerchen, womit sie Myrthen schnitt, ihrer Hand entgleiten, und bezeigte eine verwunderungsvolle Freude, den Vorstand des Hauses bei sich zu sehen, der ihr nach herz licher Versicherung zu jeder Zeit willkommen wäre. Zugleich bemerkte sie still für sich, daß sein stattliches Äußere etwas verstört sey – und die Stimmung der guten Nonne, seit einigen Tagen von stärkeren Ein drücken bewegt, spannte sich für den beziehungsvollen Ton, womit er anhob: »ich war verreist mit meinem Freunde und finde jetzt bei unserer Rückkehr die Schwägerinn nicht daheim. Das befremdet mich. Sie hat auch Josephine mitgenommen – –« Der Administrator stockte. »Eine hypochondrische Ängstlichkeit wandelte mich an – wenn nur kein un angenehmer Vorfall – ich meinte nun, Sie, werthe Schwester Veronica, würden mir des Näheren Auskunft geben können.«

»Was ich weiß, will ich ihnen sagen –« sprach die Nonne, und das tiefsinnige Lächeln in ihren Zügen drückte eben sowohl ihre bekümmerte Unwissenheit in dieser Sache, als eine Zuflucht der Gemüthsruhe aus, die sie dem Frager gäbe. »Frau Fabia ist nach Bühle gefahren, mit dem lieben Kinde. Dort ist die Gräfinn Frankenstern mit ihrem Herrn Vater angekommen – und trägt Verlangen, ihre gute Freundin hiesigen Orts baldigst zu sprechen. Ein expresser Bote –«

Das Gesicht des Administrators hatte sich während dieser Nachricht verändert. »Das ist ein großes Ereigniß!« unterbrach er die Nonne mit gesenkter Stimme; doch nur mechanisch schien er die Sylbenlaute dieses Wortes auszusprechen, das Muskelspiel seines Mundes schob krampfhaft der getroffenen Wahl des Ausdrucks einen andern unter, und sagte: »das ist ein großes Unglück!« Der Nonne ging die Ahnung auf, sie hätte ihm etwas höchst Wichtiges mitgetheilt.

Da jedoch Niemand, am wenigsten aber ein ältliches Frauenzimmer, dem Reiz des Bewußtseyns zu widerstehen vermag, das, was man sagen könne, habe Werth für den, der es höre: so konnte auch Schwester Ve ronica nicht umhin, den Schatz ihrer Neuigkeit in kleiner Münze auszuzählen. Vorerst aber mußte sich der Administrator auf ihr inständiges Nöthigen niederlassen. Er berührte kaum die Kante eines Stuhls, und saß dennoch wie auf Nadeln. – Schwester Veronica begann nun: »gestern Abend, da es dämmerte – das Schummerstündchen bringe ich gern drüben zu – ging ich hinüber zu den lieben Ihrigen. Es war uns Allen traurig zu Sinne: denn Gregors kleine Julie lag im Sterben – ich bin, wie Sie sehen daran, für ein Todtenkränzchen zu sorgen – die Mutter, hieß es, wäre außer sich, und man hatte geschickt, Frau Fabia mögte kommen, und in dieser Angst den armen Leutchen mit Rath und Zuspruch ein wenig beistehen. Sie ist, das muß man an ihr rühmen – von christlicher Geduld und gelassenem Wesen –« diese Tugenden seiner Schwägerinn hätte jetzt schwerlich ein Freund der Wahrheit dem Administrator nachsagen mögen. Er sah die Nonne mit einem weitschauenden Blicke beschleunigender Aufmerksamkeit an, und es däuchte ihm, seiner theilnehmenden Nächstenliebe ungeachtet, als ob sie von einem Falle spräche, der die ersten Eltern nach Erschaffung der Welt betroffen hätte.

»So blieb ich denn«, fuhr die geistliche Jungfrau fort, »mit Josephine allein. Das gute Kind war aber betrübt und äußerte sonderbare Gedanken, die ich jedoch für weiter nichts hielt, als jenen wehmüthigen Ernst, der ein jugendlich Gemüth ergreift, wenn es den Tod in der Nähe weiß, und gute Menschen in Schmerz und Leid um ein Liebstes und Einziges. Dann wird der Gedanke an jede mögliche Trennung, die uns selbst bevorstehen könnte, so natürlich. Wenn uns ein Verlust bewegt, dann scheint Alles um uns her zu wanken, und wir umfassen, was uns vorzugsweise am Herzen liegt, nur um so inniger. – Also wieder auf Josephine zu kommen, so sagte sie: wie weh es ihr thun würde, Sanct Capella zu verlassen, wo ihr nur allein wohl wäre. Wie gern sie hier sterben mögte oder wohnen in dieser Zelle, es ging mir nahe. Ich erwiederte ihr, daß an solch ein Scheiden vor der Hand doch nicht zu denken sey, daß sie mein Stübchen erben solle, mit Allem, wie es steht und liegt.«

Das Auge des Zuhörers schien dies Testament im Innersten seiner Seele aufzunehmen. Sein Blick spähte umher, als schätzte er die lieben Heiligen allzumal – und der geringste Gegenstand war durch den Gebrauch ein kleiner Heiliger geworden – nach ihrem Nennwerthe ab, und trüge die stummen Effecten in die Register seines Geistes ein. Dann ruhte sein Auge auf einem umgeschlagenen Notenblatte aus, als notire er dies Adagio, zähle die Pausen, und vergleiche den letzten hinsterbenden Ton mit der Rede der Erblasserinn, welche mit heiterem todesvertrauten Sinn an ihre Auflösung denken konnte. – Ein anderer Kranz von diesem Myrthenbaume, ein anderer Name in den Anfangsbuchstaben dieser Perlen schwebte ihm in einer gewissen Ideenverwirrung vor. Die Wünsche des jungen Mädchens, welche beide auf bittere Resignation deuteten, griffen schmerzlich an sein Gefühl, und er schwieg mit einem tiefen Seufzer. »Wie wir noch so über mein Vermächtniß sprachen«, fuhr die Nonne fort: »kam Frau Fabia zurück. Sie trug einen Brief in ihrer Hand und begehrte Licht, um ihn zu lesen. Und da sie ihn las – sehen Sie um Gotteswillen! wird uns die Frau schier ohnmächtig. Ich kann nicht leugnen, daß mir alle Glieder zitterten. Die Frau Schwägerinn ist nicht nervenschwach, nein! eine starkmüthige Person, häuslich erkräftiget, gesund an Leib und Seele: so mußte ihr der Brief hart angekommen seyn. Auch jagt der Sturm das Laub der Espe nicht geschwinder, als das Blatt in ihrer Hand flog. Sie ging alsbald zu Bette, und ich hatte ihretwegen eine unruhige Nacht. Am Morgen in aller Frühe wollte ich mich erkundigen, wie sie geschlafen: das Zimmer war noch zu. Ich kam wieder und fand es abermals verschlossen; doch vernahm ich drinnen ein leises Gespräch und unterschied Josephinens schluchzende Stimme. Nun halte ich Einbruch kaum so schlimm, als Eindrängen in das Geheimniß eines Andern, und habe mich mein Lebtag davor gescheut. Das Vertrauen muß ein Geschenk der Freundschaft seyn, nicht aber eine milde Gabe, die der Ungestüm davon trägt, wenn er die Gutherzigkeit überrascht. – Ich dachte, es wird wohl an mich kommen. Auch kam Frau Fabia, um mir zu sagen: daß sie für diesen Nachmittag nach Bühle fahren würde. Josephine stand stumm und blaß wie ein Marienbild daneben, und sah mich nur mit einem barmherzigen Gesichtchen an. Und da die Mutter meinte: sie denke nicht allzuspät wieder da zu seyn, konnte sie sich nicht enthalten zu weinen, als sollten wir uns niemals wiedersehen. Ich sprach ihr Muth ein und sagte: nun, wir scheiden ja nicht für ewig, mein Herzenskind! was wärs denn auch, wenn Du ein paar Tage drüben bleiben müßtest? bin ich doch in meiner Jugend, und noch dazu als Braut, auch bei der hochseligen Gräfinn Frankenstern gewesen, und würde heut noch Bescheid im Schlosse wissen, und Dir das kleine Gemach zeigen können, worin ich geschlafen. – Das schien dem lieben Mädchen denn traut und tröstlich zu seyn, und ein Mehreres, werther Herr Administrator, wüßte ich Ihnen nicht zu sagen.«

Es genügte jedoch. Der Administrator dankte zerstreut, wechselte in gebundener Rede – im Sinne der Zurückhaltung – einige Worte; denn es machte ihn beklommen, daß er gegen die herzliche Nonne nicht ganz aufrichtig seyn dürfte. So war es ihm nicht unlieb, daß der Zufall ihm über einen Moment hinweghalf, der sein Zartgefühl, das der Freundschaft wie der Verschwiegenheit, in die Probe nahm. – Er ward abgerufen, weil Jemand ihn zu sprechen begehre. Doch als der Administrator in sein Zimmer kam, fand er zu seinem Befremden keinen fremden Zuspruch, sondern seinen Freund, den Major Feldmeister, der im Gleichmaß starker Schritte auf und nieder ging. Es verändert seltsam unsere Stimmung, ob wir Besuch in unserm Eigenthum empfangen, oder von Andern darin empfangen werden. Demnach ließ eine gewisse erschrockene Verwunderung, gemischt mit einem dumpfen Gefühl getäuschten Erwartens, den Administrator an der Schwelle seines Zimmers zurücktreten, als er die Einquartierung desselben inne ward. –

»Bitte nicht übel zu nehmen, Freundchen, daß ich so sans façon Eingang gesucht –« sagte der Major, die Miene des Unmuths an Jenem bemerkend, und ein fremdartiges Lächeln lief hurtig wie Geflügel über die Furchen seines Angesichts, was in diesem Augenblicke einem Winterfelde glich, matt von der Sonne beschienen.

»Den rechten Eingang finden –« fuhr er fort, »ist schwer, und mancher folgerichtige, bei dem wahrhaftigen Gott! taugt dennoch nichts.«

Herr Prälat kannte seinen Freund und dessen Redeweise zu genau, um noch eines einleitenden Wortes zu bedürfen. Eine böse Ahnung kroch an sein Herz; aber er nahm sich zusammen, und sagte mit stoischer Stimme: »Sie haben mir etwas Schlimmes anzukündigen, Major! fassen Sie Sich in der Kürze, ich bitte! *ich* bin gefaßt. –«

Diese Voraussetzung brachte den Major aus dem Zusammenhang. In merklicher Verwirrung antwortete er: »Schlimmes? nun ja, aber vermengt mit Gutem, wie uns die bittersten Erfahrungen gereicht werden. Das Schicksal ist ein Mischling, Glücklich retournirt, Freundchen? waren Sie schon da, wie die Estafette kam? – Sehen Sie, da habe ich mir all mein Lebtag eingebildet, ein blasender Postillon müsse ein Glück verlautbaren: etwa des große Loos – die Ankunft des Königs – oder einen Ehrenaufzug und dergleichen. Daß eine Hiobspost mit solch fröhlichem Gebläse kommen könne, das hätte ich nimmer gedacht. So erinnere ich mich, daß, als ich, ein junger Offizier damals, in B– stand, hatten wir eine Schlittenfahrt *en Masque* mit solchem Vorklang. Der Zug war originell genug, und wir fuhren, so zu sagen, mit Furcht und Schrecken.

Der Führer der ersten Dame, ein allerliebstes Mädchen, schön wie das Leben, war der Tod! –«

»Major!« sagte der Administrator in sichtlicher Pein, »nochmals bitte ich Sie, sagen Sie mir ohne Bild, ohne Masque, Wessen Tod ich erfahren soll? – Mein Bruder –«

Es wäre nicht genau zu bestimmen, ob der alte Feldmeister hierbei nickte, oder nur das Haupt senkte, da er alle Allegorien fallen ließ, und einfach sagte: »ja, wozu die vorbereitende Folter und ihren ausdehnenden Grad? Sie sind ein Mann. Ihr Bruder – ist nicht mehr, und nur an den Ort seiner Bestimmung gelangt, um auf das Schleunigste zu sterben. –«

Alles Blut wich aus den Wangen des Administrators. »Großer Gott! mein guter Constanz!« rief er mit blassen Lippen, und fühlte in diesem herzandringenden Moment, daß Eines Vaters Blut in ihren Adern flösse. »Nicht möglich! und an Sie, Major, ist die Nachricht gekommen?« Es war, als ob ein leiser Zweifel in dieser Frage läge.

»An mich!« antwortete der ehrliche Alte mit dem Vollbewußtseyn eines wahrhaften Freundes, »mein Neffe hat es mir geschrieben, da die arme Therese sich außer Stande dazu gefühlt, und Füßli nicht Zeit gehabt hat. *Füßli!* der Leichtfuß vergißt zu bemerken, Wer Füßli sey, als ob mir wie dem Allwissenden aller Menschen Namen in mein Buch geschrieben wären.«

Der Major berührte hierauf in Kürze, wie? und wann? der Gemahl Theresens gestorben sey.

»Ich träume wohl?« fragte sein Bruder und legte die Hand an die Stirne, auf der noch bleiches Entsetzen schwebte, »wie aber kam der Lieutnant Feldmeister in jene ferne Gegend, und zu einer so herben Dienstleistung?« Es war, als ob er diese sonderbare Fügung im Namen des Verstorbenen übel nähme.

»Sehen Sie«, erwiederte der Major, »das ist eine merkwürdige Geschichte, und ich gäbe meine Lieblingsschmarre darum, wenn ich in meiner Jugend Logik studirt hätte. Da könnte ich Ihnen Alles fein ordentlich entwickeln, statt daß ich hinten anfange, vorn ein Fädchen abreiße, – und so weiter. Der Rudolph hat ein enormes Glück gehabt, was mir bei dieser traurigen Gelegenheit kund geworden, und mein Glaube an die Fama der Estafette gewissermaßen doch Recht. Die Fee Fanferlüsche – Sie wissen schon – hat das Zeitliche gesegnet, und ihn zum Universalerben eingesetzt. Das hätte der Junge wohl nicht gedacht, daß, als er die alte Dame Wischiwaschi aus einer lächerlichen Verlegenheit empor riß, und sie vor aller Welt Augen in den Ballstuhl setzte, sie ihn dafür für zeitlebens jeder ernsthaften Verlegenheit überheben, und so weich setzen würde? – Man schätzt ihren Nachlaß auf hunderttausend Thaler. Gleichzeitig mit diesem Vermächtniß erfährt er, versetzt zu seyn, worauf er, wie Sie Sich vielleicht erinnern, angetragen, um nicht für einen Erbschleicher zu gelten. So spielt der Zufall. Daß der Rudolph grade an den Ort kommen mußte, wohin Ihr Bruder, begleitet von der lieben Frau, seiner gesandschaftlichen Ordre folgte, scheint mir jedoch nicht von Ohngefähr. Taugt nichts! rief ich unwillkürlich aus, wie ich das las.

Nun verursacht großes Glück auch im besten Falle eine kleine Narrheit. Und wie der Ritter Don Quixote ein Barbierbecken für Mambrins Helm hielt, so sieht nun Rudolph einen Damenschuh in Allem, was ihm begegnet. Ich glaube, würde die Armee auf Kriegsfuß gesetzt, er sähe sie auf Pantoffeln von Silbermoor marschiren. Der Pantoffelheld! Der! –«

Der Administrator empfand schmerzlich, daß des alten Freundes theilnehmendes Interesse an den gemeinsamen wichtigen Mittheilungen diesmal zu *silbern* sey, um mit dem seinigen in Einklang zu stehen. In diesen Augenblicken schien ihm kein todtes Metall beglückend. Er hatte nur Gefühl für den Verlust eines so kräftigen jungen Lebens, welches der Welt und ihren Freuden so im Umsehen entrissen worden war.

»Ich kann es noch nicht fassen –« schob der Administrator in die Pause jenes Ausrufs ein, und sein Ton ließ errathen, daß er von der Rede des Freundes wenig oder nichts gehört, und während ihrer Dauer nur an den Verstorbenen gedacht hätte. Er sah jetzt auf, in seinem erloschenen Blicke entglomm ein Funke – und so fragte er: »Sie meinen also, Major, daß Ihr Neffe in Verabredung mit Theresen dort eingetroffen wäre? –« Der Schatten, der in diesem Gedanken auf die Abwesende fiel, verfinsterte sein Gesicht tief. Aber mit dem Eifer der Selbstentrüstung trat der Major vor ihn hin, und sprach: »da sey Gott für! daß ich so etwas nur gedacht, geschweige denn geäußert hätte. Oder es müßte eine Verabredung der höheren Mächte darunter verstanden seyn, die vorausgesehen, daß Ihr Bruder sterben, und Therese fremd und verlassen allda, einen Freund brauchen würde, der wie mein braver Artillerist für sie durchs Feuer liefe. – Besinnt Euch Freundchen! es wäre ja nicht einmal möglich gewesen; denn mein Neffe ward früher versetzt, als der Legationsrath seine Frau von hier abholte. – Hätten Sie Acht gegeben, was ich gesagt: so würden Sie jetzt hören, wo ich hinaus gewollt – mein

Schwadroniren hat mich jedoch zu weit abwärts geführt. – Da geht der Rudolph eines Tages über den Markt, und stößt auf einen Menschen, der einen Schuh trägt. Jener erkennt ihn – den Schuh nämlich – an der Farbe, an dem kleinen polnischen Maße; er kennt die Dame, der er gehört. Nun läuft gleichsam dieser niedliche Wegweiser vor ihm her, und führt ihn vor die rechte Schmiede. So ists, Freundchen. Und daß mein Neffe nun der armen Therese beisteht, so viel er kann, ist nicht mehr als billig. –«

Dies Letztere sagte der Major in dem Tone löblichen Gutachtens, und mit persönlichem Accent – als ob der Lieutnant nur bewogen von der Rücksicht, in welchem Verhältniß sein Oheim zu der Familie des Hingeschiedenen stände – sich der jungen Frau angenommen. Dennoch konnte der Administrator ein Lächeln, so bitter als traurig, nicht unterdrücken, als er sagte: »es wäre dessenungeachtet sehr möglich, daß mein seliger Bruder so wie die Welt, welche er verlassen, etwas gegen diesen Curator einzuwenden hätte. –«

Der Major zog die Braunen zusammen, und klemmte die Unterlippe ein. Er fühlte wohl, daß sein Freund recht hatte; wie hätte er aber das kleine Unrecht, was in dieser Erwiederung gegen ihn selbst lag, nicht lieber männlich verbeißen als rügen, und mit der Gereiztheit eines Betrübten Geduld haben mögen? Er antwortete demnach langmüthig: »das hat der Rudolph auch bedacht, und deshalb dafür gesorgt, daß Therese den Gasthof verließe. Sie hält sich jetzt höchst wahrscheinlich auf dem Gute der Baroninn Lenau, einer Schwester seiner Mutter auf. Dies war die Intention meines Neffen, als er den Brief an mich geschrieben. Doch die Hauptsache darin hätte ich beinahe vergessen. Therese läßt Sie flehentlichst bitten, wenn es irgend möglich wäre, hinzukommen. Sie wüßte sich nicht Rath und es gäbe Manches zu ordnen, was nur den nächsten Verwandten zuständе. –«

Herr Prälat sah schweigend vor sich hin. Die Forderung dieser weiten Reise von solch traurigem Anlaß, geschah zu einer Zeit, die dem Entschlusse günstig war. Sein Herz war erschüttert, und nicht von der Seite allein, wo der plötzliche Schlag der eben vernommenen Nachricht es bestürzte. Die Zukunft schwebte im Ungewissen – und es war, als wäre der Bestand aller bisherigen Verhältnisse aufgelöst. Dann konnte Sylvius ihn jetzt vertreten. Wer wüßte, ob er jemals eine so lange Abwesenheit ohne Zeitverlust für sein Amt ermöglichen könnte? – Und wie er auf der Wage der Gedanken alles Schwierige der fraglichen Reise erwog, und dachte, ob er sich auch stark genug dazu fände, die kalten Geschäfte des Verstorbenen zu besorgen, und ein warmes Bad hysterischer Thränen hinzunehmen, die Therese etwa vergießen mögte, – fühlte er mit einem nervösen Schauer, daß ein Leben von so verhängnißvollem Gewicht, und in ewiger Pendel-Schwingung wie das seines Bruders, den Todten so früh hinab ziehen müssen. In Folge dieser Betrachtungen sagte er: »seine Rastlosigkeit – glauben Sie es! hat den armen Constanz aufgerieben.«

»Das sag' ich auch!« sprach der Major, »man bekam Schwindel, vom Hören bloß. Er flog ja, wie auf Fausts Mantel –« der Hund knurrte – »still da! Dich meine ich nicht, mein Alterchen – von einem Ende der Welt zum andern. Wären wir vom Schöpfer dazu geschaffen: dann hätte er uns Flügel gegeben wie der Schwalbe, oder uns luftig gemacht wie den Wind. So aber sind wir Wesen mit Fleisch und Bein, und ein standhafter Prinz ist Derjenige, der in der Tragödie dieses Erdenlebens am würdigsten aushält. – Wir schreiten bedächtig einher, oder fahren gemächlich mit Vieren. – In der Schrift steht, der Herr habe nicht Gefallen an Jemandes Beinen, noch an der Stärke des Rosses. – Oft habe ich über diese Stelle nachgedacht. Wenn ich die Gicht in meinem Bein spürte, da empfand ich, daß der gütige Gott und Heiland kein Wohlgefallen daran haben könnte.«

»Und jetzt«, sprach der Administrator, der nur wie im Dunkeln der Gedankenreihe seines alten Freundes gefolgt war, »wo er endlich festen Fuß gefaßt haben würde, mußte mein guter Bruder sterben!«

»Ebendeswegen!« erwiederte der Major mit verstärkter Stimme, »ebendeswegen starb er. Gebt Euch zufrieden, Freundchen! – Mit aller Hochachtung gegen den Legationsrath gesprochen; aber ein Mann der Ruhe war er nicht, und so machte er sich mit der Schnellpost des Todes davon. Vielleicht war dies der klügste Streich des Diplomaten, und jedenfalls besser als ein späterer Rückzug aus dem neuen Hausstaate. Er mogte die alte Urkunde der Liebe hervorgesucht und manchen Buchstaben darin verlöscht gefunden haben. Zum Ehestande dieser seßhaften Charge paßte er nur so wie der Vogel, der sich im Fluge vermählt, sein Weibchen dann in irgend einem Neste sitzen läßt, wo dann der Teufel nicht selten ein Ei in die Wirthschaft legt.« –

Hier trat Frau Fabia ein, und bei dem Anblick der frommen Domina des weltlichen Klosterhauses erstarb das böse Princip dem alten Feldmeister auf der soldatischen Zunge. Er grüßte, schlüpfte zur Thür hinaus, durch ein unverständliches Murmeln andeutend, er wolle den bewußten Brief holen – und Herr Prälat sah sich mit seiner Schwägerin allein. Er hatte den Wagen nicht kommen gehört, ihre Ankunft schien ihm ersehnt, obzwar sie allein kam. Auch entsprach Fabiens Gesicht der Empfindung, welche sie aufnahm. Der strenge Charakter desselben war einem Ausdruck von Schwermuth und Erleichterung gewichen, der sich wechselseitig aufhob, und ein sanftes Ineinanderfließen von Klarheit und Trübsinn über ihre Züge verbreitete, was Zutrauen einflößte, sie werde eine schmerzliche Erfahrung eben so wohl zu theilen fähig seyn, als zu beurtheilen wissen.

»Es ist mir lieb, Fabia, daß Du nun da bist!« sagte der Administrator ihr entgegen tretend; aber sein Gruß klang traurig. »Denke nur, mein guter Bruder ist todt! und Therese ist nun eine Wittwe, wie Du!«

Frau Fabia erschrak. Alles, was dieser Nachmittag für sie enthalten, trat vor der Bedeutendheit dieser Worte in den Schatten; aber ein leises Streiflicht zuckte auf ihren Lippen – der Geist der Wahrsagung erschien darin, und ein Gedankenblitz des Vergleichs: Therese werde nimmer seyn wie sie.

»Um Gott! was Du sagst, mein Bruder!« antwortete Fabia, »und wäre diese Nachricht mehr als ein Gerücht?«

»Diese Nachricht«, erwiederte Jener mit abgeschlossener Gewißheit in Blick und Ton, »ist diesen Abend durch eine Estafette an den Major gekommen. Constanz ist in der Nacht seiner Ankunft in – an der Bräune gestorben, und – also erstickt!« Dies Letztere setzte der Administrator mit erstickter Stimme hinzu. Das Wasser schoß ihm in die Augen, und vor Fabiens Theilnahme, welche sich *mütterlich* zu äußern pflegte, das heißt: ob auch zartsinnig, doch überlegen – schämte er sich der brüderlichen Thräne nicht.

»Denke Dir das nicht gar so schwarz –« sagte Fabia leidsam, und bemühte sich, obgleich unverhehlt der eigenen Rührung, ihren Schwager zu trösten. Sie machte dabei zu Gunsten einer dunklen Stunde eine Kraft geltend, welche gewiß zu den schätzbarsten dieser oft verkannten Frau gehörte. Fabia besaß die Gabe eines wunderbar wirkenden Zuspruchs. Vermöge solcher Erfahrungen, die, indem sie das Leben trüben, den Blick des Geistes schärfen, war ihr eine tiefere Einsicht in die Herzen vergönnt, als diese sonst selten gefunden werden dürfte, wo es an Weltkenntniß fehlt, die Fabia nicht erwerben können. – Zuweilen sogar sprach etwas Sibyllinisches aus ihr. Um ihrer Zuverlässigkeit willen

227

glaubte man an sie. Und da Fabia es für eine Pflichterfüllung ihrer Religion hielt, sich der Betrübten anzunehmen: so versäumte sie keine Gelegenheit es zu thun; in ihrem Benehmen lag alsdann eine schmerzvergütende Innigkeit, deren sie gänzlich ermangelte, wo es darauf ankam, sich mit den Fröhlichen zu freuen. Gegen den Gottesdienst der Freude war Fabia stumpf. Und da sie im Geiste der Zerknirschung den Spruch vor Augen hatte: »ein zerschlagenes Herz wird Gott nicht verachten« –: so war ihr nichts von größerem Werth, sich linden und lieblichen Wesens daran zu beweisen, als – eine Wunde. So ging ihr des Schwagers Leid sehr nahe, und zwar um so näher, als sie bedachte, er traure jetzt in gleichem Grade wie um ihren Mann. Und obgleich der verstorbene Bruder desselben ihr ein Fremder gewesen: so empfand doch auch sie seinen Tod in einem Nachgefühl ihrer eigenen Verwittwung.

»Mein Herr und Heiland! was ist doch das Leben!« sagte nun Fabia beschaulicher Weise, als der Affect des Schmerzes besprochen schien, »hier stand er noch vor wenig Wochen – ich sehe ihn leiblich vor mir stehen. Ich habe es Dir nicht sagen mögen und Keinem; aber der Bruder kam mir übel vor. Es giebt einen gewissen Verfall des Aussehens, der doch selten trügt; indeß wähnte ich, er wäre nur angegriffen von den Strapatzen seiner Reisen, auch habe ich ihn früher nicht gekannt. Glaube nur, Bester! das Zusammenleben mit Therese hätte nicht mehr gut gethan. Sie waren einander entwöhnt, wo nicht gar fremd geworden. Und was ist denn die Ehe, wenn sie Jahre zuläßt, in denen man vergnügt ohne einander seyn kann, und nach dem Lebewohl vom Munde des Gatten nun wirklich wohllebt? der Ehe Bund ist so enge, daß er alles Fremdartige ausschließt, und wo Mann und Weib einander *viel* zu erzählen haben: da fühlt gewiß Eins für's Andre *wenig*.«

»Du gehst zu weit, Fabia –« entgegnete der Administrator, »Tausende von Ehegatten werden durch Pflicht und Verhältniß getrennt, und lieben sich dennoch.«

Darauf sprach Frau Fabia: »es mag eine Liebe geben, die in der Trennung sogar besser besteht; aber es ist nicht die, welche ich meine. – Was nun Theresen anbetrifft: so dürfte ihr ehelich Gefühl schwerlich unter den ersteren Fall zu rechnen seyn. Wer weiß, wie sehr wir Ursach hätten, für diese Auflösung den Herrn zu preisen! – Du weißt ja selbst, wie verbitternd Scheidungen anderer Art –« der Faden ihrer Rede riß bei dieser geschwisterlichen Beziehung ab, und der Administrator schaute düster wie in eine Ferne, der Zukunft oder der Vergangenheit.

»Was soll nun aus Theresen werden?« fragte Fabia, und wendete die Richtung ihrer Gedanken, »ohne Vermögen, ohne einen Halt, der Lust am Fleiß, wie jeder Geschicklichkeit ermangelnd, die da Nutzen schafft –«

Der Administrator lächelte dieser unnützen Sorge. »Ich glaube, gute Fabia«, sagte er mit jener Ironie der Duldsamkeit, die nur ganz schwach eine Schwäche andeutet, »*wir* dürfen deßhalb unbekümmert seyn. Das Glück selbst scheint sich ihrer angenommen zu haben, und Wen dies sich zu eigen macht, der braucht nichts als ein paar Flügel des Leichtsinns, und diese hat Therese schon.« Und nun erzählte er seiner Schwägerin halblaut, was er vom Major erfahren. Er schloß mit den Worten: »so läßt sich nun absehen, wie Alles kommen werde. Wenn es nun ein schöner Zug von Dir ist, liebe Fabia, daß Du das Unglück achtest, und Dem vorzugsweise freundlich bist, Den – um in Deiner Sprache zu reden – *der Herr heim sucht*: so laß uns Theresen mindestens nicht zürnen, daß sie verdienstlos eine Begünstigte scheint; daß noch vor dem Verlust der Ersatz schon Wurzel gefaßt, wie ein neuer Kinderzahn schon glänzend dasteht, ehe der erste fast schmerzlos gebrochen. – Auch das Glück kommt von Gott, und wir schmähen den Geber, wenn wir vom Glücklichen nicht glimpflich denken.«

Mit einem bekränkten Lächeln antwortete Fabia: »o! ich will ihr alles Gute gönnen und wünschen. Der Allwissende sieht ins Innerste, und weiß allein, ob wir treu erfunden werden oder nicht. Daß ich mich fortan auch der leisesten Verurtheilung enthalte: das ist gelobt. Ach mein Bruder! welch ein erfahrungsreicher Tag der heutige! seit gestern Abend ist mein Herz nicht aus der Presse gekommen. Ich war in Bühle – Du weißt es. Frankensterns sind da, und die Gräfinn hatte mir geschrieben. Sie ist unschuldig – und sehr unglücklich. Eine Centnerlast ist von meiner Seele gewälzt; aber ich könnte doch nicht sagen, daß mir leicht zu Muthe wäre; denn der Vorwurf, wie Unrecht ihr geschehen, wenn auch in Gedanken nur, drückt mich nieder.« Und nun erzählte auch Fabia ihrem Schwager, wie sie die Gräfinn und ihren Vater angetroffen, und wie Albane sich erklärt, hinsichtlich jenes empörenden Verdachts. Sie endete ihren Bericht mit den Worten: »und so hat denn mein Mann um ein Nichtiges sein Leben verkürzt, und das meine mir verkümmert!«

»Sieh, Fabia!« sagte der Administrator nach einer ernsten Pause, »hätten wir *die göttliche Kraft, einem Menschen zu vertrauen*: dann wäre uns das nagende Gefühl bitterer und fruchtloser Reue erspart, und wir hielten uns an etwas Besseres, als an Beweise. Unsere Sinne sind falsche Zeugen – nur das Herz spricht wahr, in dem Glauben an das ewig Gute.«

Ein Gedenken an Sylvius, an das, was in seinen eigensten Angelegenheiten ihm einst das Licht dieser Überzeugung verdunkelt – schwebte schattenähnlich vor ihm auf. »Und Josephine?« fragte er mit verhaltener Stimme.

»Sie grüßt Dich – grüßt Dich tausendmal!« antwortete Fabia. »Sie wird für einige Zeit in Bühle bleiben?« fragte der Administrator abermals, und ein Gefühl, gemischt aus Wunsch und Zweifel, ließ ihn seiner Schwägerinn diese Antwort in den Mund legen. Aber Fabia sagte nicht ja, nicht nein. Sie legte die Hand an die Stirne, und sprach: »was wird nun Romana dazu sagen? Seine Frau ist ihm so nahe – und er hat es keinen Gewinn; die Tochter ist ihm entrückt, und er muß es geschehen lassen. Und wenn Albane Josephine nicht mehr von sich ließe: wer könnte es hindern? es ist einmal Ihr Kind!«

»Wer es hindern könnte?« entgegnete Herr Prälat lebhaft und mit Wärme: »*Du*, Fabia! unbeschadet des mütterlichen Vorrechts ist Josephine auch Dein, durch die treue Mühe der Erziehung. Du hättest, dünkt mich, auch ein Wort dagegen zu sagen, daß das arme Mädchen in jener unheimlichen Umgebung verkommen sollte. Josephine ist an uns gewöhnt – es wäre auch hart für den armen Sylvius, wenn er ihre Nähe – dies einzige Glück, was er ohne Vorwurf genießt – einbüßen sollte.«

»Wirst Du mit ihm sprechen?« fragte Fabia mit kranker, krampfhafter Stimme, »mein Kopf glüht und hämmert; ich werde nun gehen, und mir einen Umschlag von Kräuteressig geben lassen.«

Noch eine kleine Weile hielt ihr Schwager sie zurück und berieth, auf welche gleichlautende Weise diese unverweigerliche Mittheilung an den Freund beschränkt werden könnte und müßte. Dann eröffnete er ihr den Entschluß zur Reise, was der nöthigen Gestalten wegen auch nicht geeignet war, Fabiens tobenden Kopfschmerz zu beschwichtigen. Es gibt jedoch einen Zustand des Leibes und der Seele, der die Welt in Trümmer brechen sieht, ohne etwas mehr als aus Schwäche zu wanken. Mit diesem wankenden Schritte entfernte sich Fabia, und Herr Prälat mogte seinem Freunde die Ruhe der kommenden Nacht nicht stören. Ihm selbst kam und verging sie schlaflos. Als aber der Morgen frühlingshell und heilig erwachte, da ging aus dem Chaos seiner Gedanken ein neues Licht hervor, und der Gott in seinem Busen ordnete die finstern Kräfte. –

Nachdem der Administrator nun den Brief an den Major gelesen, und sich gleichsam mit eigenen Augen von dem Geschehenen überzeugt hatte, sah er die darin enthaltenen Umstände wie mit andern an. Gesammelten Geistes hatte er eine lange Unterredung mit Sylvius, und betrieb dann seine Abreise, die in der Frühe des nächsten Tages statt haben sollte.

Die Offiziere in Corpore kamen, um dem Administrator ihr Beileid bei dem Hintritt seines Bruders zu bezeugen; auch die Nonne, die Repräsentantinn der schlafen gegangenen Geistlichkeit des Stiftes, fehlte nicht, seinem Verweser ein Wort des Antheils und der Herzlichkeit über den Entschlafenen zu sagen. Sie äußerte sich dabei in der ihr eigenthümlich milden Gelassenheit, die auf der Höhe des Alters und eines erhobenen Charakters mit Ruhe dem Wechsel des Lebens zusieht. – Veronica sprach: »besinnen Sie Sich einmal, Frau Fabia! sagte ich es nicht immer, daß die arme Therese noch nicht überhin wäre? solch glücklicher Leichtsinn ist oftmals zu großer Beschwerde bestimmt, und wer immer lustig und lässig seyn will, muß sich endlich durcharbeiten. Das Leben fordert Ernst, und selbst das Glück ist gewichtig und trägt sich schwer, wie vielmehr das Unglück! – Jener berühmte Maler aus Modena, derselbe, der die heilige Nacht gemalt hat, o wunderschöne! trug sich an einem Geldsack todt. Wollte man Therese anspannen, fleißig zu seyn, so käme es mir vor, als sähe ich einen Schmetterling an einer dräthernen Kette sein Futternäpfchen ziehen, wie man Vögel abzurichten pflegt. Ich gönnte es ihr, daß sie sich von Blumen nährte.«

Ein wenig Wermuth bitterte auf Fabiens Lippen, da sie antwortete: »wenn ich die Schwägerinn so eitlem Treiben hingegeben sah, so gänzlich unbekümmert um das Eine, was Noth ist, dann dachte ich wohl an jene Stelle in den Psalmen, die da heißt: es wird ein grausamer Engel über Dich kommen –«

»Das ist denn der Gasthof zum Engel für die Ärmste gewesen –« entgegnete die Nonne mit einem stillen Seufzer. Die beiden Prophetinnen theilten sich flüsternd mit, was sie von der Zukunft der jungen Wittwe dächten. Veronicas Schauen war ein gläubiges im Geist der Liebe, die allen Menschen Gutes wünscht, und das Beste gönnt. Und weil das Versagte uns das Höchste scheint, und die Reinheit des Ideals uns für den Nichtbesitz entschädigt: so that sich der Himmel vor ihr auf, der

Himmel auf Erden, als wofür sie eine Ehe hielt, aus gegenseitiger Neigung geschlossen.

Der Fernblick der Frau Fabia hatte die Erfahrung für sich. Indem sie wußte, daß eine Frau auch Tugend und Treue bedürfe, um ihren Mann auf die Dauer zu fesseln, setzte sie das Glück in den Selbstgenuß eines reinen Bewußtseyns, und Theresen deshalb in den Fall mancher trüben Stunde, die sich von vergangenen Tagen herleite.

Frau Fabia mag auf ihre Weise Recht haben. Aber eben so gewiß ist es, daß jenes schöpferische Genie des Glückes, daraus die Poesie des Lebens, ja, das Leben selbst hervorgeht – in etwas Unbewußtem besteht, und daß die Erfüllung unserer Pflichten nicht hinreicht, uns selig zu machen, hier und dort. –

Unter den Pensionairen des Klosterhauses von Sanct Capella hatte nur Einer keine Notiz von dem traurigen Ereigniß genommen: Hauptmann Moorhausen, und der Administrator, trotz seiner Zerstreuung, ihn doch vermißt, da der gutmüthige Fabulist einer wahrhaften Theilnahme an Allem, was diese Familie betraf, sonst nie zu ermangeln pflegte.

Gegen den Abend – Sylvius de Romana war von einem einsamen Spaziergange in die Wildniß des Waldes noch nicht zurück – Frau Fabia für ihren Schwager mit Einpacken beschäftiget, und Herr Prälat allein in seinem Zimmer, um einiges Nöthige für seine Abwesenheit zu besorgen; da trat der Hauptmann bei ihm ein.

Obgleich Jener verdüsterten Blickes von seinem Schreibpult aufsah, als ob der Flor um seinem Arm ihm vor den Augen läge, so bemerkte er doch, er sähe den Hauptmann in der Staatsuniform. Die weißen Glacee-Handschuh, blendend neu, doch mit einem gelblichen Schein vom langen Liegen – glänzten leichenförmlich mit gekreuzten Fingern auf dem Invalidenstocke, und deuteten trauerfeierlich auf den Tact der Condolenz, da von festlicher Eleganz anderer Art hier nicht die Rede seyn konnte. Seine Miene drückte den Anstand des Bedauerns, und einen Hinterhalt von Selbstgefälligkeit und Absicht aus. Er versicherte seine Theilnahme, und gemahnte in dem allegorischen Schwunge, den er dabei nahm, an die Sprache eines altmodischen Neujahrswunsches, der unter seiner Vignette, gepreßt mit den Insignien der Zeitlichkeit, einen Amor mit flammendem Herzen verbirgt, das im Verhältniß seiner Größe zu dem kleinen Gott jenes zwanzigpfündige anschaulich machte, wovon er einst erzählt.

Der Administrator dankte in Kürze und lächelnd. Er erkundigte sich nach des Hauptmanns Befinden und sagte, daß, da er ihn diesen Morgen unter den andern Offizieren nicht bei sich gesehen, er beinahe gefürchtet, Jener, welcher bisweilen an krampfhaften Zufällen litt, hätte sein Zittern wieder bekommen.

Der Veteran erröthete, faßte unter die straffe Halsbinde, räusperte sich und sprach: »*au contraire*, Werthester! ich war nie gesünder, und fühle mich wie verjüngt. Meine Natur –« – »ist vortrefflich; ich weiß es –« unterbrach ihn der Administrator, der sich heute nicht stark genug fühlte, den Kampf mit dem Riesen dieser Imagination zu bestehen.

»Von Zittern keine Spur –« setzte der Hauptmann die Ruhmrede seiner Gesundheit fort, »und nur aus einem festen Grundsatze kam ich nicht früher. Mir widersteht die übliche, oder vielmehr *üble* Sitte, daß man mit seiner Theilnahme zudringlich werde, und *en Masse* über Einen herfalle, dem ein Trauerfall begegnet ist. Leidtragende mögten auf diese Weise unterliegen – und Delicatesse in der Freundschaft geht mir über Alles.«

»Sie ist die Grazie des Gefühls –« entgegnete der Administrator wie mit trübem Spott; doch konnte er nicht umhin, in dem, was Moorhausen gesagt, zum erstenmale etwas Wahres zu finden.

»Grazie! ja, auf Ehre!« antwortete jener, »das ist das rechte Wort.« Und das fletschende Lächeln, womit er es aussprach, gab den Inbegriff weiblicher Anmuth in die widrige Gewalt eines Fauns. »Diese Eigenschaft«, setzte er mit Grimasse hinzu, »ist jedoch nicht Jedermanns Sache, und ich glaube, ihr verdanke ich es allein, daß mir alle Leute gut sind. Ich muß etwas Anziehendes an mir haben – wo aber steckt es? dachte ich oft. Mir selbst unerklärbar. Als ich ein Knabe war, schenkte mir eine alte Pathe einen Magnet, in Gestalt einer Seejungfer – wir können nicht ableugnen, in manchem Sinnbild wirkt Magie. Mein Glück bei dem schönen Geschlecht war enorm – ich könnte Ihnen zum Erstaunen davon erzählen.«

Herr Prälat entsetzte sich vor dieser Möglichkeit und sprach hastig in jener flüchtigen Tonweise, die nicht zweifeln läßt, man wünsche verschont zu bleiben: »zu besserer Zeit, Capitain! ein andermal wird mir das viel Vergnügen gewähren.«

Doch nichtsdestoweniger verfolgte dieser Unabweisliche den Lauf der Rede wie folgt: »die Weiber – ich sage Ihnen –«

»liefen davon?« fiel der Administrator mit verzweifelndem Humor ein. Der Hauptmann stutzte betroffen, und jener setzte vergütend hinzu, »ich meine, aus Furcht vor dem Sieger.«

»Ah so!« antwortete der Cäsar des Invalidencorps, zufriedengestellt, »diese kleinen Feinde wissen sich in ihren Waffen zu behaupten. Doch Wer sich stark fühlt, der hüte sich nur vor einer Delila, die ihn an die Philister verräth. Auch dem niedlichsten Satan hätte ich mich nicht bei einem Haare fassen lassen. – So oft ich sogar auf eine Dame im Spiel pointirte, Tausend gegen Eins: ich gewann. Aber ein Mann von Ehre benimmt sich auch discret, wo er gewiß ist, sein Fortüne nicht zu verfehlen.«

Der Administrator warf einen vielsagenden Blick auf den kahlen Scheitel dieses Simsons, und rief mit einem stillen Seufzer das Glück an, statt seiner ein Thor der Erlösung zu erschüttern, daß er frei würde. Es verließ sofort seinen Prahler, der den Stuhl heran schob, als wolle er dem Zwecke seines Besuchs näher kommen – und entrückte ihm das Ziel.

»Jetzt freilich«, sprach der Hauptmann, »habe ich manchen bedenklichen Augenblick, daß ich die Gunst der Gelegenheit mir entfliehen ließ. – Was nützt mir all' mein aufgespartes Vermögen? mein schönes Geldchen, und mein Gut? ich genieße es allein. Das macht grämlich vor der Zeit. Ich bedürfte Jemandes, der mich erheiterte.«

Der Administrator lächelte ein wenig skoptisch, indem er erwiederte: »Wer so Viel in sich trägt, wie Sie, dächte ich, kann kaum in den Fall kommen, durch Gesellschaft zu gewinnen.«

»Den Teufel auch, mein Freund!« antwortete der martialische Moorhausen, durch den leisen Stich, der ihm schmeichelnd versetzt worden, empfindlich gereizt. »Ein Mann von so ungeheuern Erfahrungen wie ich, ist nur um so mehr einsam, und bedarf seines Gegensatzes, eines kindlichen Wesens, dem er imponirt, das er glücklich macht, und welches ihn ergötzt – und so habe ich denn längst reiflich überlegt und erwogen – Hm! Hm! es wäre das Zuträglichste für mich, ich heirathete. Nur schwankte das Schiff meiner Gedanken, nach allen Richtungen der Windrose; ich wußte nicht recht, wohin mich wenden? bis ich denn endlich wie durch einen plötzlichen Ruck fest in meiner Wahl geworden bin.«

Der Administrator starrte den Hauptmann an. Er dachte an eine Windsbraut, und wie das Schifflein, dem darnach gelüstete, vermuthlich auf eine Sandbank gerathen wäre. So sprach er nicht ohne einen Blick mitleidigen Ernstes auf den kühnen Segler: »Heirathen? Sie scherzen, Capitain.«

»Nicht daß ich wüßte –« antwortete Dieser, und zog die Stirn kraus. »Mir ist wahrhaftig in Gott! nicht spaßerlich zu Muthe. Auch wäre das zur Unzeit, Freund! weil aber die rechte Zeit treffen, ein Punkt ist, den ich stets im Auge gehabt – weshalb man mich auch beim Regiment *den glücklichen Zieler* zu nennen pflegte: so zog ich mich diesen Morgen in mein Zimmer zurück, und wartete bis jetzt. Ist das Gemüth einmal afficirt: so wird auch der beste Mensch leicht in Harnisch gebracht gegen eines Andern Anliegen. Man sagt: Weilen bringt Gefahr; aber die Eile thut es nicht minder. So erinnere ich mich, daß als meine Mutter im Sterben lag – es dauerte lange, und es ist schrecklich, daß auch Leute von Rang so ringen müssen – kamen Schlösser, Schreiner, und so weiter – um die Arbeit für die Leiche, die es noch nicht war, zu erbitten. Darob ergrimmte mein Vater dergestalt, daß er einen jener armen Handwerker, die um das liebe Leben zu fristen, dem Tode vorausgeeilt waren, beinahe gemißhandelt hätte. – An diese Scene mußte ich unwillkürlich denken, da ich Anstand nahm, früher als in diesem Augenblick mich Ihrer gütigen Fürsprache bei der Wittwe Ihres Herrn Bruders zu versichern. Uf! nun war's heraus. –«

Der Administrator zweifelte jetzt nicht mehr, daß Moorhausen den Verstand verloren hätte. Er meisterte daher sein sprachloses Staunen, und indem er in diese fixe Idee einzugehen schien, sagte er so vernünftig als möglich: »in der That, Sie fühlen fein; es wäre wirklich ein Stückchen Arbeit, was Sie in Theresens Hand ansprächen. –«

Ein Lächeln der Selbstzuversicht verklärte den alten Ehestandscandidaten. »Sie meinen«, sprach er, »die schöne Frau würde mir den Kopf warm machen? thut nichts. Die kleine Hexe hat mir's angethan – werde schon mit ihr fertig werden. Eine Gardinenpredigt hält Die nicht, dafür stehe ich Ihnen. Und diese fatale Theologie macht nur verstockte Sünder und Langeweile. Wir liefern kleine Gefechte, allerliebste Scharmützel. Sie giebt mir Eins drauf – ich aber liebe das.« – »Capitain Moorhausen«, versetzte Herr Prälat, dessen Stimmung nicht darnach war, diesen Unsinn länger auszuhalten, »Sie sind ein eben so einsichtsvoller als expediter Mann. Wie zeitig Sie auch in dieser Angelegenheit kommen, ich habe dennoch Grund zu glauben, es geschähe in jedem Sinne *zu spät*. Sollte meine Schwägerinn sich wieder verehelichen: so steht ihr der Mann, den sie wählt, zweifelsohne schon zur Seite. –«

Dem Hauptmann entfiel der Stock, sein Gesicht verlängerte sich zusehends. Der Administrator bückte sich nach dem Bambus, und legte ihn in die Hände, an denen jenes erwähnte Zittern sichtlich zu werden anfing. Und mit unverkennbarer Redlichkeit redete er sofort: »sehen Sie diese zutrauliche Erklärung meiner Seits nicht für einen Korb an; auch reiche ich Ihnen hiermit nicht den Stab zum Weitergehen in dieser Absicht. Nein! nur einen Stützpunkt auf dem einsamen Gange, der unter manchen Umständen, und in gewissen Jahren auch sein Gutes hat. Zuweilen borgt der Geist der Lüge die göttliche Stimme, welche einst sprach: es ist nicht gut, daß der Mensch allein sey.«

Der Hauptmann verstummte. Er bat nur noch, daß sein Vertrauter auch schweigen möge. Die Glaçeehandschuh platzten bei dem Händedrucke des Abschieds, den er bald darauf nahm. Der Krampf zog ihm die Brust zusammen, das Herz schlug Chamade. Er ließ die Flügel tief hängen – und selbst der kleinste Querpfeifer bei seinem ehemaligen Regiment würde diesen Preiswürdigen jetzt nicht »den glücklichen Zieler« genannt haben.

Josephine war nur ein paar Wochen in Bühle. Obgleich – nach der Zeitrechnung des Geistes – fast kein Augenblick verging, in welchem ihre Gedanken nicht hinüber schwebten nach St. Capella und weiter noch, da sie ihren Schutzfreund auf Reisen wußte –: so machte doch ihr jetziger Aufenthalt sein Recht auf dies empfängliche Gemüth geltend. Die traumhafte Stille des Schlosses, der melancholische Reiz seiner Umgebungen, die einsiedlerische Schwermuth der Gräfinn, die selbst der Umgang ihres liebenswürdigen Kindes nicht zerstreuen konnte – die unheimliche Welt ihres Vaters, welche schweigsam die magischen Kreise zog, wirkte, vereint mit der Stimme der Natur, auf das junge Mädchen, dessen Herz jedem tiefen Eindruck offen war. Der Frühling hatte sich indeß entfaltet, und prangte in völlig aufgeschlossener Schönheit. Auch in die dumpfen Zimmer und Säle des herrschaftlichen Hauses von Bühle drang sein milder Hauch, und die warmen Sonnenschatten von den aufknospenden Blättern der Linde spielten an den kalten Wänden, und mischten ihren lebendigen Schein mit dem todten Ernst der Ahnenbilder. Der Brunnenstrahl blitzte vielfarbig, wie ein Überfluß von Diamanten, und sein eintöniges Rauschen weckte eine Quelle der Ahnung in dem Herzen seiner düstern Anwohner, und floß mit dem Strom von Lust, Leid und Leben zusammen, der die verjüngte Schöpfung schwellte. An einem der schönsten Abende hob Graf Frankenstern den Blick vom Boden auf, über den die Sonne lange goldene Brücken schlug, so daß die Möglichkeit ihm einleuchtete, sie zu passiren. – Er hatte den lieben langen Tag mit so tief gesenktem Auge vor sich hin gesehen, als wolle er das Räthsel des Daseyns ergründen; doch als jetzt das himmlische Licht über diesen Abgrund schien, verlangte er, Josephine solle ihn in den Garten führen. Dies war unerhört. Seit Jahren hatte der Graf keinen Spaziergang gemacht, und nur den Sitz im Sessel mit dem Polster der Kutsche vertauscht. Freudig gehorchte das Mädchen, und reichte schnell, ehe der Vorsatz ihn gereue, Hut und Stock dar, und schlang ein kleines Tuch von Persischer Seide zur Fürsorge um seinen Hals. Die Gräfinn wollte nachkommen.

Vorsichtig leitete Josephine den schwachen Greis die Treppe hinab, und unterstützte ihn zart, doch jugendkräftig. Seine gleitenden Schritte, das fühlbare Wanken des verfallnen Körpers bewegten ihr das Herz im Busen, und ihr elastischer Fuß ging so langsam als möglich. Der Bediente öffnete das eiserne Gitterthor und geleitete seinen Herrn mit theilnehmenden Blicken von ferne. Sie traten in den grünen Bezirk. Alles stand hier noch unverändert; nur die jungen Bäume waren groß und stark geworden, seit der Graf sie zum letzten Male gesehen, einige hingen voll Blüthen, und schimmerten mit weißröthlichen Büscheln lieblich zwischen dem finstern Gehölz.

Josephine athmete tief – und ein leiser Seufzer, ein Odem von langem Weh, schwebte auf den stummen Lippen des Grafen, und vermischte sich mit der Wonne der süßen, ambrosischen Luft. Beinahe taumelnd vor Schwäche, strebte der Graf doch weiter und weiter, obgleich Josephine ihn bescheiden aufmerksam machte, es mögte ihm für's Erste wohl zu viel werden. So waren sie an einen Platz gekommen, der eine schöne Aussicht bot. – Unter einer breitästigen Esche winkte ein weißer Gartenstuhl, so hart und kunstlos, als hätte ihn ein Eremit geflochten – zur Ruhe. Der Graf ließ sich mit Hülfe seiner Führerinn darin nieder, und Josephine setzte sich schmeichelnd zu seinen Füßen. Es war eine kleine Anhöhe. Der Wind kräuselte sanft das grüne Meer der Saat, ein lindes Säuseln, wie von Geisterflügeln, regte sich in den Wipfeln des Baumes. Eine ahnungsvolle Stille rings umher! – Der Graf senkte das Gesicht, um sein Auge an dem frischen Anblick zu stärken. Er sah die Ernte im Geist – und die dünnen Halme seines Haupthaars weheten silberweiß auf und nieder, als wäre das Feld nun reif und der Schnitter in der Nähe.

»Die Welt ist doch schön!« sagte er nach einer beschaulichen Pause, »wenn das Leben so hervorgeht, und Alles wach wird: *wach*!« Und mit fallender Stimme setzte er scheu und furchtsam hinzu: »gehst Du gern schlafen, mein Kind?« –

Josephine fuhr aus träumerischem Sinnen empor. Sie antwortete: »ich? wenn ich müde bin, sehr gern. Der Schlaf, die Ruhe der Wesen, ist etwas recht Holdes. In sanfter Betäubung stärkt sein Labsal. Wer mögte ihn nicht lieben, diesen Wohlthäter? – Auch beunruhigt mich nie ein böser Traum – höchstens träume ich seltsam. In der verwichenen Nacht wärmte ich einen Schneekönig an meiner Brust – der war erstarrt; plötzlich flatterte er auf, und verschwand in den Wolken – und traurig sah ich ihm nach.«

»Schneekönig?« erwiederte der Graf, »das ist ein kleiner Vogel, nicht wahr?« Und wie aus einem Geklüft seines Gedächtnisses tönte ein Echo jener Stelle: »der Mensch wird geboren zu leiden, wie die Vögel schweben, emporzufliegen.« – In vergleichendem Sinne sagte er: »die Vögel des Waldes sind glücklicher daran als wir; sie steigen aufwärts mit fröhlichem Gesange – die Tiefe nur ist still und schrecklich. Wer aber schläft, ist allein, ist in Gefahr, und schließt sich sein Auge, dann –« Josephine sah mit offenem blauen Auge zu dem Greise auf, der unter einem Schauer verstummte, ehe er noch ausgeredet hatte. Sie sprach mit leidsamem Widerspruch: »das will mir nicht so vorkommen, lieber Herr Graf. Die Menschen sind einsam, und daß sie es *wissen*, ist ihr größter Schmerz. Wer aber schläft – und wäre es auch im Grabe – genießt unbewußt Frieden, und Gott schützt den Schlummer des Gerechten! –«

Graf Frankenstern schien sichtlich erschüttert durch diese Rede des Mädchens. Mit zitternder Lippe wagte er etwas auszusprechen, was ein halbes Säculum nicht laut in ihm geworden war: das Bannwort seines Dämons. Er sah Josephine dunkeln Blickes an, und sagte: »so fürchtest Du Dich nicht vor dem – Tode – mein Kind?«

Ein unsterbliches Lächeln verklärte mit der Abendsonne zugleich Josephinens reine Züge. »Nein! gewiß nicht!« versicherte sie mit Innigkeit. »Ich halte dafür, der Tod sey ein verkannter Engel; kein Bote der Schrecken. Er kommt ja auch nur auf Gottes Geheiß: wie sollte er einer kindlichen Seele nicht willkommen seyn – früh oder spät! – Das kleinste

Blümchen zerstiebt, und wenn seine Zeit da ist, erblühet es auf's neue; die Sonne geht unter und schöner wieder auf, und das Herz, welches selbst im Traume den kleinen Schneekönig erwärmt, sollte erstarren – und nicht für den Himmel schlagen? – Könnte ich glücklich machen, Alle, die ich liebe, ich gäbe gern die kleine Blume meines Lebens hin.« Ein paar Thränen rollten, als Josephine dies sprach, von ihren Wangen, und der Thau auf einer jungen Rose glänzt nicht schöner.

Dies war der wunderbare Moment, der eine gequälte Seele erlösete. Der Graf athmete auf mit leisem Stöhnen, wie Einer der erwacht, und sprach: »ich sehe ein, daß Du recht hast, mein Kind, und wie bleiern meine Augen geschlossen gewesen. Mir ist, als ob ein Gespenst verschwände – als ob es Morgen würde. Mir ist recht klar. Nun will ich erst noch einmal zu leben anfangen. Sieh! was dort so golden funkelt, ist das nicht Sanct Capella? vorhin erkannte ich es deutlich. Wir wollen nun nächstens einmal hinüber fahren.« Josephine lächelte wehmüthig, und das Herz war ihr unsäglich schwer. »Und glaubst Du wohl«, fragte der Greis abermals nach einer stillen Weile, »daß ich die Abendglocke höre?« Dem Mädchen kam ein Grauen an: es war fast unmöglich in dieser Entfernung. »Ich bin doch müde von dem kurzen Gange«, sagte er mit matter Stimme, »laß mich ein wenig an Dich lehnen – oder ist Deine Brust auch krank? –«

Josephine umschlang mit weichem Arm seine Schulter, und drückte das sinkende Haupt sanft an sich. Sie schwieg bange, und schaute geängstet aus, wo die Gräfinn nur bleiben möge? Da kam Albane. Das leichte Rauschen ihrer Schritte, den Gang, der ihm so treu durch die Wüste des Daseyns gefolgt, vernahm ihr Vater noch einmal. »Mir däucht, ich sähe meine Frau –« stammelte er kaum verständlich, »warum sprichst Du so leise? – –« Und jetzt sprach der Graf nicht mehr, und athmete schwächer und schwächer. Die Gräfinn knieete in's Gras und faltete die Hände; ihr Gebet war ein unaussprechlicher Seufzer. Josephine glühte wie eine Fackel. Angst und Abendschein gaben ihr die flammendes Gestalt eines Cherubs. Sie glich dem Genius des Todes, wenn er sich des müden Menschen erbarmt: dem Sinnbild ihrer eigenen Vorstellung. Mit bebender Hand streichelte sie den kühlen Scheitel, den der Gedanke verließ, und dessen Sinne schon geschlossen waren. Sie legte den Finger prüfend an den Puls der Schläfe, und fand ihn stockend – nun stand er stille.

»Er ist gestorben –« sagte Josephine mit der allerleisesten Stimme, als könnte ein Laut ihn wecken.

Albane schwieg noch immer und weinte nur heftig. So blieb die Gruppe lange in heiligem Verstummen.

Jetzt schlief Josephinen der Arm ein; denn der Todte ward starr und schwer. Sie lehnte ihn zurück in den Sessel, und die Seinen schauten nun in sein erblaßtes Angesicht.

»O mein Vater!« sagte die Gräfinn mit heißen Thränen, »kann man leichter und schöner sterben, als Du? Dein ganzes Leben war nur eine Flucht vor Dir selbst, eine Furcht vor dem Tode, und freundlich erschien er Dir, und ereilte Dich zu lieblicher Stunde.« In zerrinnenden Bildern sah Albane sein hartes Geschick und was sie mit ihm ertragen. Und so ergoß ihr gepreßtes Herz sich in den bekannten Strophen: »schlummre wohl indeß, du träge Bürde seines Erdengangs! ihren Mantel deckt auf Dich die Nacht, und ihre Lampen brennen über Dir im heil'gen Zelte. –«

Es schien der Gräfinn bedeutsam, daß ihr Vater unter einer Esche verschieden wäre, welchem Holze dieses Baumes man eine wundstillende und schmerzheilende Kraft zuschreibt. –

Die Sterne brannten schon am Himmel, und ihr feierliches Licht fand jene Gruppe noch unverändert. Jetzt fing die Abendluft an kühl zu werden; die Gräfinn erschauerte in jenem Frösteln, welches man nur in der Nähe des Todes empfindet, und auch Josephinens blühende Wange war sehr blaß. – Auf einen Wink der Ersteren ward der weiße Gartensessel mit seinem stillen Inhaber sacht und sanft aufgehoben, und nach dem Schlosse getragen. Hier ließ man die Vorhänge tief herab, und die entseelte Hülle auf ein Lager nieder. Viele Kerzen wurden angezündet, auf daß es hell würde um den allerdunkelsten Schlaf. Albane und ihre Tochter setzten sich zu beiden Seiten des Verstorbenen, und blieben die Nacht hindurch bei ihm, weil sie fürchteten, er könne im Starrkrampf liegen. Hätte der Graf dies vorausgesehen: der traute Anblick dieser ersten Nachtwache würde ihn sein Lebelang beruhiget haben. An der Kerze, welche ihren geheimnißvollen Schein auf seine schweigsamen Züge warf, blühete ein glimmender Brief – dies Auge aber war geschlossen, und las keinen mehr. Es hatte sich für jenen Freibrief geöffnet, der nicht mit Dinte geschrieben ist, oder Funken, oder in den rinnenden Sand der Zeit, sondern mit dem Geiste des lebendigen Gottes.

Draußen erwachte der Gesang der Lerche, und vor der goldnen Leuchte des Tages erbleichte das nächtliche Licht. Ein purpurner Schimmer breitete sich mählig über den Leichnam aus – da verließ ihn die Gräfinn unter den Flügeln der Morgenröthe, und begab sich zur Ruhe, deren ihre erschöpften Kräfte bedurften. Auch Josephine wankte von hinnen, zu versuchen, ob sie ein wenig schlummern könne? doch ihre Pulse klopften wie im Fieber, und das Herz schlug hoch und ängstlich unter dem weichen Sterbepfühl ihres Großvaters.

Wie Albane es sich im Stillen gelobt: so geschah es. Die Section des Grafen ward, nachdem der Arzt die Auflösung desselben dargethan, ohne Geräusch vollbracht, und dann – da kein eigentliches Familienbegräbniß in Bühle vorhanden war, sein sterblich Theil in Sanct Capella beigesetzt. Das Herz ihres Vaters aber blieb, in einer Urne verwahrt, ihr Eigenthum. – Um jedes Aufsehen zu vermeiden, ging die Bestattung zu später Zeit vor sich, und nur das Heer der Sterne gab dem düstern Leichenzuge Glanz und Geleit. Still, wie der Thau der Nächte sinkt, fielen Albanens Thränen, und Josephine dachte mit Wehmuth daran, wie der Graf wenige Augenblicke vor seinem Abscheiden von der Fahrt nach dem Stifte gesprochen. –

Nachdem der Administrator seiner brüderlichen Pflicht vollkommen und nach bester Einsicht genügt, kehrte er, zufrieden mit dem Abschluß dessen, was ihn hierher gefordert, nach seiner Heimath zurück. Auf der langen Reise hatte er Muße, über dies Fragment seines Lebens nachzudenken, und auch die tiefsinnige Neigung dazu. Seine Brüder waren nun beide todt. Die Beschäftigung mit den Papieren des Jüngstverstorbenen hatte ihn dem Constanz inniger verschwistert, als das Vermächtniß der mütterlichen Natur ihn jemals fühlen lassen, daß sie ihnen Einen Vater gegeben. Er nahm ein besonderes Gefühl von Einsamkeit mit hinweg – er stand nun allein. Wunderbar genug war Therese, welche länger als zwei Jahre in häuslicher Verbindung mit ihm gelebt, ihm fast entfremdet worden, im Gegensatz zu der Erfahrung, nach welcher eine Auflösung durch den Tod Familienbande selten erschlafft, sondern sie vielmehr enger zieht. Auch hätte die Weite den Verknüpfungspunkten ihrer gegenseitigen Anhänglichkeit wohl am wenigsten geschadet. Ein anderer Schutzfreund nahm sich ihrer innigst an, und solch ein Edelstein für weibliche Fassung ist immer ein Solitair. Diese Regel ist ohne Plural. –

Es lag nicht in Theresens Wesen, Schmerz zu heucheln, mit Thränen Prunk zu treiben, oder sich in der Rolle einer Artemisia zu gefallen. Mit bewundernswürdiger Gewandtheit veränderte sie den Faltenwurf des Trauerflors, und verhüllte nur ganz leicht die Brust, voll von dem Wunsche, das Leben möglichst zu genießen, und kaum die Blöße der flatterhaften Schultern, welche keinen Kummer tragen könnten. So hatte die schöne leichtsinnige Frau es ihrem Schwager keinen Hehl, daß sie, sobald der Anstand es nur irgend erlaube, den Lieutenant Feldmeister heirathen werde, und sich von diesem Bündniß des Glückes Fülle verspreche. Mit jenem entziffernden Instinkt der Schlauheit, welche unser Geschlecht in den geheimsten Zügen eines Männerherzens lesen läßt, verschwieg sie ihm die Leidenschaft, welche diese Bürgschaft leistete, und sprach nur von den soliden Eigenschaften des künftigen Gatten, von seinem Erbvermögen, was sie über jeden Mangel hinwegsetze und sicher stelle; als ob sie darin die Gewähr fände, welche zunächst auf dem Grade ihrer eigenen Zuverlässigkeit beruhete.

»So dürfen wir auch hoffen«, setzte Therese wie zum Facit der aufgezählten Summe ihrer Hoffnungen hinzu, »daß die gute Baronin uns ihr schönes Gut vermache. Sie hat schon ein Wörtchen davon gemunkelt. Dann lebe ich den Sommer über hier, glückselig wie eine kleine Fee in meinem Blumenreiche. Den Winter aber bringe ich in der Stadt zu. Eine Offiziersfrau steht immer ein wenig auf freierem Fuß, auf halbem Sold ihres Standes gleichsam, und ist von den Philistern entlassen. – Sieh! so geht bei uns das Sprüchwort in Erfüllung, wo Tauben sind, fliegen Tauben zu.«

Der Administrator hing schweigend an diesem geschwätzigen Munde, dem er so oft ein willigeres Ohr geliehen – und sprach jetzt wie von einem plötzlichen Ingrimm überrascht: »nun so spanne Deine Tauben vor den Wagen der Liebe, und sorge, daß ihrer keine der Geier hole.«

Therese sah ihren Schwager betroffen an. »Bist Du mir böse, Cölestin?« fragte sie, scheu geworden, »und dem Rudolph bist Du wohl auch nicht gut?«

Herr Prälat verneinte mit Hitze jede Animosität gegen den Nachfolger seines Bruders, und sagte dann: »wie sollte ich Dir zürnen, Therese? Du bist ein Weib! –« Er lächelte bitter. Es lag viel herbe Wirklichkeit in diesem Lächeln, der Zauber jener kleinen einschmeichelnden Gaukeleien, die das Urtheil eines Mannes so leicht verblenden, war verschwunden.

– Er nahm einen kühlen Abschied von der künftigen Frau von Feldmeister; Theresen aber schossen ein paar warme Thränen in die Augen.

Die Baroninn Lenau empfand, vermöge der Sympathie ihres Geschlechts, den Kaltsinn, der ihre Schutzbefohlne betrübte, und sagte, als diese weinte: »das ist nun nicht anders, meine Goldtochter! wenn das Kind todt ist, hat die Gevatterschaft ein Ende.« Theresen aber fiel der Taufstein auf das Herz. –

Der Administrator hing, wie wir bereits erwähnt, seinen stillen Betrachtungen nach. Wie anders erschien ihm Therese als sonst! Nicht der Bruder ihres Mannes war in ihm gekränkt, sondern der Mann im Allgemeinen. Er bedauerte es nun nicht mehr, daß ein mitleidiger Tod den armen Constanz einer schlimmeren Verkältung entrissen. Er dachte an die Worte des Majors. Dabei konnte er nicht umhin, mit inniger Achtung Fabiens zu gedenken. Er gestand sich, daß der pflichtgetreue Sinn einer Frau wohl die Gabe aufwöge, den Augen eines Mannes zu gefallen, und Theresens Liebreiz sank gegen den charakteristischen Gehalt ihrer Schwägerinn tief in der Wagschale. – Doch man vergesse nicht, daß Therese *abwesend* war. –

Wenn nun Fabiens Gatte die Augen auf immer vor einem Phantom geschlossen, und Theresens Gemahl einem Schatten nachgejagt, der ihn vor der Zeit ins Grab stürzte: so mußte die philosophische Selbstfrage in dem letzten der drei Brüder entstehen: von welchem Geist und Wesen *sein* Streben sey? Er stieg bis in die Gründe seines Herzens hinab, und was er da gefunden, wollen wir einstweilen auf sich beruhen lassen. – Dort lag seine Jugendliebe unter tiefem Schutt in sich selbst zerfallen; aber der Glaube an diese göttliche Kraft stand noch fest, und die Freundschaft unterstützte ihn, wenn gleich als Kummersäule. Die Nachricht von der Ankunft der Gräfinn hatte seinen Freund Sylvius außer sich gesetzt, und der Administrator ihn in dieser äußersten Aufregung verlassen müssen. Jetzt dachte er bekümmert darüber nach, was aus diesem ganz einzigen Verhältniß nun werden solle? – In den zartesten Beziehungen hing ein Theil seines eigenen Glückes davon ab – und nicht der kleinste.

Mit aufgehobenem Gleichgewicht seiner Empfindungen kam er in Sanct Capella an, und das Erste was er vernahm, war: daß Graf Frankenstern unterdessen ein stiller Bewohner des Stifts geworden sey. Der Verweser desselben erschrak über diesen Verwesenden; denn daß Gräfinn Albane nun wegziehen und ihre Tochter mit sich nehmen würde, war die natürlichste Ideenfolge; aber sie führte ihn traurig ein. Er trat in das Kloster wie in eine Einöde. Seine Wohnung däuchte ihm unsäglich weit, und so war es ihm im Stillen lieb, daß er am Abend seiner Heimkehr mit Fabia nicht ganz allein wäre. Der Major und Schwester Veronica kamen, den Wirth des Hauses willkommen zu heißen. Der Administrator stattete Bericht ab, jedoch in Kürze, und hier und da sogar abgerissen. Fragen der Frauen, querfeldeingeschoben, konnten den Zusammenhang nicht durchaus ergänzen, wie sehr es auch der apostolischen Fabia zuwider war, daß ihr Wissen, wie das unser Aller, nur Stückwerk seyn solle, und wie auch Veronica, die fromme Tochter der Kirche, ihre Abstammung nicht verleugnete, und sich diesmal als Evens Tochter bewies. Wir sprechen die gute Nonne selig, aber von der Erbsünde einer kleinen Neugier gar nicht frei. –

Herr Prälat lief flüchtig über die Vorgänge der Krankheit und über den Hügel hin, darunter sein Bruder schlief, und hielt sich nur etwas länger bei dem Glück des jungen Feldmeisters und dem Gute der Baroninn auf, was auch zu diesem gehörte. Von Theresen sprach er vermeidlicher Weise so wenig als möglich. Man nahm das Geschick dieser Beiden als ein entschieden gepaartes an, und stellte unter mancherlei Bemerkungen dieser Ehe das Prognosticon.

Der Major hob an: »der Rudolph hat Glück, und ich gönne es ihm von Herzen, denn er verdient es auch. Er ist ein tüchtiger Mensch, ein ehrenwerther Soldat – doch mag er sich in Acht nehmen, daß er nicht zu einem verrufenen Regiment komme. Der Pantoffel ist sein Schicksalszeichen – und die verfängliche Devise nicht immer von Kraftmehl. Die Schleifen auf dem Schuh seiner alten Fee waren, wie mir die Obristinn erzählte, von gesponnenem Glase. Eine gefährliche Masse, das! man macht auch kleine Sprühteufelchen davon. Und dabei fällt mir eine merkwürdige Geschichte ein. Als ich ein Knabe war, ließ ich einst zur Fastnacht einen Reserve-Pfannkuchen in die Tasche schlüpfen, worin solch ein gehörntes Ding stack. Alsbald fuhr der Grünliche durch die geschmorte Rinde in die schwarze Hölle der gegossenen Pflaumen hinein, und that wie zu Hause. Ich aber aß den leidigen Satanas wie zur gesegneten Mahlzeit, und würde es bis jetzt noch nicht wissen, wenn mir nicht ein Splitter von diesem heillosen Füllsel die Zunge geritzt hätte.«

»Gott behüte und bewahre!« rief die Nonne mit frommen Schaudern vor solch leiblicher und geistlicher Gefahr, und die Geberde des Entsetzens wurde in der Mechanik ihrer Finger zu einem Kreuz, »wie war es möglich, daß Sie ohne Schaden davon kamen?« Der Major lachte und sprach: »Was verdaut man nicht Alles, wenn man jung und gesund ist! – Mein Vater tobte, daß ich den Teufel im Leibe hätte; und die Mama kochte ohne Unterlaß Milchbrei, den sie mit mütterlichen Thränen salzte. – Aber um wieder auf das Vorige zu kommen: so will ich von Grund der Seele wünschen, daß die beiden Leutchen sich vertragen, und einander das Leben nicht versalzen mögen.«

Fabia lächelte ganz leise. Sie sprach: »Therese lässet ihre Lindigkeit kund werden Jedermann – und das Küchenwesen war nie ihre Sache.« Der Administrator bemerkte still, wie seine schriftkundige Schwägerinn sich glimpflich auszudrücken wüßte, indem sie doch verständlich genug andeutete, daß Coquetterie und Mangel an Häuslichkeit, diese Fehler, welche sie so oft zum Ärger gereizt hatten, der ehelichen Glückseligkeit, von der die Rede war, schädlich werden könnten. Und wie in unbewußter Gewohnheit, sich Theresens anzunehmen, nahm er das Wort und sprach: »der Geist einer guten Ehe kann dessenungeachtet bestehen. Wie manche treffliche Speisemeisterinn kocht Gift, vergällt ihrem Manne jede Freude, und brät ihn am langsamen Feuer! –« »Ach!« entgegnete Veronica, schaudernd bei dieser Vorstellung, mit einem kühlenden Seufzer, »Das kann ich mir schrecklich denken. Zwar in der Welt, sagt man – soll es da oder dort so seyn. Die Frauen, hörte ich, trachten nach eitlen Dingen, sind fremd daheim und wissen nicht Bescheid, weder im eigenen Hause noch in der Herzenskammer des Mannes. Sogar die Kindlein – wenn es nicht etwa böser Leumund redet – sind ihren Müttern häufig eine Nebensache, und öfterer lästig als lieb.– Ich bin nur eine Jungfrau – aber daß mein Geschlecht dahin entartet wäre, scheint mir kaum möglich. So darf man sich jedoch nicht wundern, wenn heut zu Tage so viele Männer die schönste Gelegenheit links liegen lassen, das göttliche Gestift des Ehestands aufheben und leider Gottes! ledig bleiben. Wenn unsere Frauen fleißiger den Himmel bauten: so würde sich seltner ein Stein des Anstoßes für das Heirathen finden.«

Der Major ergriff die heilige Hand der Nonne, und drückte sie etwas derb, wenn auch mit Verehrung, indem er sprach: »Hoch hinaus wollen sie wohl; aber es wird ein Thurm zu Babel daraus, eine Sprachverwirrung ohne Gleichen. Wo eine Frau den Mann verstände: da wäre die Loosung: Ein Gott! Ein Herz! Eine Seele! Ein Glück und Ein Grab! – Dem Himmel sey's geklagt! es lautet anders – und tiefer besehen, denken sie nur an die Grube. – *Sie*, Schwester Veronica, wollte ich heute noch ehelichen. Sie würden jeden Mann nicht allein glücklich gemacht haben, sondern auch *gut*.«

Bei dieser Erklärung in Kürze erröthete Veronica durch die blasse Tünche des Alters so jungfräulich schön, als hätte dies rauhe Betasten ihrer zartesten Gefühle auf der feinen Zeichnung des Gesichts eine Spätrose abgerieben. Herr Prälat kam ihrer bescheidenen Antwort zuvor und sprach: »an den Motiven zur Ehe mag es zumeist liegen, daß so wenige Segen tragen. Auf welches Fundament werden sie gegründet? – Ich erinnere mich, daß meine Tante vermittelst einer Karte, der einzigen französischen Leichtfertigkeit, die das plattdeutsche Pfarrhaus aufzuweisen hatte, die innersten Herzensgedanken jedes Bräutigams in der Gemeine heraus brachte, indem sie dabei ein Sprüchelchen im Munde führte, wovon ich nur den Anfang noch weiß: der Eine thuts um der Ducaten, der Andre um ein schön Gesicht – wobei der Onkel, wenn er guter Laune war, die Reihenfolge unterbrach, und mit poetischer Freiheit darauf reimte: *gerathen – nicht!* – Zwölf Aussprüche enthielt dies psychologische Orakel. *Zwölf?* lieber Gott! das sind falsche Apostel. Legion heißt ihre Zahl, und dann wäre der Einzige noch nicht darunter, auf den sich bauen läßt: *wahre Liebe!*«

»Wahre Liebe!« wiederholte der alte Feldmeister, und es war, als ob das leise Spottlächeln, welches ihm auf der bärtigen Lippe schwebte, jenes Wort mit der Andacht des Gefühls ausgesprochen – hohnneckte. »Es ist damit«, fuhr er fort, »wie mit dem alleinseligmachenden Glauben: wie Viele bekennen sich bloß äußerlich dazu, ohne diese göttliche Mutter des Heils im Geist und in der Wahrheit zu verehren. Die Mehrzahl der Männer besteht aus heimlichen Mohamedanern – getaufte Weiber in Massen sind dem heidnischen Götzendienste zugethan; in der Ehe aber herrscht das Judenthum vor, und der Erlöser wird da tagtäglich gekreuziget, so daß ihm die Lust zur Auferstehung wohl vergehen mögte.«

»Wer Sie so hörte, Herr Major«, entgegnete hierauf die Nonne, welcher es leise beängstigte, so oft ein religiöses Bild, behuf der Rede gebraucht ward, »der sollte glauben, Sie sprächen aus Erfahrung. Und doch weiß ich von guter Hand, welch ein friedliches Stillleben Sie mit Ihrer lieben seligen Frau geführt haben, wie man diese allgemein als eine ganz vortreffliche Dame gerühmt – der Meriten ihres Ehemannes zu geschweigen.«

Dieser verbindliche Ausfall auf den seinigen, womit Veronica weiblichen Sinnes sich erwiedernd zeigte, schien von niederschlagender Wirkung auf den Major zu seyn. Die Menschen an ihre Verdienste wie an ihre Verluste zu erinnern, erreicht fast immer den Zweck, sie aus den Vortheil des Angriffs in jene leidsame Stellung zu versetzen, die der Geschmeichelte wie der Gerührte unwillkürlich annimmt. – Die buschigen Braunen des Majors zogen sich zusammen, und seine Augen wurden feucht; das sanfte Bild seliger Tage schwamm in seinem Blick. Mit schwankender Stimme antwortete er: »meinen Sie, Schwester Veronica, daß, wenn jene Erfahrung meine eigene wäre, ich sie ausgesprochen haben würde? – Meine Frau war gut und brav, und als sie todt war, da merkte ich erst, wie sehr sie es gewesen. – Doch deßhalb widerrufe ich kein Jota von dem Obigen. Gott besser's! es ist an der Zeit.«

Es war auch an der Zeit, dies Gespräch zu enden. Fabia, verstimmt durch die Vertheidigung des Schwagers, die er der abwesenden Therese nicht minder als der gegenwärtigen angedeihen ließ, hatte kein Wort mehr gesagt. Ihr däuchte, sie hätte die Kosten dazu getragen. Sein Urtheil schien ihr eine Geringschätzung derjenigen Verdienstlichkeiten zu enthalten, in denen sie sich auszeichnete. Sie wünschte, er mögte einmal zu der Einsicht gelangen, wie hoch eine gute Wirthinn zu halten sey. Sollte dies jedoch geschehen: so mußte er die treue Fabia vermissen. Und indem der Major davon sprach, daß er die abgeschiedene Gattinn erst vollkommen gewürdiget, regte dies den Gedanken in ihr an, zu scheiden. Sie legte in gekränktem Geiste das Amt der Schlüssel nieder, und ahnete nicht, daß diese Handlung in der Idee der Wirklichkeit nur um einen leisen Schritt vorauseilte.

Noch immer hatte Gräfinn Albane sich entschieden geweigert, ihren Gemahl zu sprechen, weil sie sich die Kraft dazu nicht zutraute. Sylvius, der das Heil seiner Beruhigung daran zu knüpfen schien, daß seine Frau ihm angehöre, ließ nicht ab mit Dringen, und setzte alle Hülfsmittel in Bewegung. Fabiens Zureden schürte den Funken, der in der Asche glomm, worin Albane büßte – und Josephinens rührende Fürsprache gewann endlich ihrem Vater die heißersehnte Gunst. Der Tod des Vaters hatte seine Tochter dergestalt erschüttert, daß sie glauben mogte, die heftige Bewegung, in welche die Zusammenkunft mit ihrem Gemahl sie versetzen mußte, werde drein gehen. Und so war der Entschluß dazu gleichsam ein Abschluß aller bisherigen Verhältnisse, und sogar erforderlich, um Josephinens willen.

In der Stunde, worin die Gräfinn ihren Gemahl in Bühle erwartete, saß sie am offnen Fenster und allein, von jener säuselnden und summenden Frühlingsstille träumerisch umwebt, welche aus dem Schlaf des Herzens, aus seinem innersten Düster herauf, Gefühle der Vergangenheit beschwört. Als sie den Hufschlag seines Pferdes vernahm, stand der Schlag in ihrem Busen stille, und nicht dies Herz selbst, nur ein Seufzer flog ihm entgegen. Jetzt hörte sie seinen Schritt auf der Treppe – sein Näherkommen – Zeit und Erfahrung hatten mächtige Fortschritte gemacht, seit sie den Besuch ihres Gemahls zum letztenmale in Bonna empfangen: dennoch drang dieser vertraute Hall wie einst an ihre Seele, und keine Empfindung, über welche er sonst Macht geübt, konnte ihm entweichen. Er trat langsam ein, Albane zitterte heftig, unvermögend sich aufrecht zu erhalten. Sylvius blieb wie gefesselt und gebannt an der Thüre stehen, und warf einen unaussprechlichen Blick nach der geliebten Gestalt, welche sein gewesen war – und eine weite wüste Welt lag zwischen ihnen. »Albane!« sagte er leise, und ein paar große Thränen rollten über seine Wangen, »bin ich Dir gar nichts mehr? –« O! welch ein Zauber liegt in der Stimme eines Menschen, der uns theuer ist oder war! – Solch eine Stimme enthält den Schlüssel zu jedem Geheimniß der Harmonie, und kann, ob sie durch tausend Mißverhältnisse hindurch klänge, nie zu einem Mißlaut für die Seele werden, darin einmal ihr Echo wohnte. Sylvius hatte seinen Jahren voraus gealtert, und Der, den die Morgenröthe der Jugend einst zu den Göttern erhoben, zeigte sich gebeugt von menschlicher Schwachheit; aber die Stimme war ihm geblieben, mit der er die Geliebte einst bewegt, daß ihr unsterblicher Antheil der seine würde. –

Die Gräfinn wendete sich nach ihm um, mit einem Lächeln der Verzeihung, der Abgeschiedenheit – wenn wir so sagen dürfen; es war das geistigselige Lächeln eines Schattens, was auf ihren Lippen schwebte, die so wenig eines Lautes mächtig schienen, wie ein körperloses Wesen der Rede fähig seyn mag. Endlich entrang sie ihnen die Kraft dazu, und sprach mit bebendem Munde: »vielleicht, Sylvius, wäre es besser gewesen, wir hätten die *begrabene Liebe* früherer Jahre ruhen lassen –; aber, da es einmal Dein Wunsch war, da Du meinst, es werde zu Deinem Frieden gereichen, daß Du mich sähest, so komm doch näher und laß uns freundlich zusammen sprechen!«

Diese Antwort zerriß Romanas männliche Seele. Was ist das *Zürnen* der Liebe gegen die stille Freundlichkeit der erkalteten! – Wir bemerken dabei, wie es Albanen selbst in dieser Minute nicht möglich war, ihr Geschlecht zu verleugnen, und in den ersten Worten, die sie zu ihrem Manne sprach, seit sie ihn in den Armen einer Andern gesehen, etwas Anderes zu fassen, als jene Erinnerung.

Sylvius verstand seine beleidigte Gattinn augenblicklich. Daß Albane jedoch ihrer Weiblichkeit ein Genüge leistete, ermannte ihn. Gefaßt entgegnete er nun: »ja, theure Albane! es ist die Bedingniß meines Fortlebens, und der Ruhe, welcher ich noch irgend theilhaft werden kann, daß ich Dir sage, auf welche Weise Du Zeuginn jener unseligen Scene geworden bist, in der Du mich betroffen. Du wirst mich dann vielleicht weniger schuldig finden, als Du wähntest, und mindestens – wie Dein Gefühl auch entscheide – mich bedauern müssen. Höre mich gutwillig an!« Hierauf erzählte Sylvius de Romana seine Geschichte mit Tony von Schütz, einfach und wahr. Er verschmähete, nach edelsinniger Art, Alles und Jedes, was jenem Verhältniß zur Beschönigung dienen können. – Diese Mittheilung hatte nicht den Stoff, aber seine Kraft, ihn zu bewältigen, erschöpft; und so eilte er zum Schluß und sprach: »Du weißt nun Alles – und doch auch *Nichts*: denn ich kann Dir nur die *äußern* Beziehungen nachweisen, die mich in jenes Netz verlockten. Gott aber, der es einst auflösen wird vor Deinem Blick, sieht ins Innerste, und weiß, daß ich Dich, das Weib meines Herzens! nur allein geliebt, und ewig lieben werde. Wäre es Dir nicht möglich, einen flüchtigen Augenblick zu vergessen, in welchem Du an mir zweifeltest? – Dein Vater ist nun todt. Was hindert Dich noch, für den Rest unseres Daseyns mein zu seyn, zu der öffentlichen Rechtfertigung unseres geheimen Bündnisses, und – lass' mich es hinzufügen: zu dem Glück unseres Kindes? –«

Die Gräfinn athmete tief. Sie schüttelte leise den Kopf, lächelte weinend und verneinend und sprach: »der Himmel sey mein Zeuge! ich zürne Dir nicht. Auch müßte ich mich zuvor selbst anklagen, denn mein Wegbleiben gab Dich ja frei. Doch jedes Zurückgehen ist unmöglich, des griechischen Sängers Gattinn verschwand vor einem Rückblicke. Ein erstorbenes Gefühl läßt sich nicht wecken – und jenes, mit welchem ich mich die Deinige wußte – ist todt. Aber Deine Freundinn bin ich noch – Deine beste Freundinn! ja, Sylvius, die will ich immer bleiben. Mache kein so unglückliches Gesicht, Lieber! frage Dich selbst, ob wir verdient haben, mit einander glücklich zu seyn? – Die Ehe ist ein Verhältniß der Heiligkeit, nicht aber der Heimlichkeit, und Gott ist gerecht. Nach seinem unerforschlichen Gesetz und Willen müssen Diejenigen ein Glück verschmähen, welche es sich anzueignen wagten, ohne höhere Befugniß, als die der Leidenschaft. – Wir versöhnen den Himmel durch ein freiwilliges Opfer. So werden unsere Väter uns von dorther segnen; hier glaubten wir dieser Weihung entbehren zu können, als das Band der Stola uns zusammenfügte. Ich werde nach Bonna ziehen, Sylvius! in jenes Haus, worin Du gelebt hast, und mich geliebt – mich allein. Still, mein Freund! ich glaube Dir. – Der Majoratserbe überläßt mir das kleine Witthum, und diese Angelegenheit ist längst berichtet. Gönne es mir auch, in Frieden einsam zu seyn, und die stille Freude *meiner* Liebe. – Ich werde in Deinem Cabinet schlafen, an derselben Stelle, wo Dein Bett gestanden, und die alte Einrichtung wie zu den Zeiten Deines Vaters herzustellen suchen. So werde ich Deine Hausfrau seyn, ohne Gemahl – wie ich Deine Gattinn war, ohne Dein Haus zu kennen. Ein Theil jener früheren süßen Täuschungen wird mir wiederkehren, der Traum Deiner Nähe wird mich begleiten und beglücken, und so werden meine Tage gleichmäßig hinrinnen, wie das Bächlein unter dem Kreuze, welches dort die Wache hält.«

»Albane!« rief Sylvius mit heftigem, mit heißem Schmerz, »Du reißest mir mein Herz entzwei, und ich weiß nicht, ob gütiger als grausam? Vermag nichts, Dich zu bewegen, daß Du anderes Sinnes würdest?«

»Du solltest dies nicht einmal wünschen, viel weniger fragen –« antwortete die Gräfinn bedeutsam. »Sieh es doch ein, mein Sylvius, es geschieht zu Deinem Besten, daß ich mich Deinem Wunsche weigere. Willigte ich in Dein Begehr, es thäte nimmer gut. Nur auf *jene* Weise können wir vereint seyn – sonst nicht. Sänke ich in Deinen Arm: ein Gespenst, Dir innig angeschmiegt, scheuchte mich zurück, und so oft ich die Ebereschen Früchte tragen sehe, würde mein Herz bluten.« – Und Wer mögte sie zählen, die Tropfen Herzblut, welche bei dieser Erinnerung der tiefen Wunde entträufelten, die Albane geschlossen wähnte? – Doch nur ihre abgehärmte Wange war geröthet, und hellblinkende Tropfen standen in ihren Augen. Sylvius empfand, obwohl durch die Verhärtung des Vorwurfs, etwas vom Zartgefühl dieses Wehes, und wie jene Stunde nimmer ausgelöscht werden könne. – Und während eine unsichtbare Feder in der Canzlei seiner Gedanken diesen Ausspruch unterzeichnete, strebte er mit überredenden Worten noch dagegen an.

Er erinnerte seine Frau an Josephine, und wie das Verhältniß des Mädchens sich bei dem Zwiespalt der Eltern nun gestalten solle? –

»Sieh!« antwortete die Gräfinn mit nachsinnender Miene, »auch die Mutter muß büßen, was sie gegen ihre Pflicht als Tochter gefehlt. Es ist als ob das liebe Kind mir nicht angehörte. Nur was man selbst gebildet hat, daran glaubt man ein Recht zu haben. – Josephine scheint sich im Stift sehr glücklich zu fühlen, so könnte sie zunächst unter Deiner Aufsicht dort bleiben. Noch bin ich durch die verhängnißvolle letztere Zeit zu befangen, als daß ich sogleich das Beste ausfinden könnte; aber Gott wird Alles zum Guten leiten! –«

»Wenn Du auf diese Weise am Ende bist –« entgegnete Sylvius, »so dürfte meines Bleibens in Sanct Capella nicht mehr lange seyn, und ich ziehe noch einmal von hinnen. Ruhe zu erwerben, hoffe ich nicht; aber vielleicht eine Ruhestätte. Du erwartest vom Zufall, er solle sich Josephinens annehmen, da Du selbst das natürlichste Glück abweisest?« – Die Gräfinn schwieg, und antwortete nur mit einem schmerzlichen Lächeln. Dann sagte sie: »ich liebe Josephinens Glück mehr als das meine – *darin* fühle ich mich wenigstens als Mutter.«

Ohne daß Beide es merkten, verlängerte sich dies Gespräch bis in den dämmernden Abend hinein. Jetzt stand Sylvius auf. Es war Albanen, als sollte sie ihn halten, so hatten sich während ihres trauten Zusammenseyns abgerissene Fäden aus dem Gewebe ehemaliger Beziehungen leise wieder angeknüpft: denn der Geist der Liebe – auch einer abgeschiedenen – webt geschäftig.

»Es wird mir nicht leicht, zu scheiden –« sagte Romana mit einem Ton, der diese Versicherung beglaubigte, »meine Füße sind wie Blei, und versagen mir ihren Dienst – und das Herz ist mir noch schwerer. Darf ich Dich wiedersehen, Albane?« Er sah sie dunklen Blickes an.

Das Auge der Gräfinn glänzte, ein Sonnenschein verschwundener Tage war darin; ein Strahl von Freude drang tief in Sylvius Herz. Sie antwortete: »wenn es Dich trösten mag –: so sollst Du mir willkommen seyn.« Darauf faßte er ihre zarte Hand, woran kein Trauring blinkte – er ergriff sein einstmaliges Eigenthum so furchtsam, wenn auch innig, wie man die letzte Hoffnung zu fassen wagt, und fühlte einen leisen Druck der seinigen. Dieser elastische Druck hob mit überirdischer Federkraft den Stein von seinem Herzen, von der Thür der begrabenen Liebe – und ein Engel des Trostes, mit Flügeln, sich zum Himmel seiner Heimath aufzuschwingen, ging daraus hervor.

Der Administrator stand in vollem Anzuge vor dem Spiegel. Er wollte nach Bühle hinüber fahren, und der Gräfinn seine Aufwartung machen, deren Schicksal mit dem der Seinen in wundersamer Verbindung zu stehen schien. Vielleicht hätte das Interesse für diese Bekanntschaft ihm dennoch Zeit gegönnt; aber das Verlangen drängte ihn, Josephine wieder zu sehen. Das Zimmer war voll Sonnenglanz – Herr Prälat aber blickte auf keine Weise verblendet, die schöne männliche Gestalt musternd an, welche auch ein mäßiger Grad von Selbstgefälligkeit tadellos gefunden haben würde. Er schaute vielmehr über aller Welt Eitelkeit hinaus, sich selbst so forschend ins Auge, als sollte ihm in diesem Spiegel der Seele die Wahrheit eine Gestalt gewinnen – und seine Finger knitterten noch an den Fältchen der feinen Halsbinde, während er gleichgültig dazu aussah, und gleichsam unbewußt der verbessernden Mühe, die er sich gab, nur an die Falten seines Herzens dachte. Er stand so ernst dabei wie auf dem Katheder. – Doch plötzlich schien unser Professor der Psychologie sein Studium zu wechseln, daran zu erkennen, daß er die Farbe wechselte, und daß ein so entzücktes Lächeln in seinem Gesicht aufging, als ob er einen Stern aufgehen sähe. Und wirklich war dem so. Die Thüre ging auf, und im Hintergrunde des Spiegels – als hätte, Der hinein sah, eben eine Frage an den Himmel gerichtet – erschien ein zauberhaftes Bild. Vor diesem Glanz jugendlicher Schönheit, erhöht durch einen Schimmer überirdischer Freude, den die Trauer nur wie ein Wölkchen umdüsterte – verschwand Alles.

»Josephine! mein einzig Mädchen!« rief der Administrator mit dem hellen Laut wonniger Überraschung, »wo kommst Du her? eben wollte ich nach Bühle.«

Sie lag in seinen umschlingenden Armen, ihr Herz schlug an dem seinen – und onkelhaft dreist küßte er die süßen Lippen. – Dieser Kuß – die glückselige Innigkeit dieses Moments, beraubte das Mädchen der Sprache. »Ach! könnte ich Dir doch nur meine Freude aussagen, daß ich wieder hier bin!« sagte sie mit einer Stimme, die diesem Wunsche entsprach, »Seit ich wußte, daß Du da bist, Onkelchen, hatte ich keine Ruhe mehr. Ich quälte die Mutter – sie sagte, es schicke sich nicht. Dies Wort wollte mir nicht zu Sinne. Ich bin ja das Kind des Hauses – sagte ich – da mußte sie endlich meinen Bitten nachgeben.«

Herr Prälat lächelte begeistert. »Du Herzenskind!« sagte er gerührt. »Also hält die Gräfinn doch so viel auf Anstand?« Man glaube nicht, daß in dieser Frage der mindeste Vorwurf für die arme Albane lag.

Nein! nur eine leise Verwunderung, daß bei dem einsamsten Unglück noch dieser Sinn für das Schickliche gefunden würde.

»Nun, so ist es mir lieb«, setzte er schnell hinzu, »daß ich nicht zögern wollen, mich ihr vorzustellen. Du siehst, ich bin darnach angethan – nur mit der Halsbinde konnte ich wie gewöhnlich nicht zurecht kommen.«

»Das sehe ich!« sagte Josephine lachend, und schickte sich an, nachzuhelfen. »Es ist nicht allzuschön gerathen. Dieser Zipfel hier, nimm es mir nicht übel! sieht so pedantisch aus, wie die Schlafmütze des ehrwürdigen Ludimagister in Leidthal. – Ist es denn so schwer, solch ein Knötchen zu knüpfen?«

Aurorens Rosenfinger verbreiteten keine lieblichere Helle, als das Licht, welches dem Administrator während dieser verfänglichen Minute aufging. Sie standen wie ein trautes Ehepaar. Er hatte seine Hände an Josephinens schlanken Leib gelegt, die schwarzen Bänder ihres Hutes bewegten sich unter *seinen* tiefen Odemzügen – *ihr* Athem spielte fühlbar wie ein laues Lüftchen, und immer wärmer wurde ihm ums Herz. Er ließ sie zierlich gewähren, und verhielt sich schweigsam und lauschend.

Die magische Schleife war nun geschürzt – legen die Grazien jemals eine Cravatten-Fabrik an: so wird man das Modell dazu finden. –

»Auf *bindende* Künste –« äußerte Herr Prälat etwas gepreßt, »versteht Dein Geschlecht sich schon am Besten. Josephine!« er hob das Mädchen zu sich empor, »überhebe mich künftig dieser Mühe – heirathe mich, liebe, theure Seele! –«

»Onkel!« rief Josephine, und machte sich von ihm los. Ihre jungfräuliche Wange glühte zwischen Schaam und Zürnen. Sie hielt diese Sprache für einen Scherz.

»Ich bin Dein Onkel nicht!« entgegnete Jener heftig, »diesen Titular-Verwandten hat Dir Fabia aufgedrungen, um den Unterschied unserer Jahre durch gehörigen Respekt hervorzuheben. Aber Dein Mann kann ich werden, wenn ich Dir anstehe, Du mein Liebstes! – Ich dachte immer, Du wärst mir gut – so könnten wir zusammen bleiben, lebenslang – und Alles bliebe beim Alten.«

Da lag das Mädchen an seiner Brust und stammelte: »wenn es wahr wäre – o Gott im Himmel!«

»Es ist wahr!« wiederholte der Administrator im gefühltesten Entzücken dieser Versicherung, und drückte das holde hingebende Wesen innigst an sich, »ich liebe Dich redlich, Josephine! und will Dein bester

Freund auf Erden seyn. Doch frage Dein Herz! ich möchte es nicht räuberisch an mich reißen, aus freier Wahl sollst Du es mir schenken – oder versagen. Wer weiß, ob ich Dir nicht zu ernst bin, zu kränklich – oder was Du sonst an mir etwa auszusetzen hättest. Mir hast Du nur Einen Fehler, meine süße Kleine! – Du bist noch sehr jung – aber ich finde Dich gewachsen. –« Er lächelte wie ein Liebender, indem er den schlanken Wuchs des Mädchens mit einem langen Blicke maß – »nicht nur wirklich ein Stückchen, seit ich Dich nicht gesehen, sondern überhaupt allen Forderungen und Wünschen an meine künftige Frau völlig gewachsen.«

In reizender Verwirrung antwortete Josephine: »es mag vielleicht geziemend seyn, daß ein Mädchen an sich hält: ich gebe Dir mein Ja ohne Weiteres. Wen könnte ich lieber haben? – Alle meine Wünsche sind erfüllt. In diesem Augenblicke weiß ich es erst ganz, wie unglücklich ich geworden wäre, wenn ich Dich und dieses geliebte Haus auf immer verlassen müssen! Jetzt bin ich Dein! –« Sie warf sich mit dem Ausdruck der liebevollsten Hingebung in seine Arme. – Er umpfing sie jauchzend, und der Spiegel verdoppelte ein Bündniß, magisch geschlungen, in dem einfachen Glück der Herzenseinigung, dem einzigen, was es auf Erden wie im Himmel giebt. –

Beide hatten in diesen seligen Minuten weder an die Gräfinn, noch an Fabia, oder Sylvius gedacht, die doch auch ein Wörtchen dazu sagen könnten. Es giebt einen Instinkt der Ahnung für unser Geschlecht, welcher uns einem unwillkommnen Vertrauen entrinnen läßt, wenn es unser Herz etwa wie ein Pfeil treffen könnte. – Auch Frau Fabia entrann auf leiser aber sicherer Spur Dem, was ihr Schwager ihr zu sagen hatte. Josephine flüchtete mit ihrem Glück in das Betstübchen der Nonne, und legte das Bekenntniß desselben auf diesem jungfräulichen Hausaltare nieder. – Sylvius war nicht daheim. Zeitiger, als es nöthig gewesen, brach Josephine auf, und der Administrator begleitete sie. »Hätte ich doch nicht geglaubt«, sagte das Mädchen mit jener Traulichkeit, in welcher auch die schüchternste Verlobte sich dem ausschließendsten Vertrauen annähert, woran der Geliebte ein Recht hat, »daß ich einmal Gott danken würde, von Sanct Capella weg zu kommen, und heute ist mir so. Ich konnte kein Auge aufschlagen – Fabia hat mir die heimliche Braut ansehen müssen. Lieber! versäume doch ja nicht, sobald als möglich mit ihr zu sprechen. Ich thue es bei der Mutter, und davor bangt mir weniger.«

»Meinst Du«, fragte Herr Prälat, »der bürgerliche Eidam werde der Gräfinn genehm seyn? – wenn diese Hoffnung nur nicht allzukindlich ist, Josephine! –«

Das Mädchen kopfschüttelte zu diesem Zweifel und sprach: »Du kennst die Mutter nicht, mein Freund! – Sie ist so gänzlich ohne Anspruch und Eigensucht – Fabia hingegen –« Josephine flüsterte diese Worte, »neigt ein wenig zur *Eifersucht*, und es ist eine ganz andere Zuversicht, die ich zu Jener habe als zu dieser. Ewig werde ich Fabien dankbar seyn: denn sie hat mich treu erzogen, und ohne sie wäre ich nimmer nach Sanct Capella gekommen; aber das Blut aus meinen Adern wollte ich verströmen, daß ich die theure Albane nur einmal lächeln sähe.«

Der Administrator entdeckte noch an demselben Abend auf einem einsamen Spaziergange dem Freunde sein Herz. Sylvius nannte sich seinen größten Schuldner, und gab ihm damit das gelegene Wort zur Hand.

»Wir könnten sehr bald mehr als quitt werden –« gab ihm jener zur Antwort, »Du nahmst mir einmal die Braut – gieb mir Deine Tochter zur Frau: so bin ich nicht mehr Dein Gläubiger, sondern schulde Dir zwiefach.«

»Wenn dies Dein Ernst ist –« entgegnete Herr de Romana, »so nimmst Du einen Kummer von meinem Herzen, und Niemand kann bei diesem Interesse des Deinigen froher betheiliget seyn, als ich. Es ist mir eine Sorge gewesen, das Mädchen werde die Jugend hinkümmern, bei der traurigen Mutter, und mit all seiner Liebenswürdigkeit der Bestimmung des Geschlechts verloren gehen. Was wird aber Albane dazu sagen? und bist Du Josephinens Neigung auch gewiß?«

»Ich denke doch!« antwortete der Bräutigam lächelnd, »so gewiß man irgend einer weiblichen Neigung seyn kann. –« Ein leiser Seufzer verwebte sich dieser bedingten Voraussetzung.

»Auch hoffe ich«, setzte er hinzu, »das Kloster werde mich schützen, das Invalidencorps – und endlich die fromme Veronica. Wisse! ein Engel der Treue wohnt in der Nonne, und wird, wenn diese seine kleine Herberge einst zusammenbricht, den Ort nicht verlassen, den er so lange heimlich gesegnet. – Sieh, Freund! ich habe Zeit gehabt, reiflich darüber nachzudenken, welche Eigenschaften der Frau einen Mann vor allen glücklich machen können, und da ist denn bei meinem Denken und Sinnen nur jener Satz heraus gekommen, den ich mir gemerkt: daß sich auf der Erde in jedem Beisammenleben der Kopf erschöpft, Witz und Phantasie und Verstand, nur aber nie ein gutes Herz, das eine ewige Quelle ist.«

Romana schwieg, und sein Freund fuhr nach einer Weile fort: »aus welchen wunderbaren Stoffen besteht eine einzige Mischung, die wir Liebe nennen! glaubst Du wohl, Sylvius, daß jene sympathetische Regungen der Freundschaft für Dich, nur zarter – mich zuerst an das Mädchen knüpften? die magnetische Kette der Gefühle, wie weit auch angelegt, läßt uns empfinden, wo unser Herz stark berührt war. Was mich ferner mit zärtlicher Innigkeit für das Mädchen erfüllt, ist nicht die holde Bildung allein, sondern auch der Einfluß ihrer Bildnerinnen. Darunter dürfte Fabiens der bedeutendste gewesen seyn, und Fabia ist mir doch sehr achtungswerth.«

»Und das mit Recht –« erwiederte Sylvius. »Sie gehört meines Erachtens zu den unerkannten Größen. Ihr Charakter, nur etwas zu schroff für eine Frau, ist ein Fels für das Vertrauen. Ich schätze Fabia sehr hoch.«

Der folgende Morgen war schon weit vorgerückt, ohne daß Herr Prälat einen Augenblick finden können, in welchem seine Schwägerinn zu sprechen wäre. Frau Fabia schien von kleinen geschäftigen Sorgen umringt, so daß sein Vertrauen nicht Raum gewann; eine finstere Zerstreuung in ihrer Miene ließ ihn den heitern Muth nicht sammeln, mit ihr über eine Sache zu reden, die ihm mehr am Herzen lag, als was zu Nutz und Frommen seiner Häuslichkeit geschehen mögte. Ihr Blick sogar war vermeidend – und wich ihm aus. Endlich haschte er den günstigen Moment und sprach: »gönne mir ein paar Minuten, Fabia! ich habe Dir etwas Dringendes zu sagen.«

Fabia machte ihre Hand, welche er sanft gefaßt hatte, leise los, setzte sich nieder, jedoch mit jener Art, die es deutlich macht, daß man sich nur auf flüchtiges Verweilen einlassen könne und wolle, und sagte: »nun, so lasse doch hören, wie *dringend* das sey, was ich vernehmen soll.«

Der Administrator war um seine Fassung zu dem Vortrage, er wußte nicht wie? – Er antwortete mit merklicher Verlegenheit: »Deine Stimmung Fabia, ist meinem Wunsch nicht freundlich, und wirkt auf mich zurück. Ich wollte Dir eben eröffnen, daß ich – daß Josephine –« Fabia lächelte, ihre Gesichtsfarbe war blässer als gewöhnlich. Sie sprach: »das käme zu spät, Freund – die Gräfinn hat mir diesen Morgen geschrieben, daß Du ihrer Tochter den Antrag zur Heirath gemacht. Sie giebt Dir ihre Einwilligung; ich aber habe nichts zu geben, als den Wunsch, daß der Herr Alles wohl gelingen lasse!« Und während Fabia diese Worte sagte, zerrann ihre Stimme und das Lächeln ihres Mundes in Wehmuth, in *Wermuth* – und ihr Schwager, erstaunt über die Taubenpost der weiblichen Mittheilung, fühlte ein heißes bitteres Aufwallen in seinem Herzen, über das er nicht ganz klar werden konnte. Er nahm noch einmal ihre Hand in die seinige und sagte mit ergreifenderem Ton: »Fabia, es scheint, Du zürnest mir. Glaube nicht, daß ich Dir zurückhaltend eine Absicht verschwiegen – ich bin mir keiner bewußt gewesen. Der Gedanke war nur ein Blitz, in welchem mir einleuchtete, Josephine werde als mein Weib mich glücklich machen. Und wenn diese Hoffnung wirklich wird, Wem werde ich es verdanken als Dir? Du hast das Mädchen erzogen. Dein frommer, fester Geist wird fortwirken zu meinem Glück. Ich denke, wir wollen freundlich zusammen leben – nicht? –«

Fabia sah ihn verdunkelten Auges an. »Nein, Bruder!« antwortete sie mit jener Besänftigung und Ruhe, die nur der Selbstgewißheit angehört: »das würde nimmer gut thun. Das taugt nichts – würde der Major sagen –« Fabia lächelte bei diesen Worten noch einmal, und zwar sehr schmerzlich. »Darum entlasse mich, Lieber! ich lasse Dir dafür meinen besten Segen. – Jenes Geheimniß, was mich unter Deinen Schutz stellte, ist gelös't – Was sollte Dich hinfort noch an mich binden? – Dein Herz hat an Einer Pflicht genug, und diese umfaßt der Trauring. Ich werde mit der Gräfinn ziehen. Die arme Albane wäre ja sonst ganz verlassen, und es ist billig, daß ein treues Gemüth ihr vergelte, was sie an dem Vater gethan. Der Herr hat den Willen dazu mir in den Sinn gegeben.«

Der Administrator stand stumm und sah zu Boden.

Fabia fuhr nach einer kleinen Pause mit steigender Bewegung fort: »wir wollen nach Bonna. Dort hat die Gräfinn einen Wittwensitz, den sie schwerlich tauschen möchte um einen Thron, das Vaterhaus ihres Gemahls, Heiland genannt. Dort ist mein Platz. *Hier* würde ich überflüssig seyn, das macht alt vor der Zeit. Die Heimath aber giebt auch in späten Tagen einen Theil der Jugend zurück. Ich werde die Wohnung meiner guten Eltern wiedersehen, und jener harmlosen Zeit gedenken, wo ich darin glücklich war. Ich werde in der Nähe ihrer Gräber leben – und den Garten des südlichen Daches pflegen, den der selige Oberförster Romana angelegt – die Sonne mag jetzt wohl eine Wüste darauf bescheinen. – Ich bin alsdann – Du weißt es – an geeigneter Stelle, und gleichsam wie auf meines Zions Zinnen.«

»Fabia!« antwortete ihr Schwager von einer seltsamen Rührung bewältiget, »besinne Dich anders – bleibe bei mir! es wird sich für die Gräfinn ein Ausweg treffen lassen. Du bist mir nothwendig geworden, Du gehörst zu meinem Glück. Auch ist Josephine noch so jung und unerfahren, als daß sie Deines Rathes nicht wohl entbehren könnte.«

»Sie hat *Dich*!« entgegnete Fabia mit einem Nachdruck, der alles Weitere behob, »und also den Rath und den Helfer dazu. Und was wirthschaftliche Leistungen anbelangt, darauf legst Du ja so wenig.«

Auch Fabia, meine Leserinnen, war eine *Frau*, und nur ein weiblicher Engel würde es verschmäht haben, ein verkanntes Verdienst geltend zu machen. Es ist eine göttliche Sphäre, allwo der Ruhm verschwindet, den wir vor den Menschen haben und vor uns selbst. Wir aber leben auf der mängelvollen Erde, niedergehalten von dem Bedürfniß menschlicher Schwachheit. Das alte Lied des Lebens singt uns in *getragenen* Tönen ein. Es war nur ein Aufschwung unterdrückten Gefühls, in welchem Fabia sich im Geist ihrer Sinnesweise zu erheben glaubte.

Der Administrator dachte beklommen dem Entschluß seiner Schwägerinn nach, denn es fiel ihm in Wahrheit schwer, sie künftig zu vermissen. Seine brüderliche Freundschaft für die getreue Fabia ließ ihn nicht ergründen, aus welchen Ursachen sie so fest auf dem Abschied beharre.

Es giebt nur Einen Dietrich, dem kein Aufschluß widersteht, der sich ohne Schwierigkeit in den Besitz der geheimsten Gedanken setzt. – Die Geheimnisse der Seele liegen unter magischem Schutz, und nur durch ihn selbst können sie beschworen werden. –

Freilich sah Herr Prälat ein, daß Fabia, im Ganzen genommen, Recht hätte, daß ihre häusliche Unfehlbarkeit, Josephinens schüchternen Versuchen, als Hausfrau für sich allein zu stehen, hinderlich seyn würde; daß die Gräfinn Jemandes bedürfe, der mit zarter achtsamer Sorge um sie sey – und wie es in der religiösen Bußfertigkeit von Fabiens Character liege, sich selbst zur Sühne zu geben, für das Unrecht, was Dieser geschehen; – aber dennoch gestaltete sich dies Verhältniß nicht nach seinem Wunsch, und es war ein Zwiespalt in seinem Herzen, als ob eine Flamme sich trenne. –

Frau Fabia nahm sich zusammen, auf daß sie ein achtungsvolles Gedenken mit hinweg nähme. Sie ordnete alles mit Umsicht, und stimmte nicht dafür, daß die Hochzeit weithin aufgeschoben würde. – Aus der Ferne kamen Briefe, welche den Zeitpunkt von Theresens zweiter Verbindung um nicht viel später anberaumten. Dann wollten die Neuvermählten im Herbst zum Besuch nach Sanct Capella kommen. Major Feldmeister verjüngte sich vor Vergnügen. Er hätte sich beinahe von seinem Sprichwort entwöhnt, denn er fand gut, wie das Schicksal seiner Freunde sich gewendet hatte, und – Alles taugte ihm. –

Hauptmann Moorhausen sprach von einem Urlaub über Winter. Vielleicht wollte er im gigantischen Eise seines Gutes die Schaamröthe abkühlen, womit er der Ehewerbung gedachte, und in diesem zersprungenen Weltspiegel nur ein Bild schauen, wie der Krystallpallast seines Wunsches, aus dem Frost des Alters erbaut, zu Wasser geworden wäre. –

Den Tag vor der Hochzeit brachte Fabia ihr Haushaltungsbuch ihrem Schwager, ihm Rechnung abzulegen; zu gleicher Zeit entledigte sie sich des Amtes der Schlüssel. Die Redlichkeit, womit sie beides geführt, gab diesem kleinen Act etwas Feierliches.

»Fabia!« sagte der Administrator gerührt, »wollte Gott! mein Facit wäre einst dem Deinen gleich, und wir Alle könnten in der Rechnung bestehen, wie Du! – Wie treu hat Deine liebe Hand auf meinem Nutzen gesehen! der Himmel möge Dich dafür belohnen!« Er küßte die nützliche Rechte mit einer größeren Wärme als der Dankbarkeit – und diese zuverlässige Hand zitterte ein wenig. –

Am Morgen der Trauung – Josephine war nur wenige Tage vorher von Bühle nach dem Stift zurückgekehrt – brachte Schwester Veronica ihrem Liebling den Brautkranz. Sie waren allein. Mit zitternder Stimme sagte sie: »Josephine! mein theures Kind! hier bringe ich Dir den Kranz, von *meinen* Händen sollst Du ihn empfangen.« Das zarteste jungfräuliche Bewußtseyn lag in diesen Worten. »Und indem ich Dir ihn aufsetze –« die Nonne that es mit leisem Beben, »ist es mir, als würde mein liebes Kloster mir wieder eingesetzt. Liebe und Treue sind doch Altäre, die der Himmel aufrecht hält! – Als ich im Frühling die Zweiglein von der Myrthe schnitt, zu dem Todtenkränzchen für die kleine Julie, und Perlen dazu fädelte: wenn mir das der Baum damals gesagt hätte! – Auch in diesen habe ich Perlen geflochten, Freudenperlen! Segensthränen! trage ihn zu lebenslänglichem Glück! die Krone der Unschuld, die Dir Dein Engel reicht, *die* trägst Du ewig! – Heute fühle ich wieder wie groß Gott ist! wie gut! – Ich bin Jungfrau, und Dein bräutlicher Anblick läßt mich das Entzücken einer Mutter empfinden. Ich werde nun nicht einsam sterben; Du, geliebtes Kind, wirst mir meine Augen schließen – und dann den Ring erben.«

Josephine umschlang die Nonne, und drückte schon jetzt, sanft küssend, die weinenden zu, das heilige Vermächtniß zu besiegeln. Sie war eine Erbinn dieses Herzens und seines Friedens.